LIVROS & CHÁ — VOLUME DOIS

TODO PIRATA QUER UMA COLHER DE CHÁ

REBECCA THORNE

TODO PIRATA QUER UMA COLHER DE CHÁ

TRADUÇÃO FERNANDA LIZARDO

astral cultural

Editora
Natália Ortega

Editora de arte
Tâmizi Ribeiro

Coordenação Editorial
Brendha Rodrigues

Produção editorial
Gabriella Alcântara e Thais Taldivo

Preparação de texto
Letícia Nakamura

Revisão de texto
Fernanda Costa e Wélida Muniz

Arte da capa
Irene Huang

Foto da autora
2 Comforts Photography

Dados Internacionais de Catalogação na Publicação (CIP)
Angélica Ilacqua CRB-8/7057

T413t

Thorne, Rebecca
Todo pirata quer uma colher de chá / Rebecca Thorne;
tradução de Fernanda Lizardo. — São Paulo, SP : Astral Cultural, 2025.
336 p. (Coleção Livros e Chá ; Vol 2)

ISBN 978-65-5566-646-5
Título original: A Pirate's Life for Tea

1. 1. Ficção norte-americana 2. Literatura fantástica I.
Título II. Lizardo, Fernanda III. Série

25-1882 CDD 813

Índice para catálogo sistemático:
1. Ficção norte-americana

BAURU
Rua Joaquim Anacleto
Bueno 1-42
Jardim Contorno
CEP: 17047-281
Telefone: (14) 3879-3877

SÃO PAULO
Rua Augusta, 101
Sala 1812, 18º andar
Consolação
CEP: 01305-000
Telefone: (11) 3048-2900

E-mail: contato@astralcultural.com.br

Para as pessoas que me deram uma estrela nas avaliações
porque o primeiro livro "tinha lésbicas".
Neste aqui, dobrei a quantidade de lésbicas.
Especialmente para vocês.

NOTA DA AUTORA

Este romance pretende ser a sequência do primeiro romance da série Livros & chá, *Toda chance tem chá*. No entanto, como esta série é principalmente episódica, você com certeza vai ser capaz de entender e aproveitar este livro sem ler o primeiro.

Alerta de conteúdo: violência, opressão, experiências de quase morte, sangue, afogamento, breve sofrimento animal.

Este romance faz parte da categoria *cozy fantasy*, ou seja, uma fantasia aconchegante. Embora pegue um pouco mais pesado do que outros do gênero, aqui há garantia de final feliz. Este livro é melhor apreciado em uma noite tranquila diante da lareira, na companhia de seu bichinho de estimação e de uma bela xícara de chá.

1

REYNA

Havia dias em que Reyna sentia falta daquela emoção resfolegante de proteger uma rainha.

Não era frequente. Ela amava sua vida tranquila como preparadora de chás na pequena e gelada cidade de Tawney. Amava seus amigos e todos os dramas do dia a dia. Amava o celeiro aconchegante que fora convertido na livraria que abriu com sua parceira, Kianthe, e todo o acolhimento que havia ali. Dias inteiros eram passados observando as nuvens. A maior preocupação de Reyna era com o desempenho que seu bebê grifo teve no treinamento do dia. As conquistas sempre vinham na forma de um beijo discreto ou de uma mistura particularmente saborosa de chá.

Todavia, contrariando todas as probabilidades, Reyna sentia certa saudade de seu antigo emprego. Proteger uma rainha notoriamente cruel. Perseguir assassinos em salões de baile lotados. Caçar conspiradores nos becos. Vencer os espadachins mais habilidosos do Reino em duelos particulares.

De novo, aquele sentimento não era *frequente*.

Mas às vezes ela sentia falta das aventuras.

Por isso Reyna achou bem empolgante quando ela e a noiva subiram a colina a fim de observar o caos organizado que ocorria na casa do diarno Arlon.

— Um baile? — Reyna não conseguia esconder o tom de mexerico na voz. — O diarno Arlon está organizando um *baile* para hoje à noite?

— Isso explica por que a única pessoa que veio nos receber foi o cavalariço. — Kianthe cruzou os braços. — Admito, eu não esperava por isso.

A propriedade do diarno perto do rio era imensa, abrangendo uma área que poderia acomodar confortavelmente toda a cidade de Tawney. Mas a festa mesmo estava concentrada em um gramado bem cuidado ao lado do poderoso rio Nacean — o maior rio de Shepara, tão grande que a margem oposta mal era visível. Uma orquestra de seis músicos preenchia o ar noturno com suas notas suaves. Tochas iluminavam uma mesa de bufê farta, e ladrilhos quadrados formavam uma pista de dança sobre o gramado esponjoso. Tudo era visível dali do alto, onde Reyna e Kianthe se empoleiravam sob as sombras da mansão do diarno Arlon.

Mas a melhor parte? Guardas — da segurança particular do diarno Arlon — patrulhando por todos os lados. Os uniformes pretos e distintivos prateados faziam Reyna se lembrar vividamente de seus próprios camaradas, dos dias em que ela e Venne costumavam fazer ronda pelos salões de baile de Sua Excelência, vestidos de vermelho e dourado.

Ela pousou a mão no cabo da espada em seu quadril e ficou na pontinha dos pés. O que diarno Arlon estaria esperando naquela noite? Bandoleiros? Um assassino, talvez? Ultimamente ela só vinha sacando sua arma para uns treinos aqui e ali.

Ao lado dela, Kianthe também estava na ponta dos pés, mas por um motivo diferente.

— Bem, não tenho do que reclamar. Pela Joia, tem comida demais ali. Acha que é de graça?

Reyna bufou.

— Querida, não deu tempo nem de dar fome.

— Eu sei, claro, mas as hortinhas caseiras só satisfazem até certo ponto. — Kianthe gesticulou para além da encosta. — Olha só essa variedade! Peru, porco, peixe... O salmão aqui é incrível. Você precisa experimentar.

— Estamos aqui por um motivo, Key. Não temos tempo para... — Reyna fez uma pausa quando um movimento chamou sua atenção — ... ficar provando salmão — concluiu de maneira distraída.

Perto da margem do rio, uma das mulheres da guarda olhou para trás, então se embrenhou no pinheiral que circundava sombriamente o gramado bem cuidado. A patrulheira sumiu num piscar de olhos.

Hum.

— Rain? — Kianthe cutucou o ombro dela, então acompanhou seu olhar até a floresta. — Você está com aquela cara de "tem algo errado". O que foi?

— Não estou com cara de "tem algo errado" — respondeu Reyna.

— Claro que está. Suas sobrancelhas ficam franzidas, e você começa a sorrir.

Reyna suavizou a expressão, mas por dentro sentiu o coração quentinho. Ninguém nunca havia notado aquele cacoete dela, pelo menos não antes de ela começar a namorar Kianthe.

A Arcandor continuou, agora bem-humorada:

— Você também é a única pessoa que conheço que sorri ao primeiro sinal de problema. — Ela afastou do rosto o cabelo escuro cortado na altura dos ombros e casualmente acendeu uma chama na palma. — Então, quem está causando problemas hoje à noite? A comida pode esperar.

As duas estavam namorando há anos, mas Reyna jamais se acostumaria a ver a maga simplesmente... criando fogo na mão. Ainda bem que os convidados do baile estavam mais perto do rio — caso contrário, ambas definitivamente estariam atraindo atenção.

Reyna deu um leve aperto no braço de Kianthe, sentindo o calor das chamas e confiando que jamais se queimaria.

— Primeiro, você é maravilhosa, e eu te amo muito. Segundo, nem tudo é problema.

— Hum. Claro. Mas, quando você usa esse olhar, costuma ser.

Reyna forçou a vista para as árvores.

— É provável que não seja nada. Uma das patrulheiras entrou de repente na floresta, só isso. É meio estranho ela ter saído do posto para se enfiar no mato.

— É, *bem* estranho... Vai ver ela está pensando: "Não sei se mato, não sei se morro".

Reyna lançou um olhar de reprimenda para Kianthe.

Kianthe sorriu.

— Tá, desculpa. Talvez o posto dela na ronda seja lá no mato. — A maga apagou a chama com uma sacudida, do mesmo jeito que alguém faria para secar a mão depois de mergulhá-la na água. Kianthe se ajeitou melhor sobre os calcanhares, puxando a capa nos ombros quando a brisa fria varreu o rio. A Arcandor não era muito fã de frio.

— O diarno... Ele é diarno mesmo ou membro do conselho?

— Bem, tecnicamente ele é um diarno que *serve* ao conselho, mas seu título vai ser "diarno" mesmo.

Reyna assentiu e então continuou:

— Bem, o diarno Arlon estabeleceu oito pontos focais na festa, e mais seis grupos de ronda com dezoito patrulheiros. Agora dezessete. — Ela desenhava círculos com o polegar no disco de argila do punho de sua espada, o qual Kianthe criara com magia para cobrir a insígnia real da rainha Tilaine. — Cada grupo deve estar à vista no terreno. É possível que tenha mais guardas na floresta, mas ninguém mais está cruzando os limites.

Kianthe olhou para ela.

Reyna ergueu uma sobrancelha.

— Tem algo a dizer, amor?

— Você fica sexy pra caramba quando fala assim, e agora estou me perguntando se posso tirar *você* da sua ronda e te arrastar para a floresta.

Reyna não deveria ter ficado surpresa com o flerte, mas ficou. Então bufou, e cobriu a boca para abafar o riso.

— Tem dias que me pergunto o que o Reino pensaria se conhecesse bem a Maga das Eras.

— Provavelmente também me achariam sexy pra caramba. — Kianthe sorriu, balançando-se sobre os calcanhares. — Então deixe-me adivinhar. Você vai investigar aquela patrulheira que se enfiou ali no mato... e vai me incumbir da tarefa chata de confrontar Arlon sobre aquele carregamento.

— É importante cobrir todas as nossas frentes — respondeu Reyna com firmeza. — E eu dificilmente teria como ser útil com o diarno Arlon. Ele vai ser mais receptivo se a Arcandor solicitar informações do que com uma ex-membro da guarda do Reino.

Kianthe cerrou os dentes. Reyna não podia julgá-la; elas já haviam se deparado com tal preconceito mais de uma vez em sua jornada por Shepara. Kianthe foi sucinta:

— Não é como se nossos países estivessem em paz ou coisa assim. Não é como se você não fosse a melhor preparadora de chá de Shepara *ou* do Reino.

— Ah, sim. Uma xícara de chá. A melhor maneira de influenciar a política internacional. — Reyna piscou e começou a descer pela encosta. — Te vejo em breve, querida.

Reyna então mergulhou na floresta, lançando apenas um breve olhar para trás, flagrando Kianthe seguindo com cuidado pelo caminho demarcado até a beira do rio. Um sorriso afetuoso cruzou os lábios de Reyna. Com sorte, Kianthe conseguiria manter o foco — isso era sempre um problema.

Nesse meio-tempo, Reyna seguia rápida e silenciosamente pela floresta, sempre alerta, os anos de treinamento ressurgindo tão naturais quanto o ato de respirar. Ali, no extremo norte, os pinheiros assomavam densos e pesados, seus galhos balançando no vento onipresente oriundo do rio gigantesco. Não demorou muito até a melodia da orquestra baixar a um sussurro. Quando Reyna chegou à margem do rio, concentrou-se no discreto *tap-tap-tap* dos passos de um patrulheiro sobre as agulhas de pinheiro secas.

Estava prestes a se aproximar quando um movimento no rio chamou sua atenção: uma forma sinistra se afastando com rapidez da festa.

Reyna deu um passo até a beira do rio, as botas escorregando na lama macia enquanto ela se esticava para tentar discernir os detalhes. Era provável que fosse um navio, pela maneira suave como ele navegava pela superfície da água. Mas se ele tinha velas, provavelmente eram de tecido preto, quase invisíveis na escuridão, e não havia lamparinas na proa para indicar sua presença.

— Com licença — chamou uma voz aguda atrás dela.

Reyna girou, a mão no punho da espada.

A patrulheira a flagrara. Com a pele da cor da umbra queimada e uniforme de veludo preto, ela estava quase tão invisível quanto aquela embarcação que seguia rio abaixo. Mas seu tom era inconfundível — era o mesmo que Reyna costumava usar quando era da guarda.

— Você é convidada da festa? — Ela também pousou a mão em sua arma. À diferença das lâminas longas e finas usadas pela Guarda Real, o diarno Arlon equipava seus patrulheiros com uma espada mais curta e curvada na ponta.

Nenhuma das mulheres desembainhou sua lâmina, mas o ar estava tenso de expectativa.

— Algo assim — respondeu Reyna.

A patrulheira franziu a testa para o sotaque dela.

— Você é do Reino.

Claro. O tom da mulher não foi nem um pouco chocante — a rainha Tilaine tinha péssima reputação, e totalmente justificada —, mas Reyna já tinha ouvido aquele tom jocoso tantas e tantas vezes que começava a ficar irritante. Afinal, ela largara aquela vida de maneira voluntária e estava exatamente tentando construir uma nova.

Mas, pelo visto, não fazia diferença.

A patrulheira ainda esperava uma resposta, então Reyna assentiu com brusquidão.

— Sou. Mas hoje vim a negócios com a Arcandor.

— A Arcandor. — O tom da outra foi inexpressivo. Ela mantinha a mão na espada. — Da última vez que eu soube, a Arcandor estava em Tawney.

Reyna respirou fundo, concentrando-se no cheiro de pinho, musgo e solo úmido.

— Viemos para o oeste. Felizmente, a Arcandor não precisa ficar vinculada a lugar algum. — Reyna mantinha uma postura amigável, mesmo com o sarcasmo espreitando em suas palavras.

A guarda franziu a testa.

— Hum. De qualquer forma, armas não são permitidas no baile do diarno.

Reyna poderia muito bem respeitar isso. Ela mesma já havia recolhido muitas armas de nobres que achavam adequado chegar ao Grande Palácio com espadas ou adagas decorativas. No entanto, não tinha planos de abrir mão das suas, então desviou-se do assunto:

— Vou me lembrar disso quando entrar. O que o diarno Arlon está comemorando?

A guarda parecia disposta a insistir no assunto da arma, mas não o fez. Ela simplesmente ajeitou os pés no solo macio da margem do rio, olhando para a lua cheia através do emaranhado de pinheirais.

— Todo ano, na segunda lua cheia do outono, ele organiza um banquete. O objetivo é avaliar as colheitas do ano e premiar os agricultores que tiveram melhor desempenho com um bônus.

— Bônus? — Reyna franziu a testa.

— É algo que ele implementou anos atrás para incentivar a prosperidade de suas terras. Nossas exportações de cevada e trigo são as melhores do Reino.

Reyna inclinou a cabeça, pensativa, os dedos tamborilando de maneira preguiçosa na bainha da espada. As colheitas abundantes sem dúvida haviam contribuído para a reputação do diarno Arlon. Sem o solo rico do rio Nacean, Shepara estaria enfrentando uma escassez alimentícia daquelas. Até mesmo o Reino, bem ao leste, comprava de sua produção no atacado.

Reyna falou sem muita emoção:

— Entendi.

— Você não deveria estar vagando pela propriedade. Venha; vou acompanhá-la de volta à festa, e poderá me mostrar quem é a Arcandor. — Havia um tom de ameaça na declaração, como se ela não acreditasse que Reyna tivesse vindo com a famosa maga. A mulher lhe fez sinal para ir na dianteira, mas seus olhos espiaram a beira do rio.

Procurando por… pelo quê? Aquela silhueta misteriosa?

Então Reyna *não* estivera vendo coisas.

Ela já ia perguntar, mas de repente uma explosão irrompeu.

O estouro sacudiu a floresta, fazendo um punhado de pássaros sair numa revoada escandalosa pelo céu noturno, céu este que de repente ganhou chamas alaranjadas. A patrulheira estremeceu, e Reyna saiu em disparada antes que os ecos esmorecessem, o instinto assumindo o controle.

Kianthe.

Abandonando a patrulheira, Reyna pôs-se a correr em meio às árvores. O medo se agravou em seu peito quando os participantes da festa migraram do choque para o pânico total. Gritos e berros cortavam o ar fresco. Os passos da patrulheira ecoavam atrás dela, mesmo com o odor pungente de fumaça atacando. Reyna cobriu o nariz com a manga, abaixando-se para passar pela última fileira de árvores.

— Key — chamou, arfante.

O fogo rosnava na margem do rio, espalhando-se como água de um balde virado. A longa mesa de madeira do bufê estava em chamas, as grandes quantidades de comida se inflamando rapidamente, rápido até demais. Magia? Ou algum tipo de combustível?

Bem, isso não tinha importância agora. A fumaça pesada e o medo generalizado dificultavam a respiração.

Para seu crédito, a patrulheira só hesitou por um segundo antes de se embrenhar no caos.

— Evacuem pela encosta. Reúnam-se perto da mansão — gritava a mulher, seus comandos firmes, sem brecha para discussão. As pessoas corriam pela estradinha de paralelepípedos, e ela incitava fisicamente aqueles que ainda estavam atordoados demais para se mexer. Um harpista lutava para tentar carregar seu instrumento, mas a guarda gritou: — Largue isto aí! — E o homem obedeceu, ainda que de modo relutante.

Os outros guardas ajudavam na evacuação de modo semelhante, deslocando-se de maneira coesa enquanto arrebanhavam os convidados para longe do perigo.

Reyna ignorou todos eles e correu *em direção à* margem do rio — porque se Kianthe estivesse em algum lugar, seria exatamente lá. Pelos seus cálculos, no ato da explosão ela já teria chegado lá embaixo, e agora estaria bem à beira do fogo, sufocada pelo calor.

Não se tratava de uma simples mudança na direção do vento.

Não, aquilo era uma intervenção mágica. As chamas passaram a fluir para um ponto central e formaram uma esfera crescente e ondulante, como se o sol do meio-dia tivesse sido arrancado do céu, com todo o seu brilho e resplendor condensados numa nova forma menor. Agora a esfera subia alto e aí se dissipava com suavidade, brilhando como as estrelas antes de, enfim, desaparecer na noite.

Nem mesmo a fumaça permaneceu. Apenas a madeira carbonizada e a terra chamuscada davam indícios de que algo tinha acontecido ali.

No centro de tudo, com lama do rio até os joelhos, Kianthe ergueu uma sobrancelha.

— Rain, por favor, me diga que você não estava prestes a se enfiar em uma *muralha literal de fogo* para salvar uma maga elemental.

Reyna tivera uma vida inteira para aprender a mitigar os sintomas físicos do medo, mas nem por isso conseguia impedir seu coração de palpitar ou suas palmas de suarem. Ela entrou no rio e puxou Kianthe para um beijo apaixonado, só para se certificar de que a maga estava ali, viva e a salvo.

— Se eu tivesse me enfiado no fogo — murmurou ela contra os lábios de Kianthe —, seria só uma prova do quanto eu te amo, e da minha pouca fé na sua capacidade de definir prioridades durante uma emergência.

— Ah, que emocionante. — Kianthe riu, suas mãos acariciando a cintura de Reyna... e talvez um pouco mais abaixo. As duas se beijaram outra vez, lenta e deliberadamente, e então Kianthe se afastou. — Demonstrações públicas de afeto? Talvez eu devesse quase me explodir com mais frequência.

— Você tem é que se lembrar do que eu disse sobre riscos desnecessários. — Reyna deu um peteleco no nariz de Kianthe, desvencilhando-se, e alisou a blusa. — E das penalidades e castigos que vêm com eles.

— Hum, castigo, você disse. — Os olhos de Kianthe brilharam enquanto os de Reyna reviraram. Ela pescou sua noiva da lama, apertando-lhe a mão quando chegaram à margem do rio.

— Alguma ideia do que causou a explosão?

— Ah, essa resposta eu sei. Vou de "algo inflamável". — Kianthe sorriu, marota.

— Ah, que perspicaz. Mais alguma coisa?

— Escuta, é você que ama um bom mistério. Só estou molhada e com frio. — Kianthe começou a tirar a lama e a água de suas roupas, por meio de magia.

Com um suspiro, Reyna se ajoelhou ao lado da mesa do bufê, inspecionando-a visualmente antes de tatear a superfície carbonizada. Enquanto passava um dedo pela parte de baixo da mesa, uma antiga conversa se instalou em sua mente — algo que Kianthe dissera certa vez durante uma caminhada tranquila pela floresta perto de Tawney. *Você sabia disso? Que a resina do pinheiro pode ser explosiva?*

Na época, Reyna riu e revirou os olhos, convencida de que era só brincadeira. Afinal, essa era a especialidade de Kianthe; ninguém ousaria contradizer os conhecimentos da Arcandor sobre a natureza. Era um poder que sua noiva usava a rodo, para a grande exasperação de Reyna. Agora ela franzia a testa, cutucando uma substância pegajosa sob a mesa.

— Alguém não gosta mesmo do diarno Arlon — comentou ela.

— Não brinca. — Kianthe revirou os olhos. — Um conselheiro todo-poderoso com mais terras do que qualquer outro diarno em Shepara? Quem faria dele um alvo?

Com o fogo enfim apagado, os gritos cessaram, mas em seu rastro permaneceu um zumbido constante de tagarelice, semelhante a um enxame de abelhas furiosas. Ao que parecia, ninguém se ferira com gravidade, graças à reação rápida dos guardas. Claro, isso não impediu o medo e a confusão óbvios dos convidados ante o incidente.

Diarno Arlon, ladeado por dois patrulheiros ornados com dragonas de prata, descia pela encosta.

Sem dúvida aquele era o homem que elas tinham vindo ver. Ele tinha mais ou menos a altura de Reyna, de constituição forte e olhos ferozes. Deslocava-se como um rei, tão acostumado ao poder e ao privilégio que já esperava que as pessoas saíssem da sua frente quando passava, e elas saíam mesmo, correndo como camundongos diante de um gato selvagem. Sua pele estava corada, algo que ele nitidamente tentara esconder sob uma camada de pó compacto. Esquadrinhava seus guardas, que no momento tentavam reunir as multidões, patrulhavam a floresta ou vasculhavam os destroços da mesa do bufê.

— Barylea — berrou.

— É Bobbie, senhor — disse, calmo, o patrulheiro que ladeava o ombro esquerdo de Arlon.

O diarno lançou-lhe um olhar feio.

— Alguém acabou de incendiar meu baile, e esta é a sua preocupação? — Ele notou Kianthe e disse: — Fique onde está, Arcandor. Já falo com você em um momento. Guarda *Bobbie*, informe.

A patrulheira que confrontara Reyna na floresta agora se aproximava, ajeitando o uniforme em um tique quase nervoso. Empinou o queixo e os ombros, e não olhou para Reyna nem para Kianthe.

— A explosão parece ter se originado de...

— Eu sei de onde se originou, e não foi de uma mesa de bufê. Você prometeu que ia *resolver* isso.

Bobbie estremeceu, mas manteve os olhos grudados em um ponto imaginário logo acima da cabeça do diarno. Ao luar, Reyna via que os olhos dela eram de um tom magnífico de verde, da cor do musgo ou de uma ágata.

— Certo, senhor. Não apresentarei pretextos.

Arlon não gostou de nada daquilo.

— Você vai encontrar esse tal pirata ou vou precisar designar alguém mais experiente para o caso? Continue testando minha paciência, Bobbie, e ficarei feliz em mandá-la de volta para o serviço nas docas em Lathe.

Bobbie engoliu em seco, de modo quase imperceptível.

— Vou encontrar o pirata — afirmou a guarda.

— Você tem até a lua nova para resolver isso. Esse saqueador ridículo *vai* encarar a justiça... de uma forma ou de outra. — Então ele fez um gesto quase violento para dispensar Bobbie. A guarda fez uma saudação brusca, batendo o punho contra seu distintivo prateado. Aí seus olhos encontraram os de Reyna por um breve instante, depois os de Kianthe, e então ela se foi, retornando para a floresta, cheia de propósito.

Então a guarda sabia quem havia causado a explosão.

Um pirata?

Reyna nunca tinha lidado com piratas. Ela soltou um longo suspiro, seus lábios sorrindo de expectativa.

Ao seu lado, Kianthe lhe deu uma batidinha no ombro.

— Ah, eis aí aquele olhar de "chegou encrenca". Por que estou com a sensação de que você vai sair para caçar e me largar aqui para lidar com ele?

Ela não foi nem um pouco discreta. O diarno se aprumou, indignado, como se não a tivesse dispensado de modo semelhante instantes atrás. A única razão para ele ainda não ter se aproximado delas era porque um de seus guardas murmurava ao seu ouvido, gesticulando para os convidados que se aglomeravam perto da mansão no topo da colina.

Reyna voltou a se concentrar na noiva.

— Lembra do nosso acordo, querida? Dividir e conquistar. — Ela levou dois dedos aos lábios e assobiou bruscamente. O trinado de um grifo encheu o ar, seguido de outro som mais baixo. Lilac, a égua arredia de Reyna, foi deixada no estábulo quando elas chegaram à propriedade do diarno, mas Visk e Ponder preferiram a vastidão da vida selvagem.

Kianthe fez beicinho.

— Tá bem, mas a gente já tinha concordado com esse arranjo antes de os piratas entrarem em cena.

— Key, lembre-se dos dragões. E do inferno que eles podem fazer com nossos amigos mais queridos, caso não os apaziguemos. — Reyna apertou o braço de Kianthe, tranquilizadora. — Vi um navio navegando rio acima; acho que Visk e eu conseguimos alcançá-lo. Não deve demorar muito.

— Mas... *piratas.*

— Você é um ícone internacional. Uma negociadora do mais alto nível, alguém com uma missão muito importante aqui. — Reyna deu um sorrisinho. — Eu sou só uma preparadora de chás; dificilmente farei falta.

Kianthe resmungou baixinho:

— Preparadores de chá não caçam piratas.

Reyna inclinou a cabeça, sua mente já navegando rio acima com aquele navio.

— Que curioso. As preparadoras de chá do Reino caçam, sim.

Um agitar de asas se fez quando os grifos pousaram na clareira. Visk, uma fera enorme com coloração marrom-escura, chilreou, bicando primeiro o cabelo de Kianthe, depois a túnica de Reyna. Sua filha Ponder, que no momento era um pouco maior do que um gato doméstico e crescia cada vez mais, pousou no ombro de Reyna, desfazendo seu coque meticuloso ao subir pela cabeça dela, as asas abertas para se equilibrar.

Arlon parou de repente, já que qualquer pessoa sensata tomaria a devida cautela ao se aproximar de grifos, fossem eles selvagens ou não.

Reyna incitou Ponder de volta para o ar, então montou Visk com suavidade. Diferentemente dos cavalos, grifos não usavam selas, mas Visk ficou quietinho até Reyna estar bem posicionada.

— Espero que isso não demore muito. — Seus olhos brilharam para Arlon e o humor dominou seu tom. — Divirta-se com a política, querida.

Kianthe resmungou, caminhando com petulância até o diarno.

Enquanto isso, Reyna estalava a língua, e Visk decolava rumo aos céus.

2

KIANTHE

Considerando que Kianthe quase tinha morrido naquele dia, *e* que não conseguira comer nada antes de a mesa do bufê explodir, Arlon deveria estar grato pela visita surpresa dela. Mas, pelo contrário, o diarno parecia ter bebido vinagre. Era quase cômico como as veias em sua testa latejavam, como seus olhos brilhavam com a irritação maldisfarçada.

Kianthe não conseguiu se conter.

— Arlon. Há quanto tempo. Se eu soubesse que suas festas eram esse estouro todo, eu teria entrado de penetra antes.

Ela aguardou.

— Entendeu? *Estouro*?

Arlon parou de repente, e suas bochechas coraram ainda mais.

Apesar de sua aparência meticulosa, da alfaiataria requintada do casaco, da maneira cuidadosa como emplastrara o cabelo para cobrir a parte calva, ele estava ficando alterado. Atrás dele, um de seus preciosos guardas apertou os lábios, num esforço para não rir.

— Por causa da explosão?

— Sim, obrigado, Arcandor. — Sua resposta foi dita entredentes e imensamente satisfatória. Kianthe não podia se esquecer de contar essa piada para Reyna mais tarde.

Colina acima, os resmungos curiosos e indignados de seus convidados aumentavam de volume. Em vez de começar uma conversa, Arlon se limitou a estalar dois dedos.

— Siga-me. — Então ele se virou em direção à sua mansão e disse a um de seus guardas: — Leve os convidados para o salão de baile principal. Reinicie a música.

O guarda assentiu de modo brusco e se pôs a gritar ordens. Devagar, a multidão se afunilou para um conjunto de enormes portas duplas no lado oeste da casa.

Kianthe os examinou por alto, ninguém parecia ferido. Alguns outros patrulheiros passaram correndo por ela, já comandando a equipe que aparecera para limpar a bagunça às margens do rio.

Kianthe levantou uma sobrancelha. Pela Joia, ele empregava *muita* gente.

Arlon saiu confiante da trilha de paralelepípedos, contornando a propriedade havia um outro caminho isolado que Kianthe nunca tinha visto. Dali, via-se bem a mansão, uma monstruosidade de tijolos e madeira com beirais largos sob um telhado inclinado, todo arrematado na frente por ferro grosso. Caro para os padrões de qualquer um, mas ridículo se comparado às casas dos outros diarnos.

Talvez fosse um lance de membro do conselho. Mas toda aquela frescura só fazia deixar Kianthe com saudades de sua livraria aconchegante.

Arlon abriu uma porta lateral inócua e gesticulou para que a Arcandor entrasse no corredor escuro.

— É aqui que você me mata? — brincou ela, de modo inocente.

Os dedos de Arlon apertaram a maçaneta de ferro.

— Arcandor, tenha *dó*.

Que sem graça. Dando de ombros, ela entrou.

O corredor era revestido do chão ao teto com mosaicos intrincados, cada qual representando a alegada fama da família de Arlon: fazendas exuberantes ao longo de um rio surpreendentemente grande. Ela examinou de maneira casual um mapa do rio Nacean, onde as terras regidas pelo diarno Arlon eram tingidas de azul em contraste direto com o verde opulento do restante de Shepara.

Bendita Joia, ele tinha domínio sobre uma *enorme* parte do rio. Tudo o que tocava sua margem, da cidade mais ao norte de Lathe até o norte de Jallin, estava pintado de azul. Kianthe franziu a testa.

— Arcandor — disse Arlon, recapturando a atenção dela. O diarno abriu uma porta de madeira para um pequeno escritório, e gesticulou para que a maga entrasse.

Era bem privativo, apenas duas poltronas e uma pesada escrivaninha de madeira ao longo da parede dos fundos. Ela desanimou um pouco; diziam que o diarno tinha uma excelente coleção de livros, a coisa que Kianthe mais adorava no mundo.

— E eu aqui pensando que você estava me levando à sua biblioteca. É o caminho mais curto para se chegar ao coração de uma garota, sabia?

Arlon a fitou de olhos semicerrados, então percebeu que Kianthe estava de fato decepcionada. Seu tom foi desdenhoso.

— Fica do outro lado da propriedade, num prédio próprio, perto dos estábulos. Mas está em reforma no momento, e fechada ao público.

— Eu sou considerada parte do público? — Kianthe não se rogaria de usar seu título e seu status para obter acesso à melhor biblioteca nos arredores de Wellia.

— Sim, é, pelo menos quando estou derrubando paredes inteiras. Os livros estão em um depósito.

Merda. Kianthe cruzou os braços, afundando-se em uma das poltronas perto da lareira apagada, enquanto os guardas se posicionavam de cada lado da porta.

Arlon não quis se sentar. Em vez disso, aproximou-se dela, carrancudo.

— Então... O que houve? Além do fato de você estar aparentemente cercado por piratas...? — Ela fez uma pausa, inclinando a cabeça. — Como sabe que a explosão não foi causada por bandoleiros ou algo assim?

— Não foi — asseverou Arlon, a irritação se infiltrando em sua voz. Ele começou a andar de um lado a outro, lançando olhares de raiva sorrateiros para a janela, a margem do rio quase invisível na descida da encosta. — E não são piratas. É "pirata". No singular.

— Um pirata está causando essa zona toda?

Arlon cerrou o maxilar, como se não quisesse reconhecer a gravidade do cerco.

Kianthe teve que lutar para não rir. Não tinha graça; sem a magia da Arcandor naquela noite, aquele fogo poderia ter resultado em um desastre avassalador, e rápido. E ela sabia muito bem disso.

Mas havia algo mais naquela circunstância, pois *um pirata* estava sendo capaz de tirar Arlon do sério. Logo ele, conhecido por sua compostura no conselho, o diarno contemplativo que primeiro avaliava e só oferecia seu julgamento quando tinha todas as evidências em mãos.

— Um pirata — repetiu Kianthe, girando na poltrona para colocar as pernas sobre o braço do móvel. Ela conjurou uma bola de chama-eterna, enfeitiçando-a para que esquentasse, mas não queimasse, e a instruiu a acender a lareira. O resultado foi um brilho amarelo cálido sobre a saleta e um crepitar suave preenchendo o espaço silencioso. Então, uma ideia lhe ocorreu. — Esse pirata não seria Dreggs Vigarista, né?

O tom ansioso na voz dela era inconfundível. Kianthe não pronunciava aquele nome desde a infância. Dreggs e sua imensa frota atuavam nos

Mares do Sul, e costumavam deixá-la fascinada... Bem, pelo menos até o dia de sua mudança para o Magicário, quando as aulas tediosas infelizmente suplantaram os contos fantásticos.

Depois que se tornou a Arcandor, o assunto perdeu importância para ela. Dreggs podia até ser um terror para os mercadores honestos, mas era um terror *humano*. A menos que Dreggs estivesse cavalgando monstros marinhos, qualquer assunto relacionado a elu estaria fora dos domínios de Kianthe.

Ainda assim, sempre quisera conhecer aquela figura lendária. Com certeza um ser arrojado, charmoso, capaz de ludibriar um exército e de conquistar uma donzela com o mesmo fôlego.

— Pelas Estrelas, não — retrucou Arlon, destruindo a esperança de Kianthe com três palavrinhas. — Se Dreggs ousasse se aproximar, iria para a cadeia na hora. E elu sabe disso. Não, estou falando de um perigo real e genuíno para a vida do meu povo. — Para comprovar seu argumento, ele apontou um dedo para a janela, provavelmente se referindo à carnificina de bolos explodidos e perus estraçalhados.

— Você está falando de uma mesa de bufê que explodiu. — Kianthe tentava esconder a frustração depois de ter suas expectativas atiçadas. Na livraria em Tawney, ela mantinha dois exemplares de *Grande Dreggs Vigarista*, tanto a versão autobiográfica quanto a fanfic, a qual continha algumas cenas obscenas que ela e Reyna *sem dúvida* reproduziram juntas.

Teria sido excelente conseguir um autógrafo.

Arlon estava com a cabeça em outros assuntos, sequer acompanhava os devaneios dela. O diarno respirou fundo.

— Arcandor, minha família tem sido responsável por estas terras desde antes da magia despertar os dragões. Os fazendeiros aqui fornecem grãos para metade de Shepara e para boa parte do Reino e de Leonol. No momento, esse suprimento está em risco.

Argh. Negócios. A contragosto, Kianthe ficou séria. Por mais que adorasse zombar de Arlon, que era notoriamente chato o tempo todo, ela precisava cumprir suas obrigações para com os domínios do Reino.

— Quando você fala assim, parece que está sendo ameaçado por uma praga, e não por um pirata. Então, me esclareça, conselheiro. Como um fanfarrão lhe colocou nessa situação?

Arlon ficou em silêncio. Virou as costas para ela, pegou uma garrafa de vidro com líquido âmbar da mesa e serviu uma dose em um copo bojudo. Não ofereceu a Kianthe — qualquer pessoa familiarizada com magos sabia que magia e álcool não combinavam.

Ele tomou um longo gole e respondeu:

— Quando os ataques aos meus navios começaram, eu esperava um amador, alguém que meus guardas controlariam com facilidade.

— Bobbie.

— Ela tem sido uma líder combativa, sim. Quase me implorou pelo cargo, e a mãe dela é xerife em Lathe. Imaginei que ela seria um bom recurso; as pessoas nas minhas cidades menores a conhecem bem. — Agora a expressão de Arlon azedou, como se ele estivesse chupando uma planta venenosa. — Mas foi um erro, um que vou corrigir se Bobbie não conseguir pegar aquele desgraçado até a lua nova.

Interessante. Reyna ficara intrigada com Bobbie, e era raro a intuição de Reyna se equivocar. Em algum lugar distante, a música abafada da orquestra aumentou de novo; a festa havia recomeçado sem seu anfitrião.

— O pirata tem navegado em círculos ao redor da minha melhor embarcação. Seu navio é pequeno, artesanal e veloz. Os ventos no rio variam, a depender da estação e do clima, mas ele parece saber exatamente quando navegar… e como esconder seu navio quando meus guardas se aproximam.

— Magia, talvez? — perguntou Kianthe.

— Não tenho certeza de que tipo, isso se for magia mesmo — resmungou Arlon. — Temos vários magos posicionados em cidades-chave, onde as montanhas bloqueiam o vento; eles ajudam os navios a passarem pelas passagens mais estreitas. Mas eles não querem saber de caçar um pirata. Já enviei três solicitações formais.

Kianthe bufou.

— Depende do mago e do quanto ele estiver entediado.

— Você vai se voluntariar? — Arlon ergueu uma sobrancelha.

Kianthe manteve a expressão serena. Por dentro, estava saltitante com a ideia de caçar um pirata. Mas agora seus desejos pessoais não eram a única coisa que importava. Não, agora Kianthe estava noiva, e a opinião de Reyna tinha peso. E sua noiva abandonara seu emprego de alto risco por um motivo.

Decerto não para capturar piratas, ou melhor, um pirata, no rio Nacean.

Ela praticamente ouvia a voz calma de Reyna, orientando-a para aquela conversa. *Mantenha o foco, querida. Pergunte sobre o carregamento. Encontre os ovos de dragão.*

Kianthe suspirou, afundando mais na poltrona. Suas pernas balançavam no ritmo da música abafada da orquestra.

— Eu, não.

Arlon bufou, evidentemente insatisfeito com a resposta.

— Os ataques logo aumentaram… e quem quer que seja esse pirata, escapou da identificação. A única coisa que sabemos é que talvez ele seja ela, uma mulher, com base nos relatos de testemunhas oculares.

Bem, então ele estava certo: não tinha como ser Dreggs, uma criatura tão andrógina que seu pretenso gênero não tinha a menor importância em suas histórias ou façanhas. Elu era simplesmente uma figura de proa escultural em sua temida frota do sul.

— Ela já matou alguém? — perguntou Kianthe.

— Alguns hematomas, vários guardas encharcados e um marinheiro com uma concussão. Mas, não, nenhuma morte. — Quando Arlon notou que Kianthe relaxou ante a informação, apressou-se em acrescentar: — Mas o custo dos danos causados tem sido imenso.

Até ir morar com Reyna, Kianthe não entendia muito bem o valor do dinheiro. A Arcandor apenas mandava as faturas para o Magicário ou oferecia ajuda mágica em troca de mercadorias. Mas aí ela passara duas estações observando Reyna fazendo orçamentos, guiando-a para opções mais baratas, contando moedinhas...

Ainda assim, era difícil ter empatia para com Arlon, envolto em tamanha opulência.

— Quanto ouro ela roubou? — Kianthe se endireitou, inclinando-se sobre os joelhos na poltrona de veludo macio.

Arlon cerrou o maxilar, usando pinças de prata para selecionar um pedaço de gelo dentro do balde metálico ao lado de sua bebida. Ele rodopiou o gelo no copo, examinando o líquido âmbar.

Kianthe bufou.

— Tanto assim, hein?

— Ela não roubou ouro nenhum. — A resposta foi sucinta, e ele lançou um olhar de reprimenda, primeiro para ela, depois para os guardas perto da porta. O rosto dele estava marcado por sombras escuras causadas pela luz bruxuleante das tochas da sala e da chama-eterna da lareira.

— Então qual é o problema?

— Ela está roubando comida. Trigo. Cevada. Grãos de todos os tipos.

Kianthe estreitou os olhos para ele.

Arlon tomou outro gole de sua bebida, mal-humorado.

— Ela também tem predileção por folhas de chá, que são enviadas diretamente à minha propriedade. E fardos de feno. E algum livro ou outro selecionado para a minha biblioteca. Às vezes, bebidas alcoólicas, mas nem sempre.

Um longo silêncio recaiu entre eles. Então Kianthe se pôs a rir, gargalhar, na verdade, e só parou quando Arlon ficou muito vermelho. Enxugando os olhos, ela arquejou:

— Ok. Desculpe. Não é engraçado.

Um dos guardas abriu um sorriso.

— Tá, é um pouco engraçado, sim — emendou, e se impulsionou da poltrona para ficar de pé. — Qual é, Arlon. Uma pirata roubando trigo? E ela simplesmente... o quê? Navega pra cima e pra baixo pelo rio Nacean saqueando os barcos dos seus agricultores? — Agora Kianthe fazia uma pausa, esticando os braços acima da cabeça. — Na verdade, esse é um modelo de negócios brilhante.

Arlon bateu o copo na mesa, derramando bebida sobre a madeira lustrosa.

— Meu povo opera com uma cota apertada. Se ela continuar confiscando a comida, teremos de cortar as exportações. Seja ao longo do Nacean, ou mais a leste, nos domínios da rainha Tilaine, as pessoas vão começar a passar fome. — Um silêncio frio preencheu o cômodo, e Arlon invadiu o espaço de Kianthe, encarando-a. — Ainda é engraçado para você, Arcandor?

A maga encontrou o olhar dele de frente, embora agora cutucada por uma incômoda pontada de medo. Porque Tawney, a cidade onde viviam, a cidade cheia de amigos que agora eram como uma família, a cidade que eles vinham lutando para salvar dos dragões, também comprava comida das fazendas de Arlon. Ela teria de verificar com Reyna para saber a quantidade exata, mas, oras, Kianthe não era burra. Tawney ficava aninhada numa tundra estéril e gelada. Qualquer produto cultivado tinha uma janela muito apertada de colheita, e estava longe de ser o suficiente para abastecer a cidade durante o ano todo.

Quando Arlon disse "as pessoas vão começar a passar fome", Kianthe inseriu de imediato rostos naquelas palavras.

Ela cerrou o maxilar.

— Ninguém vai passar fome.

Afinal, sua magia elemental valia de alguma coisa.

Mas Arlon não se deixou impressionar.

— E o que pretende fazer? Amarrar a si mesma às minhas terras? Agendar visitas sazonais para garantir que sobrevivamos apenas se for mediante a sua intervenção? — Diante do silêncio sombrio dela, o diarno massageou a testa. — Há uma solução, e é gritantemente óbvia: encontramos essa pirata e a levamos a Wellia, para julgamento. O conselho decide o destino dela. Mas, para rastreá-la, preciso da sua comunhão com o rio.

Arlon precisava da magia dela. A Arcandor carregava magia o suficiente para impedir inundações e cultivar florestas, bastava usar os conduítes certos. Aqui, as linhas de ley vibravam de tanta energia, e tudo que era vivo falava com ela, um sussurro de cor dourada que se espalhava pelo ar como uma teia de aranha.

Arlon estava certo.

À diferença dos outros magos do Magicário, *Kianthe* era capaz de rastrear a tal pirata.

— Então vou perguntar de novo, Arcandor. Você vai se voluntariar?

Espertinho.

Kianthe esfregou o rosto. Reyna queria se concentrar nos ovos de dragão. Dito isso, ela jamais interferiria nos deveres de Kianthe como Maga das Eras... mas quem saberia quanto tempo mais aquele interlúdio duraria? Reyna com certeza iria querer retornar à livraria em dado momento, provavelmente o mais cedo possível.

Mas talvez houvesse um jeito de conciliar tudo.

— Arlon, eu adoraria ajudar a resolver isso, mas... temo que tenhamos vindo aqui com um objetivo já definido.

O que começara como uma tarefa simples — encontrar os três ovos roubados da terra dos dragões uma geração atrás —, agora iria se tornar uma longa investigação de manifestos de embarque, entrevistas com mercadores e pesquisas enlouquecedoras. Por mais que Kianthe amasse mergulhar na ficção, não estava ansiosa para passar metade de uma estação vasculhando os extensos registros de Arlon, mesmo que Reyna estivesse disposta a isso.

— No entanto, para a sua sorte, acho que é possível fazer um acordo.

Agora Arlon parecia desconfiado.

— Hum?

Kianthe enfiou as mãos nos bolsos da capa, balançando-se sobre os pés.

— Precisamos de acesso à sua extensa biblioteca; em especial aos manifestos de carga marítima dos seus primeiros anos como diarno.

Kianthe não lhe revelou o porquê; ela e Reyna já tinham discutido aquilo, e achavam que, por ora, era mais inteligente manter em segredo a história dos ovos de dragão. Afinal de contas, alguém havia ordenado que eles fossem roubados... ou, no mínimo, interceptara-os após o furto. E agora o caminho parecia levar justamente a Arlon: conselheiro de Shepara, diarno do rio Nacean.

Sendo assim, ela não ficou surpresa quando o homem enrijeceu.

— Essa informação é privada. Não tenho obrigação de compartilhar meus registros.

— Não, claro que não. — Kianthe caminhou de volta para a poltrona, passando um dedo pelo tecido macio. — Mas é do interesse do conselho manter a Maga das Eras em boa conta. E me parece que é do *seu* interesse cogitar um acordo aqui.

Arlon não respondeu.

Kianthe se recostou na poltrona, cruzou os braços e tamborilou um dedo no cotovelo.

— Vou ser direta. Vou capturar sua pirata, porém, em troca, preciso de registros do ano 741 do Reino. Quero saber tudo o que se passou em suas terras, para onde foi cada item e por quê. Dê-me essas informações e resolveremos seu problema com a pirataria.

Arlon se afastou da mesa, passando a mão no cabelo ralo. Por um momento, os únicos sons foram a música da orquestra e o crepitar da chama-eterna.

— Vou providenciar os registros — concluiu ele. — Mas quero que isso seja feito em tempo hábil. As temperaturas estão caindo dia após dia; não teremos mais colheita este ano. Se essa pirata continuar roubando comida, o inverno vai ser complicado em todo o Reino.

Kianthe estendeu a mão, pronta para selar o acordo.

— Botarei a pirata em sua propriedade antes que chegue o solstício de inverno, contanto que você forneça os registros que pedi no mesmo prazo.

— Muito bem. — Ele apertou a mão da Arcandor, e foi um aperto forte a ponto de ser desconfortável.

Negócios, como sempre.

3

REYNA

Um respeito relutante fervilhou no peito de Reyna quando ela se deu conta de que sua presa, o navio da pirata, evaporara na noite. Bem, não exatamente "evaporara", Reyna estava vasculhando o rio de uma perspectiva aérea, e um navio só conseguiria suplantar a velocidade de um grifo até certo ponto. Mas mesmo espiando por sobre o corpanzil emplumado de Visk, olhando de soslaio para a água brilhando ao luar, Reyna sabia ter sido derrotada. O rio estava vazio, porém não demorou muito para que eles se deparassem com uma infinidade de mastros e velas se reunindo na baía. Navios: dezenas deles. Mais além, Reyna notou tardiamente um conjunto de docas e uma cidade pequenina e tranquila.

Hum. Não é uma tática ruim. Ela incitou Visk a descer um pouco, e Ponder ficou contornando de modo alegre as velas das embarcações maiores conforme eles vasculhavam a baía. Mas os conveses dos navios menores estavam vazios, e nenhum deles tinha as velas escuras que Reyna esperava.

Seria impossível distinguir um navio do outro depois de um mero vislumbre através das árvores. Reyna cogitou pousar e pedir informações ao administrador do cais, mas era tarde e todos já pareciam ter ido para casa.

Ela passou os dedos sobre as penas macias de Visk, numa contemplação silenciosa, inclinando-se sobre o corpo do grifo.

— Acho que é hora de parar por hoje — admitiu ela a contragosto. — Não faz sentido pagar por um quarto aqui quando o bom diarno tem tanto espaço sobrando.

Foi um voo breve até a mansão de Arlon, então provavelmente aquela cidadezinha ali era Oslop, a segunda cidade mais ao norte de Shepara. A menos que o tal pirata tivesse negócios em Lathe, a última parada no rio Nacean, ele teria de navegar de volta por ali, de qualquer forma. Entretanto, como o rio divergia em várias seções aqui e ali, ainda seria possível perdê-lo de vista.

Claro, de todo modo, ela e Kianthe não estavam lá para caçar um pirata. A prioridade eram os ovos de dragão, e por essa razão ela instruíra Visk a pousar no gramado recém-limpo da propriedade do diarno Arlon.

Vários funcionários esvaziavam a mesa do bufê e limpavam a bagunça da explosão, e se assustaram quando Visk pousou nos arredores. Reyna saltou das costas da criatura e lhe deu um tapinha no pescoço robusto em agradecimento. Ela mesma levara um bom tempo para engrenar com Visk; grifos eram notoriamente ferozes, então ela não culpava a equipe de limpeza por demonstrar cautela.

— Desculpem — berrou ela para um empregado, um homem que estava literalmente se esgueirando em torno da mesa do bufê, como se fosse ficar protegido ali. — Ele é amigável. Na maioria das vezes.

Visk concordou com um trinado.

No pior momento possível, Ponder bateu asas mais uma vez nos ombros de Reyna, provocando gritos assustados dos espectadores. Reyna enrijeceu-se quando a bebê grifo bicou seu cabelo, arrancando vários fios do coque bagunçado pelo vento, que já estava um horror depois da última vez que a filhote pousara ali.

Reyna redirecionou o bico da bichinha, afastando os cabelo dos olhos.

— Ela está em treinamento — gritou para os presentes, o que não pareceu tranquilizá-los nem um pouco. A maioria seguia de volta para a mansão, concluindo que o gramado poderia ser arrumado outra hora.

Que excelente impressão causamos aqui. Vermelha de vergonha, Reyna estalou a língua, sua deixa para Ponder pousar no chão.

A bebê grifo trinou em desafio, e Visk não quis saber. Beliscou a filha com o bico afiado, então gorjeou para Ponder, alto o suficiente para deixar os ouvidos de Reyna zumbindo.

Foi a gota d'água: os empregados remanescentes, quatro no total, fugiram correndo para a mansão. Apenas uma foi corajosa o suficiente para ficar ali, boquiaberta, e só depois seguiu seus companheiros sem muito alarde. Reyna estava dividida entre querer berrar vários pedidos de desculpa e ficar indignada em nome de suas montarias.

Não era como se os grifos tivessem começado a estraçalhar alguém, pelo amor dos deuses.

Diante da ira de Visk, Ponder danou a chilrear, oscilando no ombro de Reyna para depois planar até o chão. Ela então fechou as asas ao se curvar sob o olhar intenso e dourado de Visk. Desta vez, não o provocou mais: uma reação raríssima.

Visk bufou, como se dissesse: *Melhor assim.*

Ao que parecia, quanto mais cedo Kianthe os encontrasse, melhor. Reyna dispensou os grifos, meio que enxotando-os.

— Visk, você está assustando as pessoas. Nós duas vamos dormir aqui esta noite; fique por perto, e Kianthe vai chamá-lo amanhã. — Seus olhos se voltaram para Ponder, que normalmente dormiria com elas, e então para a mansão, com a festa ainda a toda no enorme salão de baile. — É melhor Ponder ir com você também.

Visk sacolejou o corpo, como se quisesse se livrar do estresse da paternidade. Era óbvio que não funcionou, então o grifo olhou com atenção para Ponder e gorjeou algo.

Ponder abriu as asas, relutante, e alçou voo.

Visk bateu no peito de Reyna com afeição, então seguiu a filha rumo ao céu noturno. Ambos desapareceram na escuridão quase no mesmo instante.

Reyna se pôs a caminhar em direção à mansão, mas mal tinha dado alguns passos e Bobbie emergiu da floresta pela segunda vez naquela noite. Reyna parou, observando-a tirar folhas de seus cachos fechadinhos e limpar a sujeira das bochechas. Parecia totalmente derrotada, seu olhar quase mortiço.

— Patrulheira — chamou Reyna.

A mulher enrijeceu, detectada. Em um piscar de olhos, as camadas de exaustão desapareceram, substituídas pela armadura fria do profissionalismo. Aprumou os ombros, pousou a mão na espada e empinou o queixo: a imagem da autoridade.

Que fofa. Jamais serviria para a guarda da rainha, mas boa tentativa.

Reyna sorriu de um jeito maroto e se aproximou com o ar menos ameaçador possível.

— Não estou tentando me intrometer. Assim que minha noiva terminar de falar com o diarno Arlon, tenho certeza de que seguiremos nosso rumo. Mas, por enquanto, posso ajudar na sua investigação. O rastreio era minha especialidade quando fui guarda da rainha.

A posição combativa de Bobbie abandonou seus ombros.

— Não há investigação. Ela já desapareceu.

A objetividade daquela declaração continha uma derrota que nitidamente vinha de anos.

— Assim, do nada? Como ela espera se esconder em um rio? — Reyna franziu a testa. — Não é uma fuga astuta se a gente pode só... vê-la navegando a partir da costa?

— É o que você pensa — disse Bobbie, a irritação entrelaçando as palavras. Ela pareceu perceber e pigarreou, prosseguindo em tom mais respeitoso: — O rio Nacean é o maior do Reino. Em alguns trechos, é tão largo que não é possível ver a outra margem, a menos que navegue até a metade dele. Ilhas são comuns em seu curso. As correntezas serpenteiam rio acima, depois rio abaixo, dependendo dos marcos físicos. Acrescente aí a neblina que temos nesta época do ano e... — Bobbie estremeceu. — Às vezes, tenho sorte. Na maioria das outras, ela vai embora antes mesmo de eu entrar na água.

Reyna escolheu suas palavras com cautela.

— Entendo. Bem, tenho motivos para acreditar que ela atracou ao norte daqui, em Oslop. Você acha que ela continuaria rumo a Lathe?

— Considerando que ela acabou de roubar quatro caixas de suprimentos destinadas ao armazém do diarno Arlon, acho que vai aportar em todas as principais cidades ao longo do Nacean. — Houve uma pausa e um suspiro pesado. A patrulheira tocou o próprio punho em um gesto reflexivo, então percebeu não haver nada ali e abaixou a mão. — Não. Serrie... Ah, quero dizer, ela não vai para Lathe. Ela tem... más lembranças de lá.

Que curioso.

Bobbie estremeceu, talvez percebendo que Reyna captara seu ato falho, e se virou em direção à mansão, determinada.

— Obrigada pela contribuição, srta. Reyna. Você deveria retornar para a festa. — Seus olhos baixaram para a espada ainda presa ao quadril de Reyna. — Isto não será permitido no salão de baile. É só um aviso amigável mesmo. Você gosta de animais de crochê?

A última frase veio e se foi com tanta rapidez que Reyna achou ter ouvido errado. Ela literalmente olhou duas vezes para Bobbie, gaguejando a resposta.

— Desculpe. Se eu gosto *de quê*?

— Bichinhos de pelúcia. Aqueles feitos em crochê. — Bobbie mudou de posição, obviamente constrangida, mas enfiou a mão no bolso e sacou uma pequena baleia. Havia sido crochetada de um jeito meticuloso, mas não muito bem, com linha azul e estufada com algo fofo, lã de ovelha ou algodão, provavelmente. Dois pequenos botões pretos foram costurados para fazer os olhinhos, quase como um improviso.

Reyna hesitou em pegá-la, mas Bobbie demonstrava tanta determinação que ela não resistiu. A baleia cabia na palma da mão. A costura era meio tosca e pequenas fendas delatavam a lã do enchimento, contudo tinha um certo charme.

Que desconcertante. Reyna a observou por mais tempo do que o necessário.

— Eu... acho que não estou entendendo bem. Não que eu não esteja grata, mas... — Por um momento, ponderou se teria interpretado mal a intenção de Bobbie, se a patrulheira achava que *ela* era um bom alvo de flerte.

— É meu alívio do estresse. Crochê. Mas aí acabei fazendo tantos que... Bem, acabo distribuindo por aí. Cachecóis, luvas e toucas são úteis, mas estes são divertidos de fazer. As crianças os adoram. — Bobbie massageou a testa. — Eu costumava passar mais tempo visitando as cidades do diarno, conhecendo os moradores. Agora estou tão ocupada caçando a pirata... Digamos que há projetos de crochê em *todos os lugares.*

Reyna a encarou. Na verdade, havia um menininho vizinho do Folha Nova Livros e Chás, filho de Sasua, que adoraria brincar com aquela peça. Mas Reyna ainda estava se recuperando do absurdo daquela conversa.

Claro, Reyna gostava de assar pães para aliviar o estresse. Kianthe lia. Todos tinham suas estratégias de enfrentamento.

Além disso, a baleia era muito fofa.

O constrangimento se infiltrou no tom da patrulheira.

— Não precisa ficar com ela. Mas se quiser um cachecol ou algo assim... Antes de partir com a Arcandor, venha me ver. Desejo o melhor a vocês duas. — Com um sorriso forçado, ela caminhou até a encosta. Seu andar era uma verdadeira performance, rígido e resoluto, mas a exaustão ecoava nas curvas de seus ombros.

Reyna guardou a baleia no bolso e seguiu em um ritmo vagaroso, oferecendo sorrisos de desculpas à equipe de limpeza, que agora retornava cautelosamente à mesa do bufê. Quando chegou ao topo da colina, com o salão de baile à sua esquerda e o caminho para os estábulos à sua direita, enfim encontrou Kianthe.

— *Finalmente* — resmungou a maga, afastando um banco de madeira ornado com ouro. — Por um minuto, pensei que você tivesse me abandonado com Arlon. Fazer política é exaustivo.

— É mesmo — concordou Reyna. — Tente ficar alerta durante uma reunião política com duração de um dia inteiro, acompanhando a rainha Tilaine e seus lordes. É um tipo especial de tortura.

Kianthe franziu o nariz, revezando o peso sobre os pés.

— Eca. Costumo ir embora se o assunto não me interessa.

— Que privilégio.

As duas compartilharam sorrisos furtivos, e Kianthe lançou um olhar para a mansão. Elas não estavam perto da festa, mas seus olhos miravam as pessoas que passavam por um jardim perto do salão de baile.

— Vamos participar das festividades hoje à noite ou...?

— Eu preferiria uma cama quentinha, mas você não comeu. Eu sem dúvida beberia uma taça de vinho primeiro. Espero muito que tenhamos tempo para visitar os vinhedos ao norte de Jallin.

Jallin era a cidade mais ao sul de Shepara, onde Kianthe nascera. Pelo que ela relatava, era uma cidade pantanosa com casas construídas sobre palafitas nas águas mais tranquilas, ou com construções mais robustas ao longo da margem do rio. Há algum tempo, Reyna já vinha sugerindo uma visita, mas, quanto mais demorava, mais convencida ficava de que Kianthe estava evitando o lugar.

Era um pouco preocupante, considerando que os pais dela continuavam morando lá e ainda não faziam ideia sobre o noivado.

Como previsto, Kianthe dispensou a proposta despretensiosamente.

— Koll é melhor para beber vinho, mas não precisamos voar até lá para aproveitar. Arlon vai ter algumas garrafas aqui, com certeza. — A maga pegou a mão de Reyna e a guiou em direção ao salão de baile.

Conforme já imaginado, um guarda parou as duas e gesticulou para a espada de Reyna.

Kianthe apenas abriu um sorriso e declarou:

— Eu sou a Arcandor. Vai confiscar minha magia também?

O pobre guarda hesitou, e seu supervisor, um com as dragonas de prata que estivera flanqueando o diarno mais cedo, interveio:

— O diarno Arlon deu ordens para que a Maga das Eras e sua companheira entrem sem restrições. Seus aposentos estão sendo preparados, Arcandor. Esperamos que sejam do seu agrado.

— Obrigada — disse Kianthe, com ar de superioridade, e puxou Reyna para a festa, que por sua vez revirou os olhos, acompanhando a amada.

— Você está adorando isso, né?

— Adorando o poder que vem com a minha existência? Mas é claro que estou. — Kianthe sorriu com malícia. — Você pode estar com fome, mas eu estou morrendo de fome. Vamos comer. — Ela foi direto para as mesas abastecidas com novos pratos de carnes, queijos, pães e sobremesas.

Assim que encontraram um cantinho tranquilo para curtir a música, Kianthe voltou à ação. Deu uma mordida em um brócolis, mantendo a voz baixa e divertida.

— Arlon vai nos ceder seus registros anuais. Ou pelo menos foi o que prometeu.

— Que bom. — Reyna desconfiava da cooperação de Arlon, mas ambas concordavam que a ação mais inteligente era tentar olhar os registros primeiro. Ela tomou um gole de vinho. Kianthe estava certa: o diarno importava tudo do bom e do melhor. Era um blend crocante e terroso, com fortes notas cítricas.

— Sim. Mas em troca, temos até o solstício de inverno para encontrar um pirata para ele.

A introdução perfeita ao assunto.

— Qualquer pirata ou...? Ele realmente não me pareceu desse tipo. — Reyna nunca tivera tal senso de humor antes de Kianthe, mas ela também sabia que aquele comentário faria a maga rir. Quanto mais tempo passavam juntas, mais Reyna priorizava os sorrisos de Kianthe, mesmo que fosse à custa de sua dignidade.

E, claro, a Arcandor quase cuspiu a água. Reyna sentiu o coração, e o corpo, quentinhos.

— Droga, eu queria ter *dito* isso a ele. — Kianthe recostou-se na cadeira, cruzando os braços. — Como se saiu na sua busca?

— Perdi o navio de vista em um porto. Ela foi muito astuta. — Reyna inclinou a cabeça, reconhecendo a música que se iniciava. Seus olhos percorreram o salão de baile, os convidados valsando ao som de música estrangeira, e ela se sentiu mais distante do que nunca de Tawney e de sua livraria tranquila. Seus dedos roçaram a baleia de crochê no fundo do bolso e ela sorriu.

Kianthe resmungou.

— Então vou pedir ajuda ao rio e seguiremos a partir daí. Não deve demorar muito para encontrá-la. — Fez-se uma pausa enquanto Kianthe capturava o miolo fofo e amanteigado de um pãozinho e enfiava um pedaço na boca. — E boas notícias: vamos nos juntar à patrulheira sexy para a caçada. Arlon insistiu, mas ei, eu é que não ia discutir.

Reyna quase se engasgou com o vinho.

— A patrulheira *sexy*? Tem algo que você queira me contar?

— Só que se eu não fosse uma noiva tão boa e dedicada, você teria uma concorrente daquelas.

Reyna traçou a borda da taça com um dedo, depois cobriu a mão de Kianthe, que repousava sobre a mesa. A outra parou, e Reyna se inclinou para a frente, sensual.

— Amor, acho que você está se esquecendo de que não haveria concorrência. Haveria luta... e eu venceria.

— Ok. Isso é mais sexy ainda. — Kianthe repuxou a própria gola e abriu um sorriso tenso.

Reyna se inclinou para trás, satisfeita, então sacou a baleia para mostrar a Kianthe.

Para a surpresa de ninguém, a maga deu um gritinho, pegando a pelúcia. Correu os dedos sobre o fio macio e aconchegou o bichinho contra o peito.

— É tão *fofo*! Onde você conseguiu? Posso ficar com uma?

— Esta é sua — respondeu Reyna, divertida. — Pelo menos até retornarmos a Tawney e eu entregá-la a Sasua. Sua patrulheira "sexy" faz crochê. Alívio do estresse, ela disse. Acho que essa caça aos piratas a está afetando mais do que ela tem deixado transparecer.

— Porque a pirata é astuta demais? — Kianthe colocou a baleia na mesa, batendo em sua cabecinha resolutamente.

O vinho começou a deixar Reyna mais calorenta, e a orquestra enfim mudou para uma melodia mais vagarosa.

Quase calmante.

— Não exatamente. Tenho motivos para acreditar que as duas já se conhecem, e que têm uma conexão mais profunda do que o diarno imagina.

— Ah, ele iria adorar isso! — O sarcasmo pingou das palavras de Kianthe. Ela abandonou a baleia para mergulhar de volta na comida, umedecendo um pedaço de carne temperada em um pouco de molho vermelho. — Arlon deu ordens para Bobbie ficar nas premissas até estarmos aptas para partir amanhã. Ele queria que viajássemos hoje à noite, mas falei que precisávamos do nosso sono da beleza.

— *Você* precisa do seu sono da beleza. Estou bem acostumada a noites insones — respondeu Reyna.

O sorriso de Kianthe ficou malicioso.

— Quem poderia ter causado isso, eu me pergunto?

Bem, ela praticamente entregara a deixa para a noiva.

Reyna suspirou, levantando-se. Kianthe estava quase acabando de comer, e o vinho estava deixando Reyna cansada.

— Por certo não é a pessoa que está com um pedaço de brócolis entre os dentes desde que começou a comer.

Kianthe corou e cavoucou os dentes com um dedo. Reyna riu, guardando a baleia no bolso, como se só agora tivesse se lembrado dela ali. Agora que elas haviam jantado, sua mente vagava para outras coisas; coisas que ela sabia que Kianthe iria adorar.

— Vamos. Vamos ver se consegue encontrar todas as minhas adagas esta noite.

— Estou quase lá! E pare de costurá-las na sua camisa, você sabe que depois que a peça cai no chão, eu nem olho para ela mais.

Reyna puxou Kianthe para um beijo, deleitando-se com sua expressão atordoada.

— Querida, estou contando com isso.

4

BOBBIE

O rio ainda estava vazio.

Tá, ela estava sendo injusta. Na verdade, estava vibrante; cheio de vida selvagem e energia, como sempre. Pássaros voavam entre os pinheiros, sapos coaxavam ao longo da margem e os vaga-lumes começavam a se apagar conforme o sol se aproximava do horizonte. O rio estava coberto por uma névoa densa e gélida, resplandecendo num dourado brilhante sob o sol da manhã.

Bobbie piscou, as pálpebras pesadas, e então deu um tapa na bochecha para ficar desperta. Algumas horas de sono não estavam sendo o suficiente, mas Serina não permaneceria em Oslop por muito tempo. Seu padrão de ataque estava emergindo: se Bobbie estivesse certa, ela levaria seus bens roubados para Neolow.

Assim, a patrulheira se levantou da cama só para passar aquele restinho de madrugada vigiando a correnteza suave do Nacean.

E isso significava que ela ficou cem por cento ciente de uma embarcação menor que navegava rumo ao sul, tripulada por dois guardas que Bobbie reconheceu. A pessoa de menor estatura, Keets, controlava as velas, e o outro, Tyal, estava de encontro à amurada, e sua gargalhada ricocheteava na superfície do rio.

— Ora, ora. Guarda Bobbie, a destemida líder da nossa caçada pirata. — Tyal bufou. — Imaginei que estaria navegando atrás dela, e não desperdiçando sua manhã admirando o rio.

A irritação da patrulheira aflorou de imediato. Depois de mais de um ano treinando em Wellia ao lado dele — e de suas brincadeiras cruéis —, Bobbie desenvolvera toda a coragem de que precisava.

— E pensar que, depois do incidente em Jallin, imaginei que *você* ficaria esperto e cuidaria da própria vida.

Do leme, Keets riu. Elu era um dos poucos patrulheiros a tolerar muitas horas ao lado de Tyal, todavia, como sua personalidade era tranquila, Bobbie não tinha maiores problemas com elu.

— Se lhe serve de consolo, Ty, gostei de desatolar nosso barco da lama. O fato de ele ter ficado preso debaixo de uma palafita foi só um desafio a mais.

— Cale a boca — retrucou Tyal.

Da margem, Bobbie sorriu.

Tyal só ficou mais zangado. O barco deles estava passando lentamente, aproveitando um ritmo tranquilo ao longo daquela parte do rio, mas eles ainda estavam meio afastados da margem.

— Um pirata foi avistado em Neolow hoje de manhã, e o diarno está mobilizando reforços. Lamento muito que vocês não sejam o suficiente, mas não se preocupem. O reforço chegou.

Aquela cronologia não fazia sentido. Bobbie já vinha observando o rio por horas após a explosão da noite anterior. Para Serina ter chegado a Neolow cedo o suficiente para alertar a guarda e mobilizar reforços, teria de ter navegado a madrugada toda. Não teria dado tempo de passar em Oslop.

O silêncio perplexo de Bobbie deixou Tyal mais presunçoso. Ele se recostou na balaustrada, agora mais descontraído.

— Isso mesmo. Estamos prestes a capturar sua pirata. Mas não se preocupe; vou me certificar de dizer a Arlon que foi tudo obra nossa. — E ele piscou para Keets.

Keets apenas revirou os olhos.

— Boa sorte nas corredeiras do rio — retrucou Bobbie, pois não tinha mais nada a dizer. — Tente não cair na cachoeira. — Aquela bifurcação do rio estava nitidamente identificada, mas a ameaça parecia intimidadora.

Até certo ponto.

Ao menos assim ela esperava.

Tyal respondeu alguma coisa, mas já estava longe demais para se fazer ouvir. O barco deles desapareceu na névoa matinal... indo, indo, e se foi.

Bobbie ficou sozinha mais uma vez, embora agora se sentisse vagamente estúpida. Se havia um pirata ao sul dali, ela precisava investigar — mesmo que seus instintos lhe informassem que Serina *não poderia* estar tão ao sul naquele momento.

Bufando e frustrada, Bobbie voltou ao quartel, pisando duro. De todo modo, a Arcandor tinha marcado de encontrá-la, e ela por certo teria mais sorte para encontrar Serina se tivesse olhos no céu.

Ao caminhar, sua frustração arrefeceu, substituída por uma melancolia ecoante. A propriedade de Arlon era mesmo agradável, e Bobbie desejava desesperadamente que Serina pudesse estar ali para vê-la. O orvalho havia se instalado em tudo, e o ar estava fresco o suficiente para formar fumacinha nas exalações. O terreno estava cheio de funcionários: todos, de camareiras a carpinteiros e paisagistas, passavam apressados para lá e para cá.

Bobbie conseguia imaginar as duas trabalhando na guarda, parceiras. Visitando todas as cidades ao longo do rio Nacean, auxiliando fazendeiros e moradores, garantindo a ordem e melhorando o mundo. Serina sempre quis viajar. Esta poderia ter sido sua grande oportunidade.

Poderia ter sido a grande oportunidade *delas*.

Em vez disso, ela escolhera a pirataria. E agora estava sendo caçada pela patrulha do diarno, e talvez Bobbie não conseguisse intervir.

A emoção formou um nó em sua garganta, e a patrulheira engoliu em seco. Queria fazer crochê. Bem, primeiro, queria dormir, mas *depois* queria fazer crochê. Contar os pontos, escolher o tamanho certo de agulha, criar algo do zero... era relaxante demais para ela.

Já aquilo ali, não.

O quartel era um prédio enorme com um pátio interno, três andares e passarelas externas que levavam a cada cômodo. No automático, Bobbie subiu as escadas até seu alojamento, dando um passinho para o lado quando outros companheiros passaram em sua rotina matinal. Ela quase os invejava; já não tinha uma rotina adequada há uma estação inteira.

Bobbie seguiu penosamente até sua porta, contornando as enormes caixas abertas de antigos projetos de crochê: cachecóis, toucas, capas, suéteres e até mesmo uma caixa de pelúcias, todos arrematados com etiquetas à mão em sua caligrafia caprichada.

Para a comunidade. Por favor, pegue. É de graça.

Por um momento, a humilhação a inundou, e ela ficou encarando as caixas. É lógico que aquilo era uma Coisa Boa. Oferecer projetos de crochê gratuitos para ajudar os membros da guarda, seus familiares, outros trabalhadores da propriedade... algumas pessoas de fato gostavam de seu trabalho. De tanto em tanto tempo, ela notava que alguma peça havia sido levada, o que era bem legal.

Mas Tyal a fizera se sentir insegura. E a noiva da Arcandor pareceu atordoada quando Bobbie lhe deu a baleia de presente. Bobbie pensara estar sendo fofa — era um de seus melhores trabalhos, adequado para a futura esposa da Maga das Eras —, mas talvez a patrulheira tivesse passado dos limites.

Talvez tivesse sido um gesto bizarro.

Será que a atitude pegaria mal para o diarno Arlon? Ou pegaria mal para a própria Bobbie? Ela tentava não se importar com o que as pessoas pensavam *dela*, até então só havia tido uma amiga de verdade, e uma amiga lhe fora o suficiente... mesmo que elas não estivessem se falando mais. No entanto, queria ser respeitada pelo seu trabalho. Queria impressionar Arlon, e também a Arcandor.

Talvez aqueles projetos toscos de crochê, oferecidos em caixas cafonas, não fossem o melhor jeito de galgar esse respeito.

Mas era tarde demais. No momento, ela ouvia a Arcandor conversando com a noiva enquanto chegavam pelo pátio lá embaixo. Bobbie se atrapalhou com a chave, tentando desesperadamente abrir a porta para poder saudá-las de um jeito adequado e amigável, como se tivesse dormido bastante e estivesse prontinha para iniciar o dia.

— ... operação — declarava a Arcandor. Seu tom soava severo, mas talvez Bobbie estivesse interpretando mal. — Eu só queria saber se o conselho tem alguma ideia de que ele construiu um exército aqui.

— Acho difícil chamá-los de exército — comentou a parceira da Arcandor.

Bobbie adentrou seu quarto e fechou a porta com delicadeza. Tudo tranquilo, por ora. Então foi até o espelho, afofou o cabelo e limpou a sujeira das mãos e dos braços. O uniforme estava quase impecável, mas ela tirou uns fiapos dele mesmo assim. Ao se avaliar, seus olhos se voltaram para uma pulseira desfiada de barbante e miçanguinhas. Estava exposta com cuidado, intocada por outros objetos, mas também estrategicamente escondida atrás de uma caixa de pentes, rasqueadeiras e grampos de cabelo.

Sentiu uma pontada no coração, e aí pegou a pulseira.

Ela a usara por anos e anos — mais de uma década, na verdade — e só a tirara nos últimos tempos, quando percebera que *Serina* era a pirata que assolava o rio. Uma traição da maior magnitude, atacando o chefe de Bobbie só para ter o que fazer. Era óbvio que Serina não ligava para Bobbie, Arlon ou para a cidade natal delas.

Mas e se fosse apenas um mal-entendido?

Se Bobbie pudesse simplesmente *conversar* com ela...

Por impulso, os dedos se enredaram na pulseira, seu polegar esfregou o barbante muitíssimo familiar. As miçangas costumavam ser azuis, mas agora estavam desbotadas para um cinza-claro. Foi um pouco difícil passá-la pela mão — elas eram pré-adolescentes quando montaram as pulseirinhas —, mas acabou ficando certinha no punho.

Bobbie ficou admirando-a por um momento, emotiva. Logo veio a autoaversão, porque não havia lugar para sentimentalismo quando o diarno mais poderoso de Shepara declarara Serina inimiga pública número um.

Uma batida ecoou à porta, e Bobbie engoliu um gritinho, puxando de maneira apressada a manga do uniforme sobre a pulseira de barbante. Sem perder tempo, correu para a porta e a abriu com um puxão.

A Arcandor estava lá com a noiva. Mas ao passo que Bobbie ansiava pela atenção absoluta da Maga das Eras, parecia que ela perdera o posto para o montão de projetos de crochê à espera de inspeção. Logo a Arcandor estava abaixada ao lado de uma das caixas, vasculhando os pequenos animais de pelúcia destinados às crianças, e quando Bobbie a olhou, congelou como um cervo avistado por um predador.

— Ah... Não é o que parece. — A Arcandor enfiou nos bolsos duas raposas, um guaxinim e um pequeno dragão.

Reyna suspirou.

— É isso mesmo que parece, dona Guarda. E é melhor falar com ela logo, se não quiser perder metade dos seus bichinhos.

Bobbie se atrapalhou em busca de uma resposta.

— Pela Estrelas, é... é um prazer. — Estaria seu constrangimento tão óbvio para o casal quanto era para ela mesma? — Pegue o que quiser. Pelo menos vai ter utilidade. — A Arcandor sorriu para Bobbie, que se endireitou, forçando o profissionalismo. *Fique como uma patrulheira de respeito ficaria. Aja como uma patrulheira de respeito agiria. Aquela ali é a* Arcandor.

— Oi — cumprimentou a maga mais poderosa do Reino.

Diga oi, sibilava a mente de Bobbie.

— V-Você deve ser a Arcandor. É um prazer conhecê-la. Ou prefere ser chamada de Maga das Eras? — Bobbie se apressou em fazer uma reverência, então bateu no peito em uma continência combativa e, sem mais nada a fazer, assentiu. A humilhação a invadiu em ondas ante a saudação desajeitada. Um *aperto de mão* teria servido.

Provavelmente.

A Arcandor notou — deve ter notado —, mas nitidamente se absteve de fazer comentários.

— Na verdade, prefiro Kianthe, mas ninguém parece se importar com isso. — Ela se endireitou, percebeu que os bolsos estavam cheios, daí começou a enfiar suas conquistas de crochê em uma bolsa presa ao seu quadril. — Formalidade é um saco.

Bobbie se assustou e riu.

Nesse meio-tempo, a parceira da Arcandor — ah, Kianthe —, escolhera um cachecol azul-escuro de uma das caixas, enrolando-o em volta do pescoço.

— Você disse que faz isso para aliviar o estresse? — Ela franziu a testa, passando os dedos pela costura vergonhosa de tão irregular. — Deveríamos nos preocupar?

Merda.

Bobbie era boa no que fazia. *Precisava* ser boa no que fazia, para impressionar Serina, para impressionar sua mãe em Lathe, para impressionar o diarno Arlon. Então cruzou as mãos atrás das costas, a imagem de uma patrulheira perfeita.

— Não tem nada com que se preocupar, moça. Serei mais do que capaz de controlar a pirata quando a encontrarmos.

— Pode me chamar de Reyna. E estou mais preocupada com a possibilidade de você cochilar na sela e cair do que com um pirata me atacando.

Suas olheiras estavam tão óbvias assim? Ela provavelmente devia ter dormido mais um pouco, mas ainda tinha tanta coisa a fazer. Bobbie se atrapalhou um pouco para tranquilizá-las e soou meio incompetente.

— Há uma razão para o diarno Arlon ter me convocado para assumir o comando dessa busca. Garanto a vocês que sou totalmente capaz. Aliás, se já estivermos prontas para sair, posso encontrá-las nos estábulos.

— *Acho* que podemos ir — disse Kianthe, agora examinando o engradado de toucas. Encontrou uma peça com um pompom no topo e a colocou sobre o cabelo, abrindo um sorrisão. Serviu com perfeição, mas Reyna cobriu a boca para abafar a risada. Kianthe levantou uma sobrancelha.

— O quê? Achei ótima.

— Está perfeita — concordou Reyna.

Ela parecia mentir, e Bobbie não podia nem protestar. Olhando bem, aquele pompom *era* ridículo. Algumas crianças gostavam do modelo, mas adultos? A *Arcandor*...?

— Tenho toucas mais bonitas... — Bobbie começou a dizer.

Reyna a fitou, pensando, e ergueu a mão.

— Ah, não, Bobbie. Fui sincera... Ficou mesmo perfeita nela. Estas são absolutamente maravilhosas. — Para reforçar o argumento, vasculhou a caixa e encontrou um cachecol combinando e o enrolou com amor em volta do pescoço de Kianthe. E aí, para enfatizar ainda mais, deu um beijo em sua bochecha. — Você está linda.

— *Awn* — respondeu Kianthe, mas era visível que corara.

Bobbie sentiu o peito quentinho. Se Reyna dizia estar sendo sincera, então era porque gostara de seus projetos de crochê. E isso significava que Bobbie não estava passando vergonha, afinal de contas.

Satisfeita, embainhou a espada junto ao quadril.

— Tenho mais algumas coisas para embalar antes de irmos. — Fez uma pausa, então desviou o olhar das outras duas. — Meu plano é fazer o que for necessário para capturar essa pirata. Mas se eu puder *conversar* com ela, acho que vai bastar para resolver.

Reyna enfiou pares de luvas na própria bolsa. Seu tom era reconfortante.

— Você deve gostar muito dela, para estar dando a oportunidade dela se explicar antes do julgamento.

— Ela era minha melhor amiga — respondeu Bobbie sem pensar. Merda, *merda*. Cerrou a boca rapidamente, arregalando os olhos. — Ah, falei errado. Eu nunca seria amiga de uma pirata, em especial uma que arrisca as terras e os lucros do diarno Arlon.

— É claro que não — reforçou Reyna, bem-humorada.

Mude de assunto. Bobbie abaixou a cabeça.

— Vou pegar minhas coisas. Encontro vocês duas nos estábulos.

Ela fechou a porta na cara delas.

Lá dentro, Bobbie ficou travada. Aí apoiou a cabeça na porta fechada e encarou o teto.

— Pelas Estrelas, isso vai ser um pesadelo. — Em seu braço, a pulseira de barbante parecia queimar. Ela a contemplou por um instante. — É isso, Serrie. Estou indo ao seu encontro.

5

REYNA

Bobbie fechou a porta, e meio que pareceu definitivo — uma dispensa —, mas Kianthe evidentemente não estava preparada para abandonar aquele bando de presentes gratuitos. Ela enfiou mais alguns cachecóis na bolsa.

— Peguei seis. Quantos você pegou? Vejamos. Matild, Tarly, Gossley. Feo e Wylan vão querer um. Sigmund e Nurt. Pelúcias para Sasua. Que maravilha.

Mas Reyna não estava preocupada com aquilo no momento. Pôs-se a andar em direção à escadaria, passando a mão enluvada pelo corrimão de madeira, pensando.

— Hum. Acho que estes bastam.

Kianthe correu para alcançá-la, jogando um braço sobre seu ombro. Foi reconfortante. Reyna se aninhou na companheira, o que fez Kianthe rir com ironia.

— Você achou uma encrenca, né? Está sorrindo de novo.

— Estou? — Reyna tamborilou os dedos no punho da espada, guiando Kianthe do quartel até os estábulos. — Pode ser que tenhamos um problema, sim. Temos um diarno cem por cento determinado a deter essa pirata; tenho certeza de que ele já tem uma punição em mente para quando encontrá-la. E aí temos uma das patrulheiras dele trabalhando sob ordens de "capturar" a pirata, e há uma chance muito palpável do relacionamento entre as duas ser mais profundo do que ela anda expressando. Acho que está apaixonada.

— Apaixonada? — Kianthe virou o pescoço para ver o rosto de Reyna. — Elas não poderiam ser apenas velhas amigas?

— É possível. Difícil dizer sem conhecer a pirata. Mas Bobbie... — Reyna fez uma pausa, sorrindo. — Digamos apenas que ela soa muito como eu anos atrás, lutando para não deixar a emoção suplantar os deveres. Não é de se admirar que esteja estressada.

Ao caminharem, o sol espiava por entre as nuvens, envolvendo ambas em uma luz brilhante. A neblina no rio, bem lá embaixo, já se dissipava, no entanto, ainda tinha certa friagem no ar. Kianthe acendeu uma chama casualmente para mantê-las aquecidas.

— Espere aí. Eu te estressava?

— Hum. A situação em si era estressante: o romance ilícito, o choque nítido entre a minha carreira e a vida que eu desejava. E aí depois que inauguramos o Folha Nova e resolvemos tudo com a rainha Tilaine no verão passado... acabou. Já não fico estressada há um tempão.

— Que bom — declarou Kianthe com firmeza.

Reyna se afastou um pouco da noiva, preferindo que ficassem de braços dados. Levou os dedos à chama na palma de Kianthe, roubando um pouco do calor.

— Vou querer ver como isso vai se desenrolar, mas... Dependendo de como essa pirata reagir à gente, pode ser que eu queira botar alguns planos em prática.

— Certo. Certo. — Com base na maneira como Kianthe reorganizava sua expressão em seis emoções diferentes, ela não estava captando *nenhuma* daquelas deixas. Não era de se surpreender; estivera distraída demais com os objetos de crochê.

Reyna riu, divertida.

— É só uma teoria. Mas, se estiver correta, você pode me fazer um favor?

— Qualquer coisa, desde que não coloque você em perigo mortal. Porque isso estressa *a mim*.

Reyna bufou.

— Farei o melhor possível para evitar o "perigo mortal". Mas quero que você acompanhe Bobbie de perto por um tempo, que faça companhia a ela. Com base nas minhas experiências, acredito que ela vai reagir bem à sua presença.

Kianthe hesitou.

— Está armando para eu ficar com a patrulheira sexy? Eu estava brincando, Rain.

— Pelos deuses, não — exclamou Reyna, engolindo uma risada. — Mas acho que Bobbie vai precisar da sua ajuda. E já que nossas missões se sobrepõem aqui, a gente também pode muito bem aproveitar para tentar deixar o mundo um pouco melhor do que *nós* o encontramos. — Ela deu um peteleco no pompom da nova touca de Kianthe.

A maga deu um suspiro.

— Por que sinto que estamos nos intrometendo em algo que não é da nossa conta?

Reyna sorriu com malícia.

— Key, você já deveria saber. Mediação é o meu passatempo predileto.

As duas chegaram aos estábulos logo depois. Estava lotado; muitos dos convidados tinham passado a noite na mansão após o baile, e agora pegavam suas montarias.

Aquilo não seria um problema, exceto pelo fato de que Kianthe decidira convocar Visk e Ponder prematuramente, e a filhotinha de grifo era fofa o suficiente para atrair uma multidão de curiosos.

Visk se posicionou atrás da filha, suas asas fechadas e seu olhar quase possessivo. As poucas pessoas, ousadas o suficiente para se aproximar de um bebê grifo, recuaram com agilidade quando o adulto olhou feio para elas.

Ponder trinou, indignada, porque amava atenção, e Visk começou um discurso tagarela. Reyna ficou ali de olho, contudo, logo percebeu que o diarno Arlon se aproximava para interceptá-las.

Ela cutucou Kianthe.

— Seu favorito chegou.

A maga acompanhou o olhar dela, soltando um suspiro pesado.

— Que ótimo. Mais política. Os ricos são detestáveis.

Reyna bufou, encobrindo a risada com uma tosse.

Arlon não percebeu. Ele contornava a lama dos estábulos com cautela, acenando para alguns de seus convidados, e então parou na frente delas. Ou melhor, na frente de Kianthe, algo que não escapou da atenção de Reyna.

— Já falaram com Bobbie? — ele quis saber, esticando o pescoço para olhar, como se a patrulheira de alguma forma as tivesse precedido. — O estribeiro está preparando seu cavalo; não há tempo a perder.

Reyna olhou para os estábulos, avistando Lilac ao lado de um lindo garanhão branco. Um rapaz verificava-lhe os cascos em busca de pedras ou detritos, e uma mulher mais velha colocava uma sela nas costas de Lilac.

Kianthe deve ter percebido de pronto que Arlon estava ignorando Reyna, porque a irritação reluzia nas feições dela. A maga então jogou um braço sobre os ombros de Reyna, puxando-a para si.

— Arlon, vocês não foram formalmente apresentados ontem à noite. Esta é minha linda noiva, Reyna.

Confiante de que os grifos não atacariam ninguém, Reyna abaixou a cabeça em sinal de respeito.

— É um prazer conhecê-lo.

Arlon franziu a testa diante do sotaque dela.

— Você é do Reino. Ouvi dizer que a Arcandor estava namorando uma das guardas pessoais de Tilaine, mas recusei-me a acreditar no boato. — Agora ele bufava. — Eu esperava mais bom senso de alguém que lida com magia suficiente para ser considerada uma divindade.

Foi a coisa absolutamente errada a se dizer, e Reyna estremeceu, não com as palavras, que não eram nada inesperadas, e sim com a maneira como Kianthe se aqueceu com o fervor de uma chama impulsiva.

— Repita o que você falou, agora mais devagar. — A expressão de Kianthe estava sombria, e nuvens começavam a se formar lá no alto, ameaçadoras. — Continue.

Arlon teve a decência de parecer alarmado.

— Chega disso, Arcandor. Não seja infantil; já deve ter percebido a imagem que isso transmite em Shepara, no Magicário. O risco que todos nós enfrentaremos se Tilaine identificar que tem alguma vantagem sobre você.

O cavalariço chegou com Lilac a reboque. Analisou a expressão do diarno e sem demora entregou as rédeas a Reyna, então correu de volta para os estábulos. A égua bateu os cascos, parecendo levemente irritada por ter sido retirada do luxo.

Kianthe não tirou os olhos do diarno.

— Esse tipo de vantagem implicaria que a rainha é capaz de manipular Reyna.

— Ou que ela pode ameaçar Reyna para manipular *você*. — Arlon cruzou os braços.

Bem, não era um medo infundado. A rainha Tilaine tinha uma extensa rede de espiões, o que significava que ninguém estava a salvo de seu alcance. No verão anterior, Reyna visitara o Grande Palácio do Reino para negociar por sua vida, e só tivera sucesso na empreitada por pura sorte, e uma pitada de vaidade. Até o momento, a rainha Tilaine estava feliz ao permitir que sua ex-guarda bancasse a esposinha da maga mais poderosa na ativa.

Todavia, em dado momento aquele indulto teria um preço... e seria um inferno para pagá-lo caso Kianthe se rebelasse.

Mas isso era problema para outro dia.

Kianthe franziu o cenho, dissipando as nuvens acima com um gesto.

— Bem, você é o especialista em manipulação aqui. Desde o momento em que pisei na sua propriedade, você tinha um trabalho para mim.

— Eu...

— Já chega. — Naquela rara ocasião, Reyna usou sua voz de guarda: o tom alto e imponente que aperfeiçoara durante seu período em serviço. A palavra veio imbuída de autoridade, projetada para fazer qualquer um nos arredores lhe dar a devida atenção.

Funcionou. Ambos a fitaram. Ela jamais teria falado com um lorde do Reino daquele jeito, porém ela não era da guarda mais. Agora era a futura esposa da Arcandor e manteria sua energia confiante ao lidar com seus problemas. Em um movimento fluido, Reyna montou Lilac, utilizando a diferença de altura para ficar ainda mais imponente.

Todos ficavam mais confiantes sobre um cavalo.

Ela se dirigiu a Arlon primeiro.

— Posso ser do Reino, mas não questione minhas lealdades, nem presuma que será tão fácil assim me ameaçar. — Com isso, colocou a mão na espada ainda embainhada ao quadril.

Kianthe sorriu, cruzando os braços. Presunçosa, até o momento em que Reyna encontrou seu olhar.

— E, Kianthe, há mérito nas palavras do diarno. Estimo seu cavalheirismo, mas a Maga das Eras tem um dever para com todos os países do Reino. — E a rainha Tilaine ficaria feliz em manter as habilidades de Kianthe para si caso pudesse. Reyna fez uma pausa, seu tom propositadamente neutro: — Há muitos governantes que usariam seu poder em prol dos próprios interesses.

Arlon bufou de indignação.

— Você está insinuando...

— A questão aqui — Reyna continuou com frieza — é que transformar meras *possibilidades* em catástrofe é um exercício fútil. Em vez disso, vamos nos concentrar no nosso objetivo desta manhã: encontrar sua pirata.

Arlon cerrou o maxilar.

— Tenho motivos para acreditar que ela está em Neolow. Bobbie tem o distintivo e a papelada necessários para usar de autoridade total em minhas terras. Fiquem com ela, contudo, neste momento, quero que a Arcandor assuma o comando da investigação.

Reyna estremeceu. Talvez fosse melhor manter aquilo em segredo; Bobbie não ficaria feliz em saber que estava sendo destituída.

— Tudo bem, então. Meu primeiro comando como líder nesta caçada: pare de nos dizer o que fazer. — O tom de Kianthe foi cáustico, e ela aguardou por um longo momento para ver se Arlon discutiria.

E, claro, naquele momento Ponder aproveitou a oportunidade para fugir do olhar severo de seu pai grifo. Voou para o ombro de Reyna, o que fez Lilac relinchar e sapatear, tensa. Cavalos, um dos muitos animais caçados por grifos na natureza, os odiavam. Lilac não ficou feliz por Reyna ter acrescentado um *segundo* grifo ao pequeno círculo familiar delas.

Ponder, esperta e ciente da dinâmica, tirava vantagem daquilo com gosto. Ela saltitou do ombro de Reyna e pousou solidamente no flanco da égua.

Lilac entrou em pânico, empinando-se com um relincho aterrorizado.

Reyna mal teve tempo de reagir, o medo lhe cortou as veias. Já tinha sido derrubada por Lilac uma vez, e se Visk não tivesse intervindo, a coisa teria sido feia. Agora se agarrava à sela a fim de se firmar. Enquanto isso, Kianthe agarrava as rédeas, e Visk trinava um aviso, fazendo com que Ponder, relutante, levantasse voo e ficasse circulando lá no alto.

Lilac bateu os cascos, os olhos arregalados, mas se acalmou tão logo Ponder se foi.

Arlon ficou assistindo à cena com exasperação. Contudo, em vez de falar, apenas levantou as mãos num gesto impaciente e voltou pela estrada em direção à sua mansão, pisando duro.

— Tchau, já não era sem tempo — resmungou Kianthe.

— O que houve? Tive a impressão de ter visto uma comoção aqui. — Bobbie chegou, depois de cruzar uma multidão de curiosos, gesticulando para ordenar que todos se dispersassem. Eles obedeceram, mas decerto fariam muita fofoca depois daquele baile.

A patrulheira se aproximou, olhando com severidade para as costas do diarno à medida que ele subia a colina rumo à mansão.

— Você não irritou o diarno, né?

Kianthe bufou.

— Arlon bem que poderia descer do pedestal um pouquinho. Ninguém em Wellia o desafia, então é um prazer absoluto lembrá-lo de que ele é apenas um homem diante de... Como foi que ele falou? "Uma divindade"?

— Ai, Key, não começa — pontuou Reyna, revirando os olhos. — Para nós, você é só a Kianthe.

— Merda. Eu não esperava um rebaixamento tão rápido.

Bobbie revezou o olhar entre elas, entre as montarias e o bebê grifo circulando logo acima. Apesar das sobrancelhas franzidas de preocupação, forçou um sorriso pateticamente ruim em busca de impressioná-las.

— Vou... buscar meu cavalo. Só um momentinho.

Nos estábulos, Reyna ficou observando enquanto a patrulheira enfiava pelo menos seis novelos de lã em seus alforjes. Engraçado, Bobbie também parecia ter acrescentado um acessório extra ao uniforme: em seu quadril esquerdo estava sua espada, mas no direito, tinha uma bainha de couro com três grandes agulhas de metal para crochê, cada uma com ganchinho na ponta.

— Será que ela alguma vez troca as bolas entre as agulhas e a espada? — questionou Kianthe, acompanhando o olhar de Reyna.

Reyna abafou uma risada, sacudindo as rédeas para fazer Lilac se afastar da multidão, e de Visk.

— Eu não faria piadas com a mulher que neste momento está incrementando seu guarda-roupa sozinha. — Ela arrancou a touca da cabeça de Kianthe ao passar, então a jogou de volta para ela com um sorriso provocador.

— Bem lembrado. — Kianthe ajeitou a touca sobre a cabeça de novo, seu cabelo volumoso malcontido pelo acessório. Ela montou Visk. — Vamos, Pondie. Siga Mamakie.

A "Mamãe Key" tinha se tornado Mamakie em dado momento, e Reyna não conseguia decidir se era fofo ou ridículo. Ela deu um sorrisinho enquanto Visk abria as asas e decolava. Ponder o seguia, porém mais devagar, pegando um atalho acima do rio.

— Dentro de alguns anos, vou encontrar para você o melhor campo deste Reino, e você vai ter bastante tempo para relaxar — murmurou Reyna para Lilac. — O que acha?

A égua bufou, sonhadora, e se juntou ao garanhão de Bobbie para cruzar o fluxo de pessoas que saíam da propriedade.

Por volta do meio-dia, as nuvens ficaram ameaçadoras e, no meio da tarde, começou a chover.

Bobbie ainda parecia exausta: olheiras profundas, curvada sobre a sela. Mas seu garanhão avançava imperturbável pelo terreno irregular perto da margem do rio, e Lilac trotava ao lado dele.

— A chuva vai deixar isso divertido — resmungou Bobbie, semicerrando os olhos em direção ao rio.

Bem acima, Kianthe se curvava sobre Visk, que por sua vez seguia quase invisível em meio aos pinheiros. Parecia que ela estava gesticulando que iria seguir reto, mas era difícil entender seus movimentos de tão longe. Em vez de continuar mantendo aquela incógnita de longa distância, Reyna deu um tapinha na pedra da lua em seu pescoço. Kianthe tinha uma pedra correspondente, usada para transmitir mensagens magicamente por meio de calor e toques físicos.

Sigam em frente.

Instantes depois, Kianthe mandou uma resposta: *Ok.*

Bobbie examinou os céus, localizando Visk e Kianthe enquanto a dupla ganhava velocidade, com Ponder não muito atrás. Assim que saíram de seu campo de visão, a patrulheira se voltou para Reyna.

— Acha mesmo que ela vai conseguir encontrar a pirata mais rápido do que a gente?

— Considerando que Kianthe pode só pedir dicas ao rio, eu diria que é uma aposta coerente.

Bobbie tirou sua capa do alforje, abaixando-se um pouco para se proteger da chuva.

— O rio simplesmente... conta as coisas a ela. — Seu tom é meio untado de descrença. — Eu não achava que era assim que a magia funcionava.

Reyna colocou suas novas luvas. Eram de um azul bem escuro, combinando com o cachecol, e eram bem quentinhas. Mas ficariam molhadas com rapidez; ela teria de trocar para um conjunto de couro tratado em breve. Todavia, por ora, davam conta do recado.

— Acredite, eu também estava cética. Mas já vi isso acontecer vezes o suficiente para saber que existe *uma forma* de comunicação acontecendo. Quem sou eu para afirmar que ela está exagerando na semântica?

— É verdade — concordou Bobbie.

O silêncio recaiu sobre ambas. As montarias seguiam em fila indiana, com Bobbie liderando e Reyna atrás. O terreno naquele trecho do rio era relativamente plano, com amplo espaço entre os pinheiros. Árvores decíduas começavam a salpicar a paisagem, folhas vibrantes já meio amareladas pelo final do outono. Ali, o Nacean se ramificava em várias seções menores conforme a água contornava as montanhas, o que complicava bastante a busca por um navio. E o fato de uma névoa sombria estar começando a baixar, em função da chuva, também não ajudava em nada.

Kianthe, bem adiantada, as pouparia de muito trabalho, e Reyna estava contente por cavalgar ao longo do rio e conversar com a patrulheira do diarno.

— Estou curiosa para saber por que você está perseguindo um pirata a cavalo. — Reyna quebrou o silêncio. — Por que Arlon não equipou você de maneira adequada? É difícil acreditar que ele não teria um navio para te emprestar.

— Ele é dono da maioria das frotas do Nacean, então na verdade ele tem muitos. — Bobbie espiou para trás, ajeitando a capa sobre o flanco do cavalo. — Simplesmente não sou muito boa marinheira.

— E ainda assim parece conhecer bem essa pirata. — Era uma declaração neutra.

— Não tão bem assim. Não mais. — Os dedos de Bobbie estremeceram contra as agulhas de crochê, e ela cerrou o maxilar. — Minha mãe é xerife de Lathe. Meu pai ficava em casa e criou a mim e meus irmãos, e a gente não fazia muito mais do que nadar no rio. Serina... ah, a pirata... ela teve uma criação diferente.

Serina.

Não era Serrie, então.

Ouvir aquele nome foi como receber uma pedrinha de ouro das mãos de Bobbie, e um pedido tácito para protegê-la. Reyna não reconheceu o nome, apenas guardou a nova pepita e redirecionou o assunto para Bobbie. De todo modo, parecia o jeito de deixá-la mais confortável.

— Compreendo. Mas ainda me parece estranho que o diarno não tenha colocado um marinheiro sob o seu comando.

Bobbie puxou o capuz sobre o cabelo à procura de mantê-lo seco. Ele obstruía parte de seu rosto.

— Nesta missão, pedi para trabalhar sozinha.

— Para proteger a pirata. — Reyna não citou o nome de propósito.

Mas percebeu que tinha pegado pesado. Bobbie estremeceu.

— Não estou tentando protegê-la. Mas se eu não tomar a iniciativa aqui, outra pessoa fará isso... e pelo menos eu estarei aberta a ouvir as motivações dela. — Fez uma pausa. — Mesmo que *sejam* irracionais.

— Irracionais?

— Bem, sim. — Bobbie apertou as rédeas um pouco mais forte, carrancuda. — Serina sempre disse que queria melhorar a comunidade, mas cá está ela, roubando essa mesma comunidade. Eu só... Sei lá. Não faz sentido.

— Hum.

Elas cavalgaram por mais um tempo, cada uma absorta nos próprios pensamentos. Abaixo das árvores, a chuva não incomodava tanto, mas em determinados trechos jogava jatos gelados no rosto de Reyna. Ela puxou o capuz forrado de pele sobre a cabeça, dando tapinhas no pescoço de Lilac enquanto a égua bufava de irritação.

Reyna não podia culpar a criatura; ela também não queria estar ali naquele clima. Voltou o olhar para o alto, para onde Kianthe e Visk haviam retornado, agora planando preguiçosamente entre as nuvens. Estavam voando baixo o suficiente para permanecerem à vista, e mesmo dali Reyna via a bolha de magia protetora que os abrigava.

Ponder havia desistido de tentar voar naquele clima e agora estava empoleirada no flanco do pai, brincando com sua cauda de leão.

Visk não parecia se importar.

Bobbie seguiu o olhar dela.

— Então, você está noiva da Arcandor.

— É coisa recente. — Reyna sorriu com a lembrança, pensando na semente de pinhão-do-colorado que as duas plantaram no pátio dos fundos da livraria. Ela não esperava que fosse brotar durante o inverno frio de Tawney, mas Kianthe enfeitiçara a semente, então era bem possível que, quando retornassem, já houvesse uma mudinha no local.

Não que Reyna estivesse pronta para ir para casa àquela altura. Mesmo cavalgando na chuva, sua vivência do momento era tudo o que ela esperava que fosse. A emoção da aventura pulsava em suas veias.

— Parabéns. — Bobbie parou por um momento, então disse, hesitante:
— Eu não sabia que a Maga das Eras podia se casar.

— Bem, cada um faz diferente. E Kianthe adora quebrar regras.

Bobbie riu, mas não tirou os olhos do rio. A chuva estava apertando; enxergar tornava-se cada vez mais difícil, e as corredeiras reagiam ao vento, batendo contra a margem e formando cristas no centro das águas.

Bobbie pareceu distraída de repente, então Reyna aproveitou a oportunidade.

— Você tem alguém assim? Ou está mais para uma cavaleira solitária? — A pergunta era pura curiosidade; Reyna de fato não sabia dizer ainda se Bobbie e Serina tinham um histórico, ou uma *história*.

Bobbie apenas suspirou, massageando a testa. Em seguida, reduziu um pouco a velocidade do cavalo, verificando a posição de Kianthe conforme as montarias ficavam lado a lado.

— Sei o que você está esperando, mas está interpretando mal a situação.

Seu tom soou terrivelmente familiar. *Soou* como diarno Feo, lorde sheparano de Tawney, falando sobre o lorde Wylan, seu contraparte do Reino. E mesmo que Feo nunca admitisse, vinha caçando cada vez mais motivos para ficarem a sós.

— E como estou interpretando mal? — perguntou Reyna.

— Você acha que Serina e eu éramos... hum... — ela interrompeu, gaguejando ao ver o sorriso de cumplicidade no rosto de Reyna. — Não somos. Éramos só amigas. Velhas amigas. Amigas de infância, na verdade.

Diga "amigas" mais uma vez. Reyna revirou os olhos mentalmente, embora sua expressão tivesse permanecido neutra e agradável. Estava com pena de Bobbie, e por isso mudou o rumo da conversa.

— Então Serina também foi criada em Lathe?

Ela lançou o nome como um teste.

Funcionou. Bobbie estava baixando a guarda; ela sequer se encolheu.

— Por um tempo. — Ela se virou para que a chuva não atingisse seu rosto. — Os pais de Serina eram agricultores, mas não eram bons nisso. O diarno Arlon reivindicou as terras deles quando tínhamos treze anos.

Reyna franziu a testa.

— Isso me parece bem traumático.

Bobbie se curvou sobre seu cavalo.

— Eu estava lá no dia em que os guardas invadiram a casa da fazenda. Nunca vou me esquecer das lágrimas manchando o rosto dela ou do jeito como ela berrava enquanto seus pais empacotavam os pertences. — A patrulheira estremeceu, e não por causa do frio. — É por isso que me tornei guarda. Em Lathe, minha mãe conhece todo mundo. Mesmo quando ela está dando más notícias, eles sabem que minha mãe vem com boas intenções.

— Estou surpresa que você não tenha desejado ser xerife, assim como ela. — Reyna elevou uma sobrancelha.

— Ela já cumpre bem essa função. Eu queria consertar as questões da guarda de dentro para fora. — Bobbie riu, e foi um riso oco. — Hoje, parece só um sonho bobo de criança.

Interessante.

Mas Reyna não deu espaço para Bobbie desenvolver.

— O que aconteceu com Serina depois daquele dia?

— A família dela se mudou para o sul, para Jallin; acho que o pai dela é comerciante agora. Ele sempre amou velejar. Foi assim que Serina aprendeu.

Reyna deu uma risadinha.

— Então, em vez de comerciante ou agricultora, ela acabou se tornando uma pirata? — Parecia algo digno de ter saído de um dos romances de aventura de Kianthe.

— Ela até tentou ser agricultora primeiro. Dois anos atrás. Saiu-se tão bem quanto da primeira vez. — Bobbie não parecia querer se debruçar sobre tais lembranças. — Mas a coisa de ser pirata meio que pode ter um dedo de culpa minha. Certa vez, quando éramos pequenas, dei a ela um livro sobre Dreggs Vigarista. A gente costumava entrar de modo furtivo no barco do pai dela e fingir que éramos piratas em mar aberto.

Amigas de infância, de fato. O amor assumia todas as formas, e Reyna estava mais convencida do que nunca de que Bobbie amava Serina. Se era amor romântico ou platônico, ela ainda ia avaliar, mas era fato que uma pessoa apaixonada ainda estava inclinada a fazer coisas perigosas.

Reyna teria de ficar de olho nisso.

A chuva se intensificava, e as duas chegaram a um trecho com um recuo das árvores. Reyna se abaixou sobre Lilac, que batia os cascos em protesto a cada passo.

— Talvez devêssemos tirar os cavalos da chuva e esperar um pouco antes de continuar? Com certeza Serina também não deve estar navegando nessas condições.

Bobbie hesitou, contemplando o rio como se o pequeno barco à vela de Serina pudesse aparecer como num passe de mágica. Mas a única pessoa a chegar foi Kianthe. Visk pousou ao lado delas, que pararam de sentir a chuva no mesmo instante. Era como se todas as gotas tivessem se desviando para evitar atingi-las ou aos cavalos.

Bobbie estendeu a mão, meio que testando a mágica.

— Que truque bacana.

— Vou mandar botarem na minha lápide. "Cheia de truques bacanas" — disse Kianthe, abrindo bem os braços.

Reyna pinçou a ponte do nariz para afastar uma dor de cabeça iminente.

— Magos não têm lápides, querida.

— Tá bom, então. Pode esculpir no tronco da árvore que brotar a partir das minhas cinzas.

— Eu preferiria não esculpir isso em lugar nenhum, muito menos em uma árvore.

— Desmancha-prazeres.

Bobbie pigarreou.

— Desculpem interromper, mas... algum sinal dela?

Kianthe soltou um suspiro exasperado.

— Você não vai gostar.

Bobbie se endireitou; havia tanto otimismo quanto medo em suas feições.

— Você a encontrou?

— Bem, não estávamos muito atrás dela. — Kianthe esfregou o pescoço. — Ela está rio abaixo, mas acho que saiu do curso por acidente. Está indo direto para algumas corredeiras brabas.

— Ela sabe navegar em corredeiras — declarou Bobbie com confiança.

— Claro. Mas quero só ver quando o barco chegar à cachoeira no *final* das corredeiras.

Reyna poderia ter estrangulado sua noiva ali mesmo.

— Key, por que você não deu um jeito de levá-la para um lugar seguro? — As escolhas impulsivas da Arcandor eram lendárias, mas Reyna estava estupefata com a incapacidade de sua amada em definir prioridades naquele momento.

— Ela está navegando devagar; temos tempo! — exclamou Kianthe, ofendida. — Ninguém vai...

Mas Bobbie já tinha partido, incitando o cavalo para um galope, a lama voando em seu rastro. Com um gesto, Kianthe pegou aquela lama, a magia formando bolas secas de terra. E as deixou cair no chão.

— Eu *ia* dizer que ninguém vai morrer, mas nossa. Então tá bom.

— Eu confirmei que elas são amigas de infância — contou Reyna, apertando a ponte do nariz em exasperação. — E Bobbie está apaixonada, quer ela perceba ou não.

— Pela Joia, todo mundo está apaixonado nos últimos tempos, né? Daria para escrever um livro com todas as histórias de amor com que nos deparamos desde que você deixou o palácio. — Kianthe revirou os olhos, ignorando a ironia de tal declaração.

Reyna lhe deu um beijo na bochecha, então tirou Ponder das costas de Visk. Era nítido que a bebê grifo estava sonolenta, pois fechou as asas e botou a cabeça no peito de Reyna. Estava aquecida, bem acolhidinha naquele tempo frio.

— Eu adoraria ver você escrever um livro. Enquanto isso, *por favor*, certifique-se de que não estejamos presenciando o momento em que Bobbie se torna a vilã da história, pode ser?

Kianthe sorriu.

— Seu desejo é sempre uma ordem. — E com uma reverência teatral, ela saltou sobre Visk e o incitou rumo ao céu de novo.

Reyna suspirou, remontou em Lilac e colocou Ponder dentro de sua capa. Contanto que se comportasse, Ponder não incomodaria Lilac, principalmente agora que parecia contente por estar seca e quentinha sob a capa.

— Vamos, Li — murmurou Reyna para sua égua. — Tenho a sensação de que o dia ainda não acabou.

Elas galoparam atrás de Bobbie e Kianthe, e Reyna tentava ignorar o medo crescente em seu peito.

6

KIANTHE

Se Kianthe não tivesse *acabado* de descobrir que Bobbie tivera um relacionamento de longa data com a pirata, teria descoberto pela forma como as duas se puseram a berrar uma com a outra ao longo do rio. Serina era uma mulher curvilínea com cabelo castanho longo e ondulado e pele da cor do trigo que a pirata costumava roubar. Trigo este que agora estava empacotado em caixas expostas, e que Serina parecia bastante resoluta a proteger.

Na costa, trovejando em seu cavalo, era evidente que Bobbie estava brava.

Visk planava acima de tudo, suas asas inclinando-se quase de maneira preguiçosa enquanto o grifo passeava pelas nuvens. Kianthe se apoiou no pescoço emplumado para observar a briga das pretensas amantes acontecendo em solo.

Que beleza de material para escrever o seu romance. O livro levaria um tempo para ser desenvolvido… mas se Reyna estava disposta a lê-lo, Kianthe se empenharia. Ela já vinha querendo testar sua veia de escritora, de todo modo.

Abaixo, Serina lutava no convés, tentando proteger as caixas de trigo. Estava nítido, pela perspectiva de um grifo, que o rio se dividia inesperadamente e que ela pretendera tomar o *outro* lado, o qual levaria a um passeio aparentemente agradável e sinuoso. Mas a chuva ou a neblina interferiram na navegação, ou então a pirata apenas estivera desatenta, porque ela não vira nenhuma das placas e navegara diretamente para o lado da "morte certa".

Seu "navio" — que Kianthe imaginava ser uma embarcação maior, com base nos rumores —, estava mais para um pequeno barco de pesca. Tinha uma vela e parecia ostentar uma área de armazenamento menor abaixo do convés, mas sua estrutura sem dúvida obrigava Serina a dormir sob as estrelas.

E isso significava que ela ia *mesmo* se dar mal naquelas corredeiras.

Ainda assim, tivera a audácia de gritar para Bobbie:

— Só porque faço pilhagens, não significa que estou infringindo a lei!

Curvada sobre seu cavalo, Bobbie gritou:

— É *exatamente* isso que... — Mas calou-se, tentando um rumo diferente. — Deixa pra lá. Serina, você tem que ir para a costa.

Kianthe deu um tapinha no pescoço de Visk. Quando teve a atenção de seu grifo, disse:

— Lembre-se disso, amigo. Tem uma merda das grandes acontecendo aqui. Amantes separadas pelo destino. Não. Amantes separadas pelas águas. — Uma pausa. — Amantes separadas por um rio. Hum. Está piorando, né?

Visk gorjeou.

Kianthe abriu a boca para continuar com suas especulações, e percebeu tarde demais que Serina estava tomando uma decisão muito estúpida.

Em vez de enfrentar as correntes com confiança e graça, esperando o momento em que a Arcandor usaria sua mágica e guiaria seu barco para a costa de modo gentil, Serina entrou em pânico ao ouvir a expressão "queda d'água" e girou o leme com violência. Como resultado, seu barquinho ficou de lado no rio, e de imediato a água invadiu o convés, virando tudo.

A cena toda levou menos do que alguns suspiros, e Kianthe ficou encarando o local onde Serina *estivera* segundos antes.

De repente, a fala de Kianthe "ninguém vai morrer" já não era tão engraçada assim.

Um grito angustiado cortou o ar, e Bobbie puxou as rédeas do cavalo para que o animal parasse, derrapando e espalhando lama. A patrulheira saltou das costas dele, correndo em direção à margem do rio como se fosse mergulhar na água. No instante seguinte, uma parede de terra prendeu suas pernas, impedindo-a fisicamente daquele movimento suicida.

Que Bobbie reservasse sua chateação para mais tarde, mas Kianthe não teria como lidar com *duas* pessoas se afogando ao mesmo tempo.

— Visk — ordenou a maga, e seu grifo já estava mergulhando rumo à cachoeira. Ela se aprumou, cravando os joelhos no que seriam os ombros do bicho para ganhar o máximo de altitude possível. Com um movimento violento, *afastou* a correnteza, abrindo uma fenda no rio.

O navio de Serina já se despedaçava nas pedras. As caixas tinham sumido... e as chances eram de que a embarcação tivesse o mesmo fim.

Kianthe podia até ser a maga elemental mais poderosa, mas nem mesmo a Arcandor era capaz de parar uma entidade como o rio Nacean. Era como ficar de pé ao sol achando que não iria se queimar.

Mas lá estava Serina, presa entre seu navio e a água jorrando de todos os ângulos. Parecia congelada, em estado de pânico, com olhos arregalados e engasgando. Ia morrer. Pela Joia, *caramba*, se Kianthe piscasse por um segundo, aquela mulher morreria. Ela não podia deixar isso acontecer, não suportaria encarar Reyna caso acontecesse.

O pânico cresceu em seu peito, por um momento dominado pela mais pura determinação. *Hoje*, não. O suor escorria pelo rosto de Kianthe enquanto ela sugava a água ao redor da pirata, como se descascasse uma laranja muito teimosa.

— Visk — arquejou ela. — Pegue-a! Vou conter a água.

Visk bem que tentou, fez um esforço danado. Ele trinou, dobrando as asas, e avançou para o rio furioso. Mas a chuva estava muito intensa; o navio rangeu e rachou, e nem mesmo Kianthe, que tentava comandar a madeira para que *não se mexesse*, foi capaz de impedir a enorme pressão na estrutura.

O barco cedeu, jogando Serina mais para o fundo, e ela desapareceu nas corredeiras.

Bem na borda da cachoeira.

— Visk! — gritou Kianthe.

Mas sua montaria não tinha medo do perigo, e os grifos estavam entre as criaturas mais ágeis nos céus. Ele mergulhou, costurando entre estilhaços de madeira encharcada e caixotes quebrados, e enganchou suas garras nas roupas de Serina.

Não foi muito delicado, mas funcionou.

Kianthe teve vontade de chorar de alívio. Por fim, ela liberou a magia que segurava o rio, e uma inundação violenta desabou sobre a queda d'água. O próprio Nacean pareceu irado com a interrupção, mas Kianthe só fez mostrar uma careta para ele e, lá no Magicário, a Joia da Visão pulsava para reforçar sua vontade, acalmando o rio ao ritmo de corredeiras normais.

Eles voaram sobre a borda da cachoeira. Visk batias as asas com confiança, mirando sua presa... mas Serina estava flácida.

Ainda.

— Encontre um lugar para pousar — ordenou Kianthe.

O grifo chilreou e se inclinou para a costa. Havia uma seção de pinheiros densos, os galhos abundantes em quantidade suficiente para manter a chuva longe do solo, e altos o bastante para Visk abrir caminho entre eles e adentrar a mata pelo menos um pouco.

Ele pousou Serina no chão, batendo as asas com ferocidade ao pousar ao lado dela.

Kianthe saltou de suas costas.

— Vá buscar Rain.

O grifo obedeceu sem precisar de mais estímulos.

Kianthe abaixou-se ao lado de Serina, botando uma das mãos no peito dela, sentindo a água nos pulmões. Perigoso, mas solucionável. Ainda que injustamente, sua irritação por aquela mulher latejava, irritação devido ao desrespeito dela para com a própria vida, com a posição em que colocara Kianthe após algumas decisões destrambelhadas.

Não havia tempo. Respirando fundo, Kianthe enganchou sua magia na água, puxando-a para fora do peito de Serina. A pirata tossiu forte e violentamente, e a Arcandor continuou até sugar a última gota.

Agora a outra respirava, mas continuava inerte.

Houve mais algumas respirações longas e ofegantes.

Por que ela não se mexia?

— Key — arfou Reyna ao seu lado de repente. Ela não devia estar muito longe, pois Visk retornara rapidíssimo. Ela desmontou do grifo; era provável que Lilac tivesse sido amarrada em algum lugar. Ponder vinha logo atrás, saltitando alegremente e bicando os tornozelos de Reyna até Visk enfim censurá-la com uma bicadinha no rabo. Amuada, a bebê grifo voltou para as margens da clareira, dando-lhes espaço.

Reyna caiu de joelhos ao lado de Serina.

— Ela está viva?

— Eu... eu acho que sim? — A voz de Kianthe vacilou.

Sua noiva verificou o pulso e a respiração da pirata, assim como Matild lhe ensinara.

— Está inconsciente.

Reyna ficou de cócoras, voltando aquele olhar calculista para Kianthe. E como sempre, *viu* além da bravata, para além do escudo de seu humor. O coração de Kianthe palpitava, suas mãos tremiam e ela não conseguia parar de se lembrar da força vil e quase irada do rio enquanto este tentava engolir Serina por inteiro.

Ela não conseguia parar de tremer.

Reyna franziu a testa.

— Estou bem — a maga tentou dizer.

— Tudo bem se não estiver. — Reyna se levantou e puxou Kianthe para um abraço apertado. Os abraços de Reyna eram sempre uma âncora em uma tempestade, muito bem-vindos quando o cérebro de Kianthe parecia girar sem controle.

Ela devia ter sido mais ágil.

Não devia ter perdido tempo atualizando Reyna e Bobbie.

Não devia ter brincado ou ficado sobrevoando, julgando uma conversa idiota enquanto as corredeiras se aproximavam.

Devia ter tirado Serina do barco quando a viu pela primeira vez, e resolvido tudo logo...

— Kianthe. — Reyna deu um beijo em sua testa, e todos os *devia e não devia* sumiram de sua mente.

— Desculpe. — Kianthe forçou um sorriso. Ela fazia um esforço concentrado para controlar a ansiedade, para se lembrar do aqui e do agora em vez de espiralar em potenciais desfechos perigosos. E, agora, o corpo de Reyna se encaixava ao seu como uma luva, a mão quente lhe tocando a bochecha.

Quando sua noiva lhe disse "você salvou a vida dela", foi com tanta adoração que Kianthe se perguntou como seria se enxergar do jeito que Reyna a via: como uma heroína, uma maga confiante e capaz. E então aquele medo chato surgiu, fazendo-a conjecturar o que aconteceria caso a Arcandor *não* salvasse alguém.

Será que Reyna ainda falaria com ela daquele jeito?

— O navio já era. — Kianthe fechou os olhos com força. — Tentei salvá-lo, mas o rio o engoliu rápido demais. Eu poderia tê-lo impedido com um pouco mais de tempo, ou... ou com uma linha de ley mais forte.

Não era nem que a linha de ley ali fosse *fraca*; na verdade, estando tão perto do Magicário e da venerada Joia da Visão, a magia zumbia por toda parte. Mas os rios detinham um poder antigo, mais forte até do que a Joia... e o Nacean era o maior rio do Reino. Controlá-lo por mais tempo do que o intervalo de uns suspiros exigiria imensa preparação.

Reyna se afastou, erguendo o queixo de Kianthe.

— Deixe-me repetir o que importa: Serina está viva. Você salvou a vida dela. — A noiva esperou alguns instantes e, quando Kianthe não discutiu, voltou-se para os grifos. Ponder havia encontrado um cogumelo muito interessante no sopé de uma árvore próxima e estava testando a resistência dele contra suas garras.

As garras estavam vencendo.

Reyna suspirou e se virou para Visk.

— Pode buscar Bobbie? Traga-a aqui.

O grifo chilreou, olhou fixamente para Ponder e então passou entre algumas árvores antes de voar sobre o rio. A bebê grifo ficou vendo-o alçar voo, então se voltou para seu cogumelo, cravando as garras na forma bulbosa.

Um frio cortante chicoteou o ar e Kianthe acendeu suas mãos para manter todos ali aquecidos durante o tempo em que aguardavam. Tarde demais, lembrou-se de que Bobbie ainda estaria presa em seus grilhões de pedra, e então anulou aquela magia, e assim a terra retornou ao solo. Pelo menos agora Visk seria capaz de trazê-la fisicamente.

Enquanto os momentos se passavam, o coração de Kianthe desacelerava e suas mãos paravam de tremer, mas ela continuava observando Serina. Só por precaução.

Como se pressentisse a atenção recebida, a pirata gemeu. Reyna se curvou para ela, afastando o cabelo encharcado de seu rosto semiconsciente. Serina tinha bochechas redondas, franja grossa e — agora Kianthe enfim conseguia vê-los — olhos azuis. A cor de um oceano tempestuoso, quase cinza, mas com um toque de mar profundo.

— Você não pode me prender — murmurou Serina com sua voz rouca de afogada. Ela notou Reyna, piscou pesadamente e começou a perguntar: — Quem...? — E aí danou a tossir.

Parecia moribunda. Reyna olhou para sua noiva, a preocupação estampada em suas feições; tanto por Serina quanto por Kianthe e suas prováveis reações àquele acontecimento. Para tranquilizá-la, e possivelmente esconder algumas de suas emoções turbulentas, Kianthe mais uma vez recorreu ao humor.

Só para animar Reyna, sabe.

— Só uma vez — Kianthe entrou no campo de visão de Serina —, eu gostaria de tirar férias sem enfrentar nenhum perigo mortal. Não acho que seja pedir muito.

E, abençoada fosse, Reyna mordeu a isca, entrando na rotina normal de brincadeiras.

— Querida, isto não são férias. — Ela lançou um sorriso irônico para Kianthe, um que dizia "eu te entendo, e está tudo bem", e deu um tapinha no ombro de Serina para recuperar o foco. — E você provavelmente deveria aprender a navegar.

Transferindo a responsabilidade, como se aquilo tudo não fosse culpa de Kianthe, para início de conversa.

A Arcandor amava e odiava aquela necessidade que Reyna tinha de transferir a responsabilidade.

— O-obrigada — gemeu Serina. Ela piscou, ainda atordoada, nitidamente grogue outra vez. — Se vocês virem uma xerife com cara de malvada, podem dizer que a mandei se foder.

Kianthe bufou numa risada. Foi inevitável.

— Já te disse *um monte de vezes*. Sou uma *patrulheira*, e não xerife — repreendeu Bobbie da borda da clareira. Aproximou-se de Serina, mas era nítido que a pirata não conseguia escutá-la, ou então a estava ignorando da maneira mais fabulosa. De qualquer forma, os olhos de Serina estavam fechados de novo, ela ainda estirada no chão duro.

Kianthe juntou as chamas na palma das mãos, enviando-as para as árvores em lampejos diminutos de chamas-eternas. Iam queimar ao oferecer luz e calor suave, mas não incendiariam nada. Nem mesmo as poucas gotas pingando das copas evaporariam.

Bobbie se ajoelhou ao lado de Reyna, afastando uma mecha de cabelo do rosto de Serina.

O movimento foi tão delicado, tão íntimo, que até Reyna desviou o olhar. Bobbie deu um sorriso afetuoso, e seus olhos verdes se voltaram para Reyna e Kianthe.

— Obrigada — disse, a voz embargada.

Kianthe assentiu e, por um momento, não se sentiu um fracasso total. Reyna se posicionou ao lado dela, apertando sua mão, reconfortante.

Foi ali que Bobbie pareceu perceber o que estava acontecendo, porque de repente se endireitou de modo rígido. A profissional, a agente da lei do diarno, estava de volta em um piscar de olhos.

Reyna sempre usara sua personalidade da Guarda Real como uma segunda pele, mantendo-a tão próxima de seu temperamento verdadeiro que foi preciso duas estações para Kianthe conseguir discernir a diferença. Com Bobbie, era como assistir a uma criança lutando para vestir o casaco gigantesco de um dos pais.

Uma atriz nata.

Kianthe começava a se perguntar se Bobbie estava no ramo certo.

— O diarno Arlon vai querer saber que capturamos a pirata. — Bobbie se colocou de pé, forçando a vista para o céu e depois para o rio. — A cidade de Neolow não fica longe daqui. Vamos nos alojar lá durante a noite e começar a caminhada de volta para a propriedade dele amanhã de manhã.

— Você ainda vai entregá-la? — questionou Kianthe, incrédula.

— Mas é claro. — Bobbie olhou para Serina, o pesar evidente em suas feições. — Ela não pode simplesmente ficar por aí infringindo a lei. A menos que você queira levá-la de volta para o diarno essa noite?

Ao falar, Bobbie puxou o corpo flácido de Serina para uma posição ereta. A cabeça da pirata tombou em seu ombro, e o gesto poderia muito bem evoluir para um abraço gostoso, só que Bobbie amarrou, habilidosamente, os pulsos de Serina com uma corda.

— Uau. Você é muito boa nisso. Treinou bastante? — perguntou Kianthe, de modo inocente.

Bobbie quase se engasgou, de repente se atrapalhando com os nós.

Nesse ínterim, Reyna voltava à sua expressão conspiratória. Era como assistir a uma produção teatral, dirigida com cuidado, e ao mesmo tempo totalmente inocente. Quando ela falou, foi com a quantidade exata de exaustão e cordialidade:

— Prefiro tirar uma noite para me recuperar. O dia foi bastante agitado. — Reyna bocejou, um bocejo falso, mas Bobbie não teria como saber, e então ofereceu um sorriso que fez o estômago de Kianthe se alvoroçar. — Querida, se me levar de volta voando à minha montaria, podemos simplesmente encontrar Bobbie e Serina em Neolow.

— Pode ser que eu precise de ajuda para levá-la até a minha montaria... — interveio Bobbie.

— Nada disso. Você não transportaria um prisioneiro inconsciente, não é? — Reyna cruzou os braços, a reprovação estampada em suas feições.

Kianthe quase bufou uma risada de novo.

Bobbie parecia desconfortável.

— O protocolo diz que...

— Você tem um protocolo para *isto*? — Reyna gesticulou para a clareira, para a chuva e para o rio. Tudo naquela situação estava fora do roteiro, e todas sabiam disso.

Bobbie cerrou o maxilar, mas colocou Serina de volta no chão.

— Além disso — continuou Reyna alegremente, montando em Visk com agilidade. Deu um tapinha nas costas dele de propósito, e Kianthe obedeceu ao comando tácito como se fosse uma marionete amarrada a cordas. Reyna continuou a falar: — Pelo que entendi, você tem orgulho do seu trabalho. Como é que o diarno Arlon vai reagir quando você chegar em Neolow sozinha, levando o mesmo probleminha que ele mandou a *Arcandor* resolver? Seu futuro pode estar lhe reservando uma promoção.

Bobbie olhou para Serina amarrada a seus pés.

— S-Sim. Você está certa. — Ela não parecia convencida, mas se levantou, procurando uma touca nova na bolsa. Esta tinha dois pompons, sabe-se lá por quê, e era alaranjada, num tom forte. *Não* era a cor certa para Kianthe, mas Bobbie entregou a ela mesmo assim. — Você perdeu sua outra touca.

— Eu... — Kianthe tateou a cabeça e emitiu um grito de pavor, girando ao redor da clareira... e, era verdade, a touca vermelha fofa de pompom tinha sumido. Seus olhos pousaram no rio, quase invisível através das árvores, e ela ferveu. — Ah, desgraçado.

A magia do rio pulsou em resposta, um bufar petulante que basicamente insinuou que era culpa dela mesma por ser tão descuidada, e não culpa *dele* por ter arrastado a touquinha na correnteza.

— Key, por favor, não vá brigar com o Nacean.

A voz suave de Reyna a arrancou de sua discussão inicial. Então a maga enfiou petulantemente a touca laranja na cabeça. Não era tão fofinha quanto a outra, mas ainda aquecia bem. Depois que Kianthe parasse de se lamentar pela touca perdida, se acostumaria a esta nova, ela imaginava.

Reyna parecia achar tudo muito engraçado, mas se virou, resoluta.

— Venha, querida — chamou Ponder, que estava ocupada até agora estraçalhando o cogumelo. Então perguntou a Kianthe: — Aquilo ali não é venenoso, é?

A maga fingiu ofensa.

— Rain. *Sério.* Você acha que eu a deixaria brincar com algo venenoso?

— Sei lá. Você tem um nível diferente de preocupação com plantas em relação à maioria de nós.

— Bem, sei que o cogumelo não está muito feliz com a atenção dela. — Kianthe fungou. — Pondie. Aqui, menina!

A bebê grifo chilreou, abandonando os detritos de cogumelo para voar até o casal. Ponder mal lançou um olhar para Serina e Bobbie antes de cruzar o rio. A chuva estava apaziguando, e o sol se punha; logo estaria escuro.

Visk seguia a filha, e uma vez que as outras duas mulheres estavam fora do alcance da voz, Kianthe disse:

— Então vamos simplesmente deixá-las a sós hoje à noite?

— Bobbie é uma jovem capaz; tenho certeza de que sabe fazer uma fogueira. Além disso, Serina vai ficar bem depois que descansar um pouco. — Reyna esticou o pescoço, fitando a traseira de Visk quando elas passaram voando pelo cavalo de Bobbie, que estava amarrado sob um trecho de árvores e pastando alegremente. Mais acima do rio, Lilac estava na mesma situação, e Reyna suspirou aliviada ao ver sua égua.

Kianthe semicerrou os olhos, desconfiada.

— Não foi por isso que você as deixou a sós.

Reyna fungou.

— O diarno Arlon vai jogar Serina na cadeia para servir de exemplo. E isso vai dificultar mais ainda a história de amor das amantes separadas pelo destino.

— Separadas pelo rio — corrigiu Kianthe.

Reyna revirou os olhos e encerrou o assunto:

— De qualquer maneira, só dei um tempinho para elas resolverem suas diferenças.

— Acho que você anda lendo romances demais. — Kianthe riu, passando os braços em volta da cintura de Reyna.

A noiva entrelaçou os dedos aos seus, aninhando-se mais um pouco.

— E a quem devo agradecer por isso? — Fez uma pausa. — Talvez devêssemos acrescentar uma corda a nossas noites de vez em quando.

Kianthe sentiu um arrepio e precisou se esforçar muito para manter a voz serena e fingir normalidade.

— Ah, claro. Claro. Como você quiser, querida.

De repente, a última coisa na qual ela estava pensando era em Bobbie e Serina.

7

SERINA

Serina tinha *quase* certeza de que não havia morrido naquela cachoeira. Tá, mais ou menos. Porque quando abriu os olhos tarde da noite naquele dia e se deparou com uma fogueira crepitante, um cavalo pastando e Bobbie, *Bobbie*, fazendo crochê encostada numa árvore, achou que estivesse doida. Bobbie era uma xerife — ou patrulheira, sei lá — ou algo assim. Bobbie era uma pilantra. *Bobbie* ignorava todas as coisas que importavam de verdade, e agora estava ali, com Serina sob sua mira.

— Você acordou — comentou Bobbie, a prudência se demorando em seu tom.

Tome cuidado. Aquela era a mesma pessoa que costumava trançar, distraída, o cabelo de Serina quando faziam festas do pijama. Que segurava a lamparina quando Serina arrombava a fechadura do celeiro de seus pais, só para surrupiar um cavalo e cavalgar até aquele lugarzinho especial ao norte de Lathe e assistir ao nascer do sol. Bobbie costumava ser *tudo* para Serina, e agora...

Agora estavam em lados opostos de uma guerra.

Serina se endireitou. O corpo inteiro estava pesado, dolorido e com os braços cheio de hematomas. Os pulsos tinham uma leve marca, como se tivesse sido amarrada em determinado momento, mas não estava mais, então não pensou muito no assunto.

— Um grifo me agarrou no céu. Estou lembrando corretamente, né? — Sua fala soava meio estúpida.

— Isso mesmo — respondeu Bobbie.

Que bom. Pelo menos a memória não estava tão confusa quanto seus pensamentos no momento. Ela levou uma palma à testa, recostando-se até sentir uma árvore. Bobbie a observava com desconforto. Serina tinha achado que a outra já teria parado com aquela mania chata de encarar, mas estava óbvio que não.

— Está me encarando de novo, Bobbie.

A reprimenda a fez se encolher.

— Ah, desculpe. — A outra fez uma pausa demorada, e baixou a linha. Era amarela, mas ela estava com um novelo preto também. — Eu só queria ter certeza de que você estava bem. Fiquei preocupada.

Como ela era direta. Serina engoliu em seco, voltando o olhar para cima. Elas estavam sob uma copa densa de árvores, mas uma rápida olhada em direção ao rio mostrou que ainda chovia de leve. A fumaça flutuava por um buraco quase artificial em meio à folhagem, que por sua vez exibia uma luz suave, como um monte de vaga-lumes.

Magia. Então um mago se juntara a elas, pelo menos por um tempo.

Bem, naquele momento, ambas estavam a sós.

— Não diga isso — murmurou Serina.

Bobbie franziu a testa.

— Não diga o quê? Que fiquei preocupada?

— Sim. Não finja que somos amigas de novo. Não finja que se importa. — Era infantil, injusto, e Serina sabia disso. Mas ela também não conseguia evitar o sentimento de traição.

— Mas eu me importo. — A mão de Bobbie tocou o pulso dela e aí recuou. — Você me assustou pra caramba. Não viu as placas para evitar a cachoeira? Tinha um monte de outros caminhos que você poderia ter seguido.

Serina se eriçou.

— Eu *sei* disso. Acha que não sei como chegar ao sul deste rio, depois que toda a minha família teve de se mudar? O quê, você acha que eu queria destruir o barco que meu pai construiu quando nós duas éramos crianças? — A audácia daquela desgraçada, insinuando uma coisa do tipo. Mesmo exausta, mesmo depois de um incidente traumático, Serina estava pronta para brigar.

Bobbie enrijeceu.

— Eu… presumo que isso seja sarcasmo.

— É — retrucou Serina. — Mas agora não é: se você não tivesse me distraído, eu não teria chegado perto da queda d'água. A culpa é sua.

Foi um golpe cruel, barato, e Serina estava muito ciente disso. Mas Bobbie ainda usava o uniforme da guarda do diarno, exatamente o mesmo que ela usava quando informara a Serina sobre o confisco da fazenda... pela segunda vez. Se teve uma coisa Serina aprendera sobre sua ex-amiga naquele dia, foi que o tempo nem sempre era capaz de curar as feridas. Às vezes, elas infeccionavam.

— Não fui eu quem decidiu virar *pirata* — retrucou Bobbie. — Que ideia de jerico, Serrie?

— Não me chame assim. Não mais.

Bobbie cerrou o maxilar, muito embora a angústia estivesse estampada em seu olhar. Serina sentiu uma pontada no peito, mas... não tinha como consertar aquilo. Não agora. Talvez nunca. Em especial quando Bobbie disse:

— Você poderia fazer qualquer coisa, mas resolveu ser *pirata*. Você está me causando muitos problemas no trabalho.

Ah, que audácia.

— Sinto muito por estar interrompendo sua opressão, *Dona Guarda*. Mas, assim, será que você vai ter tempo para despejar cidadãos desavisados de suas propriedades se estiver ocupada me perseguindo por águas rasas? — bufou Serina. — Ah, aqui também teve sarcasmo, a propósito.

— Obrigada, eu entendi. — Bobbie estava fula, e enfiou o novelo de lã na bolsa. Quase parecia um bichinho de pelúcia. Então aquele era o novo passatempo dela? Viviana, a mãe de Bobbie, costumava fazer crochê, então, para Serina, aquilo fazia sentido.

Que bom que ela encontrara tempo para se dedicar a um passatempo enquanto as pessoas passavam fome.

As palavras de Bobbie foram mordazes:

— As únicas pessoas que estou despejando são aquelas que não têm feito uso correto das terras. E elas recebem uma indenização; muito dinheiro para começar uma vida nova. A maioria faz a transição para profissões melhores, o que significa que podemos usar suas terras para pessoas que de fato *sabem* cultivá-las. — Ela fez uma pausa, e um complemento dito em voz baixa: — Diferentemente da sua família.

— Minha *família*... — Serina se levantou, mas foi um excesso, e rápido demais. Vacilou, agarrando o tronco da árvore a fim de se equilibrar enquanto o mundo girava.

Bobbie postou-se ao lado dela em um piscar de olhos e lhe agarrou o braço, firme, porém com gentileza.

— Serrie! Merda, você está bem? Não pode se levantar ainda.

— Deixe minha família fora disso — rebateu Serina, fraca, se desvencilhando. Ela inspirou algumas vezes, devagar, segurando a árvore, sentindo como se estivesse de volta aos redemoinhos d'água. A maré batendo acima de sua cabeça, e então sendo violentamente dilacerada...

Seus olhos se voltaram para as luzes acima. Chamas mágicas e artificiais. Então... não era uma maga. Era *a* maga. A Arcandor.

Ela devia estar lisonjeada.

Em vez disso, estava apenas exausta e com raiva. Ela sustentou o olhar de Bobbie, sentindo-se distante, entorpecida.

— Minha família foi dona daquela fazenda por gerações. Arlon a roubou porque não conseguíamos bater a cota... e a cota só aumentava. Essa tal "indenização" mal foi o suficiente para me fazer chegar rio abaixo. Mas você provavelmente nem contou o dinheiro, contou?

— O dinheiro não era meu para ser contado — anunciou Bobbie, rígida.

— Claro que não. A Dona Guarda Bobbie perfeitinha, apenas seguindo ordens. — Serina revirou os olhos. — O que diabos aconteceu com você? A gente brincava de piratas por um motivo. Queríamos tornar o mundo um lugar melhor.

— Estou tornando o mundo um lugar melhor. — Bobbie perdeu a paciência, e apoiou uma das mãos na espada em seu quadril.

Serina seguiu o movimento com o olhar, então voltou a encarar Bobbie com severidade, e esta, por sua vez, hesitou, retirando a mão do punho da arma.

— Estou *ajudando* nossas terras e nosso povo. Você pode achar que sou a vilã da história, mas estou por aí garantindo que as cidades ao longo do rio tenham o que precisam para sobreviver. Arlon fica com uma parte, claro, mas isso não é diferente de qualquer outro órgão governamental. Esse investimento retorna para as comunidades, nós revertemos em serviços públicos, como a manutenção das estradas entre as cidades ou o comissionamento de magos para ajudar os navios a subir o rio.

Parecia tudo tão justo. Será que Bobbie fazia alguma ideia do que se escondia sob a superfície daquele discurso?

Conhecendo-a bem, era provável que não. Ela era a mais crédula das pessoas. Se alguém lhe dissesse que era verdade, ela acreditaria.

Serina cerrou o maxilar.

— O sistema não é tão perfeito quanto você pensa. Arlon está tomando muito mais. Ele está matando todo mundo de fome aos poucos.

— Sério? — zombou Bobbie, impassível. — Então por que Lathe está sempre bem quando a visito? Minha mãe nunca reclamou da falta de comida. Nossos vizinhos estão bem.

Serina estava perdendo a paciência com rapidez.

— Não tenho tempo para apontar cada infração para você, Bobbie. Ou você acredita em mim, ou não... E é óbvio que não acredita. Então me deixe em paz, e sigamos caminhos separados.

Serina deu um passo à frente, e Bobbie agarrou seus pulsos, enrolando-os em uma corda grossa antes que ela sequer pudesse piscar. Ela se contorceu, tentando se soltar, mas era evidente que Bobbie aprendera uma nova habilidade naqueles anos em que estiveram separadas. Ela então agarrou o braço de Serina com o mesmo vigor, puxando-a em direção ao cavalo.

— Que porra você está fazendo? — rosnou Serina. — Me larga!

— Serina de Jallin, ex-cidadã de Lathe, pirata do rio Nacean... você está presa por pilhagem, roubo, fanfarronice e outras perturbações da paz pública. — A voz de Bobbie soou inexpressiva, mas até Serina distinguia um nervosismo implícito bem no fundo das palavras. — Se você resistir, será recebida com violência.

— É o cacete — cuspiu Serina, e girou para tentar se soltar. Bobbie entrou numa espécie de dança com ela. O cavalo observava desapaixonadamente à medida que elas lutavam na clareira, por fim caindo ao lado da fogueira. Serina gemia, se contorcendo sob o aperto de Bobbie, mas seguia imobilizada.

Bobbie literalmente sentou-se sobre ela, travando seus braços, então pareceu perceber os hematomas deixados pelo grifo e abrandou a pressão. Sob seu corpo, Serina ofegava, sem ar, a vista acinzentando.

— S-Se eu não tivesse acabado de me afogar — chiou —, eu acabaria com a sua raça.

Contrariando todas as probabilidades, Bobbie riu, como se não conseguisse *acreditar* que aquela era sua vida agora.

— Você pode tentar. Vai vir sem resistência?

Serina franziu a testa, tão acalorada quanto o fogo ao lado de ambas.

— Ora, Bobbie. Você me conhece.

E Bobbie deu um suspiro, como se aquilo confirmasse todas as suas suspeitas.

— Merda, vai ser uma noite longa.

— Pois é.

8

REYNA

Neolow era a segunda maior cidade às margens do rio Nacean, logo depois de Jallin. Ficava na encosta, aninhada no extremo norte de uma série de lagos montanhosos, e marcava a mudança entre as florestas de coníferas do norte de Shepara e as árvores decíduas mais coloridas ao sul. Como tal, as colinas eram um festival de vermelhos e amarelos, sem dúvida chamativos durante o dia, mas opacos sob o brilho prateado do luar. Reyna estava ficando cansada de chegar tão tarde a todas as cidades, mas de fato, não havia o que fazer.

Apesar do horário tardio, o porto era um movimentado centro comercial, com dezenas de navios maiores atracados e vários outros chegando ou saindo. Neolow ficava no lado oeste do rio, e Reyna deixara Lilac em um conjunto de estábulos no lado leste, que tinha algumas construções de uma extensão já improvisada da cidade. Visk as levou por voo, embora houvesse sempre uma balsa navegando entre os dois portos durante a noite toda.

Reyna ficou vendo a balsa passar lá embaixo, um barco simples com uma lamparina forte no gurupés, e deleitou-se com uma emoção repentina.

— É a minha primeira vez em Neolow. A rainha Tilaine achava que este local não valia seu tempo. — Ninguém a se coagir ali, afinal. Nenhuma razão para uma missão diplomática tão embrenhada do interior, com um tempo de viagem tão longo.

— Você esteve em Jallin — recordou Kianthe.

Reyna deu de ombros.

— Claro, mas Jallin é muito perto de Mercon: apenas um único dia de navegação oceânica. É simplesmente... empolgante. Ouvi dizer que os lagos daqui são lindos.

— São mesmo. Antigos lagos glaciais, com minérios, por isso eles têm aquele tom obsceno de turquesa. — Kianthe abriu um sorriso largo, cutucando Visk para que pousasse nos arredores da cidade. — Talvez a gente possa caminhar até lá. Fazer um piquenique.

— Querida, temos uma missão a cumprir. — Isto é, se Bobbie e Serina aparecessem num momento oportuno, uma chance de setenta e três por cento, pelas estimativas de Reyna.

— Existe vida além das nossas missões. — Kianthe soou quase petulante. — Imaginei que a gente poderia encarar esta viagem como férias comemorativas. Disseram para mim que não é sensato se casar com alguém sem ter viajado muito com a pessoa.

A menção de Kianthe sobre a pessoa escolhida para o casamento fez Reyna se lembrar das palavras do diarno Arlon, e um buraco amargo se instalou em seu estômago. Ela forçou um sorriso.

— Bem, é sábio avaliar seu parceiro cuidadosamente. Que os deuses proíbam você de se casar com alguém que não possa lidar com uma crise.

Reyna estava ciente de que não estava sendo ela mesma. Era excelente na hora de lidar com problemas, excelente na hora de acalmar Kianthe, excelente na exploração de todos os ângulos. Mas ao viajar por Shepara e ver a importância da Arcandor para as pessoas em um nível mais íntimo, e perceber como elas se sentiam em relação a *ela*, Reyna se perguntava se Arlon não estaria certo.

Ela amava Kianthe... mas as coisas eram bem mais complicadas quando havia líderes mundiais na equação.

— Que a Joia me livre de me casar com outra pessoa que não seja *você* — declarou Kianthe com muito propósito.

Reyna riu, mas de repente algo lá embaixo lhe chamou a atenção. Visk circulava para pousar, descendo em um ritmo lento, e Reyna captou vários guardas reunidos em um grupo na periferia da cidade. Em uníssono, saudavam seu líder, um patrulheiro com dragonas de prata, e começavam a descer pela estrada sul, saindo de Neolow.

Hum.

— Flagrou algo interessante? — perguntou Kianthe.

— Talvez. — Reyna não elaborou, e Kianthe não perguntou.

Visk sobrevoou algumas construções e escolheu um grande píer para pousar. Reyna saltou de suas costas, pegando a espada de novo. Conforme Kianthe desmontava, a noiva deu um beijo na cabeça da bebê grifo.

— Ponder, seja boazinha com Visk, ok?

Ponder era mimada e às vezes gostava de dormir dentro de casa, mas ela ainda era um grifo, e a espécie preferia explorar florestas e dormir sob as estrelas. Ela piava, pavoneava sob a barriga do pai e beliscava suas penas. Ele a acariciava ternamente.

— Vejo você amanhã, amigo — avisou Kianthe, e coçou Visk logo abaixo do bico assustador. — Não espere acordado; algo me diz que dormiremos até tarde. Mas se você vir Bobbie e Serina, venha nos buscar, ok?

Visk bateu a cabeça no peito dela de leve, piou para Ponder e os dois partiram em direção às colinas a oeste.

Reyna se virou para a cidade, inclinando a cabeça. O lugar parecia uma cidade turística pitoresca, com lojas em todas as ruas e tabernas em cada esquina. Lamparinas pendiam a cada poucos metros, oferecendo bastante luminosidade. E um bônus: a cidade estava movimentada. Até nas docas, as pessoas descarregavam caixas e consertavam as velas das embarcações. Vendedores ambulantes ofereciam refeições noturnas de peixe e carne.

Elas passaram por um grupo de marinheiros que bebiam juntos, e Reyna captou um trecho da conversa:

— ... que Dreggs seguiu navegando para o norte.

— Qual é? Que mentirada — respondeu um, empurrando o ombro do sujeito que falou primeiro. — Dreggs só fica pelos mares do sul.

— Meu primo viu o *Morte pintada* navegando por Jallin! Me mandou um pombo-correio ontem. Você tá dizendo que meu primo é um...

Eles se foram e Reyna abriu um sorrisinho. Dreggs, hein? Ela arquivou a informação, aconchegando-se ao lado de Kianthe enquanto elas se embrenhavam na cidade. Os olhos de Reyna pousaram em uma barraquinha de madeira onde alguém vendia sidra, e sua boca encheu d'água.

— Aposto que as maçãs daqui são fantásticas — disse ela, distraída.

Kianthe riu, então se aproximou com alegria do vendedor e comprou duas canecas fumegantes. Entregou uma a Reyna, e elas ficaram sentadinhas, ombro a ombro, em uma pequena praça de paralelepípedos, recostadas no banco ao observar os transeuntes.

Era tarde o suficiente para Reyna estar um pouco sonolenta, mas ela tomou um gole de sidra e se encostou em Kianthe.

— É bom a gente procurar uma estalagem.

— Mais tarde. Relaxe um pouco. — Kianthe jogou um braço sobre os ombros dela. — Como está a sidra?

— Divina. Um presente dos deuses — respondeu Reyna. Um casal passante a fitou, e ela então abaixou a voz. — Embora talvez eu devesse manter essas crenças só para mim. — Afinal de contas, apenas os cidadãos do Reino adoravam os Deuses. Em Shepara e Leonol, a divindade primária eram as Estrelas, a menos que você fosse um mago.

Kianthe olhou para o casal, e seu corpo se aqueceu inteiro com a magia; como se ela pudesse entrar em combustão a qualquer momento. Reyna se afastou.

— Key.

A maga a fitou de soslaio, suspirou, e aí se acalmou imediatamente.

— Desculpe.

— Sou grata por você querer me proteger — disse Reyna, recostando-se nela. — Mas agora a gente precisa discutir um plano para quando Sua Excelência bater à nossa porta. Ela só está esperando o momento certo, aproveitando o fato de que pode exibir você como um pônei premiado. — Reyna tomou um gole de sua sidra, saboreando a doçura. Contrastava com o amargor das palavras. — Quando ela se cansar, vai começar a invocar favores, do jeito que o diarno Arlon falou que seria.

O silêncio recaiu, gélido como a temperatura. Na praça, lamparinas cálidas brilhavam, mas a sensação era de que elas estavam cobertas pela escuridão.

Kianthe apoiou o queixo na cabeça de Reyna.

— Você precisa redefinir a palavra "relaxamento" no seu conceito. Porque esta conversa está longe disso. — Ela queria ser brincalhona, mas Reyna percebeu o toque de ansiedade em sua voz.

Reyna precisava *mesmo* de ajuda com isso. Em Tawney, na livraria, ela se ocupava com chá, livros e companhias agradáveis. A parte mais estressante do seu dia — pelo menos depois que a rainha Tilaine concedera sua bênção e revogara a ameaça de morte por traição — era determinar qual chá a Folha Nova Livros e Chás apresentaria naquela semana e quais pãezinhos combinariam melhor com ele.

Mas Reyna jamais se esqueceria do momento em que encontrara Kianthe nas profundezas da terra dos dragões, inconsciente, semicongelada e moribunda. A maneira como o dragão pairava ali, o medo percorrendo sua espinha dorsal quando ela percebera até onde Kianthe iria para proteger Tawney, seus amigos, sua loja... e a própria Reyna.

No fim, tudo deu certo, muito certo, mas só porque Kianthe prometera o impossível: um juramento de que encontraria três ovos de dragão há muito roubados de Tawney. O feitiço era nítido: os dragões prometiam paz se Kianthe devolvesse os ovos, e consequências perigosas aguardariam a Arcandor caso não cumprisse sua promessa. Se a pista acabasse por se revelar um beco sem saída — se Arlon não tivesse as informações das quais elas necessitavam —, a rainha Tilaine seria a menor de suas preocupações.

Era difícil desligar essa parte do cérebro de Reyna, o lado que passara uma carreira inteira calculando os piores cenários... e planejando maneiras de administrá-los.

Mas Kianthe não precisava de nada daquilo, então ela tomou um gole de sidra e respondeu:

— Desculpe. Vamos nos concentrar em uma coisa de cada vez. Primeiro, os ovos de dragão, depois, nosso casamento, e talvez falar com Sua Excelência daqui a alguns anos.

— Rain. — Kianthe pareceu aflita de repente. Aí se calou, como se estivesse decifrando a melhor forma de expressar seus pensamentos. — Quando você diz esse tipo de coisa, temo que ache que a rainha Tilaine é um problema só seu, que você vai lidar com ela sozinha, da mesma forma que fez durante todo aquele verão. — Reyna sentiu-se compreendida. Enrijeceu-se involuntariamente, então obrigou-se a relaxar. Foi tão ínfimo que ninguém mais teria notado, mas Kianthe intensificou seu abraço nos ombros de Reyna, quase como um gesto de reconhecimento. — Eu sabia — declarou a maga, desanimada. — Diga para mim o que você está sentindo, Reyna.

Ela estava pensando dezessete coisas de uma vez, e analisá-las era difícil no momento. Já era tarde, estava aquecida de encontro a Kianthe, a sidra estava gostosa e, pela primeira vez, ela realmente não *queria* falar daquelas coisas.

Mas Kianthe pronunciara as palavrinhas mágicas, e a regra delas era sempre revelar seus sentimentos quando solicitadas. Caso contrário, todo o seu modelo de comunicação iria por água abaixo.

— Estou com medo — admitiu Reyna, a exaustão marcando seu tom. — Não há ameaças imediatas, mas estou preocupada que a gente não consiga aproveitar nossa vida de casadas com a rainha Tilaine sempre à espreita. — Ela aguardou, mas Kianthe não interrompeu... Outra promessa tácita entre elas. Uma vez que a pergunta era feita, a pessoa deveria falar até expor tudo. — Tenho ideias, mas ainda não sei bem como colocá-las em prática. Se eu te contar quais são, fico temerosa de criar muitas esperanças... e duvido muito que as coisas sejam tão simples assim na vida real. — Kianthe se animou, mas permaneceu em silêncio. — Pronto, acabei. — Reyna sorriu.

Era nítido que Kianthe esperava algo assim, porque sequer pestanejou:

— Simples? Existe um jeito simples de sair disso? — Afastou-se um pouco do banco, apenas o suficiente para encontrar o olhar de Reyna. Seus olhos escuros brilhavam de empolgação.

E lá estava. Reyna suspirou, apertando a ponte do nariz.

— É uma possibilidade pequena, mas a toda hora me lembro de uma coisa que diarno Feo me disse quando visitamos Kyaron, no verão passado. Feo mencionou um rumor de Shepara, de que a mãe da rainha Tilaine teve outra filha.

A expressão de Kianthe esmoreceu.

— Ah, eu já ouvi isso. Não faz sentido nenhum.

— Talvez.

Agora a maga franzia a testa.

— Você não acha?

Reyna observou sua sidra enquanto passava um dedo na borda da caneca. Elas teriam de devolvê-las ao vendedor quando terminassem, mas por ora aproveitava para admirar o esmaltado azul, o artesanato feito com esmero.

— Key, minha mãe desapareceu por um ano inteiro quando eu era pequena... Eu tinha uns quatro ou cinco anos. Ao mesmo tempo, a rainha Eren parou de fazer aparições públicas: ela ficava em seus aposentos ou acompanhava as plateias apenas de longe. Só me lembrei disso depois que diarno Feo se pronunciou.

— Pela Joia da Visão! — exclamou Kianthe. — Será que existe outra herdeira?

Confirmá-lo equivalia a admitir que titãs míticos vagavam pelos mares profundos. Reyna queria desesperadamente acreditar em uma herdeira secreta... Mas isso significava manter suas expectativas sob controle até pesquisar direito o assunto. Por enquanto, sua voz era cautelosa.

— Feo se ofereceu para reunir relatos de testemunhas oculares e artigos escritos na época. É possível que eu explore isso no ano que vem, depois que resolvermos a ameaça do ovo de dragão.

— E fizermos nosso casamento.

— Isso. — Reyna puxou Kianthe para um beijo breve, um consolo, acima de qualquer coisa. — Isso é problema para outra hora.

Kianthe assentiu, mas agora exibia um olhar distante.

Para mudar de assunto, Reyna a puxou do banco.

— Vem. Vamos dar uma olhada na cidade. Ver se conseguimos encontrar uma estalagem. Falando em casamento... Quais são suas expectativas? — Ela entregou as canecas ao vendedor quando passaram. — Onde gostaria de se casar?

— Na nossa livraria — respondeu Kianthe no mesmo instante.

Reyna riu.

— Não em Wellia? Ou no Magicário? Aposto que qualquer um deles montaria um belo espetáculo para a gente.

— Se escolhêssemos sediar um casamento em Shepara, Tilaine teria um ataque. — Kianthe revirou os olhos. — Se fizermos na capital, o conselho vai ter um ataque. O Magicário só tem um bando de magos metidos. Então vamos ignorar todos eles e fazer um casamento pequeno e íntimo com nossos melhores amigos, e deixar todos os outros se mordendo por não terem sido convidados.

— Que ousada. Ninguém vai ficar feliz com isso.

— Exceto a gente, e só a nossa opinião importa aqui. — Kianthe sorriu. — Já discuti isso com Matild. Vamos descampar o pasto ao sul da Folha Nova Livros e Chás, acender uma chama-eterna para iluminar tudo, botar Sigmund e Nurt para espalhar a notícia para não nos preocuparmos com convites formais. Gossley pode... sei lá. Lavar a louça. Ou ficar lá de grude com a namorada. E você sabia que Tarly sabe cantar? Matild disse que ele passa os invernos treinando com a banda.

— Com a... banda. — Reyna riu ao imaginar o ferreiro cantando em uma banda, e sentiu uma pontada de saudade de casa. Mesmo conforme subiam a rua, admirando aquela pitoresca cidade nova, ela teria dado qualquer coisa para estar de volta a Tawney. — Estou com saudade deles.

— Eu também. — Kianthe suspirou, ajeitando sua touca laranja. O contraste era horrível com seu tom de pele.

Naquela manhã, Reyna encontrara uma substituta quase idêntica nas caixas comunitárias de Bobbie, já prevendo que Kianthe perderia a primeira touca. Mas estava no alforje da sela de Lilac, e ela não estava a fim de voar de volta pelo rio para buscar.

Kianthe continuou, alheia aos pensamentos de Reyna:

— Nunca fui do tipo que sente saudade de ninguém além de você, mas... sei lá. Viagens longas não são tão divertidas mais.

Naquele momento, Reyna ficou inclinada a concordar.

As duas conversaram amigavelmente ao passo que a lua subia cada vez mais alto e elas exploravam a cidade. Neolow era construída em uma encosta, o que significava que quanto mais fundo na cidade chegavam, mais trechos do rio conseguiam ver. A vista era deslumbrante: o rio era largo o suficiente para transformar a outra margem numa mera linha iluminada. As docas de Neolow se espalhavam por toda a orla. E em vez de navios menores, como aqueles vistos em Oslop, os navios dali eram embarcações dignas do oceano.

Reyna estava espiando um navio particularmente ornamentado — achando-o estranhamente parecido com o bergantim, o qual ela ouviu que Arlon encomendara décadas atrás — quando Kianthe de repente apontou para outro navio menor.

— Está vendo aquele ali? — Kianthe esperou a confirmação, aí continuou: — Foi projetado para ter um mago na tripulação. Eles só precisam de uma vela na frente, e o mago faz o deslocamento com magia de vento ao mesmo tempo que o capitão pilota.

Reyna ficou avaliando a embarcação. Seus olhos começavam a arder de exaustão, mas ela não queria que aquela noite deliciosa com Kianthe terminasse.

— Hum. É difícil encontrar um mago para isso?

— Bem, todos os magos podem morar no Magicário, mas são incentivados a explorar o mundo em geral, espalhar a magia como puderem. Acho que Harold teve sua experiência no mundo real em um navio desses. Deve ter sido há eras, aquele velho idiota.

— *Mestre* Harold, você quer dizer? — Reyna bufou. Kianthe quase morrera por causa da luta contra os dragões e do feitiço resultante do juramento. Dentre os dois magos que visitaram Tawney para oferecer sua magia e ajudá-la, Harold não era... propriamente seu favorito. — E eu aqui pensando que ele tinha salvado uma vila inteira para ser tão arrogante como era.

Kianthe riu.

— É de se pensar mesmo.

A conversa esmoreceu naturalmente, e Reyna soube que, se continuasse daquele jeito, Kianthe logo as incitaria para um quarto, para uma cama, e cairia no sono. Agarrando-se desesperadamente àquela noite, Reyna reiniciou:

— Olha lá. Aquele navio é tão bonito quanto o navio pessoal da rainha Tilaine. Eu me pergunto se seria do diarno Arlon.

O navio em questão era enfeitado com bordas douradas e prateadas, e tingido da cor do mogno; ostentava dois mastros altos, uma gávea, um convés superior e inferior e pelo menos um andar abaixo do convés.

Kianthe olhou de soslaio para ele e assobiou.

— Talvez. Sei que ele tem um navio para viajar pelo rio quando necessário. — Seus olhos se voltaram para Reyna. — Já percebi o que você está fazendo, e não vai funcionar. Venha. Você já está caindo de sono.

— Que exagero. — Mas Reyna se permitiu ser rebocada para uma estalagem do outro lado da rua de paralelepípedos, aproveitando o calor do corpo de Kianthe. O sol ia nascer mais cedo do que ela gostaria, mas esta noite inesperada em uma nova cidade, aproveitando a companhia de Kianthe, seria uma lembrança que Reyna guardaria por anos e anos.

Ao se acomodarem na cama, Reyna se aninhou contra a noiva e murmurou:

— Key... Não importa o que aconteça em relação à rainha Tilaine, a gente vai resolver juntas, tá?

— O mesmo vale para os dragões — respondeu Kianthe, beijando-a. Seus lábios tinham gosto de sidra, e Reyna sorriu. — Agora durma um pouco, amor.

As duas apagaram em instantes.

9

KIANTHE

Na manhã seguinte, elas desfrutaram de um bom café da manhã em uma taberna local: a especialidade ali era pão folhado cortado em fatias grossas, as quais eram levemente tostadas e cobertas com queijo derretido e um ovo. Divino, saboroso, e Kianthe estava se deleitando quando Reyna bateu levemente em seu braço.

— O quê? — Kianthe estava de boca cheia.

— Não fale de boca cheia — disse Reyna, achando engraçado. — Olhe ali. — E ela tomou um gole de seu chá, gesticulando para a rua.

Ah. Bobbie e Serina tinham chegado... e Bobbie *não* parecia bem.

Para ser justa, Serina também não parecia muito melhor, mas isso era porque protestava aos quatro cantos, e não porque estivesse machucada ou algo assim. Seus tornozelos estavam amarrados nos estribos do cavalo de Bobbie, os punhos atados a uma argola de metal logo abaixo do pito, e ela estava amordaçada com um pano grosso. Mesmo assim, ela se contorcia contra suas restrições, encarando Bobbie furiosamente e vocalizando com qualquer um que passasse por elas, as palavras abafadas e furiosas.

Bobbie conduzia o cavalo pelas rédeas como uma mulher condenada. As bolsas sob seus olhos estavam profundas e pronunciadas no momento, e parecia uma luta aprumar os ombros e agir como a profissional que era. Sempre que alguém fazia um movimento para tentar ajudá-la, ela batia no distintivo prateado, e a pessoa recuava como se ela tivesse ateado fogo à pessoa.

Reyna e Kianthe estavam sentadas em uma lojinha perto das docas, e aproveitavam o sol. Reyna botou a mão em concha acima dos olhos, levantou uma sobrancelha e disse a Kianthe:

— Talvez tenha sido cruel deixar Bobbie sozinha com Serina. Pelo visto, ela teve uma noite difícil.

— É totalmente possível que tenhamos superestimado o relacionamento delas. — Kianthe deu outra mordida desengonçada em seu pão grosso. De algum modo, o pão era nojento *e* apetitoso ao mesmo tempo, e a gema o coloria lindamente. Melequento. Delicioso. Ela mastigou, engoliu e acrescentou: — Ou isso, ou essa é a ideia de Bobbie sobre *amarrar* Serina em um compromisso.

— Querida.

— Ah, foi boa, vai? Por causa da corda? — Kianthe riu, cuspindo migalhas. — Foi hilário, e você sabe disso.

Reyna revirou os olhos, afastando-se da mesa.

— Sendo muito franca, você está forçando demais. — E com um sorriso astuto, atravessou a rua a fim de interceptar Bobbie.

Kianthe quase engasgou. Enfiou o último pedaço de pão na boca, engoliu seu chá matinal — uma mistura forte de baunilha e canela — e correu atrás de Reyna. Quanto mais perto chegava, mais óbvio ficava que Bobbie estava a dois passos de desmaiar. Ela provavelmente passara a noite inteira em claro. Talvez as duas últimas noites.

Ainda haveria muito crochê para desestressar em seu futuro, Kianthe percebia. De repente, sentiu-se mal por ter julgado a touca alaranjada com os dois pompons. A pobre guarda estava dando o melhor de si.

Provavelmente, Kianthe devia ter levado Serina de volta para Arlon e economizado tempo para todos. Claro, a noite passada tinha sido especial — um vislumbre de como seriam as viagens dela com Reyna como casal —, e Kianthe não trocaria aquilo por nenhuma magia do mundo.

Mas, sim, ela se sentia mal.

Mas não *tão* mal assim.

— A mordaça é mesmo necessária? — perguntou Reyna.

No cavalo, Serina se debatia, dando tranco nos pulsos e puxando a argola. Sua mão esquerda tinha sido enfaixada. Ela estava ferida? Kianthe não conseguia se lembrar. Tudo do resgate no rio parecia um pesadelo.

— No nosso manual, as mordaças são opcionais, mas recomendadas para criminosos problemáticos — entoou Bobbie, sua voz insensível.

Serina revirou os olhos em um movimento tão exagerado que pareceu prestes a cair do cavalo. Ela deu um chute com uma das pernas, mas o estribo a impediu de *alcançar* a bunda de Bobbie. A patrulheira se afastou com uma facilidade experiente, o que dizia muito sobre como tinha sido a noite delas.

Kianthe não deveria rir.

Mas riu mesmo assim.

— Com esse fogo todo, ela daria uma ótima maga.

— Hummmmf — respondeu Serina, e poderia ter sido tanto um "eu sei" quanto um "vá se foder".

Reyna estava mais preocupada com Bobbie.

— Bobbie, devo comentar, e isso não é uma declaração sobre sua competência... mas você me parece prestes a desmaiar.

Aquilo chamou a atenção de Serina. Ela olhou bruscamente para Bobbie, forçando a vista para a parte de trás da cabeça da outra. No entanto, como Bobbie estava de costas, o que quer que Serina tenha visto nos cachos pretos não serviu de nada para persuadi-la de tal verdade. A pirata bufou, puxando as mãos de novo. Seus pulsos estavam ficando em carne viva.

— Insônia — resmungou Bobbie, massageando a testa. — Normalmente eu consigo ficar bem se durmo poucas horas por noite. Mas um certo alguém dificultou muito na noite passada.

Serina revirou os olhos.

— Tentei fazer um bichinho novo. — Bobbie sacou um pequeno círculo amarelo do bolso. Ele tinha asas brancas e uma listra preta, mas estava todo torto. Os pontos estavam muito frouxos e o recheio não fora suficiente para inchá-lo. Era basicamente uma profusão de lã murcha com botões pretos nos olhos. Falando em olhos, Bobbie ergueu os seus, exaustos, e declarou com otimismo:

— É uma abelha.

Reyna sufocou o riso, transformando-o em tosse educada. Kianthe deu um tapinha no braço de Bobbie.

— Estou vendo. Belo trabalho.

Satisfeita, Bobbie entocou a monstruosidade de volta no bolso.

— Então o grande plano de convencê-la a sair desta vida não deu certo, hein? — Kianthe aventurou-se a perguntar, fitando a pirata. Serina fez uma careta em torno da mordaça.

Bobbie escolheu suas palavras com cuidado.

— Depois de várias discussões, ficou nítido que ela precisa de mais persuasão do que sou capaz de oferecer em uma noite. Com tal opção descartada, meu dever fica restrito ao diarno Arlon. — Ela apertou as rédeas de couro. — Eu só queria informar a vocês duas que consegui um navio para nos levar para o norte. Se vierem comigo, terão de embarcar em breve.

— E então Serina será presa — anunciou Reyna com firmeza.

— Ela responderá por seus crimes. — Bobbie lançou um olhar penetrante para Serina. — Mas se ela vier de boa vontade, o diarno prometeu misericórdia em sua sentença.

Parecia extremo, mas era inegável que a patrulheira havia burlado a lei. Ainda assim, aquilo não soava bem para Kianthe. Ela franziu a testa.

— Vamos tirar um dia e pensar direito. Arlon ainda não sabe que a encontramos. Podemos discutir...

Mas era evidente que Bobbie já estava na corda bamba — haha, na corda! — porque rebateu:

— Com todo o respeito, Arcandor, a discussão acaba aqui. — Bobbie olhou feio para Serina, uma chama atingindo seus olhos verde-esmeralda no momento. — Você poderia ter ido a qualquer lugar. Seu pai tem um negócio bem-sucedido... Até isso teria sido melhor. Mas você decidiu brincar de fazendeira, e agora está brincando de pirata, e estou *cansada* pra caralho, Serina.

Serina ficou rija feito uma vareta, mirando Bobbie com fúria absoluta, e então puxou as amarras com tanta força que o cavalo relinchou, se remexendo com desconforto.

Bobbie agarrou as rédeas, fechou os olhos com força e respirou fundo pelo nariz. Então, em resposta aos novos resmungos de Serina, declarou com calma:

— Vocês podem vir ou não, mas o navio está zarpando.

Com isso, ela se afastou de maneira resoluta, conduzindo o cavalo pela encosta de paralelepípedos.

O silêncio que ecoou atrás delas pareceu mais alto do que os gritos da pirata.

Kianthe esfregou a nuca.

— Ah, Rain? Acho que calculamos mal.

— Hum. — O tom de Reyna era suspeitosamente neutro. — É melhor a gente ir. Estou preocupada com o que pode acontecer se não a acompanharmos rumo ao norte.

Assim, Reyna as seguiu, ainda que num ritmo muito mais lento.

O ar despreocupado da noiva estava deixando Kianthe desconfortável. Mesmo assim, ela foi em seu encalço em direção ao porto.

— Amor, sei que você está tramando alguma coisa.

Reyna levou uma das mãos ao peito.

— Key, eu não sou de tramar... — Por um segundo, ela parou, observando as pessoas que passavam. Espere, não eram *pessoas*. Era só uma pessoa, usando um chapéu tricórnio com um penacho absurdamente grande. Seus olhos se encontraram por um breve momento. Com um sorriso, a pessoa tocou a aba do chapéu num cumprimento e deu meia-volta, desaparecendo na multidão matinal.

Kianthe esfregou o braço, correndo para alcançar Reyna, que recobrava o ritmo.

— Quem era?

— Não faço ideia. Acho que, na verdade, a pessoa não estava olhando para mim. — Reyna não deu muita atenção ao assunto, acenando uma dispensa. — Enfim. *Tramar* implica intenções nefastas. Eu planejo. Às vezes, desenvolvo estratégias.

Ah, então tá bom. A maga quase apontou que Reyna não tivera escrúpulos ao assassinar pessoas vistas como ameaça, mas elas já tinham tido essa discussão em outras ocasiões e raramente terminava bem. Em vez disso, Kianthe suspirou, enfiando as mãos dentro da capa à procura de aquecê-las.

— Tudo bem. Qual é o seu plano, então? Você queria que eu ficasse perto de Bobbie.

— Isso, se você não se importar. Não estou confiante de que vá funcionar como imagino, mas há uma pequena chance, bem pequena, de nos separarmos em breve. — Reyna deu um tapinha reconfortante em seu braço. — Vai ser rapidinho. E, nesse meio-tempo, por favor, tente amenizar a reação do diarno Arlon.

— Amenizar... — Kianthe fez uma careta. — O que você vai fazer?

Reyna abriu um sorriu brilhante.

— Eu? Absolutamente nada.

Ela começou a assobiar, pisando no cais com um saltitar habilidoso.

Houve momentos, como este, especificamente, em que Kianthe sentia que provavelmente deveria intervir. Era perigoso soltar Reyna no mundo, e ela se sentia na obrigação de ao menos avisar os envolvidos para lhes dar a mínima chance.

Mas então ela se lembrou de que controlar Reyna era quase impossível, e que seria a coisa *mais* desmancha-prazeres do mundo, então decidiu confiar na futura esposa e deixar todos operarem sob o livre-arbítrio e de modo independente.

O barco que Bobbie arrumara era pequeno, com o emblema do diarno — um pinheiro emoldurado por um *A* quadrado de linhas rijas imitando uma montanha — cauterizado no casco. Um único mastro pairava no alto, as velas esperavam para serem desfraldadas. Mas não acomodava muito mais do que meia dúzia de pessoas, e muito menos um cavalo; mesmo assim, Bobbie conduziu seu garanhão até a rampa do barco.

— Quem é o nosso capitão? — Reyna as acompanhou até o convés.

Bobbie suspirou.

— Eu.

— Achei que você tivesse dito que não sabia navegar? — questionou Kianthe.

— Vou aprender. E temos você, Arcandor. O rio se estreita ao norte de Neolow, bem antes de se dividir em todos aqueles canais menores. Ou contamos com o poder de um mago a bordo para manipular o vento ou teremos que ver uma alternativa.

Kianthe testou os ventos, que concordaram em ser amigáveis caso fosse preciso. Por curiosidade, ela disse:

— Quais são as alternativas?

— Remar, ser rebocado da costa ou jogar uma âncora flutuante numa correnteza oposta. — Bobbie estremeceu. — Esta última requer alguém que conheça o rio extremamente bem, e é bem caro contratar um especialista desses. Magos são mais baratos e fáceis, já que em geral voam de volta para Neolow em seus grifos.

— Nova função para você, querida — provocou Reyna.

Kianthe bufou.

— Vou manter isso em mente.

Nesse ínterim, Bobbie pegava uma faca serrilhada para cortar a corda que prendia os pés de Serina.

Reyna pousou a mão no quadril, evidentemente intrigada.

— Você vai desamarrá-la?

— É protocolo. Não se pode amarrar um prisioneiro a um cavalo em um barco... Se a embarcação afundar, é sentença de morte. — Bobbie não parecia feliz. Claro, seu mau humor só piorou quando Serina lhe deu um chute no estômago. Bobbie gritou, dobrando-se, e por pouco não levou mais um chute no nariz.

Kianthe fez careta, sem saber se deveria intervir.

— Mas que droga, Serina, *chega* — ralhou a guarda, recuando, ainda ligeiramente curvada de dor.

Serina fez um gesto muito obsceno com a mão sem bandagens.

Reyna se colocou entre ambas, pousando a mão no braço de Bobbie, que se retesou, mas foi recebida com um sorriso tranquilizador.

— Às vezes, é melhor delegar a transferência de um prisioneiro a alguém que ainda não, ah... melindrou o réu. Por que não me deixa levá-la para o andar abaixo do convés enquanto você e Kianthe preparam as velas? Tenho certeza de que, com uma maga e uma guarda do diarno, podemos fazer esta embarcação navegar.

Bobbie olhou feio para Serina, que retribuiu. A guarda parecia prestes a chorar ou esfaquear alguém.

Só por precaução, Kianthe gentilmente pegou a faca de sua mão. Num reflexo, Bobbie quase a reteve entre os dedos, mas quando notou que era a Arcandor intervindo, afrouxou o aperto. Kianthe deu um tapinha em seu ombro.

— Você sabe que Reyna foi guarda no palácio da rainha Tilaine. Ela dá conta.

— Não a mate — pediu Bobbie, um pouco forçosamente demais.

Irritação, e um pouco de mágoa, atravessaram as feições de Reyna, porém sumiram antes que qualquer outra pessoa percebesse. Kianthe franziu a testa, mas sua noiva já tinha ido cuidar de seus afazeres:

— Ela chegará ilesa às mãos do diarno Arlon. Prometo.

Bobbie esfregou o rosto e murmurou:

— Certo. Daqui a pouco vou lá dar uma olhada nela. — E seguiu para o mastro, mexendo nas cordas ali.

Quando Reyna se aproximou, a pirata deu um novo chute. Kianthe quase riu. Aquilo poderia dar certo com Bobbie, que estava sofrendo de privação de sono e nitidamente em conflito moral, contudo, Reyna se desvencilhou como se elas fossem parceiras de dança. Aí pegou a faca da mão de Kianthe e a balançou para Serina.

— Olha, se você lutar, só vai piorar. — E algo no seu tom de voz fez Serina parar de imediato.

Seus olhares se encontraram.

Reyna esboçou um sorriso.

— É melhor você não se apaixonar por ela — advertiu-lhes Kianthe, fazendo questão de não especificar a qual das duas se dirigia.

— Querida, tenha dó. — Reyna revirou os olhos à medida que contornava Serina, cortando a corda no estribo com um movimento suave. — Vá ajudar a pobre guarda. Estou me perguntando se ela sabe como tirar este barco do porto sem nos afundar.

Do outro lado do barco, Bobbie estava resmungando baixinho, completamente confusa conforme desamarrava várias cordas.

Kianthe levantou as mãos.

— Seu desejo é uma ordem.

Ela atravessou o convés, mantendo um olhar em Reyna, que cortava a última amarração nos pulsos de Serina, e então a puxava do cavalo, com força.

Serina era mais alta e mais curvilínea do que Reyna, e lutava arduamente, mas até Kianthe percebeu que ela não estava lutando *de verdade*. Reyna fez parecer convincente, no entanto, e amarrou de novo os pulsos com um movimento hábil, então levou Serina para abaixo do convés.

— Ainda estou confusa. Como é que uma guarda da rainha pode estar aqui...? — admitiu Bobbie depois que ambas sumiram de vista. — Ouvi dizer que Tilaine mata qualquer um que tenta abandonar seu exército. Ela não é leal ao Reino mais, é?

Tilaine tinha espiões em todos os lugares, então Kianthe precisava ter cautela. Ela duvidava muito que Bobbie estivesse a serviço da rainha, mas qualquer falsa suposição seria um erro idiota e potencialmente fatal. A maga deu de ombros, ajudando Bobbie a abaixar a vela superior.

— Ela e Tilaine fizeram um acordo. Foi mais benéfico para Sua Excelência liberar Reyna dos serviços.

— Por sua causa.

Kianthe ficou eriçada de irritação. Ela queria dizer "não, porque Reyna é incrível e soube negociar muito bem", mas a verdade era que nunca teria funcionado sem o status de Kianthe como Arcandor, a Maga das Eras.

Então ela disse, com relutância:

— Sim. Por minha causa. Mas não é por isso que estamos juntas.

— Desculpe. — Bobbie amarrou uma corda a uma corrente na base do mastro e deu um passo para trás a fim de examinar a vela. O barco já sacolejava contra o cais. — Seu relacionamento não é da minha conta. E, já que tocamos nesse assunto, eu gostaria da mesma cortesia.

Era justo.

Kianthe fez uma saudação zombeteira, batendo o punho contra o peito.

— Por mim, tudo bem.

Bobbie deu um sorriso cansado e caminhou até a lateral do barco. Um golpe rápido com a faca fez a embarcação enfim se afastar do cais, mas ele quase imediatamente trombou no navio vizinho.

— Merda. *Merda.* — Bobbie correu para o leme, girando-o. A retranca varreu o convés, quase acertando a cabeça de Kianthe. Ela escapou por pouco, e o barco deu um tranco de volta para o cais.

Bobbie gritou e tentou corrigir, e Kianthe teve flashbacks do dia anterior: o barquinho sendo arrastado, Serina desaparecendo em águas turvas, a força furiosa da água enquanto o rio Nacean tentava contê-la.

— Chega, Bobbie, espere *aí* — retrucou Kianthe, e se pôs a controlar as correntes marítimas. Ao contrário dos caprichos implacáveis do rio Nacean, aqui as águas eram muito mais receptivas à magia, e a Arcandor conseguiu movimentá-las com destreza para recolocar o navio em curso.

Ao leme, Bobbie ergueu as mãos e recuou um passo, entregando o controle a Kianthe. A Arcandor jogou um pouco de vento nas velas, depois um pouco mais, e logo elas se afastavam de Neolow. Assim que estavam em rio aberto, Kianthe abaixou as mãos.

— Ok, pode assumir agora. — Bobbie segurou o leme de novo, girando a roda enorme para que o barco virasse para o norte.

Kianthe mudou os ventos e as correntes para se adaptarem. Do outro lado do rio, os marinheiros de outro navio gritavam uns para os outros, lutando para ajeitar as velas contra a mudança repentina no ar. Kianthe estremeceu.

— Quanto tempo mesmo até chegarmos ao diarno?

As mulheres estavam navegando para além de Neolow, para rio aberto. Os estábulos que abrigavam Lilac, no lado leste do rio, estavam se afastando, então aparentemente a égua de Reyna ia tirar outra miniférias. Opa.

— Um dia. Talvez dois. — Bobbie se inclinou pesadamente contra o leme, piscando contra a luz intensa do sol. Aos pés delas, o barco balançava de modo quase relaxante. — Pelas Estrelas, estou cansada.

— Não brinca — disse Kianthe, lentamente.

— Não parecia uma abelha, parecia?

— Não mesmo. Não.

Bobbie soltou um suspiro.

A brisa estava fresca, mas o sol do meio da manhã a neutralizava bem. O rio estava livre de neblina; tudo estava úmido e agradável depois da tempestade da véspera. O cheiro de folhas molhadas e de solo rico flutuava sobre o rio, as colinas surreais atrás de Neolow tingidas de vermelho, amarelo e dourado. Kianthe estava quase triste por ir embora — bem que teria gostado de fazer caminhadas para conhecer os lagos glaciais.

Kianthe percebeu que Bobbie estava calada. Uma olhadela lhe mostrou que a patrulheira cochilava contra o leme, as pálpebras trêmulas. Kianthe estalou os dedos.

— Por mais que eu ame a ideia de ver nossa capitã adormecendo à medida que navegamos, sinto que há maneiras melhores de fazer isso. Por que não vai para o convés inferior e descansa um pouco?

Se outros magos davam conta de manobrar barcos rio acima o dia todo, Kianthe conseguiria guiar este por algumas horas.

Bobbie se colocou em posição de sentido, esfregando o rosto.

— Serina está lá embaixo. Não posso ir lá.

— Reyna também, e ela é ótima companhia. — Kianthe sorriu. Bobbie não pareceu persuadida, então a maga continuou: — Tire uma soneca no convés, então. Sério, Bobbie, você não vai impressionar ninguém se encontrar Arlon falando desse jeito arrastado.

Mas Bobbie contemplou a linha d'água e ergueu a mão.

— Espera.

— Ai, que grossa.

— Por acaso o rio parece mais perto?

Kianthe quase respondeu algo sarcástico dizendo que sim, afinal de contas elas estavam *no* rio, então tinham de estar perto dele — mas aí ela imediatamente engoliu as palavras. Porque Bobbie estava certa. O nível da água estava subindo, e cada vez mais. Se antes o casco do barco estava praticamente todo exposto, agora a água parecia cobri-lo até a metade, e a parte ainda visível parecia diminuir drasticamente.

Ela então recorreu à magia para avaliar, e só fez confirmar que a água começava a inundar abaixo do convés.

— Hum...

— Estamos afundando — exclamou Bobbie, abandonando o leme para descer a escadaria estreita. Kianthe foi logo atrás, deixando apenas o cavalo no convés. Abaixo, o pequeno espaço estava enchendo de água rapidamente através de um buraco do tamanho de uma pessoa que alguém havia quebrado no casco. Como Reyna *conseguira* tal façanha estava além do entendimento de Kianthe.

Pela Joia, sua noiva era incrível.

E, falando nisso, Reyna e Serina tinham, é claro, sumido.

Bobbie ficou boquiaberta ao constatar o espaço vazio.

— C-Como...

A água invadia tudo com rapidez. Kianthe ordenou que a madeira se remendasse, todavia, mais uma vez, o Nacean sentiu sua fraqueza e expos sua ganância. Claramente, a touca de pompom não tinha sido o suficiente para aquele rio ridículo: a água golpeava o remendo fraco, e a magia não seria capaz de segurá-lo por muito tempo.

Precisavam abandonar o barco.

— Temos que ir. — Kianthe agarrou o braço de Bobbie, rebocando-a de novo para o convés. A Arcandor começou a ficar apavorada com a possibilidade de Reyna simplesmente ter... partido. Mas Rain sabia nadar; e escapara junto a uma pirata, *literalmente*; e sua noiva avisara várias vezes que aquilo poderia acontecer.

A maga só não esperava aquele cenário exato.

O garanhão empinava no convés, bufando nervosamente quando o barco começou a se inclinar na lateral.

— Espere — gritou Kianthe. Bobbie correu até seu cavalo, e Kianthe se posicionou na proa do barco. Estavam a uma distância razoável da costa, mas a correnteza estava suave e o barco ainda flutuava... pelo menos por um tempo.

Kianthe sugou a magia da linha de ley do rio Nacean e, com uma rajada de ar e uma correnteza cuidadosa, incitou o barco rumo à costa. O navio inteiro chacoalhava sob sua magia, e o suor escorria pelo seu pescoço ao passo que calculava a velocidade de naufrágio e a velocidade com que conseguiria direcioná-las à terra firme.

O único bônus ali era que a madeira flutuava, então pelo menos não ficariam totalmente submersas. Mas era um consolo irrelevante para o cavalo a bordo.

Bobbie agarrou as rédeas de sua montaria, mantendo o animal o mais estável que conseguia.

— Vai ser apertado! — O pânico tingia sua voz.

— Ela disse a mesma coisa — gritou Kianthe de volta.

— Piadas agora? — O barco inclinou ainda mais, e o cavalo de Bobbie relinchou quando veio um sacolejo. Kianthe criou uma onda para nivelar o barco e, apesar de tudo isso, Bobbie ainda conseguiu manter a indignação. — Sério mesmo?

— Recuso-me a pedir desculpas. — Kianthe sorriu maliciosamente. — Segure firme!

O barco encalhou com um baque, e todos, exceto o cavalo, caíram. O garanhão relinchou, bateu os cascos e saltou do barco em um movimento fluido, a cauda balançando à medida que trotava para se distanciar da costa. Bobbie ficou vendo o bicho, então saiu do barco e caiu de joelhos na costa de cascalho.

— Não acredito que a perdi *de novo* — gemeu, enterrando a cabeça nas mãos.

Kianthe saltou da embarcação, liberou sua magia no rio e ao vento e deu um suspiro.

— Pelo menos estamos seguras... — Ela parou de repente, olhando rio abaixo.

Um navio belíssimo, facilmente com o triplo do tamanho daquele que Bobbie tomara emprestado, estava atracado a uma curta distância dos outros navios nas docas de Neolow. Reyna salientara esse fato na noite anterior, quase de modo casual; naquele momento, Kianthe já devia ter imaginado o que ela estaria tramando — ah, desculpe, *planejando.*

No momento, aquele navio estava à deriva rio abaixo. Por um instante, o movimento foi tão sutil que Kianthe quase não percebeu... Mas então uma vela se desenrolou de maneira violenta. Duas pessoas correram pelo convés, amarrando-a bem.

Acima, dois grifos circulavam — um grande e um pequenininho.

— Hum, acho que você não vai gostar dessa notícia — começou Kianthe cuidadosamente, indo até Bobbie.

Bobbie levantou a cabeça.

— Que notícia? — Ela parecia completamente derrotada.

Kianthe estremeceu, forçando o peso do corpo nos calcanhares.

— Deixa pra lá.

— O que foi, Arcandor? — Bobbie se levantou, tropeçou um pouco, se recompôs no último minuto.

— Bem, há... Hum, há uma chance, *bem* pequena, veja só, de que minha noiva tenha ajudado sua pirata a escapar. E há uma chance um pouquinho maior, mas ainda apenas uma chance, de que elas tenham roubado aquele navio ali.

Kianthe apontou para ele. Estava indo para o sul, se afastando rio abaixo.

Bobbie encarava, boquiaberta.

— Aquele.... Aquele é o navio pessoal do diarno Arlon. Ele o mandou para Neolow para alguns reparos.

As duas ficaram observando em silêncio conforme Serina desfraldava mais velas ao sabor do vento, o barco se distanciando. Acima, Visk e Ponder partiam para as colinas. O fato de Visk não ter resgatado Kianthe lhe dizia que ela fora traída tanto por sua noiva *quanto* por sua montaria.

Se forçasse a vista, tinha certeza de que veria Reyna acenando alegremente do convés superior.

— Bando de desgraçadas do quinto dos infernos — rosnou Bobbie.

10

REYNA

— Tenho que admitir — gritou Reyna acima do vento, do suave balanço das ondas contra o navio e dos gritos de pânico dos marinheiros largados em Neolow —, foi notavelmente fácil sequestrar esta embarcação. Eu esperava mais resistência ao tomar o navio particular do diarno.

Uma pequena parte dela estava imensamente satisfeita por Serina ter concordado com tanta rapidez em tomar o navio. Havia seis outras opções no porto, mas era evidente que a pirata não conseguira resistir à tentação de perturbar justamente o diarno Arlon.

E isso daria a Reyna acesso ininterrupto ao esconderijo do diarno com mais mobilidade.

Excelente.

— Né? — Serina riu, empoleirada no leme, confiante. O vento varria seu longo cabelo em um frenesi, e ela o amarrou usando um pedaço de barbante que enfeitava seu pulso. Sua franja era indomável, mas a pirata não pareceu se importar. Virou-se, oferecendo um aceno charmoso para o único patrulheiro no píer. — Achei que Neolow fosse ter mais guardas a postos.

Reyna riu.

— Tenho quase certeza de que foram enviados em missão especial ontem. Vi um grupo de vinte ou trinta deles indo para o sul.

— Aposto que aqueles marinheiros não ficaram nada felizes com isso. — Serina sorriu.

Os cinco marinheiros que tinham acabado de pesar a âncora deste navio, presumivelmente para devolvê-la ao diarno Arlon, as xingavam da superfície do rio. Três deles começaram a nadar até a margem, ao passo que os outros dois espezinhavam na água gelada, em total descrença.

Tinha sido surpreendentemente simples empurrá-los para a água, um a um. Reyna era mais habilidosa em combate, mas Serina operava com determinação crua e uma pitada de espontaneidade: uma combinação explosiva.

— Vamos precisar de uma tripulação de verdade para um navio deste tamanho, mas dou conta de nos levar até a próxima cidade, pelo menos. Contanto que você ajude. — Serina corria para lá e para cá no navio, acertando as cordas do mastro dianteiro.

Reyna retorceu o cabelo em um coque apertado. O rio estava um gelo, e ela estremeceu sob a roupas molhadas. Felizmente, a euforia do roubo a mantivera bem aquecida, e o sol estava forte naquele dia.

— Claro. Só um momentinho. — Reyna se recostou na amurada da popa, espiando de soslaio o navio de Bobbie rio acima. Conforme previsto, Kianthe conseguira guiá-lo até a costa, e, ao que parecia, ninguém se ferira.

Ela acenou para Kianthe e, do outro lado do rio, a maga acenou de volta. Na costa, Bobbie estava curvada, em aparente angústia.

— Elas estão bem — disse Reyna, satisfeita. — Bem, pelo menos Key está. Acho que essa reviravolta foi um pouquinho pior para Bobbie.

Insegurança passou pelo rosto de Serina. Ela estremeceu, então disfarçou ao cerrar a mandíbula.

— Bobbie vai sobreviver. Ela tem seu precioso emprego, suas agulhas de crochê e seu orgulho contumaz, e isso deve bastar para fazê-la dormir à noite. — Serina fez um muxoxo, jogando o longo rabo de cavalo sobre o ombro. — Aqui, fique no leme e segure firme enquanto eu cuido das velas.

Reyna assumiu o leme e Serina desceu a escada para desenrolar outra corda, liberando uma terceira vela. O navio tinha dois mastros com pelo menos sete velas imensas, embora algumas parecessem pesadas demais para serem levantadas por uma ou duas pessoas somente. Como resultado, Serina precisava ser estratégica ao escolher cada uma, abrindo as menores para que pegassem vento. Reyna manteve o leme firme, mirando no centro do rio, só por precaução.

Ela não tinha percebido que o Nacean se alargava tanto em determinado trecho. Perto de Oslop, as árvores e as montanhas eram visíveis no lado oposto do rio — longe, mas ainda óbvias, especialmente com as ilhas que formavam canais mais estreitos entre si. Já mais perto de Neolow, o rio estreitava, motivo pelo qual construíram uma estação de balsas no lado leste, para as pessoas fazerem o cruzamento.

Só que ali onde estavam, um pouco mais ao sul, o Nacean se alargava nas proporções de um oceano de verdade.

As margens já se afastavam, exibindo um enorme canal aberto para as duas viajarem. Ela admirou a distância por alguns momentos, e então notou um grande navio ancorado ao sul de Neolow, cercado por uma floresta densa.

Estava parado, mas algo nele lhe causava arrepios de empolgação, a alegria tomando conta do peito. Em um instante, ela se lembrou da pessoa que lhe oferecera uma piscadela na cidade, aquela com o penacho ostentoso no chapéu.

Reyna posicionou a mão acima dos olhos, mal conseguindo conter a empolgação.

— Você acha que aquele é o *Morte pintada*? O navio-almirante de Dreggs Vigarista?

— O quê? — vociferou Serina. — É bom que não seja. Dreggs é desta região, mas não tem vindo aqui há décadas. — A pirata se juntou a Reyna na balaustrada, só por um momento, inclinando-se para enxergar melhor o navio. Depois de um tempinho, deu de ombros. — Não tem velas vermelhas. Provavelmente é só um barco de pesca. O salmão daqui é ótimo.

— Hum. — Reyna não estava convencida.

Nesse meio-tempo, Serina voltava a amarrar mais cabos da embarcação, enquanto Reyna voltava ao leme. A pirata olhou para trás e berrou:

— Obrigada por me ajudar. Se Arlon cravasse suas garras em mim, acho que eu passaria um bom tempo sumida.

— Você não acha que ele se contentaria com uma multa? — perguntou Reyna.

— Às vezes me pergunto se ele se contentaria só com a cadeia.

Aquelas palavras pairaram entre ambas como um alçapão.

Serina avançou com agilidade, o tom corriqueiro.

— Por que me ajudou, afinal? Além da atração óbvia por aventura. — Ela circulava pelo convés como se tivesse navegado nele durante todos os dias de sua vida, mas a confiança foi desmentida pelo sorriso forçado e pela forma como evitava contato visual.

Reyna pensou um pouco, e tirou a capa para secá-la. O sol estava intenso, mas o ar estava frio, e ela estremeceu outra vez quando o vento atingiu sua pele úmida. Nadar de volta para as docas não tinha sido exatamente a melhor parte do plano de Serina, mas ao menos fora eficaz. Reyna segurava o leme e, sob suas mãos, as alças eram polidas e resistentes.

— Simples. Eu precisava de uma folguinha das piadas da minha noiva — brincou Reyna.

Visk parecera muito confuso quando Reyna lhe pedira para *não* resgatar Kianthe e Bobbie, e foi uma sorte o grifo ter confiado na avaliação dela. Ela não queria facilitar as coisas para Bobbie, e uma montaria voadora só ia ajudar a economizar tempo.

Ainda assim, não era difícil imaginar a exasperação de Kianthe ao perceber que Reyna a abandonara para viver uma aventura pirata.

Mas era uma aventura emocionante, e, pela primeira vez em duas estações, a fazia sentir-se viva de verdade. Reyna não sentia uma emoção dessas desde a caçada de um assassino no salão de baile lotado da rainha Tilaine. Nesse ínterim, Kianthe se deparava com aventura toda vez que saía de casa, era algo intrínseco às suas funções de maga, sendo assim, Reyna não estava nem um pouco pesarosa por estar aproveitando alguns momentos ali ao sol.

Além disso, ela agora tinha acesso à embarcação particular do diarno Arlon. E se os documentos que Feo desenterrara fossem verídicos, haveria vários compartimentos escondidos ali no navio.

No entanto, Reyna se arrependia por ter insultado as piadas de Kianthe.

— Estou brincando — emendou. — Key é hilária. Mas se eu disser isso a ela, ela vai ficar insuportável.

— Então tá... — resmungou Serina, puxando outra corda. A pirata estremeceu quando a amarra roçou na bandagem da mão esquerda, mas não soltou. — Isso ainda não responde à minha pergunta. Você não me conhece. Antes disso, pensei que vocês duas estivessem trabalhando com Bobbie.

O ceticismo delineava sua voz.

Era uma preocupação válida. Reyna tinha acabado de conhecer a pirata, mas havia motivações implícitas em jogo.

Então ela respondeu com sinceridade:

— Não confio no diarno Arlon. — Reyna girou o leme um pouco, o suficiente para evitar um conjunto de corredeiras à esquerda. — E estou curiosa para obter uma segunda opinião. Idealmente de alguém que não seja empregado dele... e me pareceu meio difícil encontrar isso nesta região.

Ela abriu as comportas. Serina amarrava as cordas quase com raiva, os olhos brilhando como chamas azuis enquanto tentava subjugar os nós.

— Todo mundo aqui trabalha para ele. Literalmente todo mundo. Começou devagarzinho, com o avô dele fazendo acordos com os agricultores, mercadores e xerifes: "Trabalhe para mim, ganhe um suprimento consistente de comida e renda, independentemente do rendimento das suas propriedades". Mas, nos contratos, ele incluía cláusulas que lhe davam o controle de tudo. Não *governança*, como a maioria dos diarnos faz. Estou falando de posse total.

Era exatamente assim que o Reino operava. Irônico que estivesse sendo replicado aqui, considerando que o povo ali enxergava o reinado de

Tilaine como um tanto antiquado em termos de políticas e liderança. Uma monarquia, imprensada pela meritocracia de Leonol ou pelo reverenciado conselho de Shepara.

Uma situação terrivelmente obsoleta.

— E isso é... ruim. — Reyna manteve a voz suave, neutra.

Mas seu sotaque fez Serina se lembrar das origens de sua interlocutora. A pirata franziu o rosto, como se estivesse organizando pensamentos agitados.

— Olha, tudo bem. No Reino, seus lordes são donos das terras, certo? Mas eles deixam seu povo, os cidadãos, cultivá-las e vender o que plantam. Os lordes cobram um imposto, mas, de outro modo, não interferem, a menos que haja um problema. Correto?

— Isso mesmo — respondeu Reyna. Ela fora uma mosquinha durante as muitas reuniões em que a rainha Tilaine mensurava a coleta de impostos e distribuía punições quando os lordes não cumpriam suas cotas.

Entretanto, na maioria das vezes, os lordes — como Wylan, o representante do Reino de Tawney — eram deixados livres para administrar seus territórios. E, por sua vez, os lordes deixavam o povo em paz, a menos que houvesse um ou outro dedicado a um tipo especial de vingança.

E alguns eram assim, infelizmente.

Reyna simplesmente não esperava esse tipo de coisa de Arlon, que sabia ser sorrateiro, mas até então se revelara basicamente inofensivo.

— Tá, então, aqui, o diarno Arlon é proprietário de *todas* as terras. E das construções. E dos navios, do gado e das plantações. E nós, como seus cidadãos, recebemos um salário à escolha dele que se baseia naquilo que somos capazes de produzir para sua propriedade.

— Eis aí uma... escolha curiosa.

— "Curiosa" pode ser uma das palavras para descrever. Então aquela festa, aquela em que explodi a bela mesa de bufê? — Serina revirou os olhos de desgosto, subindo rapidamente por uma escada de cordas para erguer mais alguns cabos. — Aquele baile foi para anunciar um bônus, moedas extras para os assalariados mais abastados. Fazendeiros que por acaso têm solo muito rico ou ferramentas para colher as plantações mais rápido. E aí eles são os que ganham mais dinheiro, ao passo que o restante de nós mal sobrevive com os salários que Arlon dá.

Reyna franziu a testa, segurando o leme com firmeza.

— Então não é um imposto. É o contrário. Ele pega tudo, e aí distribui o que ele acha que a cidade precisa.

— Hum. E ele não monitora taxas de natalidade, secas ou estações excepcionalmente frias. Algumas cidades estão indo muito bem. Algumas estão morrendo de fome, e o diarno não dá a mínima. — Agora Serina lambia um dedo, o estendia contra o vento, e desamarrava mais uma corda. Uma vela triangular presa ao gurupés se deslocava com lentidão. — Mas — resmungou ela, amarrando a corda firmemente em outro ponto — se tentarmos estocar parte da comida que *nós* cultivamos para alimentar nossas famílias... ele dirá que é "roubo" e mandará seus guardas para uma conversinha conosco.

A fúria atingiu o peito de Reyna, porém ela a conteve, tentando ser lógica. Era só uma opinião. Ainda assim, era chocante que nunca tivesse ouvido falar disso: se aquilo estava mesmo acontecendo, as pessoas tinham de saber. Certamente Feo, diarno de Tawney, e sua astúcia teriam mencionado a situação antes de mandá-las ao oeste.

— Mas o conselho não interviria se fosse esse o caso? — Só que no segundo em que falou aquilo, Reyna se deu conta de que era uma suposição absurda. Serina ergueu uma sobrancelha. — O diarno Arlon é membro do conselho. — Reyna beliscou a ponte do nariz.

— O mais rico, na verdade. Ele é a coisa mais próxima de um rei que Shepara tem, e ninguém avalia direito como seu povo vive. — Serina cerrou o maxilar. — Então me tornei pirata porque é melhor do que passar fome e melhor do que servir como um de seus lacaios da guarda. Ainda assim, Bobbie alega que *eu* sou irracional.

Reyna temia algo assim. Mesmo no Reino, o lorde podia ser dono da terra, mas os meios de produção utilizados pelos cidadãos para cuidar dela eram passados de geração em geração.

É verdade que os solos do Reino não eram ricos, para começo de conversa, sua principal exportação era mineral, de várias pedreiras, e não colheitas de um rio abundante. Sem os suprimentos do diarno Arlon, o Reino teria dificuldades para alimentar o povo.

A rainha Tilaine havia passado muitas noites tentando obrigar o diarno Arlon e o conselho para que firmassem um contrato fixo a fim de garantir seu suprimento de alimentos. Foi apenas parcialmente bem-sucedido, e só porque o conselho não poderia ser visto deflagrando uma crise humanitária.

Do alto do convés, Serina analisou rio acima.

— Ninguém está nos seguindo, é uma bela surpresa. Pode amarrar o leme, se quiser, acho que vamos passar um bom tempo sem qualquer obstrução.

Do outro lado do rio, mais um navio seguia para o norte, rumo a Neolow, mas não teriam como saber que elas estavam em um navio roubado. Reyna o observou, mas os ocupantes da embarcação pareciam resolutos a manter distância, cuidando dos próprios negócios.

Ela amarrou o leme conforme as instruções. Seu nó não era lá essas coisas, mas Serina apareceu junto ao seu ombro e ensinou:

— Assim ó… — E refez o nó de maneira fácil e rápida. — Simples e forte, e ao mesmo tempo fácil de desfazer na hora da pressa.

— Que inteligente — respondeu Reyna.

Serina meneou a cabeça para a espada que Reyna havia deixado para secar e sorriu.

— Todos nós temos nossos talentos.

Com o leme preso, Serina chamou Reyna para acompanhá-la abaixo do convés.

— Enfim. Chega de sofrimento. Acabamos de roubar a embarcação particular do diarno Arlon. Vamos ver o que o rei de Shepara tem a oferecer, hum?

Reyna riu sem muito humor, mas o título ficou cravado em seu estômago como uma faca.

Teria muito a contar a Kianthe da próxima vez que se encontrassem.

Enquanto isso, ela seguia Serina. O navio era um bergantim, mas nem de longe tão grande quanto aqueles que ela vira no porto da capital. Ainda assim, era grande o suficiente para ter uma cabine para o capitão abaixo do leme, acessível por uma escadinha estreita e por uma porta esculpida no convés inferior. Não havia canhões; era um navio claramente destinado ao transporte de luxo e não muito mais.

— Estou surpresa que navios à vela consigam operar em um rio — disse Reyna.

Serina estendeu as mãos, gesticulando para a grandiosidade do Nacean.

— Só *neste* rio. Ele é profundo o suficiente para que os navios não precisem se preocupar com encalhes, e largo o suficiente para que o vento o faça ganhar velocidade.

— Mas imagino que haja perigos aqui que não veríamos em mar aberto. — Reyna levantou uma sobrancelha. — Você só decidiu ficar no Nacean por causa de Arlon, em vez de mandá-lo para o inferno e se aventurar nos Mares do Sul?

— Bem, se eu mandasse Arlon para o inferno, muita gente ficaria sem comida no próximo inverno. — Serina desceu pela escada abaixo do convés.

Estava um breu ali na barriga do navio, e era preciso se abaixar para chegar aos aposentos do capitão. Assim que contornaram o sopé da escada, um grande porão de carga se abriu adiante. Reyna forçou a vista na escuridão enquanto Serina se atrapalhava para acender a lamparina pendurada em um gancho de metal perto da escada.

— É grande — comentou Reyna.

— Hum. Maior do que meu último navio, de todo modo. — Serina tentou soar otimista, mas sua voz falhou.

Reyna olhou para ela, a empatia marcou suas feições.

— Aquele barco era importante para você? — Reyna não tinha visto a embarcação antiga de Serina, não à luz do dia, pelo menos, mas até ela sabia que este navio era maior e mais bem equipado, em comparação ao anterior.

Serina riscou um fósforo e o segurou junto ao pavio da lamparina, então fechou a portinhola de vidro do objeto quando a chama pegou.

— Meu pai construiu. Éramos uma família de agricultores, mas ele amava o Nacean. A gente saía para velejar naquele barco toda vez que ele tinha tempo.

Reyna nunca conhecera o pai. A mãe, também guarda da rainha, a criara sozinha, com o tio intervindo vez ou outra em sua educação. A ideia de passear com o pai lhe soava estranha.

Bobbie já havia lhe contado algumas coisas, mas ela queria ouvir o lado de Serina, então fingiu ignorância.

— Ele ainda é agricultor?

— Não. Nós perdemos a terra. — A amargura de Serina era evidente. Ela passou por Reyna, nitidamente fatigada da conversa.

Reyna deixou para lá, acompanhando-a obedientemente. Juntas, exploraram as áreas do porão de carga: as redes que balançavam sobre caixas de madeira pesadas, as escotilhas na proa que traziam um pouco de luz, e um alçapão para o porão, onde a água das tempestades era devidamente coletada com uma bomba especializada.

Reyna torceu o nariz quando chegaram ali.

— Que cheiro... adorável.

— Como um dia fresco de verão, certo? — brincou Serina, fechando a porta. Então ela pegou uma longa haste de metal pendurada na antepara e abriu uma das caixas. Ali dentro havia vasos ornamentados amortecidos por um monte de palha. Obviamente renderiam uma grana, mas Serina resmungou como se tivesse encontrado cocô de cachorro.

— Que inútil — murmurou, recolocando a tampa da caixa.

— É sempre possível revendê-los.

Serina levantou os braços.

— Não estou no ramo de revenda. Estou no ramo de "ei, isto aqui dá para comer". Arlon pode valorizar esse tipo de coisa, mas eu com certeza não.

Reyna ficou sem argumentos. Voltou a examinar o porão de carga mais uma vez, notando várias áreas para inspecionar quando tivesse um pouco de privacidade. Então apagou a lamparina, pendurou-a novamente perto da escada e seguiu Serina até o convés inferior.

Em seguida, exploraram os aposentos do capitão. Embora não fosse exatamente para o "capitão", já que era um cômodo nitidamente projetado para o diarno Arlon. Havia uma linda escrivaninha de tampo retrátil, abastecida com tinteiros, penas e blocos encadernados em couro. Uma cama de verdade com lençóis de seda e bordados dourados estava ancorada no canto ao fundo. Longas janelas de vitral alinhavam-se à parede atrás da cama, oferecendo uma vista tingida do rio. Uma porta na parede adjacente revelava um banheiro, embora não contasse com nenhuma das atualizações modernas desfrutadas em sua casa em Tawney.

— Isto é ridículo. — Serina revirou os olhos. — Uma viagem rio abaixo leva apenas três ou quatro dias. Rio acima é um pouco mais, mas ele ainda poderia ir de Jallin até sua propriedade em uma semana com bons ventos. O sujeito não aguenta um dia sem uma cama de verdade?

— Você está surpresa?

Serina beliscou a ponte do nariz.

— Particularmente, não. — Ela bateu a porta daquele cômodo, balançando a cabeça. — Está bem. Próximos passos. Este navio é grande demais para navegarmos sozinhas, em especial quando o rio estreitar. O que acha de fazermos uma viagem a Koll?

Reyna riu.

— Claro.

11

KIANTHE

Levaria várias horas para chegar à costa leste de Neolow novamente. Bobbie queria ir na frente, mas Kianthe *não* ia ficar sozinha de jeito nenhum, ainda mais porque a outra parecia prestes desmaiar a qualquer momento. Ela insistiu que Bobbie montasse em seu cavalo e dormisse um pouco, e assim a maga foi conduzindo a montaria através da paisagem à beira do rio.

Dormir no lombo de um cavalo, ou no de qualquer montaria, na verdade, era difícil, mas Bobbie estava tão exausta que desabou sobre o pescoço do bicho e cochilou em segundos. Parecia incrivelmente desconfortável, e se Kianthe achasse que teria chance de se livrar da bronca, teria parado e insistido para que descansassem um pouco.

Mas Serina estava navegando para o sul, e Bobbie fora bem clara ao dizer que era preciso segui-la.

Quando elas chegaram aos estábulos no lado leste do Nacean, Kianthe deixou Bobbie piscando sob a luz do sol a fim de verificar Lilac, que estava, é claro, aproveitando suas férias. Um tanto irritada, a égua balançou a cauda quando Kianthe deu tapinhas em seu flanco, e lhe deu as costas, resoluta.

— Olha, você pode precisar se adiantar — disse Kianthe. — Já que sua tutora evidentemente mandou Visk sumir do mapa.

Lilac lhe lançou um olhar nada impressionado, como se dissesse: *E eu com isso?*

Por que a maioria do povo do Reino usava cavalos para viajar, Kianthe jamais entenderia.

Ela franziu a testa, contemplando seu próximo passo, quando uma comoção do lado de fora lhe chamou a atenção. Kianthe saiu dos estábulos e flagrou dois patrulheiros flanqueando Bobbie, montados em cavalos de aparência severa, muito parecidos com o garanhão dela.

— Acho que a investigação não está indo bem, não é? — disse um deles, zombeteiro. Ele era uma figura mais alta, com maçãs do rosto emaciadas e angulosas, pele clara e olhos redondos. Tudo nele lembrava uma gaivota. — Quando o diarno Arlon souber da besteira que você fez, vai cortar sua cabeça. Você vai ter *sorte* se conseguir patrulhar em Lathe.

— Ora, sua mãe trabalha no departamento do xerife. Pode ser divertido. — O outro guarda riu. Essa pessoa era mais baixa, com a pele da cor da casca de pinheiro e um sorriso deslumbrante que exalava falsidade.

Bobbie ficara meio grogue depois do cochilo, mas no momento parecia mais alerta. Cerrou o maxilar, segurando as rédeas do cavalo com força demais. Seus olhos verdes brilharam.

— Que ousadia da parte de vocês, considerando que ela roubou aquele navio bem debaixo do seu nariz.

O rosto do guarda-gaivota ficou vermelho.

— Ela só se safou porque você a deixou escapar primeiro.

— O que o diarno diz sobre pretextos? Qual é, Tyal. Você literalmente veio aqui para capturar uma pirata. E não deu conta de impedi-la de entrar naquele navio? — Bobbie fez uma careta.

— A gente não veio por *aquela* pirata... — começou Tyal, então calou-se.

Kianthe cruzou os braços. *Bem*, pensou ela. *Agora, sim, isso está ficando interessante.*

Bobbie parou de repente, conforme o esperado.

— Esperem aí. Quem mais está à solta?

— Se o diarno não te informou, você não precisa saber. — Tyal empinou o queixo, refestelando-se na iluminação de seu conhecimento superior.

E então seu companheiro se meteu e estragou tudo:

— Dreggs está na área. Acreditamos que tenha ancorado na costa oeste, mas estamos verificando o lado leste só para ter certeza.

— *Keets* — sibilou Tyal.

— Ela merece saber. — Keets deu de ombros.

Enquanto isso, Kianthe saltitava de empolgação.

— Esperem, só um minuto. Dreggs pode estar aqui? Dreggs Vigarista, do outro lado do rio? — Xingando baixinho, a maga voltou o olhar para o céu. — Droga, cadê meu grifo quando preciso dele?

— Você acha que Dreggs está atrás da pirata do rio? — Bobbie soava vagamente em pânico agora.

Tyal cerrou o maxilar, num silêncio teimoso, mas Keets interveio outra vez.

— Até agora é só um boato. É possível, mas é mais provável que elu só esteja cutucando Arlon. A dupla tem uma rivalidade de longa data. — Agora Keets gesticulava para Kianthe. — Você está trabalhando com a Arcandor. Então talvez possamos resolver isso.

Todos os três patrulheiros se viraram para olhá-la.

Kianthe deu um tchauzinho debochado.

— A Maga das Eras não é uma funcionária contratada — declarou Bobbie. — O diarno Arlon deixou claro que ela opera por livre e espontânea vontade. Duvido que piratas sejam a prioridade dela.

— Na verdade... — Kianthe notou a expressão exasperada de Bobbie e se calou. — Deixa pra lá.

Bobbie gesticulou para os guardas montados.

— Arcandor, permita-me apresentá-la formalmente a Tyal e Keets.

— Pronomes "elu" e "delu" — explicou Keets, batendo em um alfinete na lapela. Era nítido que tinha escolhido um da cor branca para destacá-lo contra o uniforme preto.

— Ele/dele — acrescentou Tyal.

— "Ela" está bom para mim — disse Kianthe, embora a maioria das pessoas no Reino já soubesse. — É um prazer... e é lisonjeiro, genuinamente, pensar que sou o farol de esperança que pode resolver todos os seus problemas. Mas Bobbie está certa; minha magia tem um propósito muito maior na vida, e ajudar a capturar um pirata não faz parte dele.

Keets suspirou.

— Bem. Lá se vai essa opção.

— Não precisamos da Arcandor. — Tyal desdenhou de Kianthe num piscar de olhos, incitando seu cavalo para que se aproximasse de Bobbie. — Nem precisamos da patrulheira de estimação de Arlon. Com o roubo do navio do diarno, as circunstâncias mudaram. Havendo Dreggs ou não, aquele navio precisa ser recuperado... e por alguém competente o suficiente para lidar com ele.

Bobbie estremeceu.

Tyal dirigiu-se a Keets.

— Enquanto todos estão no lado oeste perseguindo rumores, digo que devemos nos voltar para o problema em questão. Se ela não conseguir capturar aquela pirata, nós o faremos. Um grande roubo requer igual punição... e não me importo de respingar o sangue daquela pirata em seu convés.

Keets suspirou.

— O que você disser.

Foi ali que Kianthe percebeu que aquilo se transformava em uma verdadeira caçada humana, e Reyna tinha acabado de se colocar bem no centro do alvo. A maga levantou a mão, e uma rajada de vento girou ao redor, um lembrete direto de quem estava no comando.

— Muito bem, calma aí. Ninguém vai estripar pirata nenhum. Ainda mais que a pessoa que amo também está naquele navio.

Os patrulheiros trocaram um olhar.

Bobbie ficou frustrada, como se quisesse manter aquele detalhe em segredo.

— Então tem algo seu em jogo aí. — Tyal se inclinou sobre seu cavalo. — A menos que você *queira* que seu amado se afogue no Nacean antes que você chegue até ele. Quando invadirmos aquele navio, acidentes podem acontecer, mas se você se juntar a nós e ajudar, podemos garantir a segurança dele.

— A pessoa que amo é mulher, e agradeço se pararem de presumir nossa sexualidade. E se acha que pode pegá-la desprevenida, pode ir sonhando. — O ar ao redor de Kianthe faiscou, e seus olhos queimaram como carvão em brasa. — Também não sou fã de manipulação, então deixe-me elucidar. Eu sou a Maga das Eras. E se vocês fizerem algo estúpido e minha parceira se machucar, o diarno Arlon e Dreggs serão as menores de suas preocupações.

As palavras pairaram, uma promessa fatal.

Keets quebrou o silêncio primeiro, sacudindo as rédeas do cavalo.

— Não estou aqui para brigar com a Arcandor. Mas Tyal tem razão; se formos acusados de perder aquele navio, podemos perder nosso emprego. E então minha família não come. Peço desculpas, Arcandor, mas vamos à caça.

— Ficaremos de olho na sua amada — disse Tyal com sarcasmo, o orgulho estava nitidamente ferido pela exibição de Kianthe. — Bela agulha de crochê — acrescentou para Bobbie, e não foi um elogio.

Os dois cutucaram as montarias com os pés, para que avançassem.

Bobbie puxou as rédeas de seu cavalo, impedindo-os fisicamente de sair.

— Sim, são belas agulhas de crochê; feitas sob medida em Wellia, na verdade. E vocês dois ainda não foram dispensados. Eu sou a oficial de patente mais alta aqui. Podem parar.

— Você está em missão especial. — Keets olhou feio para ela.

— E vocês estão interferindo. — Bobbie endireitou os ombros, seus olhos esmeralda semicerraram-se de maneira perigosa. — Vocês só vieram para encontrar Dreggs. A pirata do rio é *minha*. E, se estiverem entediados, sintam-se à vontade para dizer pessoalmente ao diarno Arlon que estou me aproximando dela e que a levarei para ele antes do solstício. Se isso não lhes convier, suas ordens são retornar a Neolow e tentar impedir que outros navios sejam roubados.

Tyal parecia pronto para cometer um assassinato.

— Acha que pode nos impedir?

Antes que Kianthe conseguisse perceber, Tyal tinha uma espada contra o peito. Era mais grossa do que a de Reyna, a pontinha curvada e ainda assim letalmente perigosa. Atrás da lâmina, a expressão de Bobbie estava entorpecida, totalmente de saco cheio.

— Hoje — disse ela —, capturei e perdi a pirata. Fui chutada, mordida, insultada e atacada. Faz dias que não durmo direito. A pirata afundou meu navio e quase matou meu cavalo. E eu tentei fazer uma abelha de crochê, o que *deveria ter sido fácil*, e acabou assim. — Agora ela metia a mão no bolso e sacava a pelúcia deformada, olhando furiosamente enquanto Tyal e Keets recuavam. Ela enfiou o objeto de volta no bolso e rosnou: — Eu não vou... como é mesmo que vocês disseram?... "ficar sentadinha" enquanto vocês dois estragam minha investigação. Desista, Tyal. Este é seu último aviso.

Keets piscou, quase impressionado. Tyal pegou a própria espada.

Kianthe acendeu uma das mãos, segurando a chama numa posição visível.

— Não a provoquem. Ela ficou chateada de verdade por causa da abelha. — A ameaça provavelmente soou muito menos intimidadora por causa da touca de pompom duplo, mas exibições explícitas de magia costumavam dar o recado.

Keets ergueu as mãos.

— Nós vamos voltar para Neolow.

Tyal ficou em silêncio. Não parecia nada satisfeito com a decisão.

Mais um segundo se passou, e Bobbie embainhou a espada.

— Andem logo, então. A balsa é bem ali. — E ela esperou os dois patrulheiros guiarem os cavalos na direção oposta: norte, não sul.

Só depois que a dupla se foi, Kianthe apagou a chama em sua mão.

— Seus colegas de trabalho são uns babacas.

Bobbie não respaldou a declaração.

— Recuaram por enquanto, mas não vão voltar para Neolow. Desconfio que vão direto até o diarno Arlon para tentar distorcer a história de modo que não levem a culpa. E se Arlon concordar em designar mais patrulheiros para esta caçada, qualquer um naquele navio estará em risco. — A exaustão tingiu sua voz enquanto ela gesticulava para os estábulos. — Pegue o cavalo de Reyna. Nosso cronograma acabou de encurtar.

— Ah, que maravilha — resmungou Kianthe.

Elas cavalgaram rápido, o que já seria desagradável em circunstâncias melhores, mas foi absolutamente horrível tão tarde da noite, em particular com a neblina que se instalara sobre a floresta em uma escuridão aterrorizante. Lilac conseguia acompanhar o cavalo de Bobbie, mas era nítido que estava odiando cada segundo. A égua sacudia a cabeça sempre que Kianthe tentava lhe dar um tapinha de incentivo no pescoço, e parecia buscar maneiras de derrubar a maga da sela.

Bicho desgraçado.

— Isto seria mais rápido com um navio — berrou Kianthe para Bobbie, que havia estabelecido aquele ritmo ridículo. — Mais fácil para os cavalos também.

Aquilo fez Bobbie dar um tapinha no próprio cavalo, acariciando sua crina.

— Porque um navio funcionou bem demais da última vez, né? — As palavras da patrulheira quase foram arrancadas pelo vento. Elas seguiam uma trilha sinuosa perto da margem do rio. Com a neblina, era difícil até mesmo *ver* o rio, então Kianthe estava tendo o cuidado de manter Lilac em um ângulo afastado da margem.

— Normalmente, um navio funciona bem quando alguém não faz um buraco no casco dele — bufou Kianthe. — Qual é a distância do nosso destino mesmo? E qual o tamanho da sua certeza de que ela vai estar lá?

— Estamos indo para Koll. É o único lugar onde Serina pode ir de modo viável... Ela não vai conseguir navegar uma embarcação tão grande sozinha, nem mesmo com a ajuda de Reyna. Vão ter que encontrar uma tripulação ou roubar algo menor. Se escolherem a última opção, ainda vamos poder devolver o navio premiado a Arlon.

— Se eu fosse Serina, não devolveria o navio de Arlon.

Bobbie murchou.

— É disso que tenho medo.

Lilac bufou, saltando sobre uma pequena depressão no caminho. Ao chegar do outro lado, a égua se mostrou totalmente entediada, porque deu a jogadinha de cabeça de novo e diminuiu o ritmo para um trote casual. Kianthe tentou incitá-la a acelerar, mas não era muito habilidosa com cavalgadas, e Lilac simplesmente a ignorou.

— Hum, Bobbie? Talvez precisemos diminuir o ritmo.

A patrulheira olhou para trás, viu Kianthe e Lilac se atrasando, e pareceu cogitar a ideia de simplesmente... abandonar as duas. Mas, no final, sua decência venceu, porque ela puxou as rédeas e diminuiu a velocidade de sua montaria, dando-lhes tempo para alcançá-la. A partir dali, continuaram em um ritmo mais calmo, que parecia dar nos nervos de Bobbie, pela maneira como ela se movimentava.

Era um contraste direto à presença serena e firme de Reyna. Soltando um suspiro exasperado, Kianthe buscou distração.

— Reyna está convencida de que você tinha uma queda por Serina, mas, com base no dia de hoje, estou questionando isso.

Bobbie estremeceu como se tivesse sofrido uma queimadura. Foi tão teatral que Kianthe verificou para ter certeza de que não havia, por acidente, acendido uma chama em algum lugar.

A patrulheira pigarreou, olhando incisivamente adiante.

— Nós nos conhecemos na escola, quando crianças. Só isso.

Kianthe ergueu uma sobrancelha.

— Só isso, hein?

— Sim. — Um longo silêncio se deu entre as duas, e por fim Bobbie apertou o maxilar. — Ela era minha melhor amiga. Minha única amiga, para ser franca. Ser filha da amada xerife da cidade significava uma alta expectativa de que eu fosse *me tornar* alguém... e a maioria das coisas não vem naturalmente para mim. — Distraída, ela gesticulou para a touca laranja que Kianthe usava. — Achei que dois pompons deixariam a touca mais divertida, mas quando a vejo na cabeça de alguém, fica ridículo.

— Nossa, valeu — zombou Kianthe, mas não tirou a touca. Afinal de contas, estava quentinha. — Se te serve de consolo, eu também não era ninguém. Ainda fico chocada quando lembro que a Joia da Visão me deu o poder de Arcandor.

Bobbie riu, porém sem humor.

— Deve ser legal ser salva pela magia. Eu só servia para ser alvo de chacota em Lathe. A desastrada. Mas Serina também não era um prodígio. Os pais dela eram péssimos agricultores, e todo mundo sabia disso. Ninguém ficou surpreso quando o diarno Arlon confiscou as terras da família.

Urgh.

Bobbie inclinou a cabeça em direção ao céu noturno.

As estrelas não estavam muito destacadas com a lua tão cheia, mas ainda refletiam no rio.

— Meus pais esperavam muito de mim. Os pais de Serina não esperavam nada dela. Acho que a gente se encontrou no meio do caminho.

— E você se apaixonou. — Kianthe abriu um sorriso maroto. Eis ali uma história fantástica para seu novo livro.

— Nós não estamos apaixonadas — retrucou Bobbie com animosidade.

De inimigas a amantes. Ou melhor, de amigas a inimigas, e então a amantes. Uma segunda chance para o romance? Kianthe sorriu. Quantas boas ideias.

Bobbie notou o olhar da Arcandor e franziu a testa.

— *Não* estamos apaixonadas. Nós nos beijamos uma vez quando éramos jovens, pouco antes da família dela se mudar para Jallin, e foi horrível.

— Sim, porque adolescentes entendem muito de beijar — disse Kianthe.

Bobbie abaixou a cabeça, incitando seu cavalo a trotar mais rápido.

— Tá bom. Pense o que quiser, mas eu sei qual é a verdade.

— Desculpe, desculpe. — Kianthe riu, incitando Lilac para alcançá-la de novo. — Mas deve haver alguma pendência, ou você não estaria se esforçando tanto para salvá-la.

— Estou tentando *prendê-la.*

Kianthe ergueu as mãos em sinal de rendição, embora sua mente estivesse bem mais relutante em ceder.

— Seja qual for a semântica, existe algo entre vocês duas. Como é que velhas amigas passaram de beijos de despedida para chutes de saudação?

Bobbie esfregou a barriga, como se ainda sentisse a bota de Serina.

— Nós duas éramos um desastre quando crianças... E, bem, eu fiquei esperta. Eu treinei, me esforcei e me tornei competente em determinadas atividades. Uma amazona decente, uma espadachim decente, uma xerife em formação. Serina nunca entendeu. Ela só queria farra, até o dia em que sua família navegou para o sul. — Bobbie respirou fundo. — Ela vivia em um mundo de fantasia. E odiava os patrulheiros por terem confiscado as terras de sua família.

— Ora, isso é compreensível.

— Eles poderiam ter sido mais gentis, claro, mas... sei lá. Eu distribuo cachecóis para as famílias deles. Brinco com os filhos deles. Os patrulheiros são como eu, só estamos fazendo nosso trabalho — justificou Bobbie.

Kianthe refletiu: quando os empregos vinham com poderes, também vinham com a responsabilidade da arbitragem. Mas ela entendia o que Bobbie queria dizer — mesmo que aqueles patrulheiros tivessem rejeitado as ordens de Arlon, outros teriam ido concluir a missão.

No alto, corujas piavam nos pinheiros, e a névoa parecia cintilar ao luar. A magia do lugar era tão vibrante — fios amarelos de magia se comunicando, entrelaçados entre as árvores, pairando como fina névoa dourada, arrastando-se pelo chão como uma camada de gelo. O Nacean era a linha de ley irrevogável, e queria que Kianthe soubesse disso.

As duas contornaram a curva do rio e, ao sopé de uma colina, uma cidade reluzente as aguardava. Era muito menor do que Neolow, mais próxima em tamanho de Oslop, mas vários navios ainda cintilavam em seu porto.

Bobbie puxou as rédeas, parando seu cavalo e forçando a vista para enxergar a estrada.

— Koll. Uma das cidades vinícolas do Nacean. — Ela gesticulou para a encosta, para as fileiras de videiras crescendo ao longe. — Prepare-se para os bêbados.

— Creio que aqui sejam chamados de *connoisseurs* — respondeu Kianthe, sorrindo. — Espero que Reyna tenha encontrado vinho. Eu amo a versão bêbada de Reyna.

— Sério? — Bobbie revirou os olhos. — Serina bêbada é uma ameaça. — E aí a patrulheira estalou a língua, incitando seu cavalo a descer a encosta.

Kianthe gargalhou e se pôs a segui-la.

12

REYNA

O vinho era *incrível.*

Depois de toda a conversa sobre os vinhedos conforme navegavam ao longo do sul do rio Nacean, Reyna achava que tanta propaganda fosse puro exagero. Esperava garrafas de vinho exótico com um sabor não muito diferente daquele que a rainha Tilaine fabricava perto da capital. Mas ao passo que o vinho de lá era seco, quase denso — o que combinava perfeitamente com a paisagem árida do Reino —, este aqui era fresco, leve e *adocicado.* Reyna nunca tinha tomado vinho doce antes.

Parecia que estava bebendo suco.

— Isto aqui é divino — elogiou, tomando outro gole. — Rá. Vinho divino. O vinho divino da vinha. *Vinho da vinha*! — Ela gargalhou e tomou outro gole caprichado, saboreando o gosto açucarado. Kianthe ficaria tão orgulhosa daquele seu jogo de palavras, porque o vinho crescia em vinhas!

Espere aí. O vinho não crescia em vinhas. As uvas cresciam em vinhas.

De trás de um longo balcão de madeira, o taberneiro ergueu o queixo.

— Ela vai ficar bem? — perguntou a Serina, com um sorriso. Era um homem rechonchudo com bochechas rosadas e olhos cinzentos vívidos, e usava um avental bordado com as palavras "EU TOPO OS DOIS" acima de duas taças de vinho, uma com tinto e outra com branco.

Reyna gostou dele imediatamente.

A loja também era encantadora. Lotada de ponta a ponta com habitantes locais e turistas, cada pedacinho do estabelecimento estava ocupado.

As mesas eram altas, e um pequeno terraço, depois de um conjunto de portas duplas, dava vista para o rio. O lugar todo brilhava com a luz do fogo. Dois garçons circulavam entre a multidão, oferecendo travessas de queijo ou refis de vinho.

— Como é o nome disto? — perguntou Reyna, apontando para as tacinhas que lhe foram entregues. Eram pequeninas, bem menores do que uma dose normal, mas o suficiente para mantê-la bem embriagada. Ao que parecia, cada uma continha um tipo diferente de vinho local.

Ela nunca mais queria ir embora daquele lugar.

— É a nossa degustação — explicou o barman com paciência, lançando um olhar penetrante para Serina.

A pirata deu um tapinha na mão dele.

— Ela está bem. Juro. Se não fosse por ela, Bobbie estaria me rebocando de volta para Arlon agora mesmo. — Agora Serina dizia a Reyna: — Beba. O que quiser. Por minha conta.

— Oferta perigosa — respondeu Reyna, e bebeu outra taça da degustação. — Isto tem gosto de néctar. Eu sou um beija-flor? Parece que posso ser um beija-flor. E os beija-flores vão de flor em flor degustando, e isto é uma degustação, então... — Reyna ria de alegria.

O barman riu, bufando.

— É um vinho de sobremesa. Harmoniza bem com chocolate.

— Você tem chocolate? — Reyna arquejou.

Serina sorriu e gesticulou para o barman, que suspirou pesadamente, revirando os olhos de maneira expressiva ao se abaixar junto ao balcão para pegar um enorme bolo de chocolate. Reyna estava literalmente saltitando enquanto ele lhe cortava uma fatia enorme e lhe entregava um garfo de metal com desenhos muito chiques no cabo.

O bolo estava delicioso. Abundante em todos os sentidos, mas quase doce demais quando combinado ao vinho de sobremesa. Ela o girou na taça de degustação, forçando a vista para o açúcar grudado na lateral à medida que o vinho deslizava, então deu outra garfada no bolo.

Nesse meio-tempo, Serina baixava a voz, inclinando-se sobre o balcão.

— Preciso de uma tripulação, Judd. Um navegador, um carpinteiro, um contramestre. Pelo menos três marinheiros, gente forte para empurrar o barco pelo rolete. — Reyna abriu a boca para comentar sobre a palavra "rolete", mas Serina levantou a mão. — Não.

Fazendo beicinho, Reyna se voltou ao seu bolo.

— Seis marujos? — Judd, o barman, elevou uma sobrancelha, inclinando-se casualmente no balcão. — Qual é o tamanho do navio que você arranjou, Serrie?

Desta vez, o apelido não pareceu incomodá-la tanto. Serina sorriu, vingativa.

— Não é tão grande quanto alguns. Mas preciso cuidar deste. Tratá-lo bem. E isso significa que vou precisar de marujos um pouco malucos, mas que anseiem por aventuras.

— Ouvi dizer que o navio particular do diarno foi roubado de Neolow hoje mais cedo. Duas mulheres empurraram vários marinheiros no rio e saíram rindo da cidade. — Fez-se uma pausa. — Você ouviu esse boato?

— Ouvi — respondeu Serina, tamborilando os dedos no balcão. — Parece-me um pouco absurdo… mas *se* isso tivesse acontecido, as pessoas envolvidas teriam de ser terrivelmente ousadas. E pode ser que precisem de uma tripulação com insanidade semelhante.

Reyna olhou entre os dois como se assistisse a um torneio de justas entre as muralhas de pedra da capital, empoleirada detrás do trono da rainha Tilaine, à espera de ver quem cairia do cavalo primeiro. Ela riu, e o som chamou a atenção de Judd. Ele ofereceu um sorriso irônico e apontou para as taças de degustação vazias.

— Já sabe qual é o seu favorito?

— Todos eles. — Então Reyna caiu na gargalhada. — Tá, tudo bem. O vinho não tão de sobremesa. — Ela deu um tapinha no segundo mais doce; não aquele tipo néctar, mas o outro acima dele. — Você tem vinho tinto? Eu amo tintos.

— Eu também — respondeu Judd, dando um tapinha no avental intencionalmente. — Acho que você vai gostar dos daqui. Tem alguma preferência? — Ele pegou outras duas garrafas de debaixo do balcão.

Reyna examinou os rótulos.

— Pode escolher.

— Judd. Temos um horário a cumprir aqui.

— Com o navio do diarno, imagino — retrucou ele sem pressa alguma, escolhendo a garrafa da esquerda, encheu uma taça para Reyna, oferecendo uma piscadela quando ela lhe sorriu. Então pareceu perceber que Serina ainda estava à espera, porque ele balançou a cabeça. — Serrie, você sabe que eu te amo e sou grato pelo que está fazendo pelas pessoas ao longo do rio.

Serina se recostou no balcão.

— Sua prima pareceu bem animada com aquele carregamento de grãos. Os cavalos dela ficaram empolgados com o feno.

— Sou grato mesmo. Sério. Mas você está me pedindo para encontrar uma tripulação para o navio roubado do diarno Arlon. Aquele navio vai chamar a atenção de todo mundo no Nacean agora. Mesmo que os marinheiros concordem com o risco, é uma brincadeira perigosa para todos os envolvidos.

Reyna bebericou um gole do vinho tinto e sentiu que tinha mais gosto de chocolate do que o bolo de chocolate. Mergulhou na taça, soltando um suspiro satisfeito.

— E se mudarmos a aparência do navio?

Os dois a encararam.

Serina levantou a taça.

— Bem, o problema é que ele é identificável demais. Então ou roubamos outro navio ou o tornamos *menos* identificável.

— Não vai ser capaz de enganar muita gente — respondeu Judd. — A maioria das pessoas que navegam nestas águas conhece aquele navio.

— Mas, no fundo, é outro bergantim. — Reyna se inclinou para a frente, como se sussurrasse uma conspiração. — Podemos colocar uma vela preta, assim como seu navio antigo... Algo que possamos exibir quando quisermos causar medo, e guardar quando estivermos escondidas à vista de todos. A gente troca o nome dele. Lixa o acabamento dourado, substitui o vitral por vidro normal. Não temos como mudar o formato, mas se trocarmos essas características, pode ser que dê para enganar as pessoas durante a nossa permanência na cidade.

Judd e Serina trocaram olhares. Quando o barman não protestou de imediato, o sorriso de Serina se alargou. Ela tomou um gole do próprio vinho e então roubou um pedaço do bolo de chocolate de Reyna.

— Delicioso. O que você acha, Judd? Se não for a embarcação de Arlon, qual é a dificuldade de contratar o pessoal?

— Hum. Não muita. Dê-me um dia ou dois. Acho que consigo reunir uma tripulação. — Judd inclinou a cabeça. — Qual é o salário?

Serina respondeu, e Judd riu à beça.

— Bastava você dizer que era uma mixaria — zombou Serina, embora suas bochechas estivessem coradas de vergonha. — Não tenho muito mais a oferecer. Merda. Talvez a gente precise mesmo de um navio menor.

Reyna pensou por um instante, então deu um tapinha na mão de Judd.

— Temos vasos. Bem caros. Vão render uma grana boa. Posso fingir que vieram do Grande Palácio na capital. A menos que ninguém aqui queira algo da rainha Tilaine. — A amargura infundia a voz de Reyna agora. — Já que todo mundo odeia a gente.

— Itens da coleção da rainha vendem bem, não importa o que as pessoas pensem dela. Ainda é símbolo da realeza. — Serina deu um tapa na mesa, então sacudiu o ombro de Reyna alegremente. — Excelente. Então vamos ter pagamento, Judd. Apenas reúna a tripulação e seja discreto.

Judd suspirou.

— Seu desejo é uma ordem.

— Como sempre, é um prazer — disse Serina, e jogou algumas moedas no balcão de madeira. — Vamos, Reyna. Temos trabalho a fazer.

As duas foram espertas o suficiente para não ancorar o navio roubado no porto de Koll. Em vez disso, Serina navegou habilmente até uma enseada fora da rota principal do Nacean. Árvores densas se retorciam perto da entrada, escondendo-as da vista, e uma vez que ancoraram, foi uma curta caminhada até a cidade.

Agora voltavam pelo mesmo caminho, carregadas de suprimentos. A lua brilhava lá no alto, e elas se revezavam puxando a carroça alugada na cidade. Reyna havia estocado muitas garrafas de vinho nos recessos da carroça, e continuava a verificar para ter certeza de que nenhuma havia quebrado.

— Matild vai morrer quando provar isto — comentou Reyna quando Serina a viu verificando pela quinta vez.

A pirata riu.

— Matild é uma de suas amigas de lá onde você mora?

— Nossa melhor amiga — confirmou Reyna. — Ela e o marido nos receberam na cidade quando todos começaram a desconfiar do que estávamos fazendo. Eles me convenceram a ficar em Tawney, apesar do clima e dos ataques de dragão.

— Ataques de dragão? — repetiu Serina, incrédula.

Reyna normalmente teria medido as palavras, mas estava receptiva e zonza por causa do vinho.

— Ah, é. Eles queimavam metade da cidade regularmente. Pensávamos que eles tinham problemas com os humanos, que se estabeleceram perto demais da terra dos dragões, mas então Kianthe descobriu que alguém havia roubado três dos ovos deles uma geração atrás. E é por isso que estamos aqui.

Se tivesse juízo, Reyna não teria revelado sua missão a uma desconhecida, mas cada vez mais Serina provava não ser uma mera estranha. E, francamente, ela vinha oferecendo conhecimento privilegiado sobre as terras do diarno; isso poderia ser útil mais tarde, a depender do que conseguissem encontrar nos registros extraoficiais.

— Vocês estão procurando ovos de dragão? — Serina parou de repente, erguendo as sobrancelhas. — Tipo, merda. Eu sabia que a Arcandor teria negócios importantes, mas não esperava... isso.

— Se você sabe onde eles estão, isso me pouparia muito tempo.

Serina bufou.

— Não tenho como dizer que já vi um ovo de dragão ou ouvi falar de um, muito menos três.

Reyna suspirou, reacelerando o passo.

— Bem, valeu a tentativa.

— Você deveria verificar com a mãe de Bobbie. Ela e os outros xerifes ficam de olho nos carregamentos que chegam; acho que teriam notado ovos de dragão.

— Pelos nossos padrões, os ovos estavam muito bem escondidos. É uma busca complicada.

— Bem, agora você é uma pirata de verdade, caçando tesouros, tal como Dreggs Vigarista. — Serina enxugou a testa com o braço e deu um tapinha na alça de madeira da carroça. — Sua vez. — Aí saiu de debaixo das alças, deixando Reyna assumir.

— Você conheceu Dreggs? — perguntou Reyna. — Temos a biografia delu em nossa loja. Duas, na verdade. — Um rubor se espalhou pelo rosto dela.

Serina percebeu.

— A fanfic também? Ui, sexy.

— É uma das favoritas de Kianthe. Ainda assim... elu parece incrível.

— Elu é cruel, pelos padrões do meu pai. Os navios dele foram atacados pelo de Dreggs mais vezes do que sou capaz de contar. — Serina não pareceu chateada com aquilo. Na verdade, pareceu encantada. — Mas, pelo que ouvi, elu tenta não matar ninguém. Sua reputação é impressionante a tal ponto que elu só agita a própria bandeira e as pessoas entregam as coisas.

Reyna inclinou a cabeça.

— Você também não parece ter uma reputação ruim.

Serina sorriu, orgulhosa.

— É isso mesmo. Miro nos navios pouco antes dos patrulheiros assumirem o controle de uma colheita. Os agricultores são supervisionados ao carregarem os navios do diarno, então ele tem um registro do que foi entregue. Aí o navio cai na água, e eu roubo o que der antes de o navio chegar ao armazém de Arlon. Ele perde o lucro, e ao mesmo tempo ninguém deixa de receber pelo serviço.

— Ninguém tenta impedir?

— No começo, eles lutavam. — Serina dá de ombros, e aproveita para alongá-los. — Agora, porém, as pessoas me veem chegando e separam o que podem. Sabem que vai direto para a comunidade.

Reyna riu.

— Que plano magnífico.

— Vai melhorar quando eu conseguir atingir alvos maiores. Encontrar navios com as colheitas está ficando mais raro conforme a estação termina, mas ainda há famílias sem comida. — Serina cerrou o maxilar. — Eu adoraria tentar um assalto ao armazém dele, mas isso é ousado até para os meus padrões. Está lotado de patrulheiros.

— Hum. Parece arriscado.

O som de rodas de madeira sobre terra irregular era uma trilha sonora constante. Elas tinham enchido o carrinho de painéis de vidro, tecido para uma única vela preta e lixas. Reyna havia conseguido um pouco de tinta preta e um pincel grosso de pele, pois tinha planos de pintar o novo nome na lateral do navio. Afinal, sua caligrafia era excelente.

— Já pensou em um nome para o navio? — perguntou ela assim que a embarcação entrou em seu campo de visão. No momento, o nome na lateral era tão ostentoso quanto o diarno Arlon: *Prestígio*.

Serina a fitou, franzindo o nariz.

— Meu último navio se chamava simplesmente *Madeira de Lathe*, já que foi onde meu pai o construiu. Deixe-me pensar um pouco no nome novo.

— Claro. De todo modo, algo me diz que vamos passar um tempo ocupadas.

As duas iniciaram os trabalhos. O navio era alto demais para se embarcar pela rampa, então foi preciso amarrar os suprimentos em um balde de madeira e nadar até ele. Serina escalou a escada de cordas e então criou um sistema de polias para transportar os suprimentos a bordo. Foram necessárias várias viagens, e Reyna estava congelando quando terminaram, mas, por fim, estava tudo em seu devido lugar.

Claro, Serina não era de vadiar; elas trabalharam duro noite adentro, lixando os acabamentos dourados, cortando e costurando a vela preta no formato e tamanho certos. Substituir os vitrais foi uma provação: a moldura de madeira que segurava o vidro no lugar era mais teimosa do que Reyna esperava. Ainda assim, ela não ia ser de grande ajuda com a vela, então dedicou-se à sua função da melhor maneira possível.

A luz do amanhecer estava apenas começando a despontar no horizonte, infiltrando-se através das árvores, quando Kianthe invadiu o quarto e gritou:

— Rain, minha querida, vim resgatá-la da pirata terrível!

Bem. Até que foi rápido.

13

KIANTHE

Foi muito fácil abandonar Bobbie em Koll. Em especial porque a patrulheira literalmente cambaleava, então persuadi-la a entrar em um quarto na estalagem local, enquanto Kianthe "continuava a busca" pelos culpados, provou-se simples a ponto de ser absurdo.

Procurar por Reyna foi ainda mais fácil. Tudo o que Kianthe precisou fazer foi botar um pé no rio, e ele lhe disse exatamente para onde elas tinham ido. Alguns marinheiros perplexos a olharam de soslaio enquanto a Arcandor se afastava do porto e, em resposta à pergunta silenciosa deles, ela berrou:

— Estou me atualizando sobre os acontecimentos *correntes.*

Ela achou engraçado o trocadilho com "correnteza", mas ficou nítido que os marinheiros não entenderam. Ô povo difícil. Com um gesto, a maga tirou a água de suas roupas usando magia e caminhou em direção à enseada, assobiando.

Analisando a situação toda, até que o barco estava bem escondido. O fato de Serina tê-lo encontrado dizia muito sobre seus conhecimentos do rio. A enseada terminava em um riacho que atravessava uma floresta esparsa, mas estava quase totalmente camuflado pelas folhas. A menos que alguém forçasse muito a vista, os mastros poderiam muito bem se passar por duas árvores.

Kianthe seguiu um caminho estreito de terra até a beira d'água. Sorriu para a carroça largada na costa e para Serina puxando uma vela preta até o mastro. O diarno Arlon ficaria furioso quando descobrisse como ela havia desfigurado sua propriedade, contudo, por enquanto, Kianthe estava apenas animada para ver Reyna.

— Leve-me — instruiu com pompa e pisou na água, que soltou o equivalente aquático a um suspiro, mas a magia da Joia argumentou daquele jeito impressionante e a água se solidificou, com relutância, sob seus pés. A correnteza não era intensa o suficiente para quebrá-la, então os passos de Kianthe deixavam pequenos rastros de gelo balançando na água. Ela caminhou até a beira do navio e subiu pela escada de cordas deixada ali, agindo como se estivesse vindo para o chá em vez de estar invadindo um navio pirata.

— Cheguei! — Kianthe pisou no convés e estendeu as mãos. — Por favor, poupem os aplausos.

De seu ponto na gávea, Serina bufou. Seus olhos vagaram até Kianthe, semicerrando-os em direção à cidade.

— Você está sozinha?

— Por enquanto. Sua namorada estava prestes a desmaiar, então a coloquei para dormir. Espero que desta vez ela durma mesmo.

— Minha namor… — Serina se calou, gaguejando. — Olha, eu não saio com patrulheiras. E menos ainda com aquelas que confiscaram minha fazenda. Duas vezes.

— Duas vezes? — Kianthe inclinou a cabeça.

Serina saltou na gávea, dando nós com mais rapidez do que Kianthe conseguia acompanhar.

— Bem, não foi Bobbie exatamente que confiscou a fazenda na primeira vez. Tínhamos só treze anos. Entretanto, na segunda vez, uau, você devia ter visto o jeito como ela entrou marchando na minha propriedade. Como se um rosto amigável dando uma notícia ruim fosse deixá-la menos repugnante.

— Gostei da frase. Vou guardá-la para o meu futuro romance. — Kianthe cruzou os braços. — Pode fazer a gentileza de me levar à minha noiva?

Serina revirou os olhos e indicou uma porta à esquerda de Kianthe. Era esculpida com belos desenhos do norte, mais geométricos do que a arte do sul, tão inspirada na natureza. Com a expectativa correndo nas veias, Kianthe empurrou a porta e proclamou:

— Rain, minha querida, vim resgatá-la da pirata terrível!

Do alto da gávea, Serina disse:

— Ah, pelo amor das Estrelas.

À janela, Reyna ofereceu a Kianthe um sorriso reluzente.

— Demorou um pouco mais do que eu esperava. Cadê a sua protegida? Certamente você não a trouxe para cá.

— Não, não. Botei a criança para dormir, do jeito que você queria. — Kianthe não tinha ideia se Reyna queria aquilo mesmo, mas era divertido fingir. Ela entrou no quarto luxuoso e envolveu Reyna em um abraço. Então, com um floreio, ela a abaixou em seus braços, beijando-a intensamente sob a luz colorida dos vitrais.

Que breguice.

Reyna riu quando Kianthe a endireitou.

— Nossa, nossa. Sentiu tanto assim a minha falta?

— Você é uma companhia muito melhor do que a patrulheira. Ela anda numa fase complicada. — Kianthe olhou para o vidro atrás dela. — O que você está fazendo?

— Substituindo o vitral. Mas agora que você está aqui, podemos começar a trabalhar. — Reyna deu um tapinha em seu braço, então foi até a porta e chamou: — Serina, vamos aproveitar um pouco a privacidade aqui. Tudo bem?

Bem lá no alto, Serina soou exasperada.

— Acredite, não vou fazer a menor questão de incomodar vocês.

Reyna sorriu e fechou a porta. Às janelas, Kianthe hesitou.

— Aqui? Bom, acho que podemos riscar "fazer em um navio" da nossa lista... — Ela tirou sua capa pesada.

— Querida, por mais atraente que você seja, o antigo quarto do diarno Arlon mata todo o clima. — Reyna lhe deu um leve aperto no braço e a puxou em direção à parede. — No entanto, uma maga elemental seria extremamente útil para identificar compartimentos secretos.

— Estou me sentindo usada — brincou Kianthe.

Reyna a puxou para um beijo apaixonado, que por um segundo — ou *vários*, talvez minutos — fez Kianthe perder a noção do tempo e lhe causou arrepios até os dedos dos pés. Quando a ex-guarda da rainha se afastou, estava achando tudo muito engraçado.

— Sabe muito bem que vou compensá-la por isso depois. Agora, os compartimentos?

Kianthe levou um momento para se posicionar, e então resmungou algo e se pôs a sapatear pela madeira. A magia dentro de si pulsava sob as mãos, desenhando no ar uma espécie de teia de aranha. A madeira tratada era muito menos interessante do que uma árvore plantada, onde a magia se entrelaçava profundamente abaixo do solo com um sistema de raízes tão complexo que seria capaz de pirar qualquer mente normal. Aqui, a magia estava embotada, a madeira em um estado de dormência.

Mesmo assim, ela insistiu com a magia, transformando o amarelo opaco em um dourado brilhante. Pequenos brotos começaram a se afastar do casco, originando um monte de folhinhas.

— É por isso que roubou este navio? Porque causou um rebuliço e tanto entre os patrulheiros — falou Kianthe enquanto sua magia se espalhava pelo cômodo.

Reyna a observava trabalhar, fascinada. A magia sempre a impressionava.

— Bem, com certeza não era para viver uma fantasia pirata.

Kianthe lhe lançou um olhar nada impressionado.

— Não *apenas* para viver uma fantasia pirata — corrigiu Reyna, sorrindo. — Mas sim. Não confio em Arlon para nos entregar documentos incriminadores. Seria bobagem encerrar a investigação só com base na promessa dele. Alguém ordenou que aqueles ovos de dragão fossem roubados, e este navio foi comissionado mais ou menos na mesma época; é lógico que ele pode ter escondido registros aqui.

— Supondo que ele não tenha incendiado as provas.

Reyna suspirou.

— Não estou dizendo que vai ser fácil, mas é uma meada que vale a pena puxar.

A madeira lhe informava que havia dois compartimentos no cômodo: um debaixo da escrivaninha com tampo de correr e um esculpido sob o assoalho, sob o tapete luxuoso. A magia fazia ambos brilharem, transmitindo a localização obedientemente. Reyna logo foi até a escrivaninha enquanto Kianthe ia até o tapete.

Levou alguns momentos de manobras para conseguir acesso às tábuas do piso. O tapete estava pregado e a magia *mal* chegava ao metal. Até era possível arrancar os pregos, mas exigiria muito mais concentração.

E isso significava que Kianthe estava muito distraída quando Reyna, tateando debaixo da escrivaninha, disse:

— Key, você não ficou com a sensação de que foi abandonada, ficou? Quando eu fugi com Serina?

— Bem, você me avisou, então... não? — respondeu Kianthe, meio alheia. Aí ela enfim foi atingida pela implicação das palavras de Reyna e pausou seus esforços, revezando o peso do corpo entre os pés. — Por quê?

— Eu só... — Reyna ia falar, mas desistiu. Apenas bufou e jogou seu cabelo loiríssimo sobre o ombro. Normalmente, ele ficava preso em um coque frouxo; acho que ela estava querendo um visual mais descontraído naquela noite. — Creio que toda essa viagem me fez lembrar da minha vida antiga. Da aventura. E não quero que você ache que estou... ansiando, suponho... por algo que não tenho mais.

Kianthe *tinha* notado aquilo. Era impossível não notar — Reyna foi feita para a agitação, e mesmo no verão anterior tivera dificuldade para se adaptar a um estilo de vida mais mundano. A maneira como se enfiava em situações perigosas, a maneira como observava Bobbie e Serina, a maneira como lidava com Arlon…

— Você está infeliz? — perguntou Kianthe.

Sua noiva sorriu, calorosa e contente.

— Estou sempre feliz com você. E eu amo Tawney, nossa livraria e nossos amigos. Mas acho que, até esta viagem, eu não tinha percebido o quanto sentia falta de um estilo de vida ativo.

— Bem, dã.

— Perdão?

Kianthe bufou.

— Você treina com essa espada todos os dias, mesmo que não tenha precisado usá-la durante uma estação inteira. Alguém que estivesse se contentando em somente vender livros e fazer chá não faria isso, Rain.

Reyna olhou para sua espada, que estava apoiada na porta. Ela suspirou, cutucando uma das gavetas da escrivaninha.

— É verdade. Eu esperava encontrar prazer nas pequenas coisas, mas quando a vida é feita *só* de pequenas coisas, é fácil se distrair com os mistérios maiores. — Com isso, ela apertou um botão dentro da gaveta, e um estalo ecoou pelo ambiente.

E, quase imediatamente, um lampejo de magia cegou Kianthe. Alquimia, carmesim brilhante contra o amarelo-solar de sua própria mistura elemental. Aquilo atingiu Reyna com a força do ataque de um grifo, e ela caiu no chão.

Kianthe foi até a noiva num átimo.

— Reyna!

Reyna exibiu dentes ensanguentados, então engoliu em seco e fez uma careta ao sentir o gosto.

— Urgh. Eu já devia ter esperado algum tipo de barreira protetora nas coisas dele. — Ela limpou a boca e se levantou, seus olhos castanho-acinzentados estavam atordoados. A mão, suja de sangue.

Kianthe a puxou para um abraço agressivo.

— Porra. — Ela enterrou o rosto no cabelo de Reyna, então respirou fundo várias vezes em busca de abrandar seus tremores. — Ok, nova regra. Você tem que me esperar antes de bisbilhotar qualquer coisa neste navio.

— Key. — Reyna riu de encontro a ela. — Eu mordi a língua. Só isso.

Ela massageou o maxilar, aí se desvencilhou com cuidado e se levantou como se quisesse demonstrar que estava, de fato, bem. E, embora cambaleasse um pouco, permaneceu de pé. Kianthe ainda ansiava por tocá-la, mas pareceu meio ridículo sendo que a outra estava evidentemente ilesa, então a maga obrigou as mãos a sossegarem junto ao corpo.

Reyna notou. Claro que notou.

— Não vou tocar em mais nada no navio sem você por perto — repetiu ela com gentileza. — Admito, eu não esperava esse tipo de defesa nos próprios aposentos de Arlon. No entanto, considerando a forma como os ovos de dragão estavam guardados em Tawney e o feitiço que Feo teve de desativar, talvez eu devesse ter me preparado.

Kianthe respirou fundo, trêmula, então lançou magia para testar a gaveta. Ela não era habilidosa em alquimia, mas sabia o suficiente para identificar que ainda havia um feitiço presente ali. Seja lá o que estivesse lá dentro, teria de esperar até ela achar um mago com experiência em alquimia para desarmá-lo.

E, sinceramente, Feo era a única pessoa em quem ela confiava para lidar com aquilo.

— Ele vai continuar nos combatendo até desativarmos. — Kianthe fitou a gaveta e notou o feitiço formando um chamuscado circular em seu interior. — Até posso tentar queimar este símbolo, porém, a depender da origem do feitiço, pode ser que só piore.

— Então deixe para lá. Não vou tocar nele por enquanto. — Reyna alongou os ombros, estremecendo.

Kianthe sentiu o alívio correndo em suas veias.

— Obrigada. — Beijou a testa de Reyna, então arrancou os pregos restantes no tapete e o levantou, revelando uma pequena trava nas tábuas do assoalho. Uma rápida inspeção provou que não havia nenhum feitiço de alquimia ali, era só uma tranca normal, ávida para fazer as vontades da Arcandor. Bastou uma olhadela e ela se abriu sob sua influência mágica.

Reyna espiou por sobre o ombro de Kianthe, que abria o compartimento, revelando...

— Papelada.

— Registros das carregamentos? — perguntou Reyna, otimista.

Kianthe examinou os documentos e balançou a cabeça, negando.

— São as licenças desta embarcação. Ele deve ter uma cópia em casa e uma cópia aqui para comprovar a propriedade.

— Hum. Vou confiscar isto, então — anunciou Reyna, arrancando os papéis da mão de Kianthe e enrolando-os justinhos. Ela os colocou em uma dobra da calça, bem escondidos pelo tecido drapeado da blusa.

— Esse mistério é grande o suficiente para você? — brincou Kianthe antes que conseguisse se conter.

Reyna fez uma pausa, estudando-a.

O que quer que tenha visto ali não deve ter sido reconfortante, porque ela inclinou a cabeça.

— Key, você é minha prioridade. Temos a obrigação de encontrar os ovos de dragão, mas se essa investigação vai lhe causar estresse, eu paro. Não preciso brincar de pirata, podemos deixar Serina e Bobbie em paz e saquear a propriedade de Arlon nós mesmas. — Ela sacou o rolo de pergaminho da calça e o ofereceu à maga. — É só dizer.

Kianthe não queria aquilo. Reyna havia roubado aquele navio por um motivo, e parecia algo bem maior do que investigar os segredos de Arlon. A maga esfregou o rosto.

— Não, está tudo bem. Eu só... não esperava alquimia aqui. Esses feitiços podem ser perigosos.

Não quero que você se machuque.

Reyna chutou o tapete de volta, para que cobrisse de novo o compartimento no piso, enfiou o rolo de documentos no bolso outra vez e então passou os braços em volta da cintura de Kianthe.

— Vou ter cuidado. Prometo. E se meus cálculos estiverem certos, não vamos ficar muito tempo separadas. — Ela fez uma pausa, olhando as janelas e o céu noturno. — Falando nisso, quanto tempo você pode ficar aqui?

Que bela mudança no rumo da conversa. Kianthe a abraçou, seus corpos juntinhos enquanto refletia:

— Antes que Bobbie, a mulher que não dorme há pelo menos duas noites, acorde? Provavelmente a manhã toda e um pouco da tarde.

— Não, Key. — Reyna sorriu. — Quanto tempo até Bobbie, a patrulheira estressada que vai caçar uma pirata até os limites do Reino, que passa várias noites sem dormir para seguir uma pista, perceber que você sumiu?

Kianthe estremeceu.

— Ah. Muito possivelmente antes do nascer do sol.

— Isso faz mais sentido. Tudo o que precisamos é evitar que ela encontre Serina agora, justo quando acabamos de começar.

— Vou mantê-la longe de vocês duas. — Kianthe estava com dificuldade para reunir seu entusiasmo e ir embora. Reyna era uma certeza calorosa em seus braços, e tudo o que ela queria no momento era se enroscar naquela cama gostosa e dormir até o meio-dia. — Serina vai precisar de uma tripulação para este navio? Parece grande para vocês duas.

Reyna se animou.

— Nós encontramos o melhor taverneiro de todos. O nome dele é Judd, e ele está providenciando uma tripulação para Serina. O vinho dele é maravilhoso, Key. Você não faz ideia.

— Considerando que nunca tomei uma gota de álcool, então não faço ideia mesmo. — Kianthe sorriu. — Mas a exportação é bem relevante nesta região. Tenho certeza de que Arlon ganha uma boa grana só com esta cidade.

Uma sombra cruzou o rosto de Reyna. Ela se afastou, ajeitou os papéis dentro da calça mais uma vez e cruzou os braços.

— Na verdade, eu queria perguntar sobre isso. Bobbie lhe contou alguma coisa sobre a forma como Arlon administra suas terras?

— Nada que eu me lembre. — A maga franziu a testa, sentindo um arrepio agourento na espinha. — Por quê?

— Serina me disse que o diarno Arlon é *dono* de todas as terras... e dos meios de produção dos agricultores, dos prédios, dos navios e das plantações. Os agricultores recebem salários, e não é o suficiente. — A expressão de Reyna era preocupada. — As pessoas estão morrendo de fome aqui, mas não é por causa de Serina.

Kianthe ficou tensa.

— Eu nunca ouvi falar disso. — Ela não estava negando ser verdade; Reyna raramente se equivocava. Era só surpresa mesmo. — A lei de Shepara determina que os diarnos administrem a terra, mas ela é de propriedade dos cidadãos sortudos o suficiente para herdar, ou ricos o suficiente para comprar seu quinhão. Feo certamente não tem direito à nossa livraria, afinal de contas.

— Lorde Wylan tem, se você examinar a lei do Reino. — Reyna torceu o nariz. — Mas ele nos presenteou com a terra e o prédio, algo que foge muito do convencional. De qualquer forma, a prática de Arlon parece muito mais próxima do governo da rainha Tilaine do que do conselho.

A história se postava diante delas como uma maçã estragada, apodrecendo de dentro para fora.

— Podemos fazer algo a respeito? — perguntou Reyna.

— Possivelmente uma intervenção, seja com o conselho, ou, se as coisas ficarem feias, com o Magicário. Mas teríamos que provar com documentação. E Arlon não vai simplesmente entregá-la de bandeja. — Com isso, ambas olharam para a escrivaninha de tampo de correr, para o feitiço alquímico que mantinha seu conteúdo em segredo. Kianthe engoliu um gemido. — E eu só queria tirar férias.

— Nós vamos ter férias, amor. Só que não agora. — Mas aquele brilho animado tomou conta dos olhos de Reyna outra vez. — De um jeito ou de outro, precisamos resolver esse problema dos piratas... e, em vez de buscarmos a única pessoa ousada o suficiente para enfrentar Arlon, acho que deveríamos ser criativas aqui.

Kianthe suspirou.

— Você sempre é. — E, com um beijo final, as duas se separaram.

Kianthe tomou o caminho mais longo de volta à cidade, para ter certeza de que, no ato de sua chegada, Bobbie estaria acordada e veria de qual direção ela vinha. O passeio tranquilo pelos vinhedos na encosta foi um bom jeito de desanuviar a cabeça, e também lhe deu a oportunidade de ver duas formas voando em sua direção. Formas de grifos.

— Visk — chamou Kianthe, sacudindo os braços.

O grifo a saudou com um trinado, pousando no campo próximo. Ponder pousou ao lado dele, seus olhos travessos já examinando as videiras em busca de algo para comer ou brincar. Kianthe a agarrou antes que ela pudesse decolar de novo, aconchegando-a e beijando sua cabecinha emplumada.

— Pela Joia, eu tinha me esquecido de como você é fofa!

Ponder chilreou, meio incomodada, dando bicadinhas em Kianthe e flexionando as garras. Ela poderia facilmente romper a pele, mas aprendera desde a mais tenra idade que aquilo machucava os humanos, e por mais que desse seus pequenos chiliques, Ponder jamais iria machucá-las. Seu bico deixou leves arranhões no braço de Kianthe, mas eram mais uma brincadeirinha do que qualquer outra coisa.

— Ah, desculpe. — Kianthe riu, soltando Ponder. — Eu não quis dizer "fofa". Eu quis dizer "feroz". Uma fera cruel.

Ponder concordou com um gorjeio, estufou o peito, a cauda de leão balançando.

De pé, assomando-a, Visk lançou um olhar para Kianthe que nitidamente dizia: *Isso. Continue dizendo isso a ela.*

Kianthe coçou o queixo.

— Ei, amigo. Poderia ser pior. Você poderia estar supervisionando três deles, como sua companheira está fazendo agora.

Visk sacudiu o corpo inteiro, como se quisesse se livrar da ideia.

Kianthe gargalhou, dando um tapinha no pescoço dele.

— Estou feliz por você ter me encontrado. Você ainda não pode ficar espreitando por aí. Se Bobbie souber que posso voar de novo, vai me mandar fazer uma "busca", e Reyna ainda não está pronta para ser descoberta. — Ante o ronronar questionador de Visk, a maga deu de ombros. — Ela está vivendo sua fantasia de pirata. É muito menos pervertido do que eu esperava.

Visk a olhou, impassível.

— Enfim — Kianthe acariciou seu bico, dando-lhe um pouco de atenção ao mesmo tempo que Ponder explorava o vinhedo próximo —, preciso que você faça uma coisa para mim. Pode voar de volta para Tawney e buscar Feo? Acho que temos um problema aqui, e vou precisar da ajuda delu para lidar com isso.

Visk não parecia lá muito fã da ideia. As expressões de águia não eram muito identificáveis, mas Kianthe percebia, pelo modo como o grifo abaixava a cabeça e como as garras cravavam na terra. Ela rabiscou um bilhete às pressas e o enfiou numa bolsinha de couro amarrada nas penas perto do pescoço de Visk, então coçou sob o queixo dele.

— Eu sei, amigo. Mas não deve demorar muito. Você sempre sabe como me encontrar, então apenas mostre o bilhete e traga Feo aqui. Pode aproveitar para visitar seus outros filhotes nesse meio-tempo.

O grifo abriu as asas com relutância. Nem Visk podia negar a atração de visitar sua companheira outra vez. Ele e Kianthe teriam uma vida inteira juntos, mas sua companheira não tinha interesse em abandonar as imponentes montanhas que ladeavam Tawney, o que significava que ele deveria fazer visitas a *ela*, e não o contrário.

Ponder encontrara uvas e agora arrancava uma com o bico. A fruta explodiu, derramando polpa, Ponder guinchou e a deixou cair como se a tivesse queimado.

Seu pai deu um suspiro exasperado que fez tremelicar seu corpo inteiro, então mandou um olhar questionador para Kianthe.

— Leve-a com você. Aposto que Ponder está com saudade dos irmãos. — A maga suspirou, se lembrando do golpe que Reyna levara, do sangue que manchara as costas de sua mão. — Aquele navio não é exatamente um lugar seguro agora.

Visk piou, recuperando a atenção da filha. Eles conversaram em língua de grifo por alguns instantes, e então Ponder abriu as asinhas e se lançou nos braços de Kianthe. Ela acariciou o peito de Kianthe e bicou suas orelhas.

Kianthe riu, já sentindo-se melhor.

— Mamakie vai ver você em breve, Pondie, tá bom? Seja boazinha.

Se o seu olhar sarcástico era o indicativo de alguma coisa, a bebê grifo certamente não prometia bom comportamento nenhum. Ela mordiscou o cabelo de Kianthe com carinho, então alçou voo. Visk bateu a cabeça no peito de Kianthe e saiu atrás da filha.

Buscar Feo era um começo, pelo menos. Com um suspiro pesado, Kianthe caminhou de volta a Koll.

14

REYNA

Conforme o combinado, Judd cumpriu sua promessa.

E fez até mais. Ele *entregou*. Eles passaram um dia inteiro vendendo os vasos e arrecadaram uma quantia capaz de manter Serina em águas tranquilas — outro trocadilho... Deuses, o que Kianthe *fez* com ela? — por pelo menos durante o outono. (Aquele dia no mercado exigira muitos desvios de Bobbie e Kianthe em meio às barracas lotadas, o que foi empolgante e hilário.) No dia seguinte, retornaram à taberna de Judd, e os ânimos estavam acirrados enquanto ele apresentava sua fantástica companhia de marujos.

Havia duas mulheres; dois homens; uma garota saindo da juventude e mais uma pessoa cuja relação com ela parecia de caráter fraternal: ainda era adolescente e usava um broche com os pronomes "elu/delu". Reyna observou o enfeite por um pouco mais de tempo do que o normal; já tinha visto vários broches dizendo que era educado perguntar os pronomes, geralmente feitos em bronze, mas daquele jeito, com os pronomes explícitos, era novidade.

Judd gesticulou para o grupo, inflado de orgulho à medida que Serina apertava a mão de cada um.

— Vocês pediram uma tripulação, e não encontrarão nada melhor. Permitam-me apresentar Pil, Rankor, Farley, Esquilo, Darlene e Joe.

— Esquilo? — repetiu Reyna, só para confirmar se tinha ouvido direito.

A mulher do meio, que era mais baixa do que Matild e tinha um sorriso alegre semelhante, gesticulou em saudação.

— É por causa dos furtos. Da habilidade de esconder coisas. — Houve uma pausa. — Achei inteligente.

Serina sorriu.

— Já gostei de vocês.

Judd foi andando pela fila, apontando para cada um.

— Pil é seu contramestre. Ele navega há mais tempo do que vocês duas têm de vida. Darlene e Joe são filhos dele.

— Eles não vão atrasar vocês — disse Pil, cruzando os braços volumosos. — Eles *também* navegam há mais tempo do que vocês.

Impressionante, já que Darlene parecia pouco mais velha do que uma adolescente, e Joe ainda estava naquela fase desengonçada.

Reyna franziu a testa quando se inclinou para sussurrar ao ouvido de Serina:

— Vamos mesmo levar uma criança conosco?

— Hum. Joe. Você sabe o que fazer se formos atacados?

— Ir para o convés inferior e me esconder — entoou elu num tom cheio de tédio.

Serina deu de ombros.

— Parece bom para mim.

Pil aprumou os ombros, nitidamente satisfeito.

— Todos familiarizados com o trabalho de um pirata aqui. Comecei minha navegação na nau de Dreggs.

— Na nau de *Dreggs*? — Reyna arquejou, então colocou a mão sobre a boca. Todos ficaram olhando, achando pitoresco, enquanto ela ria, tensa. — Desculpe. Sou fã. Dreggs é uma pessoa tão maravilhosa assim na vida real? Ou as lendas são um exagero?

Pil sorriu.

— Digamos apenas que a reputação de Dreggs não é à toa. Se vocês forem metade do que elu é, então nos daremos bem.

Darlene inclinou a cabeça, gesticulando para a espada de Reyna.

— Quero aprender a lutar de verdade. O pai diz que somos bons, mas não tenho certeza se eu aguentaria. — Ela franziu as sobrancelhas. — Você sabe usar essa espada?

— Claro que sabe. — Joe deu uma cotovelada na irmã. — Você ouviu o sotaque dela.

Reyna não teve coragem de revelar que o Reino estava longe de ter um monte de espadachins violentos, e que ela era uma profissional no assunto. Ela deu um suspiro.

— Posso te ensinar. É sempre bom saber autodefesa.

— Então você é a segurança do navio? — perguntou Esquilo.

Reyna inclinou a cabeça. O movimento doeu, ela ainda estava um pouco dolorida depois daquele golpe de alquimia.

— Tipo isso.

Judd se meteu suavemente na conversa, gesticulando para os três restantes.

— Esquilo é a a cozinheira do navio; sei que vocês não pediram uma, mas, acredite, ficarão feliz por ela estar aqui. E por último, mas não menos importante, temos Rankor e Farley. Rankor é o navegador, e Farley é a carpinteira. Eles são casados e trabalham juntos como empreiteiros. — Judd sorriu. — Farley é a chama, e Rank é o graveto.

— Por favor, não incendeie meu novo navio — pediu Serina, brincalhona.

— Não me dê motivo para isso — respondeu Farley, cruzando os braços. Ela era uma mulher corpulenta, com músculos que Reyna já invejava e uma expressão séria que ela já respeitava.

Seu marido deu de ombros.

— Simplesmente vou aonde me mandam. Costumo levar o navio inteiro comigo. — Ele fez uma pausa. — Essa foi uma piada de navegador.

— Tomara que você nunca conheça minha noiva — comentou Reyna.

Judd deu um passo para trás, batendo palmas.

— Muito bem. Minha parte está feita. Garanta que minha prima receba mais um carregamento de comida e já ficarei muito grato. Enquanto isso, continuarei falando de você de maneira positiva por aqui. A notícia de que você está ajudando cidades ao longo do Nacean está começando a se espalhar.

Serina sorriu.

— Bem, não quero decepcionar essas pessoas. É um prazer conhecer todos vocês. Vamos roubar um pouco de comida.

— É meu esporte favorito. — Esquilo esfregou as mãos.

As coisas seguiram aceleradas depois. A tripulação se acomodou no navio e se pôs a trabalhar com mais eficiência do que Reyna achava possível. Pil e seus filhos subiam pelas cordas com uma facilidade impressionante, desenrolando velas, testando a costura feita por Serina, gritando para Rankor conforme este se acomodava no leme.

Esquilo desapareceu abaixo do convés, localizando uma cozinha que Reyna não tinha visto durante a excursão original — estava em uma segunda escada estreita escondida atrás de várias caixas. O navio do diarno devia estar bem abastecido, porque ela preparou um almoço de dar água na boca sem precisar comprar suprimentos. Nesse meio-tempo, Farley passeava pelo navio inspecionando o trabalho manual, já sacando ferramentas para ajeitar as coisas.

Serina estava no centro de tudo, cheia de orgulho.

Na verdade, parecia estar chorando.

Reyna, a caminho para terminar de pintar o novo nome do navio, o pincel empoleirado no balde de tinta, parou de repente.

— Está tudo bem?

— Mais do que bem. — Serina respirou fundo, voltando o olhar para o céu. — Eu só... eu tenho estado há tanto tempo nisso sozinha. Mesmo quando eu era agricultora. Tentei contratar ajuda para cultivar os campos, mas... bem. Minha família não é boa no cultivo das lavouras, e a notícia se espalhou. — Ela esfregou os olhos com a palma da mão. — Isto aqui é tudo o que eu sempre quis.

Aquilo fez Reyna pensar em Tawney, na comunidade que apoiava sua loja, sua vida, suas paixões e sonhos. Sério, era tudo o que alguém poderia desejar: amigos que as acompanhariam pela vida inteira.

— Estou feliz que você tenha encontrado o que desejava, capitã Serina — disse Reyna, do fundo de sua alma.

Serina a puxou para um abraço desajeitado, então encontrou um motivo para se ocupar do outro lado do navio.

Sorrindo, Reyna foi até o balanço de corda que havia fixado no casco do navio. Com um floreio nas letras em negrito, ela havia removido o antigo nome do diarno Arlon e terminava de escrever o novo que Serina havia escolhido.

NAU ESTOU À VENDA

Era ridículo. Kianthe ia adorar.

Reyna riu, levantou-se do balanço e guardou o baldinho de tinta abaixo do convés. Pouco depois, ajudou Pil e seus filhos a levantar a âncora — era notavelmente pesada, e o principal motivo para Serina uma vez ter atracado ali e não ter conseguido içá-la. Mas agora elas tinham uma tripulação de verdade.

Darlene desfraldou a vela final, Rankor assumiu o controle do leme, e eles partiram. Reyna esperava que continuassem navegando rio abaixo, mas não aconteceu. Em vez disso, ao comando de Serina, eles viraram para o norte, voltando para Neolow.

Reyna aproximou-se da capitã quando os vinhedos começaram a sumir em seu encalço. O ar do rio estava frio e límpido, e o sol mantinha todos aquecidos. Reyna ficou em silêncio por alguns momentos e enfim disse:

— Você vai mesmo exibir o navio de Arlon bem na cara da propriedade dele?

— Temos que ir para o norte; prometi carregamentos para Oslop e Lathe — respondeu Serina. — O rio tem um monte de ramificações, especialmente perto de onde ele mora. Se ele souber que estou navegando, pode mandar patrulheiros para nos perseguir. — Ela revirou os olhos ante aquela ideia. — Este navio é veloz, mas prefiro que minha nova tripulação seja poupada da cadeia.

— Todos nós preferiríamos isso — pontuou Rankor, de maneira amigável, de seu posto no leme.

Reyna bufou.

— Ok, próxima pergunta. O que vamos entregar? Porque me lembro nitidamente de Kianthe dizendo que todo o seu carregamento caiu naquela cachoeira.

A capitã acenou.

— Aquilo foi só um pequeno contratempo. A estação de colheita está acabando, mas ainda deve haver um pouco de trigo primaveril neste rio. — Ela sorriu, tirando um chapéu tricórnio de um cabide de madeira perto da escada que dava para o convés inferior. Onde ela o encontrara, Reyna não fazia ideia, mas ela estava nitidamente muito inclinada para a coisa toda de "capitã pirata". Serina ajeitou o chapéu sobre as longas ondas do cabelo e apontou para o norte.

— Piratas fazem pilhagem, afinal. Vamos mostrar a essas pessoas o que a temível tripulação de *Nau estou à venda* sabe fazer!

Uma salva de vivas irrompeu dos conveses inferiores, e a alegre tripulação pirata partiu.

Não demorou muito para subirem o rio. Alguns dos maiores lagos glaciais perto de Neolow já estavam visíveis do lado esquerdo, e logo eles encontraram sua presa empoleirada no sopé de uma trilha de caminhada para o lago maior: um navio que parecia abandonado, com o convés apinhado de caixas.

— É isso. Rankor, continue navegando para o norte. Pil, segure a vela preta por enquanto, ainda não queremos chamar atenção. — Serina subiu pela escada de cordas até a gávea, pegou emprestada a luneta de Joe e olhou através dela conforme passavam.

Reyna subiu e postou-se ao lado dela, saboreando a emoção de ver o convés ficar pequenininho abaixo, e sentindo a força repentina do vento que chicoteava seu cabelo. Não havia nada tão libertador quanto observar o mundo daquela altura. Não era tão incrível quanto viajar de grifo, mas fazia seu sangue bombear do mesmo jeito. Ela pegou a luneta oferecida por Serina, e espiou através das lentes.

— Parece vazio. — O navio tinha a insígnia do diarno Arlon esvoaçando alto no mastro, e era um pouco maior do que o *Nau estou à venda*. Apesar do tamanho, o convés estava carregado de caixotes de madeira e fardos de feno, e Reyna contou apenas três patrulheiros circulando ali.

— Aquele navio veio de Jallin, acho. Vê o feno? Está muito frio para uma última safra tão ao norte, então deve ter sido colhido no sul. — Serina apontou, e Reyna examinou o caminho sinuoso de terra que subia a montanha florestada. — O maior lago de Shepara fica naquela direção ali. É uma grande atração turística. Aposto que são sulistas que pararam para dar uma olhada.

Reyna fechou a luneta, sentindo-se totalmente uma pirata aventureira; empoleirada em uma gávea, na expectativa da próxima pilhagem. Talvez ela tivesse tudo planejado, afinal.

A empolgação tingiu sua voz:

— E isso significa que a maior parte da tripulação se foi.

— Navio-fantasma. — Serina piscou. — Meu alvo predileto.

Ela convocou uma reuniãozinha rápida, mas eles não tinham tempo a perder. Não havia como saber quanto tempo a tripulação do navio ficaria fora, o que significava que o ataque precisaria ser rápido. Todos se amontoaram perto do leme para que Rankor pudesse mantê-los por perto sem levantar suspeitas.

— É melhor contornarmos e atacarmos pela lateral. Pil vai abrir a vela preta enquanto Reyna e eu embarcamos. Nós cuidaremos dos patrulheiros e, quando o convés estiver limpo, Esquilo e Darlene vão baixar a prancha, e aí todo mundo ajuda a transportar as caixas. — Agora Serina levantava a mão, sustentando o olhar de cada um deles. — Vamos pegar trinta por cento do que está a bordo. Não mais. Por mais que eu odeie a prática comercial de Arlon, não estamos aqui para limpar o estoque dele. Ele alimenta muitas pessoas a leste daqui, e não podemos atrapalhar isso.

Todos assentiram e separaram-se com agilidade. Pil era um mestre das velas e, com suas instruções sagazes, sua família conseguiu pegar um vento forte e acelerar até o alvo; estava ridiculamente rápido. Rankor posicionou para que eles atracassem lado a lado, de frente para a direção oposta. Era melhor para uma fuga rápida.

Àquela altura, eles já tinham chamado a atenção dos patrulheiros.

— Estão prontos? — Serina tirou seu chapéu tricórnio, oferecendo um sorriso maroto.

— Sempre. — Reyna empoleirou-se no convés superior e acenou para os guardas, segurando um grande mapa de pergaminho, como se eles estivessem perdidos.

Os patrulheiros pegaram suas armas, atentos, porém, quando estavam mais perto, Serina gritou:

— Olá, gente boa! Vocês poderiam nos mostrar para que lado fica a cidade chamada Oslop? Nosso navegador pensou que fosse aqui, mas claramente erramos alguma coisa...

Um dos patrulheiros gritou:

— Não se aproximem. Nós iremos até vocês.

— Agora, Pil! — berrou Serina, e a vela preta se desfraldou. Os olhos dos guardas se arregalaram, mas era tarde demais para reagir, o navio já estava muito perto, e Reyna trocou o pedaço de pergaminho por uma corda resistente e a usou para saltar com se fosse um cipó.

Por um segundo aterrador, ela ficou suspensa sobre a água, e então suas botas encontraram apoio no convés do inimigo.

O som de um baque às costas dela mostrou que Serina tinha seguido seu exemplo.

Reyna desembainhou a espada, correndo em direção ao primeiro patrulheiro antes que ele pudesse reagir. Um rápido golpe no peito o atordoou — o ferimento não o mataria, mas a dor tinha seu jeitinho de chocar o inimigo e imobilizá-lo — e aí ela chutou o joelho do homem, que caiu com força no convés, e um chute rápido na cabeça garantiu que não se levantaria tão cedo.

Reyna girou para o segundo patrulheiro, que a atacou com o mesmo tipo de espada grossa e curva de Bobbie. Ele era mais lento do que ela, mas perigoso, era como enfrentar um terçado na selva de Leonol. Ela aparou os golpes, desviou e usou o peso desajeitado dele em sua vantagem. Quando ele deu um passo à frente, assumindo a ofensiva, ela se esquivou e lhe golpeou o crânio com o punho da espada.

Ele desabou como uma pedra, quase em cima do outro oponente desmaiado.

Do outro lado do navio, Serina gritou.

Reyna girou bem a tempo de ver o terceiro patrulheiro desabando pela escada de madeira. Ele gemeu, desabou contra a madeira áspera e não se levantou mais.

Empoleirada no convés superior, Serina apertou seu braço esquerdo e cuspiu no sujeito caído.

— Boa viagem — retrucou ela, e examinou seu ferimento. Estava sangrando bastante, o vermelho-escuro manchando aos poucos sua túnica branca, mas a pirata não parecia perturbada.

— Tudo liberado — disse ela à tripulação e, um segundo depois, a prancha de madeira pousou entre os navios. Ela observou com uma sobrancelha erguida. — Isso é muito mais fácil em um navio alto e bonito. Devia ter me visto lutando com os caixotes no meu barquinho antigo.

Reyna embainhou a espada e se ajoelhou ao lado do inimigo de Serina, amarrando rapidamente suas mãos e colocando uma mordaça em sua boca. Se o restante da tripulação descobrisse a invasão, a briga seria muito mais feia.

O grupo precisava carregar as caixas com rapidez e dar no pé antes que alguém mais percebesse o ocorrido.

— Posso ajudar — disse Serina, surgindo junto ao cotovelo de Reyna.

— Eu dou conta. Você deveria cuidar disso. — Reyna amarrou o segundo e o terceiro patrulheiros com a mesma velocidade, então se virou para Serina. Agora o sangue *escorria* de seus dedos, e ela parecia um pouco tonta. Um lampejo de preocupação, mascarado de irritação, percorreu o peito de Reyna. Fazia tempo desde que ela lutara ao lado de um novato. — Pensei que você soubesse lutar.

Foi a coisa errada a se dizer. Serina enrijeceu.

— Eu sou bastante capaz.

Reyna levantou as mãos.

— Não estou duvidando da sua habilidade. Mas combate não é igual à pirataria. Aqui não rola o "finja que sabe". — Ela cutucou a espada largada pelo alvo de Serina. — Estas são armas *de verdade*, e causam danos de verdade. Não estou aqui para ajudar você a ser morta, capitã.

O título pareceu abrandar a raiva de Serina, que olhou de volta para a tripulação, notando a maneira como Joe ficou de queixo caído quando viu a camisa da capitã suja de carmesim, a maneira como Esquilo franziu a testa. Farley já sacava um rolo de curativos trazido dos aposentos do capitão, ao passo que o restante da tripulação continuava a rebocar as caixas sobre a prancha de madeira.

— Eu... sempre consegui me desvencilhar — admitiu Serina com calma. Seu rosto empalidecia depressa, e Reyna se aproximou para botar pressão no ferimento. A outra sibilou de dor, recuou, mas Reyna só fez apertar com mais força. Ela levou um instante para concluir o raciocínio: — Meu navio era pequeno. Eu atacava à noite, nocauteava as pessoas ou as empurrava para fora do barco, então pegava o que podia.

— Bem, este bergantim é grande demais para se esgueirar. — A voz de Reyna não era enérgica nem condescendente. Ela só estava reafirmando um fato, e era vital que sua nova capitã entendesse. — Se não consegue lidar com esse tipo de abordagem, vamos ter que diminuir o navio e dispensar sua tripulação.

Serina fechou os olhos com força, tonteando um pouco.

— E-eu não posso desistir agora. Finalmente temos a mão de obra para afirmar nosso propósito aqui. O barco do meu pai se foi. Essa perda *precisa* fazer sentido.

Reyna assentiu, guiando-a de volta pela prancha.

— Então faça um curativo e se prepare para mais situações de luta. Vamos começar as aulas de combate amanhã.

A pirata assentiu com melancolia e sentou-se ao lado de uma Farley nada impressionada.

— Você tem sorte por eu ter um pouco de experiência médica — disse a carpinteira. — Tente não ser esfaqueada da próxima vez.

— Eu não fui esfaqueada... — declarou Serina, indignada.

Reyna as deixou a sós, limpou o sangue de Serina das mãos e começou a trabalhar ajudando com as caixas. Um dos patrulheiros acordou enquanto o grupo retirava o último carregamento, e começou a gritar contra a mordaça. Reyna parou brevemente para se aproximar dele, parecendo a vingativa guarda da rainha de outrora.

— Se não ficar quieto, esse roubo será a menor das suas preocupações — anunciou Reyna sombriamente.

O teatrinho funcionou. O patrulheiro arregalou os olhos e parou de se debater, o medo tingindo seu rosto.

Era estranhamente satisfatório saber que ela não havia perdido o jeito de sua antiga profissão. Reyna se permitiu um sorriso discreto enquanto se virava.

Então a tarefa foi concluída, e eles partiram, abrindo as velas para pegar uma rajada de vento, desaparecendo rio acima conforme o navio ancorado permanecia saqueado e silencioso. A tripulação pirata ficou quieta até ganhar distância suficiente, seguindo para o norte em direção a Neolow, e então Darlene gritou:

— Conseguimos!

Esquilo abriu uma das caixas, sorrindo para o seu conteúdo.

— Trigo do bom aqui. Talvez o último da estação. — Ela olhou para Serina. — Qual é o seu plano quando a colheita acabar? É aí que começaremos a roubar ouro?

O braço ferido de Serina estava firmemente amarrado com a atadura, e ela ficou de pé. Sua pele permanecia vários tons mais pálida do que o normal, mas a capitã falou com confiança:

— Neste navio, não roubamos ouro. Roubamos *comida*. E, assim que deixarmos esta remessa em Lathe, trocaremos de grãos para vegetais folhosos. — Serina fez uma pausa, sustentando o olhar de todos. — Reconheço que não é um feito glamoroso, e sei que hoje foi um pouco mais perigoso do que pretendíamos. Se algum de vocês quiser desembarcar ou retornar a Koll, agora é a hora de me avisar.

Reyna elevou uma sobrancelha.

O restante da tripulação ficou em silêncio.

Serina bateu palmas.

— Então vamos navegar para o norte, largar este carregamento e encontrar o próximo. Entendido?

— Aye! — gritaram todos, e se puseram a trabalhar.

15

KIANTHE

Bobbie deve se considerar a pessoa mais azarada do mundo por continuar sentindo saudades de Serina, pensou Kianthe. Era um verdadeiro infortúnio.

Infortúnio, e decerto *não* tinha nada a ver com a intromissão de Kianthe.

A patrulheira havia passado dois dias vasculhando as docas, localizando píeres particulares, invadindo tabernas e interrompendo festas enquanto caçava informações sobre o navio roubado de Serina. Toda rua virava um beco sem saída. Ninguém tinha visto o navio — *Porque ele nunca atracou aqui*, pensou Kianthe, exasperada — e ninguém sabia a verdadeira identidade da pirata. Por fim, Bobbie passou a usar o nome de sua nêmesis, perguntando por qualquer pessoa chamada Serina, e nem isso ajudou.

A única pista que poderia ter se transformado em algo útil foi um completo acidente, enquanto Bobbie interrogava uma garçonete no terraço de uma vinícola. O lugar dava para o porto e tinha uma vista muito linda, e a guarda estava convencida de que o navio se destacaria em tal paisagem.

E então Bobbie estava tentando subornar a garçonete com um par de luvas de crochê malfeitas para revelar informações que a mulher *nitidamente* não tinha.

Kianthe, nesse ínterim, estava mais distraída explorando os vinhos. Garrafa após garrafa, de todos os sabores. Reyna estaria no paraíso.

— Vou levar dois destes — disse ela, escolhendo ao acaso. Como alguém que se abstinha de álcool para o bem de todos os envolvidos,

Kianthe não fazia ideia de qual vinho era o melhor. — Espere, eles não são muito doces, são? Ela tem uma tolerância muito baixa para doces.

— Nada. Este é o que mais vende aqui — comentou o taberneiro de modo casual. — Até o pessoal do Reino adora. Uma delas esteve aqui ontem à noite e comprou seis garrafas. — Ele riu vigorosamente, alisando seu avental bordado.

Kianthe sorriu, verificando se Bobbie continuava do lado de fora. A garçonete interrogada parecia confusa, virando as luvas roxas nas mãos. Como se fosse ajudar, Bobbie ainda sacou um cachecol combinando, o que fez os olhos da mulher se iluminarem.

Confiante de que não seria ouvida, Kianthe falou com lentidão:

— Uma mulher do Reino, você disse. Cabelo loiro, olhos castanho-claros? Tão linda quanto o sol nascente sobre o rio Nacean?

O taberneiro se inclinou sobre a mesa, sorrindo.

— Deixe-me adivinhar. Você é a noiva. Ela tinha muito a dizer sobre você. Até tentou me convencer de que você é a Maga das Eras.

— Bem. Eu não gosto de me gabar. — Kianthe jogou o cabelo na altura dos ombros.

— Ela disse que você adora se gabar. Também disse que você poderia consertar as tábuas rangentes do meu assoalho apenas persuadindo a madeira a ficar quieta. — Agora o taberneiro erguia uma sobrancelha, desafiador.

Kianthe escarrapachou-se sobre o balcão.

— Reyna sempre me garante umas tarefas, até quando não está por perto. — Com um toque mágico, a maga localizou as tábuas do assoalho em questão, a madeira que costumava cantar toda vez que o vento assobiava por entre seus galhos, e que no momento estava muito irritada por não ter mais tal privilégio, e aí argumentou com a madeira, até que esta concordou em chiar o quanto quisesse só quando os clientes não estivessem presentes.

Tudo aquilo aconteceu sem o taberneiro perceber, mas Kianthe se aproximou para demonstrar a mágica, e o homem soltou um assobio.

— Caramba. Ainda bem que dei umas doses extras para ela ontem à noite. — Agora ele olhava para o terraço. — Aquela é a sua amiga patrulheira? A namorada de Serrie?

— Namorada? — Kianthe bateu um dedinho no queixo. — Não diga isso a Bobbie... Ela acha que a relação ali é de ódio. Você sabe se Serina já foi embora? Preciso ficar próxima dela, mas não *tão* próxima, e isso é meio exaustivo.

O taberneiro ficou em silêncio por um longo momento, então suspirou.

— Cá entre nós, eu a ajudei a reunir uma tripulação. O grupo saiu bem rápido. Aposto que já estão na metade do Nacean agora.

— Ótimo — murmurou Kianthe, e se afastou da mesa. — Ei, você tem alguma rota de entrega dos seus vinhos para Tawney, no leste?

Ele deu de ombros.

— Não posso afirmar que sim. Você precisa de uma?

— Minha noiva adoraria remessas regulares do seu vinho.

Agora o taberneiro sorria.

— Enviando vinho para a Arcandor. Vou providenciar, mas só se eu puder colocar isso na minha vitrine.

— "Eu sou a Arcandor Kianthe, e esta é minha vinícola favorita no Nacean" — falou Kianthe sarcasticamente. — Você sabe que magos não bebem, certo?

— Eu sei, mas nem todo mundo sabe. — O taberneiro piscou.

Kianthe deu uma risada e saiu, enfim pescando uma Bobbie derrotada da presença da garçonete, que estava muito satisfeita.

— Odeio te dizer isso, Dona Guarda, mas eles já navegaram para o norte. O taberneiro acabou de me contar que soube que ela reuniu uma tripulação. Duvido que Serina ficaria por aqui agora que tem gente para navegar aquele navio.

— O quê? — Bobbie girou em direção ao rio. Estava, obviamente, vazio. Ela gemeu, cravando as mãos no cabelo crespo. — Não acredito nisso. Uma tripulação? Que tipo de pessoa escolhe navegar com uma pirata?

— Ei. Minha noiva se encaixa nesse comentário.

A patrulheira lançou um olhar exasperado para a Arcandor.

— Tá bom. Valeu, eu mereci essa.

Ela passou por Kianthe, saindo da taberna. A Maga das Eras acenou em despedida para o taberneiro e a seguiu, alcançando-a na rua.

— Tenho que pegar meu cavalo...

— Ah, pelo amor da todo-poderosa Joia da Visão. — Kianthe agarrou o braço dela, girando-a de volta. — Você vai matar o pobre cavalo e *nunca* vai alcançá-la. Vamos lá, Bobbie, há quanto tempo você vem seguindo o rastro dela? Serina está sempre um passo à sua frente e, sem transporte semelhante, você nunca vai alcançá-la.

Bobbie parecia prestes a chorar. Tinha conseguido dormir por um tempo decente, mas ainda acordara muito mais cedo do que Kianthe teria acordado, e era nítido que as noites na estalagem não foram relaxantes — seu novo suprimento de projetos de crochê eram uma boa pista disso.

Toda aquela busca estava exaurindo Bobbie, e isso era bem óbvio.

— Então... precisamos de um barco. Você é uma maga. Você pode guiá-lo rio acima.

A expressão de Kianthe endureceu.

— Só vou atrás de Serina depois que conversarmos. Reyna a está mantendo fora do seu alcance porque você está insistindo em destruir a vida da sua amiga mais antiga.

— Ela é uma *criminosa*.

— Isso é discutível. E ela também é sua amiga — retrucou Kianthe. — Se entregá-la a Arlon, vai garantir a Serina uma vida inteira presa em uma cela... E isso se ela tiver sorte. Será que entregá-la é mesmo o único jeito de resolver o problema? Por que não ajudá-la a desaparecer? Reyna me falou que você queria fazer uma mudança positiva de dentro da organização de Arlon; eis um ótimo ponto de partida.

Bobbie recuou ante aquele lembrete. Sua voz estava embargada:

— Serina não vai desaparecer. Agora ela tem algo a provar.

— Muito bem. E você não consegue se identificar com nada disso.

A patrulheira enfiou as mãos no cabelo, deu meia-volta e retornou.

— Eu não posso... arriscar esse emprego. Quando visto este uniforme, é um lembrete de que *eu* posso escolher como dar as más notícias. Nenhuma garotinha vai chorar enquanto eu estiver em missão. — Bobbie fechou os olhos com força. — Você viu os guardas flanqueando o diarno Arlon no baile dele. São seus conselheiros mais fiéis. Se eu conseguisse um cargo desses, poderia fazer uma mudança real e positiva.

Kianthe cruzou os braços.

— Bobbie, já ouvi conversas políticas o suficiente para saber que os governantes vão agir de acordo com os próprios interesses. Está se enganando se acha o contrário. Se esse é seu objetivo, a abordagem de Serina não é a pior; Arlon vai contra-atacar se ela conseguir forçá-lo a firmar um acordo.

— Não concordo com esse método. — Bobbie abaixou a cabeça. — Mas... é possível que você esteja certa sobre a punição dela. O diarno Arlon teria se contentado com uma multa no início da estação, mas agora...

— Agora ele está atrás de sangue. Você está subindo e descendo este rio, na tentativa de mantê-la a salvo, mas sua presença a está tornando imprudente. Pior: se você é capaz de rastreá-la, Arlon também é capaz disso. Já pensou na possibilidade?

Talvez fosse um reflexo de todo o período com Reyna, de todo aquele tempo temendo os espiões da rainha, mas Kianthe não abrigava ilusões de que Arlon não teria designado patrulheiros para vigiar Bobbie. Agora a ideia parecia uma brasa no estômago da guarda do diarno, porque ela estava fisicamente curvada.

— Ele não está me seguindo. — Mas a patrulheira não parecia tão segura assim em sua afirmativa.

— Bobbie, você está se matando de trabalhar sem entender o porquê. — Kianthe beliscou a ponte do nariz. — Às vezes você tem que se afastar do seu trabalho e refletir sobre o que é certo. A pessoa que te paga nem sempre é o mocinho.

Parecia a reprise de uma conversa, algo que ela discutira com Reyna várias vezes, algo que achava que poderia separá-las até *Aquela Noite*: o momento fatídico em que Reyna fugira de tudo para buscar a vida que desejava, e não o que estava determinado para ela, o que a levou a tantas coisas maravilhosas.

De repente, Kianthe entendeu por que Reyna insistira para que a noiva acompanhasse a patrulheira. Como a presença e a experiência de vida da Arcandor eram capazes de fazer as pessoas naquela situação questionarem tudo.

Mas Bobbie não estava convencida.

— Eu... Eu não sei. Mas eu sou uma patrulheira. Não posso abandonar o serviço ao diarno Arlon.

— Por que não? Há muitas pessoas que lhe dariam um emprego. — Serina, por exemplo, ficaria mais do que feliz por roubar uma das patrulheiras de Arlon. — Diga-me o que acontece se você não encontrar Serina para Arlon.

— Significa que eu fracassei...

— Fracassou em quê? Seu trabalho?

— Fracassei na *vida*, ok? — retrucou Bobbie. Seus olhos marejavam e ela se virou quando percebeu. — Acha que foi fácil ser criada pela amada xerife de Lathe? Minha mãe conquistou esse emprego quando era mais nova do que eu. Eu queria fazer algo igualmente impressionante, então tentei seguir os passos dela... e ainda assim não era boa o suficiente. Depois, treinei para ser uma das patrulheiras de Arlon, e nossos vizinhos deram uma festa em comemoração, e aí *finalmente* eu era alguém importante.

Kianthe zombou.

— Seu emprego não faz de você importante.

Bobbie estremeceu, como se tivesse sofrido uma queimadura. Quis protestar, mas agora o ar estalava abafado, e Kianthe ergueu a mão para silenciá-la.

— Não, calma. Você vale mais do que a sua ética profissional. A única pessoa que pode decidir se você está fracassando é *você mesma*, Bobbie. — Kianthe revirou os olhos. — Acha que alguém me considerava impressionante antes da Joia me abençoar com sua magia? Eu era só mais uma criança treinando para ser maga. Na melhor das hipóteses, eu conseguia ferver água.

— Tenho certeza de que você conseguia fazer mais do que isso — murmurou Bobbie.

Kianthe riu e riu mais um pouco ante aquela suposição.

— Eu era a última em todas as matérias. Tentaram me empurrar para a alquimia. "Um suplemento para o talento natural", alegaram, como se aquilo não tivesse cravado uma estaca na minha alma. Então fui morar longe da minha família para deixá-los orgulhosos, e falhei em todas as vezes que tentei.

Bobbie ficou em silêncio.

Kianthe respirou fundo, e o ar ao redor delas esfriou.

— *Eu* tive que concluir qual era meu valor. E, na primeira oportunidade, abandonei o Magicário. Fodam-se aqueles caras. — A Arcandor suspirou, massageando a testa. — Sua opinião sobre si mesma é a única que importa. Sua mãe vai te amar de qualquer jeito. Seu trabalho não denota o tamanho do seu sucesso, e você não vai perder seu valor de repente se desistir.

— Nem sei o que mais eu faria. — Bobbie parecia perdida.

— Mas metade da aventura reside justamente aí, não é?

Por um longo momento, o único som era o dos passos dos transeuntes, os gritos ocasionais nas docas. À distância, alguém tocava um violino suave, provavelmente para acompanhar uma das tabernas mais elegantes.

Kianthe sorriu.

E, depois de um momento, Bobbie suspirou.

— Digamos que eu esteja cogitando essas possibilidades. Qual seria o nosso próximo passo?

— Você estava certa; precisamos de um barco. Porque não vou desgastar a preciosa égua de Reyna subindo a margem do rio de novo. — Kianthe sustentou o olhar de Bobbie. — Vamos deixá-los aqui no estábulo por um tempo e alcançar Serina. E aí vamos *conversar*. Sem prender ninguém. Sem brigar. E, no final, você pode decidir o que gostaria de fazer. Justo?

Longos momentos se passaram. Bobbie massageou a nuca.

— Justo.

Ótimo, não era um *não*. E, àquela altura, Kianthe aceitaria qualquer coisa.

— Muito bem, venha comigo. — A Arcandor a guiou rua afora, descendo vários lances de escada até o cais iluminado pelas lamparinas. Elas falaram de temas leves, deixando o peso daquela conversa para trás.

Mas Bobbie estava bastante pensativa, percebeu Kianthe. Isso provavelmente era bom, porque mal tinham se aproximado de dois patrulheiros no cais quando as coisas saíram do prumo.

De novo.

— Você disse que se chama Bobbie? — bufou o guarda mais baixo. — Recebemos uma notificação a seu respeito hoje de manhã.

Bobbie enrijeceu.

— Que tipo de notificação? — Kianthe cruzou os braços, desafiando-os.

Os guardas mal lhe deram atenção. A mais alta sacou uma folha grossa de pergaminho do bolso, desenrolando-a com um floreio. Ela leu, monótona:

— "Por ordem do diarno Arlon, como punição por permitir a captura e o uso do navio particular do diarno, o *Prestígio*, foi revogado o cargo de Barylea de Lathe como condestável do rio Nacean. Tal rescisão entra em vigor imediatamente. Cargo e privilégios cessarão agora mesmo. O distintivo e a espada de Barylea de Lathe devem ser devolvidos. Caso haja resistência, os patrulheiros responsáveis por aplicar esta ordem podem recorrer a força letal."

— Pela Joia da Visão e por todas as Estrelas no céu — retrucou Kianthe. — Força *letal*? Isso é mesmo necessário?

A patrulheira enrolou o papel formando um cilindro rígido e o guardou.

— Bem, isso depende dela, não é?

O patrulheiro mais baixo estendeu a mão.

— Não é nada pessoal, Bobbie. Minha avó ainda ama o cachecol que você fez para ela, mas... bem. São negócios.

Bobbie ficou parada, o maxilar cerrado. Seu corpo inteiro tremia: de angústia ou raiva reprimida, difícil dizer, mas ela tirou o distintivo prateado do peito, entregando-o em silêncio.

— Bobbie — disse Kianthe, sentindo-se impotente. — Você não pode...

— Foi você quem me disse que eu podia fazer qualquer coisa — rebateu, soando sem vida. Se um cadáver pudesse falar, seu tom seria exatamente aquele. Bobbie começou a se movimentar de maneira estoica, desamarrando a tira de couro de sua espada com dedos rígidos. — Ao que parece, a oportunidade surgiu mais cedo do que o esperado.

— Eu não quis dizer *agora*. Bendita Joia. — Kianthe se colocou entre eles antes que Bobbie pudesse oferecer sua espada. — Não. Não ouse. Vocês não podem ficar com a espada dela.

A patrulheira mais alta franziu o cenho.

— Temos que recolher...

— Vocês não têm que fazer merda nenhuma — rosnou a maga, e uma chama brilhante acendeu de suas mãos. Os patrulheiros pareceram chocados, recuando, o que agradou Kianthe imensamente. Sua expressão era mordaz. — Esta mulher serviu ao lado de vocês. Ela fez um cachecol de crochê para a sua avó. Isso não significa nada?

— Chega — interveio Bobbie, sua voz trêmula. Ela contornou com cuidado as mãos flamejantes de Kianthe, oferecendo sua espada aos guardas. — Aceito minha demissão. Por favor, diga ao diarno Arlon que eu...

— Não diga isso — interrompeu Kianthe.

— Lamento muito. — Bobbie fitou a maga, então desviou o olhar rapidamente. Sem uma palavra, virou-se e caminhou em direção à beira das docas.

O patrulheiro que segurava as coisas de Bobbie engoliu em seco.

— Importa-se de apagar isto?

— Não me provoque. — Kianthe sacudiu as mãos, então se postou de maneira ameaçadora ante os dois guardas. — Já que vocês são tão bons em seguir ordens, deixem-me dar uma: eu sou a Arcandor, a Maga das Eras. Por acordo mágico com o conselho de Shepara, do qual o diarno Arlon é membro, os magos estão autorizados a reivindicar temporariamente a propriedade de Shepara para negócios oficiais do Magicário. Considere este meu aviso: estamos pegando a porcaria do seu barco.

A embarcação balançava atrás da dupla, nitidamente destinada a uma patrulha fluvial. Tinha um único mastro e vela, mas serviria para seus propósitos.

A patrulheira mais alta abriu a boca para protestar, mas o mais baixo lhe deu uma cotovelada. Parecia acanhado.

— Estou familiarizada com essa tal lei, Arcandor. Pedimos desculpas pelo... ah, dissabor. — Ele se afastou, permitindo acesso ao barco.

— É, tá bom. Ela não precisava se divertir tanto — pontuou Kianthe com desdém. — Bobbie. Vamos. — E assim passou por ambos os patrulheiros.

Houve um momento em que Kianthe pensou que Bobbie não a acompanharia. Aquele instante no qual a ex-patrulheira só ficou parada ali, inexpressiva, e então olhou para trás, para a cidade. Como se planejasse passar a noite bebendo para espantar a tristeza.

Kianthe não poderia nem culpá-la.

Mas o dever venceu outra vez — uma dívida implícita para com Kianthe por defendê-la, ou talvez o desejo infinito de encontrar Serina —, e, assim, Bobbie seguiu a maga melancolicamente até o barco e acomodou-se. Ótimo. Kianthe esperou para ver se os patrulheiros diriam mais alguma coisa, mas não houve nem um pio.

Sem poder fazer muito mais, Kianthe enfeitiçou a água para afastar o barco das docas.

16

REYNA

No restante da noite, a tripulação do *Nau estou à venda* seguiu praticamente voando pelo rio. Rankor era um navegador habilidoso que sabia *exatamente* como usar uma âncora flutuante para pegar a correnteza rio acima; um talento que, caso ele tivesse anunciado seus serviços em qualquer outro lugar, certamente lhe renderia mais do que aquele salário insignificante que Serina podia pagar.

A neblina havia se instalado de novo sobre o rio, densa o suficiente para Farley precisar se posicionar à balaustrada e ficar berrando instruções para o marido.

Mas foi Serina quem os direcionou para uma porção muito menor do rio, um caminho estreito o suficiente para fazer lembrar os rios perto de Wellia e do Reino, em vez do majestoso Nacean.

— Esta seção é quase impossível de se encontrar, a menos que você esteja procurando — contou Serina à medida que navegavam sob pinheiros imponentes. Apenas algumas velas estavam desenroladas no momento, para aproveitar o vento suave, pois o grupo estava sendo lentamente rebocado pela corrente subaquática da âncora flutuante. — Ela volta a encontrar a rota normal um pouco além, rio acima, mas deve ser um lugar seguro para ancorarmos durante a noite.

A lua começava a minguar, portanto sua luz prateada diminuía a cada dia. Por sua vez, as Estrelas que o povo de Shepara tanto reverenciava estavam brilhando mais e mais. Serina acendeu lamparinas no convés, e o grupo arrastou a mesa de madeira para fora dos aposentos do capitão para a primeira refeição como tripulação.

Esquilo se meteu entre eles como... bem, um esquilo. Ela preparara algumas carnes-secas em água fervente e as temperara à perfeição, então cozinhara cenouras como acompanhamento. Reyna surgiu com três garrafas de seu precioso vinho de Koll, e os adultos se serviram.

Logo, estavam rindo e conversando como se já se conhecessem pela vida toda. Darlene estava fascinada por Reyna, inclinando-se para ouvir suas histórias de espadachim.

— A rainha? A rainha *Tilaine*? Estou chocada que não tenham matado você.

Reyna estava tão cansada de ter vergonha de seu passado, e cá estava ela, impressionando uma pessoa, incitando admiração, e não desdém ou medo. Com o vinho fazendo cócegas em seu cérebro e soltando sua língua, Reyna se inclinou sobre a mesa de maneira dramática.

— Quase mataram a gente. É traição abandonar o emprego da rainha. Sou a primeira guarda do palácio a escapar.

— De jeito nenhum. — Darlene estava boquiaberta. — Você matou alguém?

Reyna tomou um gole recatado de seu vinho, ciente de que Joe também ouvia.

— Essa é uma história para outra hora.

Darlene se recostou no assento, e a conversa progrediu. Depois de um tempo, Reyna acabou falando mais com Farley e Rankor. O navegador estava todo cheio de si com a atenção recebida.

— Sou de Leonol. Nasci e fui criado lá. Farley veio para estudar nossa carpintaria. Não há lugar melhor para se aprender do que na cidade construída nas árvores, afinal.

— É úmida demais para mim. — Farley serviu outra taça de vinho. A mulher parecia preferir os tintos aos brancos mais doces, e quanto mais ela bebia, mais seu sorriso se alargava. — Mas há algo na meritocracia deles. O povo mais inteligente e que se prova é aquele que lidera. A universidade deles tem alguns dos melhores cursos que já vi, e também os mais esquisitos.

— Meu favorito era arqueologia — disse Rankor. — Desenterrar ossos de feras mágicas e civilizações antigas. Até encontramos restos de dragões em nossa selva.

Reyna arregalou os olhos.

— Que incrível.

Mais tarde, Esquilo recolheu o prato de Reyna e lhe deu um tapinha no ombro.

— Reyna, pode me ajudar com os pratos? Assim que limparmos a mesa, podemos começar a música.

— Música?

Serina, à cabeceira da mesa, riu, escandalosa. Agora que conseguia relaxar, ela bebia sem reservas, e até sacara uma garrafa de líquido âmbar do antigo aposento do diarno Arlon.

— Claro que tem música! Pil me disse que Dreggs Vigarista realiza festas dançantes todas as noites sob as benditas Estrelas. Não posso permitir que elu me supere. Eu seria uma péssima capitã pirata.

— Eu toco violino — anunciou Joe de modo solene.

Darlene revirou os olhos.

Esquilo sorriu, então levou Reyna para abaixo do convés, com os braços carregados de comida. A escadaria para a cozinha era mais estreita do que Reyna esperava, e a ex-guarda agora nutria novo respeito por Esquilo, que conseguira carregar todos aqueles pratos lá para cima. A cozinha em si era apenas um pequeno espaço abaixo do porão de carga, com dimensões suficientes para abrigar um balcão não muito grande e barris do que parecia ser farinha, sal e açúcar.

Na parede dos fundos, foram construídas longas prateleiras de madeira arrematadas com um cercadinho de metal para segurar as latas no lugar quando as águas ficassem turbulentas.

Reyna colocou os pratos sujos em uma grande tina e percebeu que Esquilo a fitava.

Carrancuda, na verdade.

Ela franziu a testa.

— Algum problema? — Sua espada estava no convés, mas Reyna dificilmente se preocuparia com um possível ataque daquela senhora. Nada até aquele ponto a indicara como qualquer tipo de ameaça.

— Aquele povo ali é bom — disse Esquilo.

— Concordo — respondeu Reyna, agora desconfiada.

— Não me venha com esse tom. Sou de Mercon. Nasci lá e fugi para o oeste pela baía até Jallin quando era jovem o suficiente para adotar o sotaque de Shepara. — Os olhos de Esquilo eram duros, desconfiados. — Sei tudo sobre a guarda da rainha. Sei o que você fez.

Reyna passara muitas noites sob a escuridão, trêmula ao lembrar as pessoas que matara. Imaginando suas famílias, seus passatempos, seu tipo favorito de chá. Ela se lembrava de cada rosto; e, ainda assim, nunca tivera o luxo de ignorar as ordens da rainha.

Ou essas pessoas morriam... ou ela morria.

Reyna cruzou os braços, a voz neutra.

— Eu não estava mentindo quando disse que fugi do serviço de Sua Excelência. Se eu não estivesse noiva da Arcandor, a rainha teria me matado por traição no verão passado. O simples fato de eu estar aqui comprova a veracidade dessa história.

— Acredito na história. Duvido é da intenção. — Esquilo começou a lavar os pratos, limpando o metal com uma rápida passada de um pano molhado. — A guarda da rainha é implacável. Eu vi como você lutou hoje. O que acontece se você decidir se voltar contra esta tripulação?

Aquilo doeu mais do que Reyna queria admitir. Ela se concentrou, esfregou o rosto para que Esquilo não visse sua dor.

— Jurei proteger esta tripulação, e assim o farei.

— Hum. Pelo nosso bem, espero que seja verdade.

Reyna engoliu uma réplica.

— Se isso é tudo, Esquilo, vou voltar para as festividades. — A ex-guarda esperou um pouco, mas a cozinheira não pareceu propensa a opinar mais. Reyna então começou a subir os degraus estreitos, mas parou para dizer: — Apenas lembre-se: nem todo mundo teve a sorte de navegar para o oeste. Alguns de nós não tivemos escolha.

E assim deixou a senhora sozinha.

Depois disso, a noite foi um borrão. Reyna bebeu mais vinho, mas nunca o suficiente para entorpecer seus sentidos a ponto de permitir abertura para Esquilo.

A cozinheira chegou e se foi, dançou por um tempo, mas não fitou Reyna nos olhos. Por fim, as crianças foram para a cama, Farley e Rankor se recolheram, e restaram apenas Serina, Reyna e Pil no convés. A noite virou madrugada e o ar frio estava vívido com o som dos grilos e o cintilar suave das lamparinas.

— Você disse que faz chás? — perguntou Serina.

Reyna engoliu um bocejo.

— Dentre outras coisas.

— Sabe, os pedidos do diarno sempre têm uma mistura especial das Ilhas Roiling. Existe uma flor que só cresce na montanha mais alta de lá, e dizem que tem gosto de lavanda e mel. Eles a misturam com algum tipo de chá preto com efeito estimulante.

— Erva-mate — disse Reyna, se animando. — Você tem aí?

Serina sorriu em resposta e desapareceu nos aposentos do capitão. Poucos minutos depois, voltou com uma chaleira e um saquinho de estopa com uma erva que tinha um cheiro maravilhoso. Reyna colocou a água para ferver na chama de uma das lamparinas e separou saquinhos de pano para a infusão.

Vividamente, sentiu saudade do Folha Nova Livros e Chás, da chaleira de cobre que sempre usava para esquentar a água, de Gossley limpando as mesas enquanto Kianthe mostrava a Matild e Tarly o mais novo romance do acervo.

— Eu amo vinho — comentou Reyna —, mas tem algo especial numa boa xícara de chá.

— Eu amo chá, mas tem algo especial no chá *roubado* do estoque pessoal de Arlon. — Serina gargalhou com malícia.

Reyna colocou os saquinhos de chá em cada uma das canecas, deixando-os em infusão. Quase sugeriu pegar mel ou açúcar na cozinha, mas não queria mais ver a cara de Esquilo naquela noite. Depois que todos tomaram uma xícara fumegante, Reyna se recostou na cadeira, inalando de maneira profunda. Tinha mesmo um aroma divino, e um gole comprovara por que o diarno Arlon o encomendara especialmente. Era delicioso.

O silêncio se prologou. Todos os três pareciam contentes em admirar as estrelas, apreciar o tempinho frio e se encolher sob suas capas bebericando chá roubado.

Por fim, Serina olhou para Pil.

— O que o levou ao navio de Dreggs?

O homem deu de ombros.

— Um pouco de trabalho aqui e ali. E toda vez que ataca um navio, Dreggs oferece à tripulação a oportunidade de se juntar ao seu grupo. Metade dos navios em sua frota são simplesmente marinheiros que concordaram em navegar sob uma bandeira diferente. Minha chance chegou, e pensei: "Por que não?".

Serina riu.

Agora Pil tomava um gole caprichado de seu chá.

— E o que você está fazendo aqui, capitã? Não é todo dia que ouvimos falar de piratas no Nacean.

— Eu só... — Serina suspirou. — Quero que as coisas sejam diferentes. Minha família se mudou de Lathe quando eu era criança, e isso me deixou muito brava. Passei uma década me convencendo de que *voltar* para Lathe, cultivar a terra da família... era o meu destino. — A pirata riu, mas o som foi sombrio, amargo. — Enfim tive a minha oportunidade. Não na terra da família; ela não existe mais. Mas Arlon me ofereceu um pedaço de solo árido e tão enfurnado no interior que o transporte para a orla do rio consumia quase todos os meus lucros.

— Que gentil — zombou Reyna languidamente.

A pirata deu de ombros.

— É, pois é. Acontece que sou tão ruim em agricultura quanto em tudo o mais na vida. Não é surpresa que Arlon tenha ordenado minhas terras ao confisco.

— Mas virar pirata? Não faz muito sentido, em termos de carreira. — Pil ergueu uma sobrancelha.

Serina terminou seu chá dando um grande gole.

— Ei. Eu já tinha um barco. Ou eu trabalhava para Arlon... ou roubava dele. Parecia uma escolha óbvia.

Todos riram. Depois que o chá acabou, os três arrastaram a mesa longa de volta para os aposentos do capitão, guardaram o chá em um armário ali e se despediram. Enquanto Reyna se deitava em sua rede perto da escadinha, Pil deu um tapinha em seu ombro.

— Vi quando Esquilo te chamou de lado. Só quero que você saiba: eu e minha família? Julgamos por ações, não pelo histórico... e, até agora, você parece legal para mim. — O homem ofereceu um sorriso gentil e subiu na rede acima da de Joe, que já dormia profundamente.

Reyna apagou a lamparina, confortável na própria cama. Talvez um dia ela acreditasse nas palavras dele.

— Onde vamos entregar esta comida? — perguntou Joe, espiando as caixas na manhã seguinte. A neblina se transformara numa chuva sombria, que esfriava o ar e pinicava a pele. A tripulação começara a navegar rumo ao norte de novo, seguindo contra a correnteza a passos de caracol.

Mais devagar, e teriam de começar a remar, brincou Rankor. Claro, o navio de Arlon não estava equipado para tal; ele provavelmente presumira que sempre teria um mago a bordo.

Reyna estava alerta, acostumada a dormir poucas horas, mas Serina aparentemente se esquecera de que agora comandava uma *tripulação.* Ela tomou um gole do chá-mate amargo que Reyna lhe dera e fez careta.

— Ah, isso. Tenho uma lista mental de lugares que precisam desta carga.

— Alguém é prioridade nessa lista? — perguntou Pil, pendurado nas cordas. Estava ocupado dando um nó, mas deu uma espiada nelas lá embaixo.

Serina franziu as sobrancelhas e parecia perdida nos pensamentos.

— Normalmente, tento me concentrar nas pessoas de fora da cidade, já que, em geral, estão em pior situação. A ausência de uma comunidade ao redor de suas casas significa que é comum elas ficarem esquecidas.

— Menos pessoas para reclamar que estão passando fome — comentou Reyna. — Arlon provavelmente não dá muita importância a elas.

Serina assentiu, pisando levemente na área do leme. A capitã examinou para além da popa do navio.

— Exatamente. Há um pequeno aglomerado de casas em uma das ilhas próximas. É o único lugar onde a babosa cresce, mas eles não conseguem sobreviver só com frutas silvestres. Aposto que gostariam da nossa parada lá. — Agora Serina tomava outro gole de chá, voltando-se à tripulação. Ela parecia ter se animado de modo considerável com a emoção da pirataria. — Estão prontos para ver o consumidor final do meu trabalho?

— Para uma pirata, até que você não faz muita pirataria de fato — resmungou Joe.

Pil estalou os dedos para elu, revirando os olhos.

— Ei, criança. E você dificilmente seria a definição fiel de pirata.

Joe calou-se, fechando a tampa das caixas com relutância.

Serina riu, mas Reyna continuava com a voz um pouco tensa.

— Vocês vão gostar. Prometo. — E falou mais alto: — Rankor! Sabe onde fica a Ilha Qualla?

— A cerca de meio dia de viagem daqui, a julgar pela correnteza na âncora flutuante. — Rankor alongou os ombros, ajustando o leme para angulá-los diretamente para o norte. — Pil, as velas. Vamos precisar de todo o vento que pudermos.

— Sua parceira não é a Arcandor? — perguntou Joe a Reyna, cruzando os braços. — Ela seria útil aqui.

— Seria mesmo — respondeu Reyna, seca.

Fazer um navio navegar era um trabalho para várias pessoas, mas Reyna não era necessária. Com Rankor cuidando da navegação, Serina supervisionando, e Pil e seus filhos se revezando nas cordas e se ajustando ao vento, Reyna meio que ficou sem função. Passou boa parte do tempo ao longo da amurada do navio, observando a costa distante aparecer e desaparecer na neblina. Em dado momento, a chuva fraca parou, embora as nuvens continuassem pesadas lá no alto.

Farley se juntou a ela, mastigando um biscoito amanteigado. Ela usava uma capa leve naquele clima e parecia à vontade, apesar da temperatura mais fria. A mulher gesticulou para a água abaixo.

— O rio é lindo, não é?

Ali, naquela região, o rio era incrivelmente límpido. Ficava turvo mais ao sul, mas ali a água mostrava tudo na superfície e aí rumava para um tom preto em suas partes mais profundas. Reyna sorriu de leve.

— É adorável. Não temos nada parecido no Reino.

— Ninguém tem nada parecido. Este rio é uma fera por si só. — Farley deixou o silêncio se estender e perguntou: — Alguém já lhe contou sobre o folclore dele? Como o Nacean foi criado?

Reyna se virou levemente para encarar Farley, oferecendo-lhe total atenção.

Farley sorriu.

— Dizem que esta terra era estéril, um deserto, desprovida de qualquer coisa. Qualquer magia que se instalava aqui era sugada para o solo e consumida. Os primeiros sheparanos viram isso como uma sentença de morte.

— Parece-me familiar — comentou Reyna. As terras do Reino eram consideradas igualmente estéreis... igualmente desprovidas de magia.

Farley acenou, sem dar muita atenção.

— Era pior do que a sua terra natal. Uma das histórias diz que um mago andou quinze passos no deserto e secou até virar uma casca. *Esse* tipo de aridez.

— Um vácuo.

— Exatamente.

Reyna franziu a testa, observando a folhagem generosa. Mesmo daquela distância, com a costa praticamente invisível, a massa imponente de árvores não passava despercebida. As cores tinham ficado opacas com a escuridão vespertina, mas sugeriam mistério. Aventura.

— Como Shepara foi disso para isto?

— A Joia da Visão.

Reyna se animou. Qualquer coisa ligada à Joia a interessava; ela nunca a vira pessoalmente, mas sempre lhe parecera estranho que Kianthe venerasse um mineral, literalmente.

— O que aconteceu? — Suas palavras estavam um pouco arquejantes.

— Dizem que uma Estrela abençoada caiu do céu, se preparando para curar a terra. Caiu nas montanhas ao norte de Lathe, evento que abalou o mundo. Quando os magos voaram para o norte a fim de verificar, encontraram a Joia da Visão empoleirada no centro de um rio caudaloso, a água subtraída do próprio solo. Toda aquela água não tinha para onde ir, a não ser para o sul, e abriu um caminho tão intenso que toda a região foi inundada.

— Foi *assim* que encontraram a Joia da Visão? — indagou Reyna. Kianthe nunca havia mencionado nada parecido.

É verdade que Kianthe não prestava muita atenção à Joia, a menos que ela quisesse alguma coisa da maga. História, em geral, não a interessava muito. *Melhor viver no agora*, dizia ela, dando de ombros. *E tudo aquilo ocorrera há tanto tempo que acabamos tendo de confiar em relatos tendenciosos.*

Mas se houvesse um grão de verdade naquilo, Reyna estava interessada.

— O Magicário jamais vai divulgar a origem oficial da Joia, mas esse é o rumor. — Farley sorriu, inclinando-se pesadamente contra a balaustrada do navio. Ela mirou a água fluindo adiante. Havia peixes visíveis, saltando das ondas. Pássaros voavam alto, de olho nas presas, e uma gaivota mergulhou com brusquidão na água.

Não pescou nada, todavia Reyna admirou o esforço.

— Kianthe disse que esta é a linha de ley mais poderosa do Reino — refletiu Reyna. — Talvez seja por isso.

— Talvez. — Farley se afastou dos balaústres. — Tudo o que sei é que não é brincadeira. Este rio será respeitado, de um modo ou de outro. Mas há algo enigmático nisso... Eu não conseguiria deixar o Nacean, nem se tentasse. Durante todo o meu tempo viajando, nunca encontrei lugar melhor.

Reyna riu.

— Ainda bem que Rankor acha a mesma coisa.

— Ah, sim. — Farley sorriu e caminhou até o leme, deixando Reyna com seus pensamentos.

Depois de mais uma hora, o grupo parou em um pequeno cais em uma das ilhas. À diferença das outras, montanhosas e intimidadoras, a Ilha Qualla era mais plana, com uma enseada amigável esculpida na orla norte. A vila aninhada ali era pequena, apenas algumas lojas com casas mais escondidinhas entre as árvores e barcos de pesca nas proximidades. Vários habitantes se aglomeravam no píer, observando Pil e seus filhos dobrarem as velas, forçando a vista enquanto Farley e Reyna lançavam a âncora.

— É melhor não ficarmos muito tempo — murmurou Reyna para Serina. — Este é o lugar perfeito para uma emboscada... Se os patrulheiros de Arlon bloquearem a saída da enseada, estaremos encurralados.

— Se isso acontecer, é porque Arlon está fulo de verdade. — Serina sorriu ante a ideia, então ajudou Pil e Farley a baixar a prancha, que pousou no cais com um baque, fez até eco, e Serina não perdeu tempo e desceu.

— Garinson — saudou ela. — Como tem estado?

— Ah, estupendo. — Um homem corpulento caminhou até a pirata, dando-lhe um abraço tão firme que ela arquejou. Quando ele ouviu o som, afastou-se. — Você se machucou de novo, menina?

Os dedos de Serina acariciaram o curativo em seu braço.

— Só um pouco, mas valeu a pena. Acredite.

Garinson semicerrou os olhos, mas deve ter ficado satisfeito com seu estado geral. Ele riu.

— Bem, você certamente está agitando as ondas. O patrulheiro que veio na semana passada não conseguia parar de reclamar de você.

— Reclamar, hein? — Serina cruzou os braços, estufando o peito. — Bem feito para ele.

— Bem feito para *todos* eles — respondeu Garinson com uma risada ribombante.

Reyna e os outros desceram a prancha, se aglomerando no pequeno cais situado atrás de Serina.

Reyna pigarreou delicadamente, e os dois os fitaram. Uma expressão de orgulho tomou conta do rosto da pirata, que logo empinou o queixo, gesticulando grandiosamente para o grupo.

— Garinson, permita-me lhe apresentar à minha tripulação. — Ela foi listando os nomes, e cada um acenou ao ser citado.

Reyna foi incluída, o que lhe causou uma onda de felicidade na alma. Mas ela notou o lampejo no rosto de Esquilo ao ouvir seu nome, só que agora não podia dar-se ao luxo de ficar pensando no assunto. Serina a valorizava, e era isso o que importava ali.

— Vocês melhoraram bem, pelo visto. A pirataria paga bem, então, hum? — comentou Garinson.

— Já falei para você... Sou *empreendedora*, não pirata. — Serina piscou.

— Ahhh. Erro meu. — Garinson engoliu uma risada, enfiando as mãos nos bolsos da capa. — Bem, Serina, a Empreendedora, presumo que você tenha trazido ou queira algo.

Serina deu um tapinha no braço do homem.

— Trouxemos algo. Lembro que você me disse que os estoques estavam acabando e que o inverno se aproxima. Algumas caixas de trigo seriam úteis para vocês?

Garinson a encarou e, por um momento, seus olhos brilharam de incredulidade. Ele piscou algumas vezes, pigarreou e respondeu:

— Ah, nós... Bem, é claro, vamos ficar com o que você tiver aí. Quanto custa?

— De graça, a seu critério. — Serina abriu um sorriso caloroso.

— Sabemos ser *tão* criteriosos — disse um adolescente atrás de Garinson, com os olhos reluzindo.

Às costas de Reyna, Darlene bufou.

Garinson hesitou, aparentemente num debate consigo mesmo.

— Não podemos aceitar trigo *de graça*, Serina.

Agora Serina baixava a voz, e a emoção crua de suas palavras fez Reyna desviar o olhar.

— Gar, sem vocês, eu teria morrido de fome na estação passada. Eu disse que não me esqueceria, só precisava de uma tripulação para melhorar minhas operações.

Com isso, a tripulação mudou de postura. Algo se solidificou entre o grupo. Reyna observou isso acontecer; foi sutil, apenas uns sorrisos, olhares compartilhados. Mas, naquele momento mágico, o *Nau estou* à *venda* afastou-se da piada para tornar-se uma causa.

Os braços de Reyna formigaram, e ela engoliu o nó repentino na garganta. *Ah.* Eis a camaradagem da qual ela tanto sentia falta desde a época da guarda da rainha. Ela realmente não achava que a encontraria de novo.

Até Esquilo evitou seu olhar, se remexendo sem jeito enquanto dizia:

— Ficamos felizes em ajudar.

Serina sustentou o olhar de Garinson.

— Pessoas como você são a motivação para eu fazer isso. Aceite o trigo. E sinta-se à vontade para compartilhar algumas de suas amoras silvestres. — Esta última parte foi dita como uma piada, e arrancou risadas de Garinson e dos outros moradores.

— Claro, claro. Qualquer coisa que vocês precisarem — ele pigarreou. — Que tal vocês ficarem para o jantar? Teremos muito para compartilhar, graças a vocês.

Serina olhou para a tripulação, avaliando a aprovação de todos. Reyna quase disse a Serina que o grupo precisava prosseguir viagem, mas a chuva recomeçava, e o sol se punha. De qualquer maneira, em pouco tempo, estaria escuro demais para identificar o navio de Arlon no cais.

Eles poderiam zarpar assim que amanhecesse.

Serina pareceu chegar à mesma conclusão, porque abriu bem os braços.

— Nós adoraríamos. Vamos aproveitar a noite, certo?

Enquanto Garinson instruía alguns de seus homens a ajudar a retirar as caixas do navio, várias outras pessoas conduziam a tripulação de Serina em direção às poucas construções ao longo da costa, e Reyna não teve como ignorar a sensação de acolhimento em seu peito.

Talvez a pirataria não fosse tão vilanesca quanto parecia.

17

BOBBIE

Acabou-se.

Bobbie não conseguia impedir que aquele mantra se repetisse em uma espiral nauseante dentro de sua mente. *Acabou-se*, seu cérebro sussurrava. Seu emprego, algo que ela passara anos aperfeiçoando, algo que aceitara para se *provar* ao mundo… e a única coisa que ela provara no fim das contas foi que não era boa o suficiente. Sua família seria a próxima; que tipo de xerife iria querer uma patrulheira fracassada como filha? E então Serina… a antagonista de sua história, não uma incompreendida, mas descaradamente oposta a tudo o que Bobbie era.

Era vertiginoso e, pela primeira vez, sentia-se mareada. Agarrou a balaustrada do barquinho, fitando a água lá embaixo, sua pele quente e fria ao mesmo tempo.

Da proa, Kianthe esticou o pescoço para ver Bobbie.

— Você não vai vomitar, né? O rio não vai gostar disso.

Solícita como sempre.

Uma onda de fúria a percorreu. Ela só não tinha surtado porque estava diante da *Arcandor*, e não queria acrescentar “ter berrado com a Maga das Eras” à sua lista de fracassos.

— Será que podemos… não conversar? — O pedido soou melancólico.

Kianthe refletiu um pouco, então balançou a cabeça.

— Considerando que navegamos durante metade da noite e você passou boa parte do tempo deprimida, não estou me sentindo particularmente benevolente. Acho que deveríamos conversar, *sim*. Na verdade, acho que você deveria dar uns berros. Gritar. Lutar.

Era fácil falar.

— Não há nada pelo que lutar. Acabou-se.

Kianthe gesticulou e algo atingiu Bobbie por trás. A sensação lhe percorreu as costas, mais choque do que dor genuína, mas a fez levantar-se e girar em direção a um oponente invisível. Só que Kianthe não tinha saído de sua posição na proa, e elas estavam obviamente a sós no centro de um rio imenso.

O convés estava molhado. Bobbie semicerrou os olhos.

— Você me estapeou com água?

— Talvez. — Kianthe cruzou os braços. — Converse comigo. Aquilo foi uma *merda*. Você não está brava?

Sim. Ela estava tão, tão brava, que fervilhava em seu peito e incendiava sua alma. Queria gritar, chorar e atirar coisas, mas era tarde demais. Todas aquelas explosões não resolveriam nada. Bobbie cerrou o maxilar, respirando devagar.

— Estou bem.

— O inferno que está. — E então enormes chicotes de água subiram do rio, circundando o barco. Parecia que o próprio Nacean estava gostando da malevolência de Kianthe.

Aquilo era ridículo. Bobbie só queria um pouco de paz para compartimentar seus pensamentos. Não era pedir demais, mas a Arcandor estava carrancuda, como se Bobbie estivesse exigindo o mundo.

— O que você quer que eu diga? — retrucou Bobbie, então calou-se. Sua frase seguinte saiu mais baixa. — Meu emprego se foi. Eu falhei. Serina nunca vai parar de infringir a lei, e os patrulheiros que enfim a pegarem... — Bobbie parou, fechando os olhos com força. — Você mesma me disse. Não é nada bom.

Ao redor, o barco balançava com a correnteza. Água espirrava longe, e Bobbie teve um rápido vislumbre da barbatana de um golfinho que mergulhava novamente. Suas palavras pareceram se estabelecer nas cercanias como uma névoa pesada. Kianthe se encostou na amurada.

— Então. O que vai fazer a respeito?

Tão simples.

Bobbie engoliu um gemido, afundando no convés de madeira. Botou a cabeça entre as mãos e murmurou:

— Não sei.

Outro tapa de água lhe atingiu a cabeça, e este foi em cheio. Filetes de água do rio escorreram por sua camisa, fazendo-a estremecer e gritar. Quando a ex-patrulheira se levantou, ficou cara a cara com a Arcandor.

A maga estreitou os olhos.

— Fique brava.

— Eu não…

— Droga, Bobbie, você tem estado estressada à beça desde que isso começou. Ficou sendo sacudida rio acima e rio abaixo. Sua melhor amiga odeia você. Você acabou de ser *demitida*. — Kianthe se aproximou, decididamente invadindo o espaço pessoal de Bobbie agora. — Fique. Brava.

— Eu *já* estou brava — rosnou Bobbie, e sua brusquidão arrancou um sorriso de Kianthe. Foi encorajador, e, pela primeira vez em algum tempo, Bobbie permitiu que a fúria a consumisse. O fogo que formigava sua pele queimava, intenso, e elas estavam sozinhas naquele rio regido pelas benditas Estrelas, e tudo já tinha ido para o quinto dos infernos, então *por que não*? — Eu nunca quis isso. Sabia? Ser a porra de uma patrulheira para a porra do Arlon!

Satisfeita, Kianthe deu um passo para trás, inclinando-se casualmente contra o suporte de madeira do leme.

A água que se contorcia ao redor se acalmou quando Bobbie se pôs a andar de um lado a outro na frente dela, punhos cerrados, gritando para os céus.

— Minha mãe já era xerife, e trabalhar para ela parecia horrível. Mas eu queria deixá-la orgulhosa, então nem me permiti *cogitar* outras opções. Acho que eu teria adorado ser costureira ou carpinteira, e em vez disso, cá estou, patrulhando as terras de Arlon. — Bobbie cravou os dedos em seus cachinhos, e foi gostoso puxar o cabelo, aliviou um pouco a tensão no cérebro. Ela estava falando cada vez mais alto. — Antes de Serina perder a cabeça, eu pensava estar *ajudando*. Esse era o meu raciocínio. Eu estava comprometida com o bem maior. Você acredita nisso, porra?

— O "bem" é relativo — inseriu Kianthe, mordaz.

— Não diga — sibilou Bobbie. — Fodam-se esses caras. Os outros patrulheiros. Arlon. Todos eles. Infernos, se eu não tiver mais nada para fazer, talvez eu *me torne* uma pirata. Eu me pergunto se Serina está contratando. — E ela riu de novo, histericamente.

Por fim, a risada esmoreceu. Por fim, o silêncio tomou conta, preenchendo o espaço como o calor de um chocolate quente em um dia frio. Sua pele esfriou, e de repente Bobbie não queria mais chorar nem gritar. Na verdade, Bobbie estava se sentindo… bem.

Kianthe sorriu.

— Às vezes, todos nós precisamos liberar as emoções.

— Fazia anos que eu não berrava assim. — Bobbie massageou o rosto. — Normalmente berrar contra um travesseiro é o suficiente para mim.

— Bem, estamos sem travesseiros, mas um rio sem ninguém em volta é um bom substituto. — Kianthe aproximou-se, batendo no ombro dela. — Toda vez que uma porta se fecha na minha vida, é por um motivo. Algo melhor sempre, *sempre* aparece. Mas sentir essa raiva nesse meio-tempo é justificado.

Bobbie riu, uma risada fraca agora.

— Talvez seja hora de eu me tornar costureira. Eu poderia simplesmente fazer crochê para viver.

Kianthe deu de ombros.

— Talvez. Mas acho que você está destinada a mais.

A satisfação tomou a alma de Bobbie. Era bom ouvir que alguém acreditava nela, principalmente depois daqueles acontecimentos.

Agora a exaustão lhe apertava o peito, e os olhos ardiam. Ela suprimiu um bocejo.

— Acho... que eu gostaria de tirar um cochilo. Podemos nos revezar em turnos?

— Não precisamos. O vento vai nos manter no curso. — A segunda frase continha um tom de advertência, e uma rajada de vento girou ao redor como se concordasse. Um arrepio percorreu os braços de Bobbie com a exibição mágica, mas ela forçou um sorriso quando Kianthe começou a vasculhar os suprimentos em uma ponta do barco. — Eles deixaram colchonetes aqui. Vamos dormir um pouco enquanto podemos, hein?

— Tá bom. — Bobbie pegou um colchonete e o colocou no convés. Kianthe se acomodou ao lado dela, encarando o céu com um suspiro satisfeito.

Acima, as estrelas brilhavam, salpicos de tinta em uma tela escura. Bobbie se recostou, apoiando as mãos sob a cabeça. Houve outro esguicho de água mais abaixo no rio — possivelmente outro golfinho, porém talvez apenas um peixe —, mas, no mais, o rio estava tranquilo. O suave bater da água contra o casco do barco era quase reconfortante. Na costa ao longe, grilos estridulavam e a silhueta de uma coruja cortava o céu.

— Kianthe? — arriscou Bobbie.

— Hum? — A maga já parecia meio adormecida.

Bobbie hesitou, mantendo os olhos nas estrelas.

— Obrigada. Sei que você e Reyna não queriam passar essa estação assim, mas... estou feliz por você estar aqui.

— Sempre estou exatamente onde preciso estar, mesmo que minhas expectativas sejam diferentes. — Kianthe parecia achar engraçado. — Tudo isso para dizer que também estou feliz. Você é uma companhia surpreendentemente boa quando não está estressada com circunstâncias que não consegue controlar.

Bobbie bufou, e, pela primeira vez, aceitou a crítica.

— Vou manter isso em mente.

Talvez Kianthe estivesse certa. Talvez agora, finalmente, ela pudesse parar com as pretensões. Deixar para trás a patrulheira, a filha perfeita, a amiga sem graça.

Poderia ser simplesmente… ela mesma.

Parecia legal.

Com um sorriso nos lábios e o barco balançando suavemente, Bobbie adormeceu.

18

SERINA

A Ilha de Qualla tinha um lugarzinho específico que Serina adorava. Exigia uma caminhada para além da vila, passando por um trajeto pouco conhecido, que subia por uma inclinação suave e por fim emergia entre os pinheiros até um afloramento rochoso nos limites da baía. Mas o que se desenrolava diante de si valia a pena: uma vista deslumbrante do rio, pontilhado por ilhas distantes, uma faixa costeira se enroscando ao redor como o rabo de um gato. A neblina matinal estava mais leve naquele dia, era mais uma névoa que acrescentava a tudo uma bruma dourada aconchegante.

As rochas a seus pés tinham formato hexagonal, estranhamente geométricas, e Serina se empoleirou na borda de uma delas, acariciando o musgo macio que crescia ali nas fendas. Sua tripulação dormiria mais um pouco, e aquele era um bom jeito de se iniciar o dia.

Um bom lugar para acalmar a ansiedade.

Tudo ia dar certo. Tinha que dar. Só que o braço de Serina não parara de latejar a noite toda, e até mesmo refazer o curativo naquela manhã havia sido complicado. O ferimento era um lembrete visceral do que Reyna discutira antes.

Era preciso tomar providências.

Decisões.

Até onde *estava* disposta a ir para perturbar o governo de Arlon?

Perdida em pensamentos, Serina só percebeu que alguém se aproximava quando ouviu o pigarro às suas costas. Deu um gritinho, girando com tanta violência que quase caiu da borda do afloramento. Reyna levantou as duas canecas fumegantes em suas mãos, rindo.

— Eu deveria ter feito mais barulho quando me aproximei?

Serina tossiu para disfarçar a risada.

— Sim. Sempre. — Seus olhos pousaram nas canecas. Não tinha percebido o quanto estava doida para beber algo que a despertasse até Reyna chegar com a oferta. — Isto é chá?

— Depois da noite passada, certamente não é bebida alcoólica.

Serina riu, pegando uma das canecas enquanto Reyna se acomodava ao lado dela. Naquela manhã, a preparadora de chás escolhera uma mistura escura que cheirava a menta e cacau. Era evidente que incluíra um pouco de mel na receita, e o resultado deixara Serina com água na boca. O líquido tinha esfriado um pouco ao longo do trajeto, especialmente considerando a friagem da manhã, então a pirata logo tomou um gole para degustar o sabor.

— Está tudo bem? — perguntou Reyna depois de um instante.

Serina a fitou de soslaio.

— Por que não estaria tudo bem? As coisas estão ótimas. *Melhor* do que ótimas; enfim tenho um navio e uma tripulação, e podemos fazer diferença de verdade.

O discurso soou vazio até para os próprios ouvidos.

— Era isso que você queria. — Reyna passava um dedo na borda de sua caneca, mirando as ilhas à distância. Serina estava eriçada por uma briga, por uma conversa inspiradora sobre a diferença entre *desejos* e *necessidades*. Em vez disso, Reyna mudou de assunto com brusquidão: — Tem mesmo serpentes marinhas nadando neste rio?

Serina ficou tão surpresa com a pergunta que acabou rindo.

— De onde veio isso?

— Vi uma loja de presentes em Neolow com serpentes marinhas esculpidas. Pareciam dragões, então fiquei curiosa. — Reyna inclinou a cabeça. — Elas são reais ou só parte do folclore?

Serina se esquecera de que algumas pessoas não haviam crescido ali na região.

Ela não conseguiu esconder a diversão em sua voz.

— Definitivamente reais. Meus pais costumavam sentar na margem do rio e jogar pedras para chamá-las das profundezas. Elas gostam de peixe e *amam* alces. — Serina franziu a testa. — É sério que você nunca viu uma?

— Não. — Reyna arregalou os olhos. — Deuses, não. Qual é o tamanho delas?

Serina ficou olhando o rio, avaliando o tamanho.

— Tão grandes quanto o nosso navio. Às vezes, o dobro do tamanho. Mas são bem mansas. Perigosas para peixes, golfinhos e coisas do tipo, mas não ligam para humanos. Elas vivem no fundo do rio.

— Qual profundidade? — Reyna esticou a cabeça sobre a borda do afloramento.

— Mais fundo do que você pode imaginar. — Serina riu. — E se o rio não fosse fundo, teríamos problemas para navegar nele.

Reyna fez um "hum-hum", apertando os olhos para a névoa que se acomodava sobre a superfície da água.

— Incrível. Espero ver uma antes de partirmos.

— Vou ver se conseguimos encontrar uma. — Havia uma morando perto de Lathe, mas Serina não queria voltar para lá. Não conseguiria olhar Viviana nos olhos agora, em particular depois do jeito como as coisas ficaram com Bobbie.

O silêncio recaiu sobre as duas novamente enquanto tomavam seu chá, aproveitando o friozinho da manhã e observando o sol nascente colorir a névoa com um dourado reluzente. Depois de um momento, Reyna inclinou a cabeça.

— Como chegou a Qualla pela primeira vez? Você parecia ser bem amiga das pessoas daqui.

Ah. As bochechas de Serina coraram, e ela pigarreou.

— Ah, isto. É meio ridículo. Acontece que a pirataria não é... tão fácil assim. Enfrentei umas fugas complicadas antes de perceber que precisava planejar melhor meus ataques; agir à noite, espreitar navios largados sem vigilância, esse tipo de coisa.

— Táticas inteligentes.

— Teria sido mais inteligente testá-las antes. — Serina colocou sua caneca em outra pedra plana, então puxou a manga de seu braço ileso. Seus dedos percorreram a cicatriz feia que marcava a pele. — Um dos patrulheiros teve um golpe de sorte. Eu estava sangrando muito, e percebi que não conseguiria chegar a Neolow. Então desviei o curso.

Reyna analisou a cicatriz, a testa franzida.

— Garinson ajudou você.

— Todos aqui me ajudaram. Eles me deram comida, água e ajuda médica... e ninguém fez perguntas. — Serina engoliu em seco, baixando a manga de novo. — Quatro patrulheiros vieram enquanto eu me recuperava e levaram metade do suprimento de comida. *Metade*. Garinson ainda insistiu que eu ficasse até me recuperar por completo.

Reyna sorriu de leve.

— Eles são um povo bom.

— Os melhores. A maioria das pessoas neste rio é assim. É fácil esquecer o conceito de comunidade em uma cidade grande como Wellia ou Jallin, mas o Nacean gera algo diferente. Eu não conseguiria ficar longe daqui.

— Tenho certeza disso. — Reyna terminou seu chá e colocou a caneca vazia por perto. Apoiou-se nas palmas das mãos, o retrato do relaxamento. — Você está fazendo algo maravilhoso. Está ciente disso, certo?

— Estou ciente de que estou quebrando todas as regras. — Serina fez uma pausa, abaixando a voz. — E agora, se eu errar, outras pessoas vão se ferir também.

Reyna sorriu levemente. Estava sem sua espada naquela manhã, mas de alguma forma ainda parecia profissional, astuta, implacável. Serina não tinha conhecido nenhum guarda da rainha antes dela, mas Reyna era tudo o que ela esperava.

— Qualquer líder de verdade assume essa responsabilidade. Mas você *está* fazendo algo importante, e é natural que as pessoas sigam você. Isso é bom.

Serina cerrou o maxilar, balançando as pernas de maneira despretensiosa.

— Eu não estava realmente pensando tão adiante.

— Então é hora de começar. Mas tenho a sensação de que vai dar tudo certo para você. — Reyna se levantou, espreguiçando-se à luz do sol recém-descoberta. Hoje havia nuvens dispersas, o que significava menos proteção ao navegar pelo rio, porém um dia mais bonito em geral. — Provavelmente devemos voltar antes que a tripulação acorde. Qual é nossa próxima parada, capitã? Continuar navegando para o norte?

— Pode ser — respondeu Serina. — Muitos carregamentos passam por Oslop. Aposto que podemos pilhar alguns navios lá e reabastecer os grãos. Há outros locais que podem estar precisando de…

Reyna sorria.

Serina se calou, constrangida.

— O quê?

— Nada. É só que, quando fala assim, parece que você nasceu para ser pirata. — Reyna deu uma piscadela, pegando sua caneca e se oferecendo para pegar a de Serina.

Serina sentiu um calorzinho nas veias. Se alguém como Reyna aprovava seu trabalho, talvez ela não estivesse tão perdida assim, afinal. A capitã se levantou, limpando a poeira. Era um belo nascer do sol, mas havia trabalho a fazer.

— Você está certa. — Serina sorriu, satisfeita. — Obrigada pelo lembrete.

— Sempre às ordens. — Reyna sorriu e, juntas, as duas voltaram para a vila.

19

REYNA

Conforme a Ilha de Qualla perdia a nitidez ao longe, uma sensação estranha se instalava no âmago de Reyna. Talvez fosse o fato de o rio estar límpido demais, o que significava que o grupo se esgueirava em um ritmo lento, com vista total para a costa entre as ilhas. Talvez fosse o fato de os ânimos estarem exaltados, por isso a tripulação estava barulhenta. Talvez fosse apenas uma premonição aguçada por anos de combate.

De todo modo, Reyna estava inquieta.

— Então, como você evita cortar o pé? — perguntou Darlene.

A popa do navio foi reivindicada como área de treino simplesmente porque Darlene pedira aulas de luta de espadas. Com pouco a fazer enquanto o *Nau estou à venda* se arrastava rumo ao norte, Reyna limpou uma área e estava deixando a adolescente testar o peso de sua espada. Darlene a segurava como se fosse um machado, apertando os olhos conforme a luz do sol refletia na lâmina lubrificada.

Reyna deu uma espiadinha na costa, que tinha acabado de voltar à vista. As ilhas estavam voltadas para a popa, e o rio se estreitava outra vez. Provavelmente estavam mais perto da propriedade de Arlon, embora estivessem contornando a margem oeste para evitá-la.

Nenhum sinal de inimigos... mas isso não significava muito quando Reyna estava apreensiva.

— Ah, treinando direito a parte dos pés e tratando a espada como a arma mortal que é. — Reyna voltou a atenção para Darlene, forçando um sorriso. — Mantenha a lâmina apontada para cima. A menos que esteja investindo num ataque ou embainhando-a, ela deve estar paralela ao chão ou mais alta. — Ela deu um passo atrás de Darlene, ajustando a pegada e posicionando os pés para uma posição mais estável. — E aí, o que está achando?

Darlene sorriu de maneira feroz.

— Acho que preciso ter a minha própria espada.

— Sem chance — gritou Pil distraidamente de lá da gávea.

— Como você é sem graça — gritou Darlene para ele. — Talvez meu futuro esteja aí. Talvez eu esteja destinada a ser uma...

— Peraí, criança. — O tom de Pil silenciou a filha no mesmo instante, e ele assobiou para Rankor ao leme. — Está vendo aquilo?

O tom de Rankor era sombrio.

— Sim.

Um arrepio percorreu o peito de Reyna. Ela soube na hora. Sem pensar, deixou Darlene com a espada, subiu para o convés superior, dois degraus de cada vez. Serina e Rankor estavam junto ao parapeito, olhando por entre as árvores.

— O que é? — perguntou Reyna.

— Talvez nada — hesitou Rankor, inclinando-se para observar o rio, como se sua visão natural fosse o suficiente para ver a âncora flutuante puxando-os para o norte. — Mas me parece que vários navios ancoraram naquela curva.

Ao lado deles, Serina sacou sua luneta, olhando por entre as árvores.

Reyna, enquanto isso, não precisava de luneta para identificar o problema. Porque Rankor estava certo: ela via duas formas distintas espreitando nas sombras detrás das árvores, e mais duas flutuando mais perto do centro do rio. Uma mistura de navios de variados tamanhos, mas todos pareciam intimidadores, e ela tivera a impressão de ter visto canhões em um deles.

Reyna franziu a testa.

— Acha que estão aqui por nossa causa?

— Não me surpreenderia, considerando que roubamos de Arlon há dois dias.

Serina franziu a testa, fechando a luneta.

— É um bloqueio. Não acredito que Bobbie armou um bloqueio para me pegar.

— Não é Bobbie — respondeu Reyna calmamente.

Seu tom fez a pirata estremecer. Serina se pôs a andar de um lado a outro, passando a mão pelo cabelo longo e rebelde. Seu braço ainda estava enfaixado, e parecia doloroso erguê-lo, o que também não era um bom presságio.

— Muito bem, então... um bloqueio. O que significa que Arlon vai pedir nossa rendição. Ele não vai querer ver seu precioso navio no fundo do Nacean, certo?

— Depende do quão bravo ele estiver. — Reyna alongou os braços, preparando-o para uma luta. Mas, contra quatro navios, ela não podia fazer muito sem Kianthe. O medo se embolava em seu âmago, a noção nauseante de que ela poderia não ser capaz de cumprir sua promessa, fosse a de manter a tripulação segura, fosse a de *se* manter segura. — Sabemos que ele tem bastante dinheiro para comprar um navio novo. Pode ser que só esteja querendo dar seu recado.

Serina olhou para Rankor, depois para Darlene no convés inferior, sacudindo a espada de Reyna em um treino simulado. O suor brilhava na testa da capitã quando ela se voltou para o bloqueio.

— Então damos meia-volta. Há muitos lugares para onde podemos ir, não precisamos visitar Oslop tão cedo.

Era um argumento justo, e um plano muito mais seguro. Em algum momento, o diarno Arlon conseguiria seu intento, mas, por ora, recuar parecia uma ideia inteligente. Aquilo daria tempo para Reyna encontrar Kianthe também, e o diarno Arlon pensaria duas vezes antes de atacar um navio com a Arcandor a bordo.

— Acho que isso é...

De repente veio um clarão de um dos navios.

Houve tempo somente para gritar "abaixem-se", antes de um lamento agudo cortar o ar. A madeira se estilhaçou acima da cabeça deles, uma explosão ensurdecedora, lançando estilhaços para todos os lados conforme o estalo estridente de um tiro de canhão finalmente os alcançava. Um pedaço de uma de suas retrancas caiu na água.

Conforme o zumbido agudo em seus ouvidos diminuía, Reyna registrou alguém gritando. Darlene. Ela havia largado a espada e agora cobria a cabeça.

— Estamos sendo atacados — gritou Serina, assumindo o comando com uma velocidade impressionante. — Darlene, Joe, vão para o convés inferior! Pil, Rankor, deem meia-volta. Agora!

Farley irrompeu do convés inferior, prendendo o cabelo escuro em um coque.

— Quem está atacando?

— Lá. — Reyna arrancou a luneta das mãos de Serina, localizando um navio emergindo de uma pequena enseada que ela não tinha visto até então. Eles estavam tão preocupados com os navios da frente que ela se esqueceu totalmente de verificar o flanco.

Que erro de principiante.

Reyna xingou.

— Tem dois canhões, o que significa que um segundo tiro está a caminho. Temos que sair daqui.

— Nosso casco é grosso demais para um canhão perfurar a essa distância. Eles não têm como afundar a gente — ponderou Farley, saltando para o convés superior, postando-se ao lado do marido.

Acima, Pil soltou uma risada oca. Ele estava sangrando devido a vários cortes, sem dúvida decorrentes dos estilhaços, mas nenhum ferimento parecia grave. Ele se movimentava com agilidade com Rankor ao passo que o navegador fazia uma curva com o navio, mesmo ciente de que seus filhos estavam fora da vista, abaixo do convés.

— Estou menos preocupado com a possibilidade de afundar no rio e mais preocupado com os destroços arrancando nossos olhos.

Houve outro *bum*. Estalidos agudos ecoavam à medida que as cordas eram desamarradas, chicoteando sob a perda repentina de tensão. Pil agarrou um dos mastros, já se preparando, mas pelo menos nenhuma madeira se estilhaçara desta vez.

— Se atingirem nosso mastro, estaremos mortos na água — concluiu Serina. — Precisamos sair daqui.

— Estou tentando... — grunhiu Rankor, lutando com o leme. O navio deles oscilava para o lado, girando em um círculo lento para longe do bloqueio. Mas era tarde demais, os quatro navios escondidos na curva já tinham deixado seus postos e avançavam rapidamente pela correnteza rio abaixo.

Reyna contou trinta patrulheiros, talvez mais, lotando seus conveses.

Ela recuperou a espada de onde Darlene a havia largado, mas mesmo o toque familiar de seu cabo não lhe ofereceu consolo algum. O medo pulsava em suas veias, guerreando com a determinação fria enquanto ela sustentava o olhar de Serina.

— Prepare-se para ir a bordo, capitã.

Serina sacou a própria espada, seu rosto estava pálido.

— Aye!

20

KIANTHE

Kianthe perdeu a noção do tempo que elas ficaram no barquinho. Com sua magia, o tempo de viagem estava excelente, e o Nacean era uma linha de ley poderosa, então deslizar um navio por sua vastidão era tão fácil quanto respirar. Vez ou outra, a dupla parava na costa para comer, e em determinada ocasião, ao meio-dia, elas visitaram uma chácara que servia carne-seca de alce.

— Nós montamos uma barraca aqui todos os dias, e os navios sempre param — proclamou a filha, embrulhando a carne-seca em um pano xadrez. — Papai diz que poderemos comprar um cavalo se vendermos o suficiente. — Suas bochechas rechonchudas brilhavam de empolgação. — Vocês têm um cavalo? — perguntou ela a Kianthe.

Lilac fora deixada nos estábulos em Koll, quase certamente amando aquela vida. Kianthe balançou a cabeça.

— Eu tenho um grifo.

— Um *grifo*? — A menina arfou. — Papai, podemos ter um grifo?

Mas o pai estava horrorizado, encarando o uniforme de Bobbie, que mesmo amassado por dias de uso e sem o distintivo de identificação, não deixava dúvidas de que era um traje de patrulheiro. Ele pegou o charque das mãos da filha e o empurrou para Kianthe.

— Não estamos indo bem o suficiente para adquirir um cavalo. — A declaração mal-humorada veio com uma ameaça tácita: *não tem nada para verem aqui.*

Ao lado dela, Bobbie engoliu em seco e resmungou:

— Eu vou... aguardar no barco.

Kianthe entregou-lhes moedas, ajoelhou-se diante da menina e sussurrou:

— Mantenha os olhos no céu, e você vai ver meu grifo. — Ela fez um cafuné na menina, acenou para o pai estoico e reembarcou. Um rápido toque de magia as colocou de volta no curso d'água, mas ambas só voltaram a falar quando a barraquinha de charque sumiu de vista.

— Você está bem? — perguntou Kianthe.

— Eu... quero tirar este uniforme — respondeu Bobbie, entorpecida.

Era justo.

As duas navegaram manhã afora, admirando o cintilar dourado da névoa no rio enquanto passavam por ilhas imensas. Em dado momento, Kianthe adormeceu, embalada pelo relaxamento suave das ondas.

E uma sensação de queimação em seu peito a fez voltar à consciência.

— Ai, *ai* — sibilou ela, arrancando a pedra da lua da pele. Estava quente, e a única coisa que a fazia esquentar daquele jeito era o sinal de Reyna: *Emergência.*

E como se fosse a deixa, um *bum* ecoou pelo ar.

— Merda! — Kianthe se levantou, cambaleando, convocando o vento. Ele ficou muito feliz em obedecer, a enxurrada de magia carregando suas queixas por estar sendo cortado por uma bola de metal desgovernada. Kianthe bateu na pedra da lua, esperando desesperadamente uma resposta, mas Reyna devia estar muito ocupada.

Ou ferida.

Cacete.

— Tiro de canhão. — Bobbie saltou para a proa, inclinando-se sobre a amurada ao examinar a margem do rio em busca da fonte do ataque. Mas o rio se curvava como uma serpente gigantesca, e a visão delas estava obscurecida. — Você não acha que Arlon atacou, acha?

— Com base nos acontecimentos recentes, nada mais me surpreenderia. — Kianthe se inclinou sobre a balaustrada na lateral do barco, enfiando os dedos na água. A magia se espalhou ao longo da linha de ley do rio; mais acima, a água cercou um navio que tentava desesperadamente fugir de quatro — não, cinco — atacantes.

O horror atingiu o peito de Kianthe.

— Eu a deixei sozinha por *dois dias.* — E, com um forte tranco de magia, o barco delas avançou com rapidez, o vento assobiando contra as velas ao passo que os elementos propriamente ditos a incitavam em direção a Reyna.

Elas não estavam longe. Outro canhão ecoou, e Bobbie estremeceu quando gritos perfuraram o ar. Mais gritos acompanharam — um exército deles, parecia —, e Kianthe e Bobbie fizeram a curva do rio, se deparando com o que parecia ser uma guerra completa.

Ou melhor, intimidação. Um navio sem defesas e... Kianthe conseguiu contar cinco adultos a bordo, talvez seis? Nesse meio-tempo, cinco dos melhores navios do diarno pareciam decididos a afundá-lo. Dois estavam armados com canhões, e um já estava em posição, mirando nos dois mastros do navio pirata.

— Arlon vai matá-la — exclamou Bobbie, o pavor se infiltrando na voz.

— É isso que eu estava tentando te dizer. — Kianthe não esperava que Bobbie compreendesse a situação. Cada segundo com aqueles canhões apontados para o navio de Serina era uma nova oportunidade para Reyna acabar morta. — Espere!

E então Kianthe começou a *erguer* o rio, incentivando-o a encharcar, a consumir. Pela primeira vez, a água pôde fingir que era fogo, devorando o inimigo. Encharcou o navio, jogou os guardas para fora do barco e a embarcação tombou de lado.

O rio sugou suas velas e a coisa toda começou a afundar, com os canhões direcionados para o sol agora. O Nacean o engolia avidamente, um pouco empolgado demais para o gosto de Kianthe. Em seguida, a maga enviou uma nova onda de magia tranquila para ele, e a linha de ley pulsou ao seu comando.

O rio fez beicinho, mas se acalmou.

Ainda restava um navio com canhões, mas isso não era grande preocupação, não quando já havia mais de uma dezena de patrulheiros tentando invadir o navio pirata. Parecia um tanto arriscado, com o navio de Serina emborcando daquele jeito. Por sorte, alguns deles erraram a mira ao saltar, pousando com força no rio e descendo pela correnteza sem chance alguma.

Entretanto, vários chegaram ao convés. E lá estava Reyna, a espada brilhando ao sol, encarando a primeira linha de defesa.

Mas é claro.

— Pelo amor da Joia, Rain — resmungou Kianthe, e deu um tranco no barquinho. A Arcandor arrancou a madeira em pontos estratégicos, criando uma escada que dava diretamente na lateral do navio de Serina. O novo nome chamou sua atenção — *Nau estou* à *venda* —, mas Kianthe não teve tempo de rir.

A maga subiu a escada improvisada, vagamente ciente de que Bobbie a seguia, e chegou ao convés já encontrando a ponta de uma espada perto do seu nariz.

— Pare e você será poupada — rosnou o patrulheiro.

— Que fofo. — Kianthe travou o ar dos pulmões do homem, mas antes que ela pudesse sugá-lo, uma espada bateu contra a dele e uma bota acertou-lhe o joelho. O patrulheiro desabou, e Reyna se postou rapidamente na frente de Kianthe, dando uma último golpe no crânio dele com o punho da espada.

O patrulheiro desabou como uma pedra.

— Não ameace minha noiva — declarou ela para a figura zonza.

Kianthe elevou uma sobrancelha.

— Isso foi sexy pra caramba.

— Obrigada, querida. — Reyna girou em direção a outro patrulheiro que se aproximava, desferindo-lhe um corte na perna. O ferimento com certeza não foi superficial, e ele engoliu um grito estrangulado ao cair no convés. Daí ela lhe chutou o nariz, estilhaçando-o em um jato de sangue. Era cruel, e de certo modo lindo, aquele gracioso balé fatal dela. — Temos que...

— Serina! — exclamou Bobbie.

— Muito bem — respondeu Reyna.

No convés superior, a pirata estava no chão, nocauteada por outro patrulheiro, que mirava a espada nas costas dela, a bota fazendo pressão no curativo em seu braço. Serina gritava e se debatia, mas ele só fazia cravar a espada mais fundo enquanto rosnava algo para a pirata.

Mais patrulheiros encurralaram três membros da tripulação de Serina, e outros ainda se aventuravam abaixo do convés com espadas e cara de poucos amigos.

Mas Bobbie só tinha olhos para Serina. Ela saltou, passando por Kianthe, escalou a escada para o convés superior e enfrentou o patrulheiro que a ameaçava. O homem levantou sua espada bem na hora que ela chegou, de modo que a lâmina cravou fundo no ombro de Bobbie. Ela gritou quando o patrulheiro retirou a lâmina, porém, em vez de recuar, agarrou a mão dele e cravou as unhas na pele até o homem enfim soltar a arma ensanguentada. Recém-armada, ela o cortou e o golpeou para forçá-lo a recuar, e ele recuou tanto que, acidentalmente, caiu por sobre a balaustrada. Bobbie mal percebeu os respingos quando ele atingiu a água fria.

Nesse ínterim, Reyna estava ocupada na própria batalha. Deslocava-se com agilidade pelo convés, cortando os patrulheiros e deixando manchas vermelhas em seu rastro.

— Key — gritou ela —, os canhões.

Como ela conseguira perceber, Kianthe jamais saberia, mas Reyna estava certa: o segundo navio armado apontava seus canhões para os mastros. Eles estavam muito mais perto; se atirassem naquele momento, aquela batalha ia acabar muito mal.

Totalmente cansada daquele drama todo, Kianthe lançou outra onda sobre o navio inimigo. Desta vez não conseguiu virá-lo, mas a água garantiu que todo e qualquer combustível ficasse encharcado.

Aquilo resolvia o problema, mas não serviria para conter o fluxo constante de patrulheiros saltando em seu navio. Kianthe acendeu as palmas e atirou o fogo no tecido muito inflamável das velas inimigas. Não foi preciso muito mais. O fogo era o elemento mais glutão de todos, e tinha acabado de receber um banquete e permissão total para se refestelar.

Gritos de raiva se transformaram em gritos de pânico enquanto as cordas eram mastigadas até virar cinzas. Os patrulheiros que se preparavam para saltar caíram na água, e dois dos navios desviaram em direção à costa antes que as chamas sobrenaturais devorassem seus cascos.

Aquilo deixou um navio inimigo restante, com as velas acesas, embora parecessem concluir ser mais importante resgatar os patrulheiros restantes no *Nau estou* à *venda* do que fugir para a costa. Satisfeita, Kianthe voltou-se para a batalha, só para perceber que Bobbie não estava se saindo bem.

Sua luta era decente, na verdade. Ela não se movimentava com a graça de Reyna, os movimentos suaves de uma vida inteira empunhando espada, mas era nítido que treinara bem os pés e era movida por algo muito mais perigoso do que a típica ética profissional.

Apesar disso, o sangue encharcava a fronte de sua blusa, o ferimento em seu ombro evidentemente muito mais profundo do que Kianthe imaginara. E embora Bobbie tivesse mandado o primeiro oponente voando para a água, logo outro patrulheiro subira os degraus com estardalhaço; um sujeitinho que parecia uma gaivota raivosa, um que Kianthe já conhecia bem.

Tyal.

E ele estava *furioso.*

Bobbie cambaleava na frente de Serina, a espada em riste.

Serina não pareceu satisfeita com a cena. Ela disse algo (mordaz, se sua expressão fosse uma pista de seus sentimentos) e tentou puxar Bobbie para trás; contudo, Tyal aproveitou a oportunidade e investiu. Bobbie conseguiu puxar Serina, mas acabou encontrando a lâmina, e não estava preparada quando sentiu um corte em sua lateral. A lâmina atingiu as costelas, e o grito da ex-patrulheira ecoou.

— Tenho que ajudar Bobbie — gritou Kianthe para Reyna.

Sua noiva já estava passando por cima de vários patrulheiros caídos. Como num verdadeiro milagre, ou uma prova da incrível habilidade de

Reyna, nenhum deles parecia morto. A maioria estava inconsciente, e alguns jaziam encolhidos com ferimentos dolorosos. Kianthe contou sete... não, oito. Pela Joia e pelas Estrelas, Reyna era uma força, e era aterrorizante e incrível.

— Vou para o convés inferior; tem crianças lá embaixo. Contenham esta luta! — Reyna jogou uma espada para um dos tripulantes-pirata recém-libertados, e então caminhou em direção à escadaria que levava ao convés inferior.

— Tem um patrulheiro subindo. — Kianthe arregaçou as mangas, o que se mostrou difícil com aquela capa imensa que ela usava. Enquanto isso, Reyna desapareceu na escuridão, sua espada ensanguentada brilhando à luz do fogo abaixo. Que a Joia tivesse piedade de quem se colocasse no caminho dela.

Ao leme, Tyal não demonstrava nenhum tipo de clemência. Investia sem dó, movimentando-se com uma graça cruel até encurralar Bobbie contra a balaustrada do convés.

— Traidora — rosnou ele. — Eu sabia que você estava ajudando a pirata.

— Eu não estava ajudando — devolveu Bobbie, ofegante.

Sua pele, normalmente da cor de casca de árvore chamuscada, estava perigosamente pálida. O suor reluzia em sua testa, e seu uniforme preto estava melado de sangue, brilhando ao sol. Um estrondo agudo ecoou pelo ar quando ela bloqueou a espada de Tyal, grunhindo ante a força dele.

Kianthe convocava o vento. Todavia, antes que pudesse separá-los à força, Serina fez algo muito, muito estúpido.

Ela investiu contra Tyal, e ambos caíram no convés. Os dois permaneceram lutando por um breve momento, e então Tyal sacou uma faca curta — por que *todos* tinham facas escondidas? — e a cravou na perna de Serina. Foi tão rápido que Kianthe mal teve chance de respirar.

Serina uivou de dor.

— Serrie! — Bobbie cambaleou para a frente.

Sem perder mais tempo, Kianthe começou a arrancar a madeira do convés, prendendo o torso de Tyal em uma tumba que ele mesmo incitara. Serina rolou pela superfície. Bobbie apontou a espada para o pescoço do guarda, como se o desafiasse a esboçar qualquer movimento.

Tyal não conseguia se mexer.

Era o fim da luta.

Por um longo momento, todos ficaram lá, ofegantes. Bobbie parecia um pouco mais rouquenha do que os outros, mas ainda estava de pé, mesmo tendo deixado um rastro de pegadas sangrentas. A ponta de sua espada tremia contra o pescoço de Tyal.

— Este bloqueio foi ideia sua?

Tyal zombou, tateando em busca da própria espada.

Bobbie chutou a lâmina dele.

— Tyal! Pessoas boas podem ter morrido hoje. *Você ordenou o bloqueio?* — Seu tom era vingativo.

— Eu não mando no diarno. — Tyal cuspiu sangue no convés, contorcendo-se contra as tábuas que o prendiam. — E não sou o traidor aqui. Quando eu disse a ele que você estava trabalhando com a pirata, o diarno Arlon agiu por conta própria.

— Ela *não* está trabalhando comigo — sibilou Serina, agarrando o ombro de Kianthe em busca de se firmar. — E ela não "me deixou escapar". — Agora a capitã pirata tocava a faca cravada em sua perna, mas não conseguia convencer-se a arrancá-la.

Provavelmente era melhor deixar daquele jeito.

Kianthe apoiou Serina na amurada, então se aproximou de Tyal com a elegância perigosa de uma maga subestimada.

O ar ao redor dela estalou.

— Vou dar a você e a seus patrulheiros uma chance de sair deste navio. Se nos seguirem, vão descobrir como é navegar por uma onda gigante. Está claro?

Tyal olhou feio para ela.

— A Maga das Eras está trabalhando com piratas agora. O conselho vai ficar furioso.

— Ah, acredite. Eles merecem uma visita. Na verdade, diga a Arlon para me aguardar. — Kianthe soltou as travas de madeira, então o derrubou por sobre a amurada do navio em um movimento suave. Mas ele não atingiu a água; em vez disso, uma rajada de ar o varreu entre os navios, jogando-o descuidadamente no bergantim vizinho. Com mais um gesto, a Arcandor apagou o fogo que consumia suas velas.

— E os outros? — Serina gesticulou para o convés inferior, onde alguns patrulheiros tentavam se levantar.

Provavelmente havia uns dez ali. Kianthe resmungou:

— Posso juntá-los em um tornado, mas isso pode danificar nossas próprias velas.

— Somos piratas, certo? Vamos fazê-los andar na prancha. — Serina gesticulou para uma longa prancha de madeira que poderia ser apoiada entre os navios. — É só você manter os navios alinhados, Arcandor; ou eles vão ficar à deriva.

Foi um longo processo: erguer os patrulheiros, reprimir quaisquer brigões remanescentes e, a seguir, fazê-los atravessar pela tábua de madeira precária entre as duas embarcações enormes. Bobbie se manteve no leme, cuidando de seus ferimentos enquanto a tripulação de Serina lidava com as minúcias.

Reyna ressurgiu com mais um par de patrulheiros, empurrando-os sem qualquer cerimônia para o convés manchado de sangue.

— Seus filhos estão seguros, Pil — informou ela.

O homem a quem ela se dirigiu, um marinheiro de barba grisalha, riu.

— Meus filhos não são idiotas. É claro que estão seguros.

E finalmente, *finalmente*, todos os patrulheiros se foram. Dois dos navios do diarno tinham sido emborcados, carregados rio abaixo, e em outros dois havia patrulheiros em uma tentativa desesperada de extinguir as chamas ao mesmo tempo que ancoravam na costa. E o navio de Tyal flutuava na correnteza como um amante rejeitado, as velas queimadas até virar cinzas.

O próprio Tyal estava carrancudo em seu convés, porém, quando ele berrou algo, suas palavras foram magicamente anuladas pelos ventos. Quando zarparam em direção ao norte, Kianthe mostrou-lhe o dedo do meio, e Reyna soltou um suspiro.

— Querida, você é a imagem do profissionalismo.

— Não, amor, você que é — respondeu Kianthe, puxando-a para um abraço forte. Seus nervos estavam à flor da pele depois da batalha, muito embora estivessem relativamente controlados. — Obrigada por não ter matado ninguém — sussurrou ela contra a pele grudenta de suor de Reyna.

Sua noiva sorriu, mas a expressão no rosto era de dor.

— Ao contrário da crença popular, não gosto de tirar a vida de ninguém.

Merda. Kianthe tentou apagar o que dissera.

— Eu não quis dizer…

— Ah… — Um tom de pânico chamou a atenção delas.

Tanto Kianthe quanto Reyna olharam para o convés superior e para o leme, onde um marinheiro alto e magro havia assumido o controle do enorme timão de madeira. A mulher corpulenta — esposa do timoneiro, Reyna informara a Kianthe — estava cuidando do ferimento a faca de Serina.

Mas Serina foi quem falou, e seus olhos estavam grudados em Bobbie.

Bobbie, a ex-patrulheira, que parecia estar tentando manter a maior distância física possível de Serina e de sua tripulação.

Bobbie, que fora fatiada e encharcada de sangue durante a luta.

Bobbie, que já estava enfraquecida *antes* de eles expulsarem os patrulheiros de Tyal, e de quem Kianthe *se esquecera completamente*.

Era como assistir a um naufrágio estando na costa. Eles viram o momento exato em que os olhos de Bobbie esvoaçaram. O momento exato em que seus joelhos cederam. O momento exato em que o navio atingiu uma onda e, em vez de cair em direção ao convés, ela caiu para trás — bem sobre a amurada polida.

E Kianthe sequer conseguiu reagir antes de Bobbie atingir a água.

21

REYNA

— Key — arfou Reyna, jogando-se contra a amurada ao mesmo tempo que o medo se espreitava por sua coluna. Aquela água estava absolutamente congelante, e Bobbie, inconsciente. Uma combinação muito ruim. *Péssima.*

Felizmente, Kianthe não hesitava no que dizia respeito aos elementos da natureza.

— Fique aqui — disse ela, e a urgência em sua voz acalmou Reyna. Então Kianthe se jogou no mar, e o rio literalmente subiu para encontrá-la, engolindo-a como uma gota d'água.

No convés superior, Farley cuidava de Serina; a capitã pirata gemia de angústia ao tentar se aprumar, tonta, surgindo no trecho da amurada onde Bobbie havia caído.

— Ela vai se afogar — gritou Serina. — Porra... Eu devia ter...

— É tarde demais para isso — declarou Reyna com firmeza, afastando-se da balaustrada. — Temos que estar prontos para pescá-las da água. — Talvez Kianthe pudesse persuadir o rio a içá-las para o convés, mas, até onde Reyna sabia, seria preciso muita magia; ou seria impossível com Bobbie a reboque. Era melhor o grupo se preparar.

Serina apertou o maxilar, assumindo o controle imediatamente.

— Pil, suba e me avise se vir as duas. Rankor, segure firme aí. Não queremos atropelá-las por acidente. Farley, Reyna, peguem a escada de corda e fiquem preparados para jogá-la.

Esquilo apareceu do convés inferior ante toda a comoção. Darlene e Joe a acompanhavam, Joe demonstrou uma leve indisposição ao ver os respingos vermelhos no convés, mas Darlene pegou uma espada que havia roubado de um dos patrulheiros e estava corada de empolgação.

— Teremos mais luta? — perguntou ela, ávida até demais.

— Tripulante ao mar — resmungou seu pai, se jogando no cordame.

Darlene então ficou séria e o seguiu como um macaquinho, pulando na gávea logo atrás do pai.

Reyna estava ajudando Farley a puxar a escada de corda para o centro do convés, de onde poderiam jogá-la para qualquer lado, a depender de onde Kianthe ressurgisse. Seus olhos flagraram Esquilo, que tinha passado a maior parte da batalha escondida.

A senhora desviou o olhar.

Ótimo. Se aquela luta não provasse o valor de Reyna, nada mais provaria.

— Vou pegar alguns cobertores e ferver água — anunciou Esquilo para Serina. — Para aquecê-las.

Ela desapareceu novamente, embora seus olhos tivessem capturado os de Reyna mais uma vez, as sobrancelhas franzidas num pedido de desculpas. Reyna mal percebeu; já havia se passado tempo suficiente e, no momento, estava preocupada com *Kianthe*, embora fosse ridículo achar que um elemento mataria a Arcandor.

Ainda assim, enquanto Reyna examinava a superfície do rio, à espera de uma pausa reveladora, seu coração começou a martelar. Aquilo estava mais tenso do que uma luta. Em uma batalha, Reyna sabia assumir o controle, sabia se salvar e salvar seus entes queridos, sabia onde pisar, onde esfaquear e como se movimentar para conseguir o resultado esperado.

Mas não sabia o que fazer com *este* momento.

Mesmo que os elementos nunca machucassem Kianthe, o rio poderia consumir Bobbie com um golpe da correnteza. Kianthe já estava horrorizada por ter perdido o antigo barco de Serina. Como ela ficaria caso a patrulheira morresse sob sua vigilância?

Mordendo o lábio, Reyna examinou a água, tentando encontrar lógica para superar o medo.

Funcionou, mas por pouco.

A escada de cordas era áspera sob suas mãos, mas ela a agarrava com muita força, tudo parado conforme esperavam notícias. O silêncio se instalou sobre o navio, parecia um túmulo. Depois de uns bons momentos, a respiração de Serina engatou em desespero.

— Isso é minha culpa — soluçou ela, suas palavras quase perdidas para o vento.

Reyna abriu a boca para protestar — não foi Serina quem esfaqueara Bobbie —, mas uma explosão tal qual com um gêiser irrompeu atrás da tripulação. Todos se viraram e flagraram Kianthe puxando Bobbie da água, dando-lhe a bendita habilidade de respirar mesmo enquanto o rio as escoltava de volta ao navio.

Kianthe agarrou a corda, segurando Bobbie em um braço e o cânhamo áspero da corda no outro. Foram necessários quatro pessoas e muitos puxões para içá-las ao convés. Reyna puxou Kianthe, e Farley rebocou Bobbie, e, quando o caos sossegou, a Arcandor estava ofegante no convés como um peixe fora d'água.

Mas Bobbie não estava ofegante. Nem um pouco.

— Estou feliz que você esteja bem — disse Reyna à noiva, mesmo enquanto se ajoelhava ao lado da ex-patrulheira.

Normalmente, Kianthe brincaria depois de tal declaração. Um Arcandor poderia muito bem ser morto pelos elementos, mas isso exigia uma extraordinária ausência de foco da parte deles. Seria como saltar das costas do grifo e se esquecer de manipular os ventos para desacelerar sua queda. Seria como não se afogar em um rio depois de saltar nele conscientemente.

Então Reyna esperava um pouco de sarcasmo como resposta.

Em vez disso, Kianthe colocou uma das mãos no peito de Bobbie e murmurou:

— Vocês duas *precisam* parar de se afogar. — E fez um movimento de puxão. Instantaneamente, a água começou a escorrer pelos lábios de Bobbie, e Reyna mal teve tempo de posicioná-la de lado.

Ela ainda não estava tossindo nem se engasgando. Só estava lá parada. Mole. Sangue escorria pelos ferimentos; a pele feito cera; a cor, pálida.

— Não — arquejou Serina. Lágrimas escorriam pelo seu rosto, e ela desabou no convés, fazendo careta de dor por causa do próprio ferimento. Segurou a bochecha de Bobbie. — Vamos, sua idiota. Acorde. *Acorde!* Pelas Estrelas, não desse jeito. Não assim. — Ela sacudiu os ombros de Bobbie com violência e desespero, mas nada de sua amiga se mexer.

A expressão de Kianthe endureceu.

— Para trás. Todos vocês. — A maga acompanhou seu comando com uma rajada de vento que afastou todo mundo, abrindo um círculo ao redor de Bobbie. Então, com um rosnado e um estalo de magia, levou dois dedos contra o coração de Bobbie e *empurrou.*

Um som de chicote ecoou pelo rio, acompanhado por um clarão ofuscante e um baque no momento em que o corpo de Bobbie foi arrancado do convés.

E então... Bobbie engasgou.

— O que você fez? — perguntou Reyna, arregalando os olhos.

Durante todo o seu tempo com Kianthe, nunca tinha visto nada parecido.

Kianthe brilhou um pouco, nitidamente sugando magia da linha de ley do Nacean à procura de repor seu suprimento. Em seguida, enxugou o suor de sua face e levou a mão à testa de Bobbie, depois ao peito.

— Usei um raio. Foi só um palpite. Sinto energia semelhante no corpo humano, e pensei... que talvez funcionasse.

— Você não *sabia* se ia funcionar? — Serina puxou Bobbie para o colo e afastou os cachos encharcados do rosto da ex-patrulheira. Bobbie estava respirando; instável, mas respirando. Enquanto isso, Serina parecia furiosa. — Você simplesmente apostou a vida dela?

Era injusto, uma fúria movida pela paixão, mas Reyna não ia aceitar aquilo. Não depois do que Kianthe tinha acabado de fazer, não quando sua noiva começava a tremer sob o vento gélido.

— Ela estava sem vida. — As palavras cortaram o ar, pairando entre elas.

Serina empalideceu, nauseada.

Reyna, enquanto isso, colocava a capa sobre os ombros de sua noiva, dando um beijo reconfortante em seu cabelo curto. Kianthe ofereceu a ela um sorriso agradecido, o qual Reyna retribuiu antes de se levantar.

— Precisamos tratar os ferimentos de Bobbie e tirá-la dessas roupas, ou tudo isto terá sido em vão. A menos que você prefira continuar gritando com a Arcandor?

Serina teve a decência de ficar constrangida. Ela abaixou a cabeça, murmurou um "obrigada" e gesticulou para Pil e Rankor.

— Vamos levá-la aos meus aposentos. Ela pode usar as minhas roupas. — Ela se levantou com dificuldade, fazendo careta conforme os curativos em sua coxa floresciam com um vermelho fresco.

Deuses, que bagunça. Reyna franziu a testa e disse:

— Capitã, permissão para assumir o comando do navio.

Serina não conseguia afastar os olhos de Bobbie. Rankor pegou a ex-patrulheira nos braços e Pil abriu caminho para a cabine do capitão. Mesmo depois que se enfiaram lá, foi preciso uns bons segundos para Serina processar as palavras de Reyna, e outros mais para aceitar que ela não seria de nenhuma ajuda ali.

— Aye. Permissão concedida.

Ela seguiu Bobbie como um espectro, cambaleando com a perna machucada.

Farley franziu os lábios.

— Tenho experiência médica. Pode ser mais útil do que carpintaria, considerando que temos um mago elemental a bordo agora.

Kianthe também se levantou, segurando a capa de Reyna em volta dos ombros. O vento que enchia as velas de alguma forma parara ao redor do grupo, os elementos mais uma vez tentando deixá-la confortável... Mas Reyna reconheceu a ansiedade novinha em folha tingindo o rosto de Kianthe. Saber que Bobbie estava respirando não seria o suficiente, pelo menos não até que a adrenalina da luta se acalmasse.

Reyna respirou fundo.

— Obrigada, Farley. Trate dos ferimentos de Bobbie primeiro e faça com que Serina não se firme na perna ferida, se puder. — Reyna se virou, capturando a atenção dos filhos do contramestre. — Joe. Encontre Esquilo e ajude com os cobertores e o chá. Também vamos precisar de pano para ataduras, álcool para esterilizar e água fervente para aquecer Bobbie.

Joe aquiesceu, desaparecendo abaixo do convés.

Pil retornou dos aposentos do capitão, aprumando os ombros.

— Ainda estamos navegando para o norte? Posso ficar ao leme se Darlene manusear as velas. — O homem gesticulou para a filha, ainda empoleirada na gávea, aguardando instruções. Darlene estava pálida, mas apertou o maxilar e ofereceu um aceno tranquilizador quando seus olhos encontraram os dele.

Abençoada fosse uma tripulação versátil. Reyna assentiu.

— O leme é todo seu, pelo menos até Rankor terminar de ajudar a capitã. A magia de Kianthe vai nos manter no rumo ao norte. — Era mais seguro do que dar meia-volta naquele momento; mais seguro do que retornar para onde estavam os patrulheiros.

Pil assentiu, subindo a escada para o convés superior manchado de sangue. Reyna examinou o navio, certificando-se de que todos tinham algo a fazer. Quando ficou evidente que ninguém a olhava mais, ela pousou a mão nas costas de Kianthe, guiando-a em direção ao porão de carga.

— Vamos, Key. Vamos vestir algo seco.

— Posso retirar a água magicamente...

Reyna tocou a bochecha dela, silenciando-a.

— Deixe-me fazer algo por você. — Kianthe fez que sim com a cabeça, entorpecida.

As duas então desceram para as profundezas cálidas do navio e imediatamente tiveram que se abaixar à antepara enquanto Esquilo e Joe passavam, com pressa. A dupla estava abarrotada de cobertores, tiras de pano e chaleiras fumegantes. Ótimo.

Quando passou, Esquilo parou, hesitou, mas Reyna lhe deu um tapinha no braço.

— Eu sei. Está tudo bem.

A senhora assentiu e seguiu Joe escada acima.

Finalmente, as duas estavam a sós na penumbra silenciosa. Reyna levou Kianthe até as redes, aliviada por enfim ter um mínimo de privacidade, e vasculhou a bolsa em busca de um conjunto de roupas secas.

— Aquilo foi brilhante, Key. — Suas palavras foram firmes e reconfortantes.

— Poderia ter dado errado — murmurou Kianthe, agora meio atordoada. Ela havia usado uma grande dose de magia para salvá-los todos, e um pouco mais ao tentar aquele truque do raio com Bobbie. O Nacean era uma linha de ley de poderosa, mas o brilho do dreno de magia de Kianthe ainda estava evidente. A maga levantou os braços silenciosamente, permitindo que Reyna a despisse.

A confiança entre as duas sempre se fazia nítida em momentos como aquele. Reyna deu um beijo no ombro nu de Kianthe antes de vestir nela uma blusa bonita e confortável.

— Deu certo. Além disso, se aquelas duas não tivessem uma pulsão de morte tão intensa, você não precisaria ter testado nada. — Reyna fez uma pausa e abriu um sorriso. — E eu achando que *nós* duas fôssemos imprudentes...

Kianthe riu, forçando um sorriso.

— Somos imprudentes, mas pelo menos somos competentes. — Ela pegou a mão da noiva, apertando-a com força. — Senti saudade, Rain. Sinto muito por não ter chegado antes.

— Por favor. Você chegou bem na hora. — Agora o sorriso de Reyna desapareceu. — Acho que é hora de convocar Visk e Ponder. O diarno Arlon merece uma visita depois daquela façanha. Eu esperaria uma demonstração dessas de Sua Excelência Tilaine, mas vivenciar isso em Shepara foi chocante.

— Se tem uma coisa que aprendi conversando com líderes mundiais, é que ninguém está acima de medidas drásticas. Mesmo que todos pensem estar. — Kianthe se ergueu na rede, tirando a calça. — Mandei os grifos para Tawney. Vamos precisar de Feo se formos enfrentar o conselho.

— Feo? — Reyna entregou a ela uma calça limpa e seca. — Mas elu não garantiu seu título legalmente.

— Feo conhece todas as leis e brechas em Shepara. Elu é ume diarno testade e aprovade agora, independentemente de como começou no cargo. Além disso, o conselho não vai arriscar perturbar o equilíbrio de Tawney. Não enquanto morarmos lá, não com Tilaine observando aquela cidade como uma águia de olho numa presa.

Reyna suspirou.

— Depois do que ele acabou de fazer, deixar o diarno Arlon sem supervisão é como brincar com fogo.

Kianthe estalou os dedos, evocando uma chama-eterna do nada, que flutuou para as vigas, oferecendo um cintilar aconchegante.

— Por favor, Rain. Brincar com fogo é minha especialidade. — Ela sorriu, enfim voltando ao seu estado normal.

Claro. Trocadilhos sempre a revigoravam.

— Estava doida para usar essa piada, né? — brincou Reyna languidamente.

— Piadas elementais? Tenho tantas que já nem sei *mar*.

Reyna deu uma risada de porquinho e a guiou em direção à cozinha.

— Venha. Vamos pegar uma xícara de chá para você. Depois vamos dar uma olhada em Bobbie.

Segurando canecas fumegantes contra o peito e conversando de maneira amigável, elas ressurgiram pouco depois. Joe estava de quatro, limpando o sangue do convés. Darlene fazia pequenos ajustes nas velas, berrando coordenadas para o pai enquanto ele cuidava do leme. Esquilo saiu de mãos vazias dos aposentos do capitão, ofereceu um leve sorriso e desapareceu abaixo do convés.

No quarto de Serina, as coisas estavam calmas. Foi feito torniquete nos ferimentos de Bobbie, e eram pouco visíveis sob as mantas grossas. A ex-patrulheira permanecia inconsciente, mas respirava bem sozinha. Apoiada em um catre dobrável, Serina cutucava sua perna, também atada com panos limpos.

Farley deu um suspiro exasperado quando Reyna se aproximou.

— Veio nos substituir? Graças às Estrelas. Elas são pacientes terríveis.

— Bobbie até que está bem — disse Rankor.

— Bobbie está inconsciente. — Farley empurrou o ombro do marido.

Serina cruzou os braços, quase petulante. Estava apoiada na parede da antepara, mas seus olhos continuavam se voltando para Bobbie.

— Com licença. Tenho cooperado ao máximo.

— Quer ser cooperativa? Tente evitar ser esfaqueada, para início de conversa. Olha, é bem fácil; passei a minha vida inteira sem ser esfaqueada. — Farley estendeu os braços musculosos para enfatizar seu argumento. — O segredo é não se meter com espadachins.

— Ou ficar noiva *de* uma espadachim — interrompeu Kianthe.

Reyna irrompeu numa risada.

— Querida, você nunca foi esfaqueada.

— Fui quase, naquela briga com bandoleiros perto da capital.

Serina não parecia estar no clima para piadas. Seus olhos se voltaram novamente para Bobbie, e ela perguntou:

— Desculpe interromper, mas podemos ter um pouco de privacidade?

Farley deu de ombros, e Rankor segurou a porta aberta para ela.

— Por mim, tudo bem. Eu topo almoçar agora.

— Jantar — corrigiu Rankor.

Farley suspirou.

— Ótimo.

E os dois se foram.

No silêncio que se seguiu, Reyna foi até Bobbie, verificando sua pulsação. Não estava tão forte quanto ela gostaria, mas estava firme, vibrando sob a ponta dos dedos. A respiração de Bobbie era rouca, mas presente, e em determinado momento a paciente começou a tremer, o que já era melhor do que a imobilidade total de antes.

— Ela vai ficar bem, certo? — Serina não conseguia tirar os olhos do rosto de Bobbie.

— Você se importa? — O tom de Kianthe foi neutro. Ela se empoleirou na beirada do catre de Serina, bebericando seu chá.

Serina eriçou-se, indignada.

— Ela é a minha amiga mais antiga. É claro que me importo com a recuperação dela.

— A recuperação dela? Só com isso? — Agora Kianthe sustentava seu olhar, quase como um desafio. — Porque esta mulher te seguiu por todo o Nacean, manteve os outros patrulheiros afastados, e então entrou na batalha para te salvar. Posso te dizer, por experiência própria, que uma pessoa não corre riscos assim se não houver alguém importante à espera dela.

Com isso, Kianthe levantou sua caneca para Reyna num brinde, uma declaração contundente. Reyna enrubesceu.

Serina ficou em silêncio por um bom tempo, os dedos brincando com o curativo em volta da perna.

Quando ela falou, suas palavras foram contemplativas:

— Quando Bobbie me expulsou da minha fazenda na estação passada, fiquei muito brava. Com ela e com Arlon, mas principalmente furiosa comigo mesma por estar abandonando *tudo* o que conhecia. Mas eu só... achava que, se eu fosse bem-sucedida como ela, isso igualaria o jogo. Ela fez tanta coisa enquanto estive fora. Fiquei para trás.

— Não acho que comparar sua vida à dela signifique que você ficou para trás — disse Reyna, encostando-se na parede de vidraças. Atrás dela, o rio fluía, dourado ao sol poente. — Vocês duas seguiram rumos diferentes. Uma não é melhor do que a outra.

— Ela estava viajando pelo Nacean. Treinou perto de Wellia. Ela é a definição de glamour. Já eu trabalhava nos navios mercantes do meu pai...

ou tentava cuidar das lavouras. — Serina agarrou o cabelo, frustrada. — Vocês sabiam que só voltei para Lathe por causa dela? Quando Arlon tomou as terras da minha família, nós duas juramos que começaríamos nossa própria fazenda um dia, algo em que ele jamais pudesse tocar. Seríamos terríveis nisso, mas pelo menos estaríamos juntas.

Reyna entendia bem; era um acordo semelhante ao que fizera com Kianthe na primavera anterior. Nenhuma delas sabia coisa alguma sobre a administração de uma livraria e de uma casa de chá. E ainda assim, juntas, tudo parecera possível. Seus olhos encontraram os de Kianthe, e ambas compartilharam um sorriso íntimo.

Serina suspirou, o tom pesado de resignação.

— Quando cheguei a Lathe, Bobbie já tinha ido embora. Então pensei em construir a fazenda... e, assim, talvez ela voltasse. Até parece que ela seria feliz com uma vida simples na fazenda depois de ser patrulheira.

— Pelo que estou vendo, ser patrulheira significa apenas que ela está coletando impostos inventados — falou Kianthe, devagar.

Reyna pousou a mão no ombro da noiva e então se dirigiu a Serina.

— Acho que você não entendeu, Serina. Não se trata do ofício que você exerce. É a vida que vocês constroem juntas.

— Bobbie não quer uma vida comigo. Ela deixou isso nítido — murmurou Serina.

Era hora de tentar uma abordagem diferente.

— Durante anos, eu disse a Kianthe que não iria embora com ela... e mudei de ideia. Levou apenas uma noite para eu perceber que seríamos mais felizes juntas do que separadas. — Reyna sorriu para Kianthe, radiante e grata. — Ela poderia ter me pedido para virar catadora de lesmas, e eu teria topado. Não me importa se estamos tomando chá perto de uma lareira, lutando em um navio pirata ou cavoucando terra. Contanto que estejamos juntas, a vida é boa.

— Além disso, cavoucar terra é legal. — Kianthe fungou.

Reyna revirou os olhos.

— O que quero dizer, capitã, é que as pessoas mudam. E Bobbie quer mais do que o que você está oferecendo a ela.

O rosto de Serina mudou, sua expressão tênue dando lugar a um vislumbre de esperança.

— Isso é verdade?

— Bendita Joia, como cansa ficar vendo vocês duas! Serina, essa garota está tão apaixonada por você que você poderia literalmente pular de um penhasco, e ela te acompanharia. — Kianthe revirou os olhos, se levantando. — Agora que resolvemos isso, quero ter certeza de que vamos passar por Oslop sem problemas. Pense no que falamos aqui e nos avise quando Bobbie acordar.

Kianthe passou um braço sobre os ombros de Reyna, que se aninhou de encontro à maga, o calor se espalhando no próprio peito, e as duas saíram dos aposentos da capitã.

22

KIANTHE

O grupo seguiu rumo a Lathe.

Naturalmente, seguiram rumo a Lathe, a única cidade ao norte de Oslop, e o único lugar onde poderiam navegar sem encontrar montes de patrulheiros do diarno. A viagem levara dois dias, principalmente porque o rio já estava congelado no extremo norte, e evitá-lo exigira tanto habilidade de navegação quanto um toque de magia.

À medida que o ar fresco se transformava em neve pura, Kianthe percebeu que a vida normal em um navio pirata era... bem relaxante, na verdade. Ela conheceu a tripulação, que — apesar do caos da batalha de bloqueio — já era leal e disposta a aventuras.

A senhora chamada Esquilo se aproximou de Reyna tarde daquela noite, e elas ficaram conversando baixinho por um tempo. No final, Esquilo e Reyna estavam trocando receitas de doces e discutindo a melhor época do ano para fazer as infusões com o estoque particular de chá do diarno. Esquilo até mesmo evocou um verdadeiro sotaque do Reino e deu dicas a Reyna para esconder o dela quando necessário.

Kianthe ficou assistindo a tudo de trás de pilhas de pergaminhos. Afinal, ela havia prometido escrever um livro para Reyna e, bendita Joia, cumpriria a promessa.

Especialmente depois que Reyna disse, em tom de provocação:

— Você já desistiu dos seus sonhos de ser escritora?

— Estou chegando lá — respondeu Kianthe, cruzando os braços.

— Hum. Eu tinha a impressão de que você precisava colocar a pena no pergaminho para atingir esse objetivo. Mas, novamente, você é a especialista em livros aqui... Talvez eu esteja enganada. — E ofereceu um sorriso triunfante antes de descer para a cozinha com Esquilo.

Então Kianthe se enterrou no pergaminho, percebendo lentamente que escrever um livro era mais difícil do que *falar* que ia escrever um. Ela passou dois dias em uma luta para colocar as ideias no papel à medida que Reyna comandava o navio e Serina ficava de olho em Bobbie, até que, por fim, a ex-patrulheira acordou.

Em vez de aguardar na cama como uma pessoa ferida normal, Bobbie cambaleou até o convés e chamou a atenção de todos. Era difícil não vê-la, considerando que sua pele estava num tom acinzentado e o sangue pontilhava os curativos recém-trocados.

— Hum, capitã? — chamou Kianthe, apontando o polegar para a porta da cabine do capitão, onde Bobbie havia parado para se agarrar ao batente. Era bem possível que ela caísse, caso se soltasse. — Sua carga está acordada. Contrariando a recomendação da carpinteira, devo acrescentar.

Serina improvisara uma bengala para usar enquanto sua perna se curava, mas estava melhor agora, conversando com Rankor enquanto ele guiava o *Nau estou* à *venda* por entre os blocos de gelo. Ao ouvir o aviso de Kianthe, porém, ela esticou o pescoço sobre a balaustrada e gemeu audivelmente:

— Bobbie! O que infernos você está fazendo?

— Só... me certificando de que não era um sonho — resmungou, olhando fixamente para o navio, a tripulação, Kianthe e, finalmente, Serina. Seus cachinhos estavam amassados de um lado, aquele no qual ela dormira o tempo todo, e sua expressão estava tensa.

Ela definitivamente não deveria estar de pé.

Kianthe empilhou as folhas de pergaminho e as colocou sob o tinteiro, dando instruções estritas ao vento para que não espalhasse as páginas enquanto ela estivesse fora. A maga estava escrevendo no convés, deitada de bruços, como uma criança desenhando com carvão, e levou um tempinho para conseguir se levantar.

Reyna, que estava na gávea com Joe, pulou no convés. Ela se espreguiçou, esticando os braços acima da cabeça.

— Terminou de escrever por hoje?

Havia julgamento em seu tom. Leve, divertido, mas sem dúvida presente.

— Estou na fase de pesquisa. — Kianthe fez um gesto com o polegar para Serina, que tinha acabado de descer cambaleante das escadas para dar um piparote na cabeça de Bobbie. — Você sabe que rende material à beça quando estas duas se juntam.

Reyna sorriu.

— Já, já eu volto.

— Sei que volta, amor. Porque espero três páginas até hoje à noite ou você vai dormir no chão. — Kianthe arquejou numa falsa indignação, mas Reyna já se aproximava a fim de ajudar Bobbie a voltar para a cama. Ela se enfiou sob o braço da ex-patrulheira, apoiando a maior parte do peso da mulher. — E você. De volta para a cama.

Bobbie não reclamou enquanto elas mancavam de volta para os aposentos da capitã. Ela pousou pesadamente no colchão, passando os dedos nas ataduras apertadas em seu ombro.

— O que aconteceu?

— Você foi esfaqueada — explicou, prestativa. Ela estava tomando chá ao escrever, e agora aninhava a caneca já fria contra o peito. Atrás dela, Rankor e Joe fitavam Bobbie com curiosidade, então ela fechou a porta.

Tripulação enxerida.

Serina ficou por ali, carrancuda ao se apoiar em sua bengala.

— *Esfaqueada*, Bobbie. E isso significa que, quando eu disser que as opções são repouso na cama ou repouso na cama, você vai obedecer às ordens da sua capitã. — Ela bufou, indignada.

Bobbie estremeceu.

— Você não é a minha capitã. Não era para eu *estar* aqui. Eu tenho que... — ela parou de falar, fechando os olhos com força. — Pelas Estrelas, eu não... Perdi mesmo meu emprego, né? — Agora ela olhava desesperadamente para Kianthe, como se a maga pudesse anular tudo.

Kianthe pigarreou.

— Ah, sim. Sim, perdeu. Mas, se lhe serve de consolo, Arlon está se revelando um louco, então ele provavelmente não vai ficar muito tempo empregado. — Aquela era uma suposição na melhor das hipóteses, mas se havia alguém em quem Kianthe confiava para encontrar uma brecha legal e expulsar um diarno de suas terras, esse alguém era Feo. E, pelos seus cálculos, Visk traria o diarno de Tawney em breve.

A confusão de Bobbie derreteu a irritação gélida de Serina. A capitã pirata suspirou, desabando em seu catre. Um lampejo de dor cruzou suas feições, mas se abrandou rapidamente quando ela parou de se firmar na perna ferida.

— Você está melhor sem ele, de qualquer modo.

Aquilo não pareceu ajudar.

— Mas o que vou fazer, Serrie? — As palavras foram arrancadas da alma de Bobbie.

Reyna e Kianthe trocaram olhares empáticos. Sua livraria havia sido ameaçada no verão anterior, e Kianthe sabia como lhe causava ansiedade ficar se desdobrando para que o local, e Reyna, ficasse em segurança.

E, no fim das contas, ela se convencera de que aquilo estava fora de seu controle.

Serina, nesse ínterim, amolecera ao ouvir o apelido. Engoliu em seco, pegando a mão de Bobbie.

— Vamos chegar em Lathe em breve. Não podemos ir para o sul, e imaginei que... Bem, pelo menos você tem família lá. Pode tirar um tempinho para se curar e descobrir os próximos passos. — Um sorriso, quase caloroso agora. — Vai dar tudo certo.

— Família. — A voz de Bobbie saiu fraca, e sua mão livre mais uma vez passou em silêncio pelo curativo no ombro. O ferimento era profundo o suficiente para deixar uma cicatriz horrível quando sarasse. Ela fez uma careta. — S-Sim. Porque você é uma pirata agora, e eu sou... — Ela se calou, engasgando, e se encolheu. — Eu vou para casa.

Eita.

Reyna franziu a testa, e Kianthe ficou em silêncio, tomando mais um gole de chá.

Aquela mistura era do estoque pessoal de Reyna: rosas e lavanda. Calmante. Muito melhor do que o desastre acontecendo do outro lado do cômodo.

Serina hesitou.

— Você se machucou muito, Bobbie.

— Eu estou...

— Não venha me dizer que está bem. Você não estava *respirando.* — Serina virou-se, ficou de pé, então estremeceu de dor e caiu de volta no catre. Encarou o teto de madeira. — Você não estava respirando. Você salvou minha vida, e quase morreu bem na minha frente, e tudo por causa das minhas escolhas.

Sua voz falhou na última palavra, e seus olhos pousaram nas bandagens envolvendo o ombro de Bobbie.

— Acho melhor você ficar em Lathe.

Talvez fosse só a interpretação enviesada de Kianthe, mas Serina não se mostrou muito convencida.

Na cama, Bobbie parecia atordoada, fosse por causa da febre ou daquela conversa. De qualquer forma, seu filtro sumiu por completo, porque ela respondeu:

— Melhor para mim ou melhor para você?

Serina enrijeceu ante o tom acusatório.

— Para você. Arlon passou dos limites, e ele não vai desistir dessa luta. Isso só vai ficar mais perigoso. Você pretende se jogar na frente de cada espada que vier em minha direção?

— Talvez — teimou Bobbie. Ela semicerrou os olhos, mas estava vacilando um pouco agora. Era provável que devesse se deitar de novo; uma mulher tão perpetuamente privada de sono, que no momento enfrentava os efeitos duradouros de um afogamento, a perda de sangue e um raio. Kianthe quase deu um passo à frente para intervir, mas Reyna segurou seu braço.

Um sorriso irônico se instalou no rosto de Reyna. Ela estava gostando daquilo. Kianthe, por sua vez, quase enterrava o rosto nas mãos de tanta exasperação.

— Talvez — repetiu Serina, impassível. — E da próxima vez que acontecer, quando a Arcandor não estiver por perto para *literalmente* mandar um raio pro seu coração... o que acontece? Vou ficar vendo você morrer?

— Melhor do que eu ver você morrer — retrucou Bobbie. — Melhor do que se outro patrulheiro rebocar você de volta para o diarno Arlon, e você ganhar uma sentença de prisão perpétua porque não entendeu o que estava fazendo.

Ali a coisa degringolou.

Reyna estremeceu.

— Talvez a gente devesse deixar Bobbie descansar...

Agora Kianthe revirava os olhos.

— Tarde demais para isso, Rain.

— Eu não *entendo* o que estou fazendo? — Serina riu, e então riu de novo. O escárnio em sua voz foi tão palpável quanto uma martelada na cara. — Acha que sou idiota? Acha mesmo que só estou brincando? Brincando de pirata, igual a quando éramos crianças?

Bobbie apertou o maxilar, mas não respondeu.

— Arlon está prejudicando as pessoas. Estou tomando uma posição. Talvez não seja o melhor método, mas todos aqui se juntaram à minha tripulação porque a opressão dele é errada. Se você não consegue entender isso, talvez seu lugar seja mesmo em Lathe — zombou Serina, levantando-se do catre e saindo mancando na penumbra.

O silêncio permaneceu quando ela saiu. Bobbie ficou olhando para a porta, então caiu contra os travesseiros macios da cama.

— Cacete — resmungou.

Kianthe trocou um breve olhar com Reyna, então murmurou: *Eu cuido disso.* Reyna assentiu em silêncio, pegou a caneca vazia de chá de Kianthe e foi atrás de Serina. A sós com Bobbie de novo, Kianthe se empoleirou no espaço desocupado pela capitã, pegando com gentileza o pulso da outra, em busca de verificar seus batimentos. Assim como Matild lhe ensinara, ela contava as batidas, e fisicamente Bobbie estava se saindo muito melhor do que o esperado.

Já mentalmente, bem... Aí era outra história.

— Ferrei tudo — murmurou a ex-patrulheira. — Não foi?

Kianthe largou o pulso dela e recostou-se com um suspiro.

— Não vou mentir para você; não foi a melhor abordagem.

— Eu nem pensei... — Bobbie se calou, com uma risada autodepreciativa. — Eu nem pensei.

— Escute. Quando Reyna e eu começamos a namorar, nós tínhamos esses problemas também. As conversas pareciam se desviar para um território perigoso, a gente se magoava depois de dizer algo que não queríamos dizer, havia mal-entendidos sobre nossos empregos e responsabilidades. Havia uma enorme diferença cultural, e superar isso foi complicado.

Bobbie olhou tristemente para suas mãos.

— Vocês não parecem ter esses problemas agora.

— Assim, a gente resolveu as coisas. Nós duas queríamos ver o que poderíamos nos tornar juntas, então criamos códigos para evitar essas armadilhas. Não é que as discussões difíceis tenham acabado; elas nunca vão embora. — Kianthe inclinou a cabeça, um espectro de sorriso nos lábios. — Mas se você iniciar uma conversa com o desejo honesto de compreender a outra pessoa... Bem, as coisas tomam um rumo diferente.

— É, eu tenho muita dificuldade nisso. — Bobbie gesticulou para o navio. — Arlon não é perfeito... Talvez ele seja o vilão aqui, mas há outras maneiras de se posicionar. Maneiras lícitas.

— Tipo, você é a prova viva de que a maioria das opções lícitas é lenta, se é que elas funcionam. Serina fez o que achou melhor, ao que parece.

Bobbie se eriçou, erguendo-se da cama outra vez. Ela cambaleou ao se levantar, mas manteve o equilíbrio contra o balanço suave do navio.

— Ah, sim. Porque suas únicas opções eram começar uma lavoura... ou ser uma pirata. Naturalmente.

Kianthe deu de ombros.

— Não estou em posição de dizer às pessoas como conduzir a própria vida. Mas, se abordá-la insinuando que ela está errada, você não irá muito longe.

Silêncio.

A ex-patrulheira estremeceu de dor e levou uma das mãos ao peito.

— Você jogou mesmo um raio no meu peito?

— Só um tiquinho, sim. Você provavelmente deveria sentar-se de novo.

Em vez disso, Bobbie cambaleou até a mesa de madeira perto da porta, até a chaleira empoleirada ali.

— Tem água aqui? Eu adoraria uma xícara de chá antes de mais algumas horas de sono.

— Ah, o amadurecimento. — Kianthe colocou fogo no dedo indicador, segurando-o sob a estrutura de metal da chaleira para aquecer a água lá dentro. Conforme aguardavam, Bobbie desabou pesadamente na cadeira de madeira perto da mesa. Kianthe reforçou sua coragem e perguntou: — Acha que a pirataria faz de Serina uma pessoa má?

— Acho que Serina é uma das pessoas mais gentis e valentes que já conheci. — A resposta foi imediata e honesta. Bobbie enterrou a cabeça nas mãos. — Isso era bem mais fácil quando éramos crianças.

— Crianças raramente precisam se envolver em política internacional. — Kianthe deu de ombros, despejando a água fervente em uma caneca de cerâmica. Reyna havia empilhado alguns sacos do precioso chá de Arlon na mesa, e Kianthe torceu o nariz quando o lacre alquímico pulsou nas proximidades.

Um dia, em breve, ela teria de resolver aquilo. Por ora, só esperava que Serina não ficasse curiosa.

Arriscado, mas pelo menos a pirata ocupara a mente.

Kianthe jogou o saquinho de chá na caneca e a entregou à Bobbie, então se recostou na mesa.

— De qualquer forma, você tem uma escolha. É fácil permanecer no caminho do orgulho, da "honradez", mas você vai perder muitos amigos assim. É hora de identificar o que é importante, e então achar um jeito de conservar isso.

Bobbie contemplou seu chá melancolicamente.

— Você perdeu sua touca de novo.

— Ah, isso acontece quando você mergulha num rio para resgatar um cadáver.

— Ah. Eu faço outra para você.

Kianthe riu.

— Tenho quase certeza de que Reyna me cobriu nessa frente. Simplesmente vamos escolher nossas pessoas favoritas em Tawney, que vão ficar com as lembrancinhas restantes. De qualquer forma, suas linhas e lãs ficaram no alforje com seu cavalo, não é?

— Sim. Bem que eu gostaria de ter alguns novelos agora. — Bobbie observou seus pertences empilhados na mesa, o cinto encharcado, as agulhas de crochê personalizadas em sua bainha de couro que estava ali secando.

— Você pode tentar ler. É assim que alivio meu estresse. — Kianthe se afastou da mesa e deu um tapinha no ombro bom da ex-patrulheira. — Descanse um pouco. Vamos chegar em Lathe mais tarde esta noite. — A maga caminhou em direção ao sol, deixando Bobbie a contemplar o próprio futuro.

23

REYNA

A noite caiu e Reyna presumiu que aquilo significava que uma cidade pequena como Lathe estaria vazia e silenciosa. Mas o grupo se deparou com uma brigada de boas-vindas: quatro patrulheiros flanqueando uma mulher de aparência severa cujo uniforme era o de xerife. Mal tinham atracado — foi muito mais tranquilo com Pil controlando as velas e Rankor no leme — quando a xerife caminhou pela prancha estreita como se fosse dona do navio.

Todos ficaram tensos ao constatar os patrulheiros que a acompanhavam, mas com base em seu silêncio e posturas amigáveis, estavam nitidamente sob as instruções da xerife. Mesmo que devessem trabalhar para o diarno Arlon, era óbvio a quem eles obedeciam ali.

— Serina — chamou a xerife, e seu tom era um cruzamento entre afeto e exasperação. — Como é que eu sabia que você esconderia esta monstruosidade no meu porto?

Os patrulheiros se posicionaram atrás dela. Fitando-os, Reyna apoiou a mão em sua espada. Um deles percebeu e ofereceu um sorriso divertido. Uma oferta de paz.

Hum. A mão de Reyna largou a espada e ela encarou a xerife.

A mulher mais velha era alta, imponente, usava cabelo trançado, bem rente ao couro cabeludo, e a pele preta estava lindamente iluminada por pó bronzeador. Seus olhos eram verde-escuros, um tom muito mais escuro do que os de Bobbie, mas a semelhança familiar era óbvia. Seu uniforme, assim como o da filha, era impecável, produzido perfeitamente sob medida, e ela usava um distintivo dourado brilhante no peito. Quando se movimentava, era com a graça imponente de uma águia nos céus.

Reyna gostou dela de imediato.

Serina forçou uma risada, a voz embargada.

— D-do que você está falando, Viviana? Este é meu novo navio. Direto do acervo do meu pai, em Jallin.

— Não me venha com essa merda, garota. *Todos* nós recebemos uma notificação sobre o roubo. — A xerife Viviana apontou o polegar para os patrulheiros atrás de si. — Derik me entregou pessoalmente, então ficou por aqui porque nossa birita é boa... e as companhias são ainda melhores.

O tal Derik riu, e ao lado dele um segundo patrulheiro corou. Ele afastou-se de Derik de propósito, como se a distância fosse esconder as implicações da afirmativa.

Kianthe bufou.

Reyna se animou.

— Vocês têm vinho?

A xerife Viviana ergueu uma sobrancelha.

— Ah, você é do Reino.

— Depende do dia — respondeu Reyna, neutra. Ela se deixara levar por uma falsa sensação de segurança, posto que ela e Esquilo tinham feito as pazes, porém aparentemente sua ascendência ainda era sua qualidade mais interessante. Uma parte profunda de sua alma ansiava por Tawney, por pessoas tão acostumadas à mistura cultural que ninguém dava mais a mínima.

Viviana sorriu, apoiando a mão na própria espada. As amarras de couro estavam gastas pelo uso, mas a lâmina estava afiada e polida ao máximo.

— Não pretendia nada nefasto. Só queria saber se você é boa com esta lâmina aí. Os bandoleiros adoram acampar no deserto ao norte daqui; ficarei feliz em colocá-la para trabalhar.

— Por favor, não a tente. — Kianthe jogou um braço sobre os ombros de Reyna.

Reyna *estava* tentada, na verdade. Há três estações ela vinha distribuindo "tarefas" falsas para os bandoleiros que visitavam Tawney. E se escondera por trás de um chefe fictício, um líder tão implacável que ninguém ousava desafiar a mera ideia de sua existência.

Ainda assim, se os bandoleiros do Reino tivessem de responder a um líder, ele estaria ali, na natureza selvagem do norte de Shepara.

Parte sua estava morrendo de vontade de verificar.

Claro, os olhos da xerife Viviana logo migraram para Kianthe, e seu sorriso cresceu.

— Você deve ser a Arcandor. Ouvi rumores de que você estava vagando pela nossa costa. Por favor, diga, o que traz alguém da sua magnitude para o humilde Nacean?

— Humilde. — Kianthe bufou. — Não deixe que o rio a ouça dizendo isso.

— Sem querer interromper, mas corremos risco ao atracar aqui. — Serina se apoiou em sua bengala improvisada, olhando furiosamente para os patrulheiros atrás da xerife. Sua insinuação era óbvia.

Derik murchou.

Viviana riu.

— Arlon pode ter se enganado ao pensar que basta dinheiro para se comprar lealdade, mas nosso pessoal é mais esperto. Somos uma família aqui. Ninguém sob a minha supervisão vai revelar sua localização, Serina.

— Ótimo. Porque sua filha está dormindo no meu quarto e ela vai querer ver você.

Viviana arregalou os olhos ante aquela notícia.

— Barylea está aqui? Depois de todos esses anos em que ela jurou "sair e nunca mais voltar". Quem diria... — O sarcasmo estava na ponta de sua língua, e ela passou por Serina em direção à cabine.

Serina foi logo atrás, e elas fecharam a porta para uma reuniãozinha. Aquilo deixou os patrulheiros encarando a tripulação pirata, um impasse tenso. Reyna e Kianthe se mantiveram no centro, e Kianthe alongou os ombros.

— Então... vocês falaram que tinham vinho. Minha noiva adoraria uma taça ou seis.

— Key!

— Perdi a cena da Reyna bêbada na primeira vez. Não vou perder de novo — respondeu Kianthe, com um reluzir perverso nos olhos ante aquela notícia.

Reyna bufou.

Os patrulheiros começaram a rir, e o parceiro de Derik deu um passo à frente.

— A xerife já providenciou quartos na estalagem local. Tem uma taberna lá também, se vocês quiserem vir.

A tripulação de Serina hesitou. Farley cruzou os braços fortes, dando um passo na frente do marido de modo quase protetor.

— Como vamos saber que vocês não vão nos esfaquear pelas costas ou envenenar nossas bebidas? Os patrulheiros não têm sido exatamente gentis conosco ultimamente.

— Viviana nos tratou melhor do que Arlon jamais fez. — Derik deu de ombros. — E, para ser franco, Lathe tem problemas maiores do que uma tripulação pirata assolando as docas. Se formos registrar queixa, vai ser sobre a atividade dos bandoleiros, não sobre vocês.

— Juntem-se a nós se quiserem — convidou outro patrulheiro amigavelmente. Conversando entre si, os patrulheiros desceram a prancha, seguindo de maneira confiante em direção a um pequeno prédio iluminado pelo brilho aconchegante de lamparinas.

Reyna deu de ombros e disse:

— Bem, pra mim basta. — E os acompanhou.

Não demorou para todos estarem relaxados. A taberna estava lotada de moradores locais animados por rever Serina, o que significava que o álcool rolava solto. Também pareciam ter uma quantidade ridiculamente grande de comida, muito mais do que Reyna tinha visto em outras cidades ou vilas.

Na verdade, Lathe não parecia sofrer com os impostos de Arlon.

Quando Reyna mencionou isso, Kianthe deu de ombros.

— Oras, Bobbie é uma força. Não me surpreenderia se a mãe dela fosse igualmente impressionante. Acho que há mais desdobramentos nas operações de Viviana do que imaginávamos.

— Hum — disse Reyna, tomando um gole de vinho gelado. Do outro lado da taberna, alguns moradores da cidade tinham sacado instrumentos, e uma dança animada fez a multidão comemorar. Reyna gesticulou para as festividades. — Devemos dançar?

Mas ela ainda estava saboreando seu vinho, uma lembrança nítida de sua época em Koll. Estavam num cantinho nos fundos, junto à parede, e amontoadas do jeito mais aconchegante possível. Kianthe fitou a taça de vinho, avaliou seu tom indiferente e sorriu.

— Talvez a gente só fique assistindo.

— Desmancha-prazeres.

— Você *quer* dançar?

— Bem, você não é exatamente graciosa dançando. Mas metade da graça está aí

Kianthe engasgou, fingindo-se ofendida.

— Eu não sou graciosa? Você não me viu mergulhando naquele rio? Não me viu saltando sobre Visk e voando ao vento?

Agora Reyna estava se divertindo. Um sorriso malicioso invadiu seus lábios enquanto tomava outro gole de vinho.

— Acho que a graciosidade vem dos elementos. Porque já vi sua contenda para montar em Lilac, uns pés bem desajeitadinhos quando você tenta lutar com a espada e... bem, a gente mal dançou até hoje, mas garanto que em uma taberna lotada não vai ser tão fácil quanto nossas dancinhas na livraria tarde da noite.

Um brilho competitivo tomou conta dos olhos de Kianthe. A maga se levantou com um floreio, varrendo a capa atrás de si, então se curvou com a mão estendida.

Era um desafio.

Deuses, era fácil demais dobrá-la.

Com o coração palpitando, Reyna bebeu o último gole de seu vinho e pegou a mão da noiva. As duas costuraram a multidão até o espaço aberto para a dança. Rankor e Farley estavam ombro a ombro fazendo algum tipo de valsa esquisita, que Reyna vagamente reconhecera como uma dança de Leonol. Todos estavam batendo palmas; ninguém notou a livreira e a preparadora de chá se posicionando ao fundo.

A música era veloz, e Kianthe passou os braços em volta da cintura de Reyna.

— Pronta?

— Pronta para ter meus dedos pisoteados, talvez. — Reyna posicionou os braços sobre os ombros da maga.

Kianthe arquejou, fingindo-se ofendida outra vez, e assim elas foram.

Não foi bonito, mas só de ficar saltitando e girando, a empolgação borbulhou no peito de Reyna. A música foi inflando pelo cômodo e, quando as pessoas perceberam que elas haviam se juntado à dança, a multidão se afastou para lhes dar espaço. E, para seu crédito, Kianthe não foi mal; conseguiu guiar Reyna por uma coreografia simples que fez os espectadores aplaudirem de alegria.

— Bem impressionante, hein? — Kianthe arfava ao fim da música.

Reyna sorriu, e passou a liderar. Pegou as mãos de Kianthe, deu um passo para trás e, quando a música seguinte começou no violino, Reyna não se mexeu.

Kianthe fez uma pausa, ofegante, de olhos arregalados enquanto a música passava e o tempo parecia ter parado. No pique de uma colcheia, Reyna elevou a mão, puxando a de Kianthe em uma pose correspondente à sua, e então girou ao seu redor, os dedos roçando os ombros, fazendo-a rodopiar sem esforço. A música corria por suas veias, incendiava seu cérebro — afinal, dançar era como se entregar a uma luta de espadas em nível iniciante.

Assim como no campo de batalha, Reyna não tinha problemas em liderar a parceira.

Kianthe queria escrever, mas *aquilo ali* era uma contação de história. Na mente de Reyna, o mundo era só um borrão descorado fazendo pano de fundo para as duas, e se tornara uma representação da vida delas até aquele ponto. De repente vieram os movimentos arriscados e bruscos, e a velocidade sem fim. A vida no Grande Palácio, a vida em movimento. Então

Reyna puxou Kianthe para si, de modo que seus narizes quase se tocavam, de modo que as respirações se misturavam: o momento da verdade.

Eu gosto de livros. Você gosta de chá.

Vamos abrir uma loja e esquecer que o mundo existe?

Reyna fez uma pausa, dando um beijo gentil nos lábios de Kianthe, sorrindo de encontro à sua expressão assustada. Quando ela se afastou, mergulhou Kianthe no chão, um movimento pensado. Mais lento. Contemplativo. A taberna toda se aquietara, o violinista desacelerara a melodia em reação ao momento.

A jornada para Tawney. Examinando o celeiro, conquistando a posse da propriedade, reformando-o para virar a loja dos sonhos. O último ano inteiro se estabelecera em sua mente, e Reyna então passou a costurar com Kianthe pela taberna como se ali fosse o celeiro aconchegante do Folha Nova Livros e Chás.

Porque Kianthe tinha se esquecido daquilo. Dançar não era só chacoalhar ao som da música, e lutar não era somente brandir uma espada.

Eram tributos a tudo o que já existira, poderia existir e nunca mais existiria.

Quando a música terminou, Reyna rodopiou Kianthe uma última vez, então a puxou para si.

— Ainda está se achando graciosa, querida? — As palavras se perderam em aplausos estrondosos.

A maga parecia atordoada, piscando conforme a realidade voltava.

— Merda, Rain. A gente devia dançar mais vezes. Você pode liderar.

Vitória. Reyna riu de alegria e a beijou de novo. Agora a pista de dança se enchia de clientes bêbados, então elas cuidadosamente se deslocaram para a periferia da multidão. Do outro lado da taberna, Viviana e Serina se juntavam à festa — Serina tomava uma caneca enorme de cerveja e conversava com Darlene e Joe.

A xerife Viviana estava olhando diretamente para a dupla dançante.

Reyna deu um tapinha no ombro de Kianthe, gesticulando para a mulher.

— Tenho a sensação de que estamos sendo convocadas.

Kianthe gemeu.

— Odeio ser convocada.

Viviana segurou a porta aberta, e elas passaram. Lá fora, fazia um frio congelante e caía uma neve suave. No mesmo instante, Kianthe acendeu uma chama-eterna para agarrar contra o peito; não havia tido a chance de pegar seus presentes de crochê, o que significava que ela não tinha cachecol, luvas nem sua preciosa touquinha.

Reyna não estava chateada por ela ter perdido aquela monstruosidade cor de laranja.

Quando Viviana ergueu uma sobrancelha, a maga bufou.

— Olha, só porque moramos num lugar frio não significa que eu goste do clima.

A cidade era árida, e a neve abafava todo o barulho. Enquanto Tawney ostentava mais detalhes em pedra bruta — uma referência às pedreiras que cobriam o Reino de Tilaine —, assim como as estruturas de madeira dominavam em Shepara, Lathe parecia mais focada em utilizar o pinho maciço que a cercava. As construções tinham telhados dramaticamente inclinados, de certo para facilitar a remoção de neve, bem como portas arredondadas. À esquerda delas no porto, o *Nau estou* à *venda* espreitava como uma sombra escura, e postes iluminavam a rua.

A conversa continuava dentro da taberna, mas parecia um mundo distante.

— Falei com Serina. Considerando o estado da minha filha e a luta que a tripulação enfrentou, eu a convenci a ficar por uma semana e descansar. — A voz de Viviana era baixa e autoritária, e ela pousara a mão no quadril, sustentando o olhar de Kianthe. — Eu soube do que você fez por Barylea. Quando a resgatou no rio, fez seu coração voltar a bater. — Seu tom ficou terno. — Obrigada, Arcandor.

Kianthe se remexeu com desconforto.

— Bem, teria sido mais útil se eu a tivesse impedido de cair, para início de conversa. — Uma risada autodepreciativa acompanhou as palavras.

Reyna respirou fundo.

— Key. Pela última vez, você a salvou. Esse é o único detalhe que importa.

Viviana meneou a cabeça, assertiva.

A maga suspirou, mas não discutiu.

— É uma boa ideia Bobbie descansar por enquanto. — Reyna cruzou os braços, abraçando-se contra o vento cortante, embora parecesse que a brisa as evitava de propósito. Magos elementais. Era bom tê-los por perto. — Mas estou ponderando se é seguro pararmos durante uma semana inteira. Nos últimos tempos, a única maneira de evitarmos o diarno Arlon é por meio do deslocamento constante.

Os patrulheiros dele, os que não eram leais a Viviana, de todo modo, estariam vigiando o rio, ela não tinha dúvidas disso.

Viviana sorriu.

— Felizmente você está na minha cidade agora. Há um afloramento mais acima no rio, onde podemos esconder o bergantim. Arcandor, com sua magia, não deve ser muito complicado fazer isso. — Ela esperou que Kianthe assentisse antes de continuar. — Temos muito espaço aqui para a tripulação, e o melhor médico do Nacean, graças aos bandoleiros da região. Barylea vai se recuperar em pouco tempo.

Bem, por certo parecia mais seguro do que navegar para cima e para baixo no rio, especialmente com o diarno Arlon sedento de sangue.

Kianthe franziu a testa.

— Bobbie não parecia animada por estar aqui. A relação de vocês anda estremecida?

Era um questionamento ousado, mas Viviana com certeza devia uma resposta a Kianthe. Ela analisou ao redor da praça da cidade, mas não havia ninguém por perto para ouvi-las.

— Não. Bem... Espero que não. Minha filha crê em tudo de olhos fechados. Ela viu que Lathe estava indo bem e presumiu que isso valia para o restante das terras de Arlon. O que ela não viu foi tudo o que *eu fiz* para manter minha cidade a salvo. Subornos. Negociações. E às vezes encenações de ataques para forçar fisicamente a saída dos patrulheiros não subornáveis. — Viviana apertou o maxilar. — Arlon acha que somos uma cidade pequena, e que fornecemos nossos grãos de maneira proporcional. Ele não sabe que temos campos a oeste daqui, bem escondidos da vista dele.

— Que esperta — elogiou Kianthe, cruzando os braços. — Acredite, Arlon não será um problema por muito mais tempo.

Viviana riu.

— Só vou acreditar nisso quando vir. — Ela deu um suspiro, passando a mão nas trancinhas. — Bobbie tem intenções puras e estava *tão* convencida de que traria benefícios a Lathe caso se tornasse patrulheira. De que seria bom para mim. Eu não... tive coragem de contar a verdade a ela.

O arrependimento se infiltrava em seu tom.

— Ela tem se esforçado para deixar você orgulhosa — revelou Kianthe.

— Eu sei. E eu me orgulho dela. Mas a melhor notícia desta semana para mim foi a demissão dela. — Viviana não estava brincando.

Reyna suspirou. Aquilo levantava outra preocupação, bem distante do relacionamento entre mãe e filha. Ela cutucou Kianthe.

— Se a tripulação vai ficar aqui, talvez devêssemos falar com Arlon. — Reyna fitou Kianthe.

A expressão da Arcandor azedou.

— Ah, tenho umas coisinhas a dizer para ele. Mas seria difícil chegar à propriedade dele sem Visk ou sem sua égua. Além disso, prefiro esperar Feo; elu vai ser nosso trunfo aqui.

— Feo já está sabendo disso? — falou Reyna lentamente.

— Mandei um bilhete.

— Um bilhete descritivo?

Kianthe franziu os lábios.

— Falei para elu vir rápido, e que era importante.

Reyna revirou os olhos.

— Então elu vai ser importunado por uma criatura mítica até concordar em viajar ao outro lado do Reino para resolver uma batalha política digna dos livros de História?

Kianthe esfregou a nuca.

— Sim…? Ora, Visk não vai obrigar Feo a subir nas costas dele, mas… duvido que Feo recuse.

Reyna inclinou a cabeça para o céu, imaginando se os Deuses poderiam lhe dar paciência.

— Que bom que estamos sincronizadas aqui.

Abafado pela porta da taberna, o violinista recomeçou outra música, e os clientes se puseram a bater palmas no ritmo. Viviana assistia a todo aquele vaivém com um sorriso, e agora ela interrompia suavemente:

— Bem, se vão ficar na cidade, eu não estava brincando sobre a intervenção dos bandoleiros. Tenho certeza de que podemos manter vocês duas bem ocupadas.

— Tecnicamente estamos em uma missão própria… — disse Kianthe.

Reyna a silenciou erguendo a mão.

— Eu queria perguntar sobre isso, Viviana. Você é xerife há um tempo, certo? Décadas, até?

— Mais tempo do que vocês têm de vida, sem dúvida. — Viviana deu um sorriso irônico. — Por quê? Veio me lembrar de quantos anos eu tenho?

Reyna riu, então continuou:

— Estou aqui para perguntar sobre um carregamento. Foi entregue em algum lugar ao longo do rio Nacean no ano 741 do Reino. Acreditamos que foi rotulada como um carregamento de velas, mas dentro tinha… bem, não eram velas. Pode ser que houvesse lacres alquímicos na caixa.

Era vago, um tiro no escuro, mas Reyna tinha um palpite.

E valeu a pena.

Viviana enrijeceu, os olhos castanhos se arregalando. Mas, com a mesma rapidez, suavizou a expressão, forçando um sorriso casual.

— Isso foi há muito tempo. Eu teria que explorar minhas declarações de remessa. Eu não era tão diligente com os registros quando comecei na função.

Reyna manteve a expressão neutra, mas a mente estava acelerada.

— Entendo. Sem pressa; vamos ficar por aqui a semana toda. Na verdade, acho bom darmos uma olhada em Bobbie antes de encerrarmos a noite. A maioria da tripulação está se divertindo, mas me preocupo com ela sozinha naquele navio.

Viviana lhes deu passagem.

— Vou procurar meus registros e ver o que consigo encontrar. Espero que possamos resolver esse mistério.

— De fato.

Kianthe acompanhou Reyna em direção ao navio, mas ambas só se manifestaram quando ficaram a uma distância razoável da xerife e da taberna. Quando pisaram no cais, Kianthe alongou os ombros, segurando a chama-eterna contra o peito. Seu rosto estava marcado por sombras severas.

— Bem, aquilo foi suspeito pra caramba.

— Sabemos que bandoleiros roubaram os ovos de dragão. Sabemos que foram para oeste sob ordens de um benfeitor misterioso. — Reyna parou na rampa que levava ao navio, jogando o cabelo sobre o ombro. — Sabemos que o carregamento terminou em algum lugar perto da propriedade de Arlon, e sabemos que Lathe tem um problema antigo com os bandoleiros do norte.

— Viviana sabe sobre esses ovos.

— É a minha teoria. Mas, para verificar, acho que vamos precisar da ajuda de Bobbie.

E, assim, Reyna subiu a prancha até o convés.

24

KIANTHE

Fazer Bobbie ficar acordada e alerta o suficiente para uma conversa consumiu a maior parte da manhã seguinte. A tripulação se mudou para quartos na estalagem em Lathe, dormindo para curar as respectivas ressacas — exceto Darlene e Joe, é claro, que passaram o tempo ajustando velas para a curta viagem até a enseada escondida de Viviana e reclamando que não podiam beber por causa da pouca idade.

— É simplesmente ridículo — resmungou Darlene em determinado momento. — Como se eu nunca tivesse tomado um golinho do vinho do papai.

— Não vai funcionar, Darlene. — Serina, como capitã do navio, tinha inspecionado o convés bem cedo, mas era óbvio que até ela aproveitara a noite um pouco demais. Falava baixinho, escondia os olhos sob o chapéu tricórnio e parecia grata por ser um dia perpetuamente escuro.

A jovem soltou um suspiro. Do cordame, Joe revirou os olhos.

— Não sei por que você quer beber. Só faz as pessoas ficarem idiotas.

— Parece divertido, ué!

Serina lançou um olhar exasperado para Reyna, que estava ajudando a amarrar as cordas. Reyna abaixou a cabeça para esconder uma risada enquanto apertava um nó.

Ao mesmo tempo, Kianthe ia aos aposentos da capitã. Bobbie estava deitada na cama, acordada. Ela olhou para cima quando Kianthe fechou a porta, então deu um suspiro — de alívio ou decepção? Era difícil dizer.

— Serina ainda não quer falar comigo, hein? — Seu tom neutro soou forçado.

Graças à Joia que Kianthe e Reyna já tinham passado daquela fase de "vai, não vai" em seu relacionamento. Kianthe se jogou na beirada da cama, revirando os olhos.

— Vocês duas cansam, sabia?

— Como assim? — Bobbie parecia ainda mais alerta do que nos dias anteriores, mas mesmo sentar-se ereta ainda parecia dolorido. Provavelmente era bom que estivessem em Lathe no momento, perto de um médico de verdade, com formação. Kianthe sabia que ele já havia feito uma visitinha.

A maga acenou.

— Se quer falar com Serina, ela está literalmente do outro lado da porta.

— É... hum. Está difícil ficar de pé.

— Claro, é esse o motivo. — Kianthe bufou. — Infelizmente, vamos mudar o *Nau estou à venda* de lugar e continuar em Lathe por um tempo, então você vai ter que vê-la de qualquer maneira. Alguém tem que ajudar você a mancar até a estalagem.

Bobbie hesitou, brincando com um fio solto nos cobertores.

Kianthe franziu a testa.

— Imaginei que você ficaria feliz por ela não estar te largando aqui e indo embora. Tem tanto medo assim de falar com ela?

A ex-patrulheira franziu a testa.

— Não. Mas... — Houve uma pausa e um suspiro frustrado. — Não sei bem o que dizer. Parece óbvio que ela não quer que eu vá junto. E eu... não seria exatamente uma boa companhia em um navio pirata.

— Acho que está enxergando isso pelo ângulo errado. — Kianthe se levantou, gesticulando para a porta. — Você ainda está vendo Serina como criminosa... e ela até pode ser isso, pelos padrões de Arlon. Mas, para todos os outros neste rio, ela é a única que se importou o suficiente para garantir que recebessem alimentação durante todo o inverno.

Bobbie estremeceu.

— Ora, o diarno distribui comida...

— Pessoas que não estão passando fome não aceitariam comida roubada, Bobbie. Isso sem considerar as consequências caso elas sejam pegas.

A outra ficou em silêncio.

De um jeito meio distorcido, havia lógica no argumento. Se Bobbie reconhecesse a situação diante de si, estaria admitindo que toda a sua carreira tinha sido uma perda de tempo. Uma missão tola. Estaria admitindo que *poderia* ter fugido com Serina e vivido feliz, se ao menos tivesse sido corajosa o suficiente para fazer uma escolha diferente ao abordar a fazenda de Serina naquele dia.

Em vez disso, a ex-patrulheira seguiu os protocolos, e isso destruiu outra vez a vida de Serina. E agora Bobbie estava tentando juntar os cacos... e cortando feio as mãos no processo.

Viu? Olha como ela sabia ser poética. Kianthe precisava voltar a escrever.

A maga massageou o pescoço.

— Se quer salvar esse relacionamento, precisa reformular o que está vendo. Serina não é a vilã aqui. Serina não demitiu você nem ordenou a batalha naquele bloqueio. Pelo que vejo, esses piratas são vítimas de um inimigo poderoso, e é muito corajoso da parte dela decidir enfrentá-lo.

— Isso é verdade — admitiu Bobbie.

— Ou você pode continuar sendo teimosa e perder a pessoa pela qual quase morreu. — O tom de Kianthe era inexpressivo. — A escolha é sua.

Bobbie fez careta.

— Ok, ok. Já entendi. Vocês vieram aqui para me dar um sermão ou precisavam de alguma coisa?

Kianthe caminhou até as janelas, forçando a vista para a cidade.

— Ah, definitivamente precisamos de uma coisa.

— Ótimo.

Não parecia ótimo.

Kianthe riu, espreguiçando-se.

— Não tenho fé de que Arlon vá cumprir nosso acordo e entregar a papelada. Felizmente, temos quase certeza de que sua mãe sabe alguma coisa sobre o carregamento que estamos procurando.

— Ela sabe de tudo sobre qualquer coisa que passe por Lathe — admitiu Bobbie. Então franziu a testa. — Por que ela não te conta?

Kianthe estalou os dedos.

— É isso que você vai descobrir. Seja boazinha e pergunte, certo? E pense nas minhas palavras. — Dando um sorrisão, ela saiu do quarto.

A tripulação realocou o navio, então caminhou pela neve de volta à cidade. Tais tarefas consumiram um bom pedaço do dia; Serina passou a maior parte do trajeto em silêncio. Não era de se surpreender; antes de partirem, ela ajudara Bobbie a entrar em um dos quartos da estalagem e sumira por um tempão em seguida. Era nítido que haviam tido uma discussão, embora ninguém soubesse o desfecho.

Na caminhada de volta, Darlene e Joe iniciaram uma guerra de bolas de neve, e demorou tanto para dar fim àquela batalha que a escuridão já havia caído quando o grupo retornou a Lathe.

— Nunca desafie um mago elemental para uma guerra de bolas de neve — aconselhou-lhes Kianthe, presunçosamente.

— Tenho certeza de que isso é trapaça — resmungou Darlene, esfregando um ponto em seu braço onde Kianthe tinha acertado um golpe particularmente bom. Joe soltou um suspiro e entrou na pousada. A irmã foi logo atrás.

Serina empurrou o braço de Kianthe.

— Pare de bater na minha tripulação.

Kianthe arquejou.

— Foram eles que começaram!

— Eles são *crianças.* — A capitã pirata revirou os olhos e os seguiu para dentro.

— Da próxima vez, sem usar magia — respondeu Reyna, sorrindo de leve. Era um gesto irônico, já que na hora ela não dissera nada do tipo; seu espírito competitivo era forte o suficiente para tirar qualquer vantagem possível. Em especial num três contra dois.

Kianthe já ia fazer um comentário, mas Viviana as interrompeu. Ela vinha de uma construção do outro lado da rua, uma adornada com uma placa de madeira que dizia: XERIFE.

— Vocês duas. Podem conversar?

Parecia uma marcha rumo ao corredor da morte, do tipo que Kianthe vivenciava sempre que ia até o gabinete do mestre Polana para uma "discussão" sobre seu desempenho em sala de aula. Considerando que já havia abandonado o Magicário anos antes, a maga não estava nem um pouco empolgada. Ela cruzou os braços.

— Por quê? Estamos encrencadas?

Reyna revirou os olhos.

— Querida, por favor. — Ela seguiu a xerife até lá.

Tanto drama só para ter uma refeição quente depois de um longo dia.

O gabinete da xerife era surpreendentemente agradável. Viviana o adornara com poltronas aconchegantes, três mesas para sua equipe e um balcão com uma chaleira e potes de folhas de chá. Uma lareira acesa mantinha o lugar aquecido, e uma única cela ocupava um canto, vazia.

Kianthe sentia falta de livros, mas cada um com seu cada um.

Reyna olhou para o chá.

— Podemos nos servir? Estamos morrendo de frio. — Era tarde demais para uma permissão, no entanto; ela já estava examinando a seleção, emitindo sons de aprovação. Uma olhadinha para Kianthe, e a maga acendeu uma pequena chama no fogão sob a chaleira.

Viviana assentiu tardiamente, então sentou-se à mesa mais próxima da porta. Estava cheia de pastas organizadas de modo meticuloso, e ela pegou a que estava no topo da pilha.

— Barylea disse coisas muito lisonjeiras a seu respeito, Arcandor. Além disso, ela aparentemente faz crochê agora. Estou feliz que ela tenha escolhido um passatempo.

— Ela é ótima nisso — interveio Kianthe, quase na defensiva.

— Ela sem dúvida é habilidosa no crochê. — Viviana gesticulou para uma das prateleiras acima de sua mesa, na qual havia um pequeno passarinho de crochê empoleirado. Tinha mais detalhes do que a abelha ou a baleia, mas ainda estava um pouco deformado. No entanto, estava em plena exibição, e o peito de Viviana se inflou de orgulho. — Esses pardais-ruivos são meus favoritos. Também conversamos longamente sobre a... ahm, posição pitoresca de Lathe nas terras de Arlon. — Viviana se pôs a pigarrear. — Ajudou muito, e eu devia ter tido essa discussão muito antes. Como agradecimento, eis aqui a sua documentação sobre o carregamento, conforme solicitado.

A xerife entregou o arquivo.

Bem, aquilo era muito melhor do que encarar o gabinete de Polana. Kianthe sentou-se na cadeira em frente à mesa de Viviana, puxando a pasta com cuidado. Essa coisa de leitura de registros era mais a especialidade de Reyna, mas sua noiva estava agradavelmente distraída preparando o chá, e Kianthe sabia que era melhor não interrompê-la.

— Se essa investigação não fosse questão de vida ou morte, acredite, xerife, não estaríamos pedindo esse material. — Kianthe abriu a pasta, meio que esperando que estivesse vazia, algum tipo de piada de mau gosto. Elas estavam caçando aquele carregamento havia duas estações, e era até estranho estar tão perto de novos dados.

Mas de fato ali estava a lista de todos os registros do ano 741, e Viviana até mesmo marcara a remessa em questão. Tinha sido entregue no outono, bem na época esperada, de acordo com informações anteriores. E o entregador...

— Os Águias Douradas?

— Bandoleiros. Aqui em cima, são organizados o suficiente para se intitularem uma "corporação", o que é ridículo. — Viviana beliscou a ponte do nariz. — Mas estão por aí há tanto tempo quanto eu, e na época eles não eram tão amargamente contra o trabalho honesto e remunerado.

Despejando água da chaleira fumegante, Reyna disse:

— Eles roubaram o que estava dentro daquele carregamento. Você sabe disso, certo?

A xerife cerrou o maxilar, afastando-se da mesa para trancar a porta da frente. O ruído pesado emitido pelo ferrolho ecoou no cômodo diminuto, um tanto ameaçador. Então Viviana se recostou na porta de madeira, a expressão fatalmente séria.

— Depois de falar com a minha filha, confio em vocês duas. Temos boas pessoas aqui em Lathe, leais a esta cidade e ao seu bem-estar, assim como vocês têm em Tawney. Mas não foi sendo burra que preservei meu título ou minha vida. Então, quando digo que isto não deve sair desta sala... estou falando sério.

Nossa, que drama.

Reyna fez uma pausa enquanto o chá permanecia na infusão, sua mão deslizando para o punho da espada.

— Estou surpresa que um carregamento de tanto tempo atrás pudesse colocá-la em tal risco. — Agora ela franzia a testa. — A menos que a pessoa responsável por ordenar aquele roubo ainda esteja no poder.

Viviana suspirou.

— De fato. E considerando o que havia dentro daquela remessa, você entende minha cautela.

— Você viu os ovos de dragão — concluiu Kianthe, a admiração tingindo sua voz. Seus olhos pousaram na papelada em suas mãos, sobre aquele carregamento, e um arrepio percorreu sua espinha. — Eles *estiveram* aqui.

— Eles estiveram aqui — confirmou a xerife. — Eu não devia ter espiado dentro da caixa; estava acima das minhas competências. Mas um diarno não contrata bandoleiros para roubar para ele, a menos que seja algo importante... e possivelmente ilícito.

Reyna ergueu uma sobrancelha, retirando com cuidado os saquinhos de chá de linho das canecas.

— Então Arlon *foi* o responsável por ordenar o roubo dos ovos.

Viviana ergueu as mãos.

— Arlon aceitou o carregamento. Não sei dizer quem encomendou o serviço.

— A caixa devia estar selada com alquimia; como você a abriu? — Kianthe aceitou a caneca das mãos da noiva e lhe entregou a pasta. Reyna pousou a própria caneca na mesa e começou a folhear a pasta, os olhos atentos.

Afastando-se da porta trancada, Viviana se recostou em uma das poltronas. Atrás dela, a lareira bruxuleava alegremente.

— Os bandoleiros tinham um mago alquímico trabalhando com eles... ou talvez ele não fosse um mago, mas era formado em alquimia. De qualquer forma, ele abriu a caixa para me mostrar que todo o conteúdo tinha sido contabilizado.

Kianthe franziu a testa. Era preocupante a ideia de que qualquer mago do Magicário poderia estar em território de bandoleiros, ainda mais um praticante de alquimia. Por outro lado, esse tipo de magia era um tanto sangrento, baseado em sacrifício em troca de sucesso. Talvez não fosse tão surpreendente assim.

— Ali dentro havia três ovos. — Viviana estremeceu. — O mago disse que eles não tinham magia, que nunca eclodiriam, mas... não consigo explicar bem. Senti *algo* emanando daquelas pobres criaturas.

— A magia dos dragões é mais poderosa do que qualquer coisa que nós, humanos, conseguimos controlar — explicou Kianthe, estremecendo. Apenas a Arcandor conseguia se aproximar daquele tipo de magia, e mesmo assim ficava uma semana inteira passando mal quando aquilo lhe era imposto. Às vezes, até a mera lembrança lhe revirava o estômago.

Reyna deu um tapinha na perna de Kianthe, empática, mas sem tirar os olhos dos registros de embarque.

Viviana cerrou o maxilar.

— Bem, aquelas coisas não estavam adormecidas. Não sei o que Arlon planejava para elas, mas... Arcandor, eu simplesmente não podia entregá-las assim, sem mais nem menos.

— O que você fez? — perguntou Kianthe, arregalando os olhos.

— Eu peguei um. — A xerife de Lathe falou com confiança, mas um desafio persistia em suas palavras. — Arlon esperava mais de um ovo, então não pude pegar mais. Enganei os bandoleiros para que fossem embora sem que o mago deles selasse a caixa novamente... Aí levei o ovo que tinha mais energia de volta para a terra dos dragões.

Kianthe estava boquiaberta.

— O quê? Todo esse trajeto *até lá*?

— Há um trecho na Baía do Norte onde Shepara quase toca a terra dos dragões. A viagem demorou um pouco, mas cavalguei até lá e o deixei na costa. Perto o suficiente para que um dragão pudesse voar e recuperá-lo.

— E algum deles fez isso? — Reyna por fim levantou o olhar para a xerife. Kianthe não tinha percebido que ela estava tão atenta à conversa.

Viviana suspirou.

— Não tive tempo de voltar e verificar e, para ser franca, isso meio que desceu na minha lista de prioridades depois que tive filhos.

Kianthe se levantou, andando de um lado a outro com sua caneca de chá. Era uma mistura de rosas com sabor de camomila e mel, mas agora ela não conseguia nem aproveitar direito.

— Ok, deixe-me entender. Bandoleiros roubaram os ovos. Em Tawney, o mago deles de alguma forma tirou a magia do dragão e a depositou embaixo daquela igreja... mas eles obviamente fizeram um trabalho porco. Mesmo assim, levaram os ovos para o oeste e os entregaram a você. Você roubou um e o deixou perto da terra dos dragões, e ele ainda pode estar lá. E Arlon está com os outros dois.

— Não tenho como informar se ainda estão com ele ou não. — Viviana franziu a testa. — Só posso confirmar o meu papel nisso. Sinto muito, Arcandor; eu devia ter levado o ovo para o Magicário. Mas, considerando que tinha um mago alquímico trabalhando com os bandoleiros, não me pareceu particularmente seguro.

— Você fez o que pôde, e com as melhores intenções. — Reyna fechou a pasta no colo, colocando-a sob o braço. Ela se inclinou para a frente, esquecendo o chá. — Pessoalmente, estou mais preocupada com o motivo para Arlon querer três ovos de dragão.

Kianthe deu um suspiro frustrado.

— Eu, não. Vou lidar com ele em breve; agora quero saber o que aconteceu com o terceiro ovo. Se eu não puder devolver todos os três, o acordo estará em risco. — O acordo que ela fizera com os dragões: encontrar os ovos a fim de evitar um ataque a Tawney nesse ínterim. Dragões operavam em uma linha do tempo diferente da dos humanos, mas isso não significava que ela poderia ignorar o acordo por muito tempo.

Reyna franziu a testa.

— Você não tem um mapa de onde deixou aquele ovo, tem, xerife?

No fim das contas, Viviana tinha. E isso significava que elas iam voltar para o frio.

De novo.

25

REYNA

Foi uma viagem de dois dias para o norte, até o local onde Viviana deixara o ovo de dragão. Após a nevasca, devia ter levado três dias, mas viajar com Kianthe significava que a única coisa capaz de retardar o ritmo eram os cavalos emprestados. Comparados à personalidade arredia de Lilac, aqueles dois eram absolutamente maravilhosos, mas Kianthe estava se coçando de vontade de encontrar seu querido Visk.

— Bendita Joia, a gente poderia ter feito isso em uma tarde se estivéssemos voando — resmungou ela.

— Foi você quem mandou nossos grifos para sequestrar Feo, querida — lembrou Reyna. Não que Ponder fosse de muita ajuda ali, mas ainda assim. Uma dor profunda se instalou em seu peito; era bom ter uma folguinha das criancices de Ponder, mas Reyna sentia falta de sua filha emplumada.

Kianthe olhou feio para Reyna, curvando-se ainda mais sob sua pesada capa de inverno.

— Feo não está sendo *sequestrado*. Vai subir em Visk de bom grado.

— Porque elu vai achar que estamos em perigo, e um grifo não consegue comunicar a distância percorrida de voo. — Reyna bufou. Ela estava gostando bastante da pequena excursão; depois de tantos dias em um navio com seus novos amigos, era bom estar viajando a sós com Kianthe de novo.

Não era surpresa alguma que sua noiva estivesse fazendo draminha. Estava frio ali, a ponto de rivalizar com as temperaturas de Tawney, só que sem companhias calorosas e a estética aconchegante da livraria. O vento não estava forte, considerando as montanhas que as ladeavam, mas o gelo ao longo do rio não ajudava a aquecer ninguém.

O próprio rio Nacean se afunilava ali no extremo norte, segmentando-se em vários riachos que se reuniam nas montanhas. As duas seguiram se guiando pela parte maior, mantendo um ritmo constante à medida que Kianthe sombriamente peneirava a neve para fora do caminho.

— Poderíamos estar sentadas em um vinhedo em Koll agora.

— Hum. Mas cadê a aventura nisso? — provocou Reyna.

Elas seguiram viagem.

Quando o sol começou a se pôr, elas montaram acampamento — basicamente Kianthe cavara um buraco na encosta da montanha e acendera uma fogueira enquanto Reyna amarrava os cavalos. Uma segunda fogueira mais abaixo, ao longo da encosta oeste, chamou a atenção delas.

— Acho que encontramos os bandoleiros. Eu estava me perguntando até que ponto ao norte eles estariam.

Parecia uma grande reunião, quase uma segunda cidade. Uma música distante tivera início, quase engolida pela leve nevasca, mas o fogo de suas tochas cintilava na escuridão noturna. Kianthe parou ao lado de Reyna, forçando a vista para o acampamento.

— Por favor, me diga que você não está planejando atrapalhar a festa deles. — Ela pegou a touca de Reyna, aquela azul-escura, e gentilmente desfez o coque da noiva. Com seu longo cabelo loiro-platinado caindo sobre os ombros, Kianthe meteu a touca na cabeça dela.

Reyna suspirou.

— Por que todos acham que vivo meus dias devaneando com assassinatos?

Kianthe gesticulou para a noiva, dando um sorriso afetuoso.

— É toda essa sua vibe. Não finja que você não a alimenta meticulosamente. Percebi que a espada não saiu do seu lado desde que saímos de Tawney.

— Mantenho minha espada à mão porque o Reino não é tão seguro quanto Tawney, e não gosto de correr riscos. Mas não, eu não tenho a intenção particular de atacar um acampamento de pessoas vivendo suas vidas no norte selvagem. — Reyna caminhou de volta para o próprio acampamento, sentando-se perto do fogo. Kianthe parou para tirar o gelo magicamente de um pedaço de grama exuberante, e então se juntou à noiva, aninhando-se sob seu braço.

— Eu acho sexy — comentou Kianthe depois de um instante. Reyna riu.

— Você acha tudo sexy.

A maga descansou a cabeça no ombro de Reyna.

— Fato. Lembra-se de quando te dei a pedra da lua?

Exceto pelos dias mais recentes, Reyna mal vinha precisando usar a dela ultimamente, mas não a tirava do pescoço mesmo assim: um lembrete físico da devoção de Kianthe. Agora a ex-guarda da rainha a tocava, sabendo que aquele contato seria transferido para o colar correspondente de Kianthe.

— Está se referindo ao dia em que desmaiei na sua frente enquanto estava a serviço ou à primeira vez que você disse que me amava?

— O dia em que você desmaiou. Você ficou *o dia todo* aguentando aquele ferimento porque queria provar que era boa no seu trabalho. Né?

Reyna não exatamente se orgulhava de sua postura naquele dia. Ela suspirou.

— É verdade.

— É isso que eu acho sexy. Não a estupidez de trabalhar enquanto sangra, veja bem, mas a dedicação que demonstra. Você é boa naquilo que é boa, e amo isso em você.

Reyna corou.

— Obrigada.

Kianthe sorriu. Em seguida, começou a desenhar círculos com os dedos na perna de Reyna, o toque tão delicado que lhe causou um arrepio.

— Sou grata por você estar aqui, Rain. Os dragões não são problema seu, não de fato, mas você nunca pediu para ficar em casa.

— Estou com você em qualquer situação... e eu já disse: não acho que fui feita para viver em Tawney o tempo todo. — Reyna não conseguiu esconder a frustração em seu tom. — Veja bem: eu quero. Lá é perfeito. Mas lutar, viajar, conhecer pessoas... é isso que amo. Não é de se surpreender, considerando que fui criada para isso.

Kianthe ficou quieta por um momento, observando o fogo tremeluzir diante delas, ainda desenhando distraidamente na perna de sua noiva.

— Você acha que isso precisa ser consertado?

— Acho que, só por eu estar tendo a honra de me casar com você, *já* está consertado. — Agora, com a mão livre, Reyna gesticulava para a caverna, os cavalos, as estrelas cintilando em meio às nuvens que se dispersavam. — Isto aqui é uma aventura. E você está aqui também, o que torna tudo melhor do que qualquer coisa que a rainha Tilaine poderia oferecer.

— Hum, bem. Prometa que vai me avisar se mudar de ideia. Porque nossa vida não precisa ser em Tawney para sempre. Posso te levar para as Ilhas Roiling, se você preferir ficar lá.

— As Ilhas Roiling... — Reyna parou, dando uma risada. — O que tem lá?

— O chá favorito de Arlon, para começar.

Ambas caíram na gargalhada.

Depois de um momento, Kianthe se desenroscou de Reyna e tirou o jantar de um dos alforjes, colocando sobre o fogo tiras de carne em uma panela de ferro fundido. Reyna engoliu um bocejo, observando-a cozinhar e se refestelando no calor da caverna em contraste com o cenário gelado do exterior.

Lá no alto, um brilho azul e verde cintilava para além das nuvens.

Uma aurora boreal. Reyna tinha ouvido falar delas, mas ainda não tinha visto pessoalmente — mesmo em Tawney, elas eram raras.

— Key — arquejou Reyna, indo até a entrada da caverna.

Kianthe juntou-se a ela, e ambas ficaram de mãos dadas. A maga acenou com a mão livre para dispersar as nuvens com magia, oferecendo-lhes uma visão desimpedida da linda extensão de verde, azul e roxo. Reyna estava maravilhada até os dedinhos dos pés; não era de se admirar que os sheparanos adorassem as Estrelas, se era aquilo que costumavam ver.

— Não importa onde a aventura esteja, estarei feliz se você estiver nela — anunciou Kianthe, calmamente.

Um calor, diferente de qualquer coisa que um fogo poderia criar, espalhou-se pelo corpo de Reyna. Em vez de responder, ela se encostou no ombro de Kianthe, sorrindo para o céu frio.

No dia seguinte, as duas chegaram ao local marcado por Viviana no mapa. Era uma clareira aninhada entre vários penhascos imponentes e montanhas ainda mais altas. A Baía do Norte reluzia diante delas, grande o suficiente para parecer outro oceano. O outro lado da baía não era visível, exceto na ponta norte, onde a terra dos dragões cutucava Shepara como uma mãozinha curiosa.

Reyna forçou a vista para a massa terrestre lá do outro lado.

— Não vejo nenhum dragão voando por ali.

— É por isso que estou preocupada. Dragões tendem a ficar mais perto da fronteira sul, ao longo da cordilheira Vardian. Não tenho certeza se alguém teria visto um ovo aqui, a menos que sentisse a magia dessa distância. — Kianthe mordeu o lábio. — Duvido que o ovo tenha retornado ao seu destino.

Reyna seguiu pela costa, as botas chutando a neve para longe.

— Creio que se *tivessem* sentido a magia, os dragões teriam comunicado. Feo disse que os ovos são raros. Se um tivesse aparecido depois do sumiço de três, os dragões poderiam ter desviado a atenção de Tawney para Lathe.

Tal fato se estabeleceu entre ambas, frio como o dia.

Kianthe deu um suspiro.

— Bem, já estamos aqui. Vamos nos espalhar. Procure pistas.

— Seu entusiasmo é contagiante, amor — brincou Reyna.

— Olha. Depois de toda aquela aventura pirata, isto aqui parece uma missão secundária.

— Salvar Tawney do fogo dos dragões é uma missão secundária? — Agora Reyna encarava a noiva com afinco, incapaz de controlar o tom exasperado. — É literalmente por isso que estamos no Nacean. E não pelos piratas.

Kianthe cruzou os braços e murmurou, teimosa:

— Foi você quem me juntou aos piratas. Agora está brava porque estou me divertindo. É impossível vencer seu argumento.

Reyna riu, revirando os olhos.

— Apenas limpe a neve, querida. Estamos procurando por *qualquer* pista de que o ovo de dragão esteve aqui. — E voltou a se ocupar vasculhando a área.

Elas buscaram durante o dia todo, e não encontraram absolutamente nada. O dia se transformou em noite e, quando uma escuridão pesada se instalou sobre a baía, acenderam uma fogueira e montaram acampamento de novo. O solo estava tão frio ali que Kianthe ergueu uma cama de pedra para elas, então a cobriu com um tapete de musgo. Isto, mais as peles que tinham trazido para dormir, tornou a noite muito aconchegante.

Enquanto estavam sentadas ombro a ombro sob os cobertores de pele, bebericando chá e admirando a baía, Kianthe passou o tempo explicando o enredo de seu livro. Havia escrito apenas algumas páginas, mas os personagens já começavam a se formar: duas mulheres loucamente apaixonadas, no entanto uma era uma capitã pirata, e a outra, sua prisioneira cativa.

— Hum. Você acha que a prisioneira se apaixonaria por sua sequestradora? — Reyna franziu a testa. — Isso me parece problemático.

— Pra mim deu certo, com você. — Kianthe sorriu.

Reyna ergueu uma sobrancelha.

— Queridíssima, eu nunca fui sua prisioneira.

— Sério? Porque me lembro de quando cativei seu coração. — Uma explosão de risadas ecoou na baía enluarada, e Kianthe deu um tapa no joelho de Reyna, as pernas balançando na beirada da cama improvisada. Reyna engoliu um suspiro pesado, mal se contendo para não dar um tapinha no braço da maga.

Ao que parecia, aquele era o auge do humor naquela viagem… e se aquele fosse o caso, os próximos dois dias de volta a Lathe seriam uma tortura.

A pedido de Reyna, as duas reformularam a trama: a prisioneira agora era uma princesa cativa, sequestrada em troca de um pedido de resgate. Mas ela passava o tempo matando ogros.

— Isso é bem cruel — disse Kianthe. — Ogros são criaturas adoráveis.

Reyna suspirou e sugeriu unicórnios, e uma alegria maldosa surgiu nos olhos de Kianthe, então a princesa passava o tempo matando unicórnios, até o dia em que seguiu uma manada muito perto do oceano. A capitã pirata, que soava mui suspeitosamente como Dreggs Vigarista, a capturou e, assim, começou uma aventura onde a corajosa princesa viria a ensinar o amor à astuta pirata.

Ao cair da noite e esmorecer das pálpebras, Reyna se encostou no ombro de Kianthe e murmurou:

— Parece um pouco com nossa vida. Você me disse certa vez que apenas escritores inexperientes se inserem em suas obras.

— Todo escritor coloca um pouco de si no personagem — respondeu Kianthe, com tanta autoconfiança que Reyna começou a se perguntar quando é que ela tinha se tornado uma autoridade no assunto. Principalmente quando a noiva acrescentou: — Além disso, o Reino adoraria nos ver no papel. Somos um deleite.

Reyna riu, o som desaparecendo na noite silenciosa.

— Se você diz. Você tem um título provisório para a obra?

— Ah, *tantos.* — Kianthe literalmente arregaçou as mangas, uma escolha chocante naquele clima gelado. Reyna esboçou uma careta antes mesmo de a outra começar. — Que tal *Ela, mar, fortuna*? Ou *O baú abundante da pirata.* Ou talvez *Ela nau pega leve.* Sacou?

Reyna começou a se arrepender por Kianthe ter acesso tão fácil a ela.

E a maga não parava com as gracinhas:

— Tipo... Tipo meu arpão na sua portinhola. Ah! Que tal *A anca do tesouro*, sacou, anca em vez de arca...?

— Querida, eu imploro, por favor, esqueça o que perguntei.

Kianthe franziu o nariz, puxando as mangas para baixo com um arrepio.

— Pensei que essas ideias fossem um tesouro. Tesouro de pirata! Entendeu?

— Entendi.

— Nossa, você parece estar morrendo.

— Só por dentro.

Kianthe sorriu, marota, passando o braço pelos ombros de Reyna e puxando-a para si.

— Eu pediria desculpas, mas você sabe com o que está se casando. Serei cortês o suficiente para aceitar toda e qualquer sugestão de título, mas pode ser que eu vete todas elas em favor de *A anca do tesouro.*

Reyna massageou as têmporas. O calor de Kianthe era um conforto agradável, ela sentira muita saudade nos dias que passaram separadas, seguindo Serina e Bobbie. Ainda assim, não foi difícil infundir exasperação em seu tom:

— Esplêndido. Como você vai encarar sua família no nosso casamento, sabendo que esse livro vai estar nas nossas prateleiras? Como vamos encarar nossos amigos?

— Bem, nossos amigos incluem Matild, e você sabe do que ela gosta. — Kianthe meneou as sobrancelhas. — E minha família não vai estar presente, então... pelo menos isso.

Elas já tinham iniciado tal conversa em Oslop, que agora retornava à existência: o detalhe gritante de que Kianthe não parecia se importar com seus pais... nem com o papel deles em sua vida. Reyna franziu a testa, pensando em um jeito diplomático de abordar o assunto.

Felizmente, a testa franzida foi uma deixa, porque Kianthe soltou um suspiro.

— Vá em frente, Rain. Diga para mim o que está sentindo.

Hum. Bem, aquilo facilitava muito.

— Eu me sinto um pouco perplexa, para ser sincera. — Era um sentimento recorrente depois daquele pedido. Reyna admirou a água cintilante da baía, ouviu uma coruja piando ao longe, o fogo tremeluzindo diante delas. Suspirou. — Eu daria qualquer coisa para passar mais um dia com a minha mãe. Simplesmente não consigo imaginar o que sua família fez para resultar nessa excomunhão.

— Não é *excomunhão*. — Kianthe apertou o maxilar, ensimesmando-se. — Ainda escrevo para eles... às vezes. Eu só... sei lá. Eu me mudei para o Magicário quando era criança e mal falei com eles depois disso. Mas mesmo antes da Joia me abençoar com sua magia, antes de eu me tornar a Arcandor, eles continuaram a me escrever, falando o quanto tinham orgulho de mim. Eu estava reprovando em todas as aulas, e eles continuavam insinuando que eu era inteligente ou capaz. Uma das cartas deles até disse que eu seria "a maior maga viva".

— Mas você é a maior maga viva. — Não era um exagero; era uma verdade inegável para ambas.

— Eu tinha *sete* anos quando eles falaram isso.

Reyna franziu a testa. Ela mesma fora criada por uma mãe que esperava sucesso. Soaria grosseiro exprimir seus pensamentos, mas... esse tipo de pressão apenas a ajudara a crescer. Ela teve sucesso porque não havia alternativa, e quando esse sucesso abriu caminho para uma carreira de prestígio, pareceu algo imerecido.

A única coisa que Reyna sentia que não tinha conquistado na vida era Kianthe. Levara anos mais para acolher sua presença.

— Acho que isso pode ser muita pressão para uma criança. — Suas palavras saíram neutras, porque ela realmente não entendia. Ela queria entender, mas era... estranho.

Kianthe se ajeitou, afastando-se um pouco.

— Está zombando de mim. — Sob seu tom, havia um medo enraizado de que estivesse certa.

Reyna se esforçou para retirar suas palavras.

— Não, querida. De jeito nenhum. Desculpe; às vezes esqueço que somos diferentes, e que experiências semelhantes nos afetam de maneiras diferentes. Minha mãe tinha uma crença inabalável nos meus talentos, mas nunca duvidei de que um dia faria jus a eles. Eu me esforcei e fui recompensada, que é o jeito como somos criados no Reino. — Ela fez uma pausa, agora intrigada. — Mas se o seu desempenho não excede os padrões definidos pelo Magicário, bem, imagino como essas cartas de incentivo devem parecer uma facada no coração.

— Não era nem que eu estava reprovando nas aulas do Magicário. Tipo, eu ia mal, mas... isso não importa muito para um mago. — A voz de Kianthe assumiu um tom distante. — É difícil explicar. Nossas aulas não são tipo... Bem, tipo a universidade em Leonol. Não tem diploma, mesmo para os alquimistas. Se você tem magia dentro de si e acredita na Joia da Visão, você já é um mago. É simples assim.

— Ainda assim, isso torna tudo mais complexo.

Kianthe estalou os dedos.

— Exatamente. Como medir o sucesso quando não há um parâmetro? Podemos tentar julgar talentos mágicos, mas uma pessoa só tem aquilo que a Joia permite. Ao colocar um título nisso ou reivindicar mérito, praticamente questiona-se os caprichos da Joia. Todos os magos são iguais aos olhos da Joia. O Arcandor pode ser o favorito, mas todos os outros são iguais. E mesmo o Arcandor jamais se esquece do que é carregar a magia convencional.

Reyna nunca tinha pensado em perguntar a respeito daquilo até então. Era chocante que, depois de tantos anos, ela ainda soubesse tão pouco sobre o funcionamento do Magicário. Originalmente, esta era sua intenção: nunca deter informações que pudessem ser arrancadas pela rainha Tilaine. Só que mais tarde elas construíram uma vida juntas e aquela reserva foi perdendo importância.

Esta viagem por Shepara era um lembrete de que Reyna jamais deveria parar de descobrir coisas sobre Kianthe. Caso contrário, o relacionamento se tornaria monótono muito rapidamente.

— Se esse negócio de ser mago é tão subjetivo, como você ainda reprovou nas aulas? — A voz de Reyna agora era uma provocação.

Kianthe riu, mas uma risada muito mais tensa.

— Não sou muito de salas de aula. É difícil manter a concentração, então eu... não comparecia. Mentalmente, quero dizer. Na maioria das vezes eu me encrencava por atrapalhar os professores, mas mesmo quando fazíamos testes de habilidade, eu era a pior da turma. — Ela suspirou, puxando um fio solto em sua capa. — Meus pais achavam que eu era uma maga incrível, mas, antes de me tornar a Arcandor, isso estava muito longe de ser verdade.

— Você se tornou a Arcandor ainda adolescente. — Reyna traçou um círculo tranquilizador na coxa de Kianthe. — Não dá para esperar excelência nessa idade, mesmo que você seja um prodígio. Ou a palhaça da turma.

Kianthe não respondeu.

Reyna suspirou.

— Já parou pra pensar que pode ter sido ótima durante esse tempo todo, e que na verdade era seus pais que lhe prendiam a esse padrão imaginário?

Um bom tempo se passou, e Kianthe ficou fazendo menção de falar e desistindo várias vezes. Reyna deu um sorriso lento enquanto observava a noiva balbuciar. Ela se endireitou e a beijou na bochecha.

— Não importa o que aconteça, eu te amo. E estou convencida de que teria te amado mesmo se tivéssemos nos conhecido na infância. Mesmo que tenha demorado muito tempo para você se amar.

Kianthe corou, mas ignorou aquela emoção. A conversa íntima parecia deixá-la muito desconfortável, mas ela não mudou de assunto; simplesmente obrigou-se a ficar sentadinha ali.

— De todo modo, só acho que passei a gostar de mim depois que te conheci. Mas não creio que isso seja culpa dos meus pais.

— Então talvez possamos convidá-los para o casamento? Duvido que vá ficar deslocada diante dos elogios deles agora, considerando tudo o que você já fez.

Kianthe resmungou.

— Vou pensar no seu caso.

Reyna se reacomodou na cama de pedra, que era surpreendentemente confortável graças à grossa camada de musgo. Em seguida, suprimiu um bocejo e se agasalhou, esperando a noiva se juntar a ela antes de se cobrir com as peles. Seus pés estavam frios, e ela os colou à perna de Kianthe com um prazer maléfico.

Local diferente, mesma rotina noturna.

— Só peço isso, querida — murmurou Reyna, e fechou os olhos.

Ela mal ouviu quando Kianthe sussurrou carinhosamente em resposta:

— Eu sei, e te amo por isso.

No dia seguinte, elas gastaram um pouco mais de tempo procurando, mas não encontraram nada. Ao passo que Reyna arrumava o acampamento, Kianthe se dependurava em um galho baixo de pinheiro.

— Que perda de tempo. Aposto que Bobbie e Serina estão se divertindo mais do que a gente, e olhe que elas estão se recuperando de ferimentos de batalha.

— Esta manhã não foi divertida? — perguntou Reyna com malícia.

Acordar no meio do nada, sem pressão e sem ninguém aguardando por elas durante dias... bem, aquilo afrouxou o cronograma consideravelmente.

Começou com um beijo e rapidamente se dissolveu em muito, muito mais. Reyna ainda estava agradavelmente cálida.

Kianthe sorriu com malícia.

— Ok, afora essa parte. — Ela se afastou da árvore, virando-se em direção à baía. — Acho que eu esperava uma assinatura mágica ou algo assim. Qualquer indicativo de que o ovo esteve aqui em algum momento.

Reyna parou de encher os alforjes, verificando o mapa em seu bolso outra vez. Era excelente em seguir instruções, e as duas sem dúvida estavam no local apontado por Viviana. A ex-guarda da rainha partilhava da decepção de Kianthe por não ter dado em nada, no fim das contas.

De repente seu olhar mirou na baía, e um pensamento cruzou sua mente. Distraída, Reyna deixou os cavalos e se pôs a caminhar até a costa, procurando uma pedra boa. Havia um monte de pedras boas ali para fazê-las saltitar na água, e as ondas eram fracas o suficiente para permitir que quicassem algumas vezes. Reyna escolheu uma, encaixando-a na curva do dedo, aí abaixou-se até a linha d'água.

— Sobrou carne de alce? — perguntou ela, distraída.

— Sim, um pouco. — Kianthe se juntou à noiva na costa, levantando uma sobrancelha. — O que está fazendo?

— Jogando pedrinhas.

— Nas ondas.

Reyna atirou uma, que quicou uma vez, então desapareceu em uma onda que se aproximava. Em seguida, pegou outra pedra para tentar de novo.

— Serina disse que tem serpentes marinhas vivendo no rio Nacean. Dragões aquáticos. Eu só... Com a terra dos dragões tão perto, conjecturei se teria algumas morando aqui também.

— E para chamar a atenção dessas criaturas você tem que jogar pedras na cabeça delas? — Kianthe parecia achar graça agora.

Reyna deu um empurrãozinho brincalhão na companheira.

— Vamos. Me ajude aqui.

Kianthe estava sempre pronta para aquele tipo de atividade. Com um sorriso satisfeito, ergueu uma pedra, grande o suficiente para que nenhum mortal conseguisse levantá-la. Reyna engasgou.

— Não *tão* grande assim… — Mas já era tarde demais. Com um choque de magia, Kianthe catapultou a pedra para o fundo da baía.

O *splash* alto ecoou pela água.

Kianthe gargalhou.

— Tá bom. Isso *foi* engraçado.

— Você é terrível… — Reyna começou a dizer, mas naquele momento algo incrível aconteceu.

As ondas pareceram se afastar da costa, revertendo o curso para o centro da baía. Tudo ficou assustadoramente quieto. Assim que Kianthe agarrou o braço de Reyna e começou a puxá-la para longe da orla, um enorme jato d'água as atingiu.

Kianthe mal teve tempo de reagir, desviando para a esquerda, mas a névoa encharcou as duas.

Das profundezas da baía, emergia uma serpente iridescente com cabeça de dragão, frisos enormes e escamas roxas e brilhantes. Seus olhos negros e profundos as encaravam diretamente e, após um momento de avaliação, ela resmungou, o que soou suspeitosamente como uma risada. Com um movimento da cauda, a serpente lançou outro jato d'água nelas. Kianthe estava muito ocupada boquiaberta, e as duas tomaram aquela onda de chuva salgada que as deixou trêmulas.

Então a criatura se contorceu, desaparecendo de novo nas profundezas da baía.

O silêncio preencheu o espaço, e as ondas retomaram sua caminhada suave até a costa.

— Bem — disse Reyna, enxugando os olhos. — Você mereceu isso.

— Sim. Provavelmente. — Kianthe estremeceu, secando a água de suas roupas com o uso de magia. Ela então formou uma bolinha d'água e a jogou nas pedras, onde foi drenada de volta para a baía. — Uma serpente marinha. Essa foi inédita.

— Poderíamos ter tido uma experiência melhor se você tivesse oferecido comida em vez jogar uma pedra na casa dela. — Balançando a cabeça, Reyna voltou para o acampamento, onde os cavalos encaravam a baía, de olhos arregalados.

— Venha, amor. Vamos voltar para Lathe e esperar Feo. Estou morrendo de vontade de ver o que tem dentro da gaveta da escrivaninha de Arlon.

Com o lembrete, Kianthe se animou.

— Tudo bem. Mas, desta vez, eu abro, tá bom?

— Seu desejo é uma ordem. — Com um sorriso irônico, Reyna recolheu o restante do acampamento para a longa jornada de volta.

26

SERINA

Kianthe e Reyna estavam fora havia dois dias, e Serina estava entediada.

Não só entediada. Frustrada e entediada.

— Desassossegada — definira Farley sabiamente assim que Serina entrara na taberna. Ela e Rankor estavam imersos em um jogo de xadrez, passando o tempo da maneira mais inofensiva possível. — Vá perguntar à xerife o que você pode fazer. Tenho certeza de que ela tem uma lista de tarefas pendentes.

— Ou vá se reconciliar com sua amiga patrulheira. Não é todo dia que alguém pula na frente de uma espada por você. — Rankor sorriu, encolhendo-se quando Serina olhou feio para ele. O homem levantou as mãos. — Ou não.

— *Não* é a resposta correta — resmungou Serina, e saiu pisando duro.

Ela não queria pensar em Bobbie, que se recuperava em um dos quartos de hóspedes da estalagem. Não queria pensar na maneira como Bobbie gemera de dor na última noite ou em como acordara nas primeiras horas com os olhos vidrados de febre e implorara para Serina "botar a cabeça no lugar".

— Ele vai te matar — sussurrou Bobbie, com olhos marejados. — O que vou fazer se ele te pegar?

Serina acariciou o cabelo de Bobbie, desenhando uma linha suave em sua testa até ela cair em mais um ciclo de sono agitado, e a pirata não aguentava mais presenciar aquilo. Não com tamanha ansiedade se agitando em seu peito. Serina continuou a imaginar Reyna com a espada em riste, enfrentando patrulheiros. Darlene e Joe fugindo para baixo do convés enquanto os adultos enfrentavam inimigos mortais.

Aquela luta nem era deles.

Será que ela *estava* perdendo a cabeça? Talvez o *Nau estou à venda* devesse permanecer no esconderijo... para sempre. Talvez Serina devesse achar um barco decente e neutro e navegar até Jallin novamente. Seu pai era um bom comerciante. Ela provavelmente conseguiria emprego no navio dele.

Triste, Serina sentou-se no cais, as pernas balançando na borda enquanto ela contemplava a água límpida. Bem abaixo da superfície, algas eram levadas pela correnteza, ficando presas nas rochas, colorindo a água de amarelo-vivo.

Que bonito. Ela e Bobbie costumavam sentar-se ali, ombros colados, fazendo suposições sobre quais peixes viveriam naquela floresta de algas.

— Muito bem — declarou uma voz rouca atrás dela. As botas pesadas de Viviana martelavam no cais de madeira, e ela cruzou os braços, pairando sobre a silhueta murchinha de Serina. — Me contaram que vocês precisam de algo para fazer.

Atrás dela, Rankor sorriu. O homem havia reunido a tripulação, até mesmo Darlene, que estivera alegremente ausente treinando técnicas com sua espada recém-reivindicada. No momento, a arma estava embainhada no quadril dela, que por sua vez estava mais altiva por causa disso.

Pil não ficou tão satisfeito, todavia não quis tirar a alegria da filha.

O fato de todos terem parado seus afazeres para isto era... realmente tocante.

Viviana deu um tapinha no ombro de Serina.

— Levante-se. Para sua sorte, temos uma família ao sul daqui que precisa de um carregamento extra de grãos.

Uma entrega. Serina se animou.

— Vocês têm grãos sobrando? — Por um momento, a pirata se imaginou atacando um navio menor, como nos velhos tempos. Roubar a carga com agilidade, e fugir tão rápido quanto. Era seu método predileto.

Mas Viviana apenas riu.

— Sempre temos grãos sobrando, Serina, ou então estou fazendo meu trabalho do jeito errado. Está carregado naquela escuna, só esperando uma tripulação para navegá-lo até o sul. Você se lembra da casa dos Humalt, certo?

Claro que ela se lembrava dos Humalt, sua linda família e suas colheitas abundantes. Serina sentiu como se o sangue lhe tivesse sido drenado do corpo.

— E-eu não posso voltar para lá.

— Eles vão adorar ver você, Serina.

O tom de Viviana foi quase de repreensão, como se Serina fosse criança de novo, encarando a decepção de sua mãe e de Viviana juntas. As duas eram amigas, mas Viviana não interviera quando os patrulheiros chegaram para tomar suas terras. A mãe de Serina não guardara mágoas. Sempre dizia que não havia nada que Viviana pudesse ter feito.

Já Serina discordava.

Queria gritar "eu não sou mais criança", mas isso a faria soar infantil por definição.

Então ela respirou fundo e respondeu:

— Por que eles precisam de grãos? Pensei que fossem bem-sucedidos. — Muito melhor do que *ela* se saíra um dia, cultivando a terra adjacente no ano anterior. Afinal de contas, Bobbie só providenciara o despejo para ela, não para Humalt e sua família.

Viviana leu nas entrelinhas. Cruzou os braços volumosos, suas palavras neutras.

— Se não tiver tempo, posso mandar outra pessoa. Sua tripulação me pareceu disposta, mas…

— Nós vamos cuidar disso — gritou Pil. — Meus filhos são cria d'água. Quanto mais cedo voltarmos para ela, melhor.

Todos fitaram Serina. Sem mais nada a dizer, ela suspirou e subiu a prancha até a pequena escuna.

Sua tripulação a acompanhou, Farley cantarolando alegremente enquanto amarrava as caixas de grãos para a viagem. Os filhos de Pil seguiram para as velas, embora Darlene precisara primeiro deixar sua nova espada encostada no mastro. Esquilo veio a seguir, carregando duas cestas de pão fresco e queijos.

— Para a viagem — justificou, e se enfiou abaixo do convés, animada.

Finalmente, Pil e Rankor levantaram âncora ao passo que Serina assumiu o leme. Ela conhecia aquelas águas melhor do que gostaria de admitir, então não foi problema navegar por um tempo. Conforme se afastavam do porto e deixavam Lathe para trás, uma irritação sombria se instalava no peito de Serina.

Rankor foi até o leme, batendo palmas.

— Ah, pensei que isto fosse ajudar você a parar de pensar um pouco em Bobbie. Agora estou me perguntando se estraguei tudo.

— N-Não, você não estragou nada! — Depois de tudo o que tinham lhe proporcionado, Serina não queria que eles absorvessem seus problemas. — Desculpe. Eu só… Nós éramos vizinhos. Eu e eles.

— Quando você era criança? — Rankor se recostou na amurada do navio, o vento farfalhando seu cabelo escuro. Estavam indo muito bem, capturando todas as correntes marítimas certas, e todos trabalhavam com entusiasmo após vários dias longe do rio.

Escunas eram conhecidas por sua velocidade. Talvez Serina pudesse canalizar isso quando chegassem ao destino.

Ela guiou cuidadosamente o navio pelos caminhos de gelo.

— Não, na segunda vez. A terra ao lado da deles era a mais próxima de Lathe, de acordo com Arlon. Mas tinha tendência a inundar, e era tão longe da costa que os custos de envio dos carregamentos eram um pesadelo. — A capitã estremeceu. — Além disso, é muita coisa. Cultivar terras sem ajuda.

— Hum. Então você não conseguia atingir sua cota, e Arlon substituiu você por outro agricultor?

— Bobbie veio pessoalmente para fazer a escritura. — Serina revirou os olhos, mesmo com o coração murchando ante a lembrança. — Como se a presença dela fosse tornar as ações menos dolorosas.

Rankor fez "hum". Depois de um momento, ele pigarreou.

— Posso ser franco, capitã?

O título a pegou desprevenida. Serina assentiu.

Seu navegador sorriu.

— Acho que Bobbie lhe fez um favor.

— Bobbie estragou tudo o que passei minha vida adulta perseguindo. — Serina estreitou os olhos, um fogo acendendo na alma. — *Bobbie* representa tudo o que mais odeio.

— Bem, no momento, aquela patrulheira está praticamente inconsciente porque estava tentando proteger você. — Rankor deu de ombros. Seu tom era tranquilo, mesmo que as palavras fossem cortantes. — Observando-a nos últimos dias, sinto que você não foi feita para a lavoura. E acho que você também sabe disso. Às vezes, o pior acontecimento da nossa vida pode se transformar no maior tesouro.

Rankor se posicionou com suavidade ao leme, ignorando-a intencionalmente, embora *ela* fosse a capitã e devesse ser ela a ignorá-lo. Mas estava tudo bem. Depois das palavras dele, Serina só queria sair dali. Silenciosa, quase amuada, caminhou até a escada. Pelo menos lá embaixo, não teria que fingir estar ocupada.

Esquilo estava lá embaixo, trabalhando. Não havia uma cozinha adequada na escuna, mas ela se contentava com o que tinha, estabelecendo uma bela distribuição de comida em caixas de madeira. O restante do espaço era alojamento, e um segundo lance de escadas levava a uma estação de remo um convés abaixo. Com sorte, não precisariam usá-la; os músculos de Serina ainda doíam da batalha do bloqueio.

— Gosta de queijo brie? — perguntou ela com alegria. — Um belo sanduíche de brie e maçã vai te animar.

— Não preciso me animar — resmungou Serina. Hoje, sem dúvida ela estava longe de sentir-se uma temida capitã pirata, mas não conseguia ignorar o fato de que os acontecimentos da semana tinham estragado seu humor.

Esquilo a avaliou e resmungou.

— Só um pedaço, então. — Ela rapidamente preparou um sanduíche apetitoso de brie, maçã e geleia de figo. Quando o apresentou em um guardanapo como se fosse uma refeição digna de rei, Serina engoliu uma risada.

— Estou muito feliz que vocês estejam aqui — admitiu, aceitando a comida.

Esquilo piscou, nitidamente surpresa. Aí pigarreou, ocupando-se em limpar o excesso de geleia da faca.

— Não sou boa de briga, capitã. Durante aquela batalha, eu me escondi aqui com as crianças. Eu... não tenho certeza do que teríamos feito se Reyna não tivesse intervindo. — Agora Esquilo estremecia, então apertou o maxilar. — Mas comida? Isto eu sei fazer. Não é uma contribuição extensa, mas é importante.

Serina cravou os dentes no sanduíche, e a geleia doce brincou com a crocância das fatias de maçã e com o sabor delicado do queijo. Ela soltou um gemido, e mastigou lenta e reverentemente.

— É importante, *sim.* Nem todo mundo é de briga, e tá tudo bem.

— Você é. — Esquilo sorriu. — Eu me sinto segura no seu navio, Serina.

Então os olhos de Serina se encheram d'água. Ela pousou o sanduíche, mastigando distraidamente e piscando para desanuviar a visão.

— O-obrigada.

Esquilo lhe deu um tapinha na bochecha.

— Mande os outros descerem quando puder, pode ser? Tenho certeza de que também estão com fome. — E aí ela começou a assobiar uma canção de marinheiro bem familiar, uma que o pai de Serina costumava cantar toda vez que levantavam âncora.

Sentindo-se mais leve, Serina retornou ao convés.

Não demorou muito para chegarem à propriedade — a parte mais demorada seria a viagem de volta a Lathe, considerando a geografia do rio. Serina guiou Rankor até uma pequena enseada, onde ficou chocada ao ver Humalt e seu filho já parados na praia, à espera deles.

— Viviana mandou um pombo-correio — avisou Humalt, acenando de maneira entusiasmada. — Serina, é tão bom ver você de novo!

— Igualmente — berrou Serina, com falsa animação.

Rankor bufou de algum lugar atrás dela.

A capitã o ignorou, e a tripulação carregou as caixas em uma canoa para levar à praia. Rankor, Esquilo e Pil ficaram na escuna. Darlene e Joe estavam curiosos em relação ao filho de Humalt, e logo os três adolescentes se jogaram em um papo animado. Com isso, Farley e Serina seguiram para cumprimentar Humalt.

O anfitrião tomou a mão dela num aperto caloroso, seu sorriso riscando o rosto.

— Sinto falta dos nossos piqueniques. Como estão as coisas?

O pior de tudo é que o problema ali não era Humalt e sua família, eles eram absolutamente encantadores. A definição de vizinhos fantásticos. Até se ofereceram para hospedar Serina depois que ela teve as terras confiscadas.

Era por isso que Serina não queria estar ali. Ela amava ser vizinha daquela família. Amava os piqueniques, amava o trabalho na fazenda. E agora eles estavam ali, um lembrete gritante de tudo o que ela perdera. Sua voz tremeu.

— Ah, que bom. Que bom. Comprei um novo navio e estou... no ramo mercantil agora. Igual ao meu pai.

— Excelente. — Humalt sorriu orgulhoso, como se estivesse se vangloriando do próprio filho. — Eu sempre soube que você se daria bem. Você é engenhosa.

Farley riu.

— Ela é mesmo. Onde devemos colocar os grãos?

— Ah, tem uma carroça ali. — Humalt gesticulou para o veículo. O cavalo estava desamarrado, pastando na grama gelada, mas a carroça nitidamente esperava um carregamento. Sua pele corada ficou ainda mais vermelha, e ele esfregou a nuca. — A enchente piorou este ano de novo. Eu... não sei bem por quanto tempo vamos aguentar antes da patrulha vir confiscar nossas terras também. — O homem riu, autodepreciativo, mas o som carregava uma verdadeira agonia em suas profundezas.

Serina fez uma pausa, soltando a caixa que estava prestes a levantar.

— Você... Ele não pode reivindicar sua terra também, Humalt. Eu era novata, mas sua família está...

— Está aqui desde o início. Tempo suficiente para nos lembrarmos de quando éramos *donos* desta terra. — Humalt esfregou o rosto, forçando um sorriso que mal contraiu seu bigode. — Vai ficar tudo bem, Serina. Não se preocupe conosco. Estes grãos vão quebrar o galho durante o inverno, e depois... Bem. Depois a gente só tem que garantir uma safra boa.

Mas aquilo era algo que fugia do controle deles, e ambos sabiam disso.

Qualquer má vontade de Serina centrada nas próprias inseguranças desapareceu. Restou só um lembrete latente do *motivo* que a fizera se voltar à pirataria, para início de conversa. O foco ali não era seu passado nem seu desejo por um futuro. Eram Humalt, seu filho, Garinson, seus vizinhos e todos os outros que só estavam tentando ganhar a vida de maneira honesta.

Serina seria desonesta por todos eles.

— Não se preocupe, Humalt. Não acho que Arlon será um problema por muito tempo mais — disse ela, semicerrando os olhos. — Vamos dar um jeito nele.

E, ao lado dela, Farley sorriu.

— Aí está ela. Bem-vinda de volta, capitã.

27

KIANTHE

Kianthe e Reyna mal haviam retornado de sua viagem ao norte quando Feo as interceptou. E pela Joia e pelas Estrelas, estava *em fúria.*

— Kianthe! — berrou Feo, saltando de Visk no momento em que o grifo pousou na praça da cidade. Pessoas próximas interromperam as próprias tarefas noturnas para olhar, boquiabertas, enquanto aquelu diarno de Shepara em trajes elegantes se aproximava da Arcandor como se estivesse prestes a estapeá-la.

Kianthe prontamente se abaixou atrás de Reyna, que levava os cavalos aos estábulos para que descansassem um pouco. Nem mesmo os animais foram capazes de proteger a maga da ira de Feo. Era tão inútil quanto tentar evitar Ponder, que chilreava de felicidade e se lançava das costas de Visk para saltar sobre Reyna com força total.

A bichinha piava de alegria. Ao que parecia, todo o seu treinamento rígido se perdera durante aqueles dias de separação. Ignorando os cavalos, Reyna pegou a bebê grifo e alisou as plumas em sua cabeça, e a beijou até deixá-la tonta. E, para o crédito de Ponder, ela acatou os carinhos, bicando as roupas e orelhas de Reyna e tagarelando.

Visk, enquanto isso, lançava a Kianthe um olhar que nitidamente expressava desgosto por seu passageiro. Sem aguardar mais, o grifo abriu suas asas e decolou noite adentro, deixando Ponder com as duas.

Deixando *Feo* com as duas.

Sua expressão era tempestuosa e um pouco enlouquecida.

Reyna olhou para cima por tempo suficiente para capturar a cena, então cantarolou "alguém está em apuros" e lançou Ponder aos céus. A bebê grifo ficou circulando ali por perto à medida que Reyna pegava as rédeas dos cavalos de novo. Seu tom mudou para algo alegre e amigável.

— Diarno Feo. Que surpresa agradável. Kianthe estava esperando para falar com você. Agora, se me derem licença, tenho que deixar os cavalos nos estábulos antes que fiquem incomodados com Ponder.

Traidora.

— Não dou licença, não. Você tem que me ajudar — sibilou Kianthe.

— Não fui eu quem inventou de convocar Feo sem aviso, amor — respondeu Reyna sarcasticamente, e começou a se afastar com os cavalos.

Agora Feo estava tão perto que não dava para evitar sua presença. Seu cabelo curto estava alvoroçado por causa do vento, e aparentemente elu não dormia há dias. Quando falou, cuspiu as palavras:

— Eu não consigo acreditar que estou em *Lathe* neste momento, e que você está *perfeitamente bem.*

— Estou bem, não estou?

— Não brinque comigo, Arcandor — rosnou Feo. — Você disse que precisava de ajuda. Achei que estivesse em apuros. Achei que você, Reyna ou alguém tivesse *morrido.*

Kianthe franziu a testa.

— Eu... eu disse que precisávamos de ajuda. Não que alguém estava à beira da morte. — Ela jamais aceitaria abertamente aquele tipo de emoção. Gostava de seus amigos e familiares saudáveis e felizes, obrigada.

— Você poderia ter esclarecido no bilhete — resmungou Feo, embora agora um pouco mais acanhado.

Kianthe apertou as mãos junto ao coração.

— *Awn.* Você estava preocupade comigo. Você se importa.

Feo rejeitou aquela pieguice.

— Nem um pouco. Eu me importo com a minha posição em Tawney. Uma posição que você colocou em risco. Aposto que Wylan já está assumindo tudo na minha ausência. — Impaciente, elu levantou as mãos, andando de um lado a outro.

— Ai, que exagero. — Agora Kianthe começava a se divertir, só um tiquinho.

Feo rosnou, levantando as mãos como se pudesse estrangulá-la.

— Percebe a situação em que isso me coloca? Um diarno abandonando suas terras sem nenhum tipo de aviso? Você é maluca?

Os dois estavam atraindo uma multidão. As pessoas já tinham ouvido a palavra "diarno" e se punham a cochichar. Se as fofocas ali se espalhavam tão rápido como em Tawney, o diarno Arlon ficaria ciente da presença de Feo muito antes do que Kianthe gostaria.

Ela então retorceu o vento com um gesto, criando uma barreira para lhes dar privacidade. Qualquer coisa dita agora ricochetearia de volta para eles em vez de chegar aos ouvidos alheios. Feo enrijeceu-se diante da magia, erguendo as duas sobrancelhas.

— Estamos em perigo? — Feo encarou os moradores locais como se qualquer um deles pudesse sacar uma faca e assumir uma postura assassina.

— Bem, com base na sua reação, *eu* posso estar — disse Kianthe. — Você vai me matar ou podemos conversar direito?

Feo cerrou o maxilar, respirando devagar pelo nariz. Por um longo momento, houve silêncio. As pessoas começaram a se afastar, lhes dando uma boa distância, se enfiando na taberna e em outras lojas como se Kianthe e Feo carregassem uma praga. Por fim, Feo falou entredentes:

— Quero um quarto, um banho e uma refeição quente.

Sem mais uma palavra, deu meia-volta e saiu pisando duro em direção à estalagem. A porta bateu com tanta força que caiu um montinho de neve do telhado, pousando perigosamente perto de um espectador.

— Desculpe — gritou Kianthe, engolindo o riso. — Elu é um bocadinho sensível.

O sol já havia se posto quando Feo se juntou a elas na taberna. Reyna havia garantido uma mesa estrategicamente aos fundos, com privacidade suficiente da multidão para que pudessem falar com liberdade. E ainda havia o bônus de poder esconder Ponder, que, era evidente, não queria sair do lado de Reyna de novo. Ela se aninhava no colo de Reyna, quase grande demais para ele agora, sua cauda de leão se enroscando de maneira possessiva em volta da coxa de sua tutora.

Kianthe fez uma careta para a bebê grifo.

— Ah, pelo amor de Deus, Key. Pode dividi-la comigo. — Reyna passou um dedo entre os olhos fechados de Ponder, acariciando de leve as penas acima do bico.

— Eu *posso*. Não significa que eu queira.

— Isto foi ideia sua. — Reyna gesticulou para a criatura em seu colo. — Lembra-se? Eu nem queria o ovo.

Kianthe suspirou.

— E vou perder essa discussão para sempre por causa disso. — Uma pausa, um sorriso malicioso. — Pelo menos daqui a pouco ela vai estar grande demais para entrar em qualquer lugar.

Do outro lado da mesa, Feo esvaziava um copo de rum carta ouro num gole só. Elu apresentava um pouco mais de serenidade agora, mas a raiva tinha se transformado em amargura, afiada como uma das facas de Reyna.

— Arcandor, por que estou aqui?

Elas acenaram pedindo mais bebida, e Reyna tomou um gole lento de seu vinho, seus olhos castanho-acinzentados calculando a situação.

— Achei que magos não bebessem álcool.

— Eu não sou mago. O Magicário deixou isso bem claro quando me exilou. — Mas não havia amargura na declaração de Feo, que simplesmente estendia seu copo para o garçom lhe servir outra dose robusta. Em seguida, sustentou o olhar de Kianthe enquanto tomava mais um gole. — É uma regra ridícula para os alquimistas, de qualquer forma. Não tenho magia natural; qualquer magia conduzida por mim requer feitiços cuidadosamente pesquisados.

— A maioria dos magos alquímicos se recusa a beber por solidariedade a suas contrapartes elementais. — Kianthe cruzou os braços, amuada na cadeira.

— Desculpe-me se meu conceito de "solidariedade" anda em falta. — A voz de Feo saiu seca à beça.

Reyna bateu na mesa para recuperar a atenção de ambos. Em seu colo, Ponder se agitou um pouco com o movimento, chiou baixinho e voltou a dormir. Logo começou a ronronar, mas o som foi engolido pela barulheira da taberna.

— Vamos nos concentrar aqui. Feo, lamento profundamente que Visk tenha trazido você sem nenhum aviso, mas precisamos de sua expertise. E de seus conselhos.

À menção da expertise, Feo se endireitou na cadeira. Se tinha algo que ê diarno de Tawney amava, era ser especialista em alguma coisa. Um sorriso presunçoso invadiu seus lábios.

— Eu sabia. Deixe-me adivinhar. Você encontrou os ovos, mas eles estão escondidos sob uma barreira alquímica.

— Bendita Joia, quem me dera. — Kianthe suspirou, gesticulando para outra mesa no lado oposto da taberna. Era uma das mais animadas, com Serina desafiando Pil para ver quem aguentava beber mais… e vencendo. Rankor e Esquilo batucavam de alegria, torcendo por eles. Farley revirava os olhos, sorrindo para o próprio copo. Darlene e Joe estavam sentados no canto, cochichando entre si; a dupla apontava para vários clientes, falavam alguma coisa e depois caíam na gargalhada.

Bobbie não estava presente, mas isso não era surpresa. Ela havia acabado de começar a sair da cama com um pouco mais de segurança, e seu período acordada era gasto evitando Serina, pelo menos foi isso que

Darlene informara quando Reyna ficara a sós com ela. Então era nítido que o bate-papo mais recente entre Serina e Bobbie tinha sido uma coisa boa.

Feo acompanhou o olhar de Kianthe, mirando a mesa.

— Quem são?

— Piratas.

— Piratas...? — Feo se calou, franzindo a testa. — Não há piratas no rio Nacean. Pelo menos não que eu já tenha ouvido falar.

— Estes são os primeiros.

Feo riu, tomando outro gole da bebida.

— Arlon deve estar se cagando.

Reyna acariciou o pelo ao longo das costas de Ponder, bem entre as asas. Elas se abriram ao seu toque, esticando-se sobre a mesa enquanto Ponder aguardava por uma coçadinha.

— O diarno Arlon os atacou há sete dias. Mandou cinco navios para afundar o deles. Canhões, patrulheiros... o pacote completo. Nós quase morremos lá.

— Foi uma declaração de guerra, Feo. — Kianthe não dourou a pílula, e seu tom era muito sério agora.

Feo arregalou os olhos.

E então deu um sorriso malicioso.

— Guerra contra os próprios cidadãos. Não diga.

Kianthe apoiou o queixo na mão, sorrindo sarcasticamente. Por mais que Feo a irritasse, a maga sempre imaginava que, se tivesse um irmão caçula, seria daquele jeito. Irritação e diversão liberadas em igual medida.

E, francamente, Arlon merecia o que estava por vir.

Feo já havia sacado um diário encadernado em couro do bolso da calça. Elu o folheou, batendo o dedo em uma página de anotações manuscritas.

Kianthe elevou uma sobrancelha.

— Tem uma pena aí também?

O olhar que Feo lhe deu seria capaz de descascar uma parede. Mas depois de um momento, elu de fato sacou uma pena da bolsa, além de um pequeno tinteiro. Era igual a Reyna e suas facas secretas, mas muito menos interessante de se assistir.

— Tome notas, Key — disse Reyna com delicadeza. — Talvez isto ajude você a atingir sua cota diária de palavras.

Kianthe resmungou.

— Você é muito sem graça. Sabia disso?

Feo já estava rabiscando, eficaz e furioso. Resmungava baixinho, escrevia algo mais, riscava e recomeçava do zero. Depois de um momento, bateu no papel com força.

— É isso. Esse tipo de coisa aconteceu há mais de dois séculos. Uma fome varreu Shepara, e um diarno passou a ordenar que seus cidadãos entregassem seus carregamentos de grãos. Quando o povo reagiu, o diarno retrucou com violência.

— Isso me parece familiar — disse Kianthe lentamente.

O sorriso de Feo cresceu.

— Acho que a maioria das pessoas já se esqueceu desse episódio, mas o conselho instituiu uma lei para evitar que se repetisse no futuro. Se um diarno ataca seu povo abertamente, ele é levado a julgamento imediato em Wellia. Se for considerado culpado, Arlon vai perder seu título.

— Promissor — disse Reyna.

— Espere aí. Temos que presumir que Arlon vai cair em um detalhe técnico. Antes de apresentarmos isso ao conselho, precisamos assegurar que seja uma lei inflexível. — Kianthe cerrou o maxilar. — Essa lei só vale se o diarno estiver fisicamente presente, mas Arlon não estava *lá* na batalha do bloqueio. Os patrulheiros lutaram contra nós, não ele.

— Hum. — Houve uma pausa. E mais rabiscos. Feo esvaziou o copo, mas não levantou a mão para pedir outro. — Tem alguma biblioteca aqui?

— Bendita Joia, bem que eu queria.

Os olhos de Reyna brilharam, achando graça.

— Você sempre quer muitas coisas.

Kianthe deu de ombros.

— Às vezes eu consigo. — Ela olhou para Feo. — Bom, é sempre possível invadir a biblioteca de Arlon. Ele alegou que estava em reforma, o que me parece suspeito.

— Querida, não culpe a paranoia por você querer acesso à maior biblioteca nos arredores de Wellia. — Reyna terminou seu vinho com um último gole.

— Na verdade, a biblioteca de Wellia seria a melhor opção. Arlon é membro do conselho. Se ele descobrir que sua posição, qualquer que seja, está sendo ameaçada, vai reunir o conselho e mudará a opinião pública. Afora você, Arcandor, suas testemunhas não são exatamente confiáveis em um tribunal.

Agora Feo apontava o polegar para a mesa de piratas no canto. Pil perdera a competição de quem bebia mais, e Serina oscilava, bêbada, em direção ao espaço vazio no meio do estabelecimento, dançando como se o violinista estivesse na ativa. Darlene se pôs a cantar, com Joe adicionando sua voz de barítono. A capitã pirata levantava seu copo e ria alto, e alguns clientes batiam palmas no ritmo da música improvisada.

— Quanto mais rápido eu puder botar as ideias em ação, melhor. — Feo esvaziou seu copo e cerrou o maxilar. — Vou trabalhar nisso hoje à noite. Empreste-me o seu grifo, e derrubaremos Arlon até o solstício de inverno.

— Você está demonstrando um preparo incrivelmente rápido — falou Kianthe devagar, levantando uma sobrancelha. — Quase como se já tivesse passado um tempo planejando esse golpe.

Feo deu um sorriso astuto.

— Sempre planejo golpes contra todos de quem não gosto. Você só entrou em território seguro recentemente, Arcandor, e é só porque sua noiva prepara um excelente chá.

Reyna inclinou a cabeça, graciosa.

— Fico grata que você não esteja mais conspirando para assassinar minha futura esposa.

— Por favor, Reyna. Como se você já não tivesse tramando uns sete esquemas para *me* tirar do poder, caso eu fosse uma inconveniência — zombou Feo.

Reyna simplesmente sorriu.

— Não sou de tramar. Eu planejo.

— Mera semântica.

Aquilo estava saindo do prumo. Kianthe beliscou a ponta do nariz.

— Antes de voltar correndo para Wellia, Feo, devo lhe avisar *por que* Serina decidiu se tornar pirata. A realidade da vida no rio Nacean não é tão idílica quanto deveria.

Eles passaram o restante da noite discutindo política, com Feo tomando notas cuidadosas enquanto revisava tudo de que ficara sabendo. Por fim, a discussão migrou para os ovos de dragão, e coincidiu exatamente com o momento em que terminaram de comer um jantar robusto. A taberna estava ficando barulhenta, e Kianthe não perdeu tempo ao propor:

— Quer dar um passeio antes de dormir?

— Hoje à noite vou ficar em Lathe em vez de retornar a Tawney, então acho que sim. — Feo já não parecia tão chateado com sua vida depois de uma noite de bebedeira e agitação política.

— Traga seu casaco; é uma caminhada e tanto. — Reyna levantou uma Ponder sonolenta, colocando-a em seu ombro, onde a bebê grifo ficou se equilibrando como um gato em um galho. Ambos acenaram para Serina ao saírem. A tripulação pirata se encontrava em vários estágios, desde "só quero ir dormir" até "a festa está só começando". Serina aproximou-se aos tropeços, alcançando Kianthe enquanto ela colocava sua capa de inverno.

— Aonde você vai? — A capitã falava um pouco arrastado, os olhos vidrados.

Sem dúvida bêbada.

Kianthe sorriu.

— Ao seu navio. Não vamos demorar.

— Meu navio? — Soou mais como *monavio*. — Eu também vou! Temos que derrubar Arlon.

Ao assistir à cena, Feo bufou.

Reyna, prestes a sair também, interveio suavemente.

— Capitã, com todo o respeito, vamos só fazer uma verificação. É um pequeno passeio. Mas… você falou com Bobbie, não falou? Como foi?

Era um ardil para distraí-la.

Serina piscou pesadamente, a expressão azedando. Da porta, Feo franziu a testa, impaciente, mas agora Kianthe estava interessada demais para interromper a conversa. A pirata bufou.

— Ela é tão *confusa*. Por que as bonitinhas sempre bagunçam a minha cabeça?

— Boa pergunta — comentou Kianthe.

Reyna revirou os olhos.

— Então vocês duas não fizeram as pazes? Achei que Bobbie iria nos acompanhar quando voltássemos a navegar.

— Ela vai ficar aqui. — Serina cruzou os braços, o queixo erguido. — Achei que estivesse tudo bem, mas, nesta manhã, a convidei para vir conosco, ela me disse para parar de roubar. Eu sou pirata. Quem diabos… — Uma pausa, como se ela tivesse perdido a linha de raciocínio. — Quem é ela para *me* dizer o que fazer? Para os quintos dos infernos com ela!

— Kianthe, se não formos logo, vou me recolher para dormir. — A voz fria de Feo ecoou pela barulheira da taberna.

Serina se esticou ao redor deles, semicerrando os olhos para Feo.

— Quem é esssse?

— Um amigo — respondeu Reyna com um suspiro. — Beba um pouco de água antes de ir para a cama, tá bom, Serina?

A pirata acenou e voltou cambaleando para seus amigos. Quando Farley lhe serviu um grande copo com água, ela tomou um golão. Kianthe acompanhou a noiva e Feo para fora e, no silêncio repentino, a Arcandor falou:

— Bem, é isso. Desisto oficialmente. Essas duas não foram feitas uma para a outra.

— Concordo que chegamos ao fim da nossa intromissão. — Reyna prendeu o cabelo em um rabo de cavalo alto, usando um pedaço de barbante. — Acho que teremos que voltar a bancar as casamenteiras com alguém mais perto de casa.

Agora seus olhos vagaram por Feo, que tinha uma queda notória por sua contraparte do Reino, lorde Wylan. Feo pareceu perceber a insinuação, e fechou a cara.

— Nós somos *amigos*.

— Três estações atrás, vocês não eram nem isso. Meus planejamentos abrangem anos, diarno Feo.

Kianthe engoliu uma risada.

— Não é de se admirar que vocês dois se deem tão bem.

Feo resmungou alguma coisa e seguiu em frente.

Eles caminharam a curta distância até o navio, ainda escondido na enseada ao norte da cidade. Feo examinou seu novo nome, nitidamente pintado com a caligrafia cursiva de Reyna, e as encarou com desconfiança.

— O diarno Arlon mandou encomendar um navio desses anos atrás.

— Que coincidência — falou Kianthe com deboche, e manipulou magicamente uma camada de gelo até a borda do navio. A escada improvisada de madeira que ela havia esculpido na lateral permanecia lá, e eles subiram um de cada vez. — Você não estava equivocado sobre o feitiço alquímico, no entanto. Arlon não quer mesmo que bisbilhotemos seus registros particulares... e a gente não dá a *mínima* para o que ele quer, não mais.

Feo as acompanhou até os aposentos do capitão, soando vagamente satisfeito.

— Nunca me importei com as vontades daquele idiota pomposo. — Elu gravitou imediatamente em direção à escrivaninha de tampo de correr, mexendo na gaveta em questão sem qualquer solicitação.

Kianthe de fato não entendia magia alquímica da maneira como provavelmente deveria; parecia apenas antinatural, tipo recitar um roteiro sem qualquer emoção. Mas ela não iria discutir justamente enquanto Feo se acomodava para desfazer o lacre alquímico.

Pelo menos Reyna não se machucaria desta vez.

Felizmente, Reyna estava apenas prestando metade da atenção. Ponder voava ao redor do navio, vasculhando as cordas e agarrando os mastros com suas asinhas abertas para se equilibrar. Era exatamente a ameaça que Kianthe esperava que seria num barco, e Reyna não estava contente.

— Ponder. *Ponder.* Não! Quieta.

Era cômico como aquela criaturinha emplumada ignorava as ordens de Reyna.

Depois de um bom tempo, Reyna enfim acenou uma tira de carne-seca diante do campo de visão de Ponder. A bebê grifo trinou, pousou como um tijolo no convés e dobrou as asas na imagem perfeita de uma minimontaria.

Kianthe tinha de dar crédito à sua noiva; aquilo foi bem eficaz.

— Preciso de um pouco de sangue para acionar isto aqui. Não pode ser meu. — Feo olhou para Kianthe, que estava parada à porta. — Provavelmente não pode ser seu também. Não tenho certeza de como sua preciosa Joia vai reagir a isso.

— Provavelmente da mesma forma que reage ao ser citada com sarcasmo — disse Kianthe languidamente.

Feo revirou os olhos.

— Chame Reyna, por favor.

Kianthe odiava aquilo. Ela quase mandou Feo se foder, pois o sangue de sua noiva não era uma mercadoria a ser trocada por serviços, mas Reyna ouvira a conversa e era evidente que considerava aquilo mais importante do que controlar Ponder.

— Aqui. — Ela passou por Kianthe e sacou uma faca de... sabe-se lá onde das dobras de sua camisa. Debaixo da axila, talvez? Impossível dizer, pela velocidade com que ela fizera o movimento. Ainda mais preocupante foi a rapidez com que cortou a pele do antebraço, perto do cotovelo; e o pouco que estremeceu com o sangue que brotou do ferimento.

— Rain. — Kianthe respirou fundo. — Um cortezinho na palma não seria o suficiente?

— *Por que* eu machucaria logo a palma? Eu sou espadachim. — Reyna balançou a cabeça e se aproximou de Feo conforme o sangue escorria pelo corte no braço, pingando pelo cotovelo.

Feo estava imperturbável.

— Excelente. Bem aqui, por favor. — Elu guiou o braço sangrando até um sinete gravado no topo da mesa. No momento em que o sangue fez contato, o símbolo brilhou em um vermelho nauseante, tão diferente do amarelo lindo de sua magia, ou mesmo do azul profundo e respeitável da magia de dragão.

Kianthe cerrou o maxilar, mas Reyna já estava pegando uma das bandagens que sobraram dos curativos de Bobbie, envolvendo seu braço resolutamente. Ao mesmo tempo, Feo abria a gaveta secreta.

Dentro havia uma única pasta, couro com uma gravação dourada em relevo, transbordando de pergaminhos.

Feo mostrou.

— Sucesso.

— Vamos ver o que o diarno Arlon estava tão decidido a esconder. — Reyna sorriu.

28

REYNA

Fosse o que fosse aquele material, o diarno Arlon estava nitidamente determinado a protegê-lo, porque tudo na pasta de couro estava escrito em códigos.

Kianthe não gostou nada. Ao caminharem de volta à estalagem, ela resmungava sobre Arlon, sobre suas práticas comerciais e sobre sua paranoia geral, e também se queixava por ele não *facilitar* as coisas. Reyna e Feo ficaram um pouco mais atrás, deixando-a desabafar ao mesmo tempo que trocavam ideias para decifrar aqueles códigos. Acontece que Feo tinha paixão por esse tipo de coisa.

— Vou adiar Wellia por um dia. Não devo demorar muito para decifrar isso. — Elu sorriu de modo irônico. — Arlon não é conhecido por sua perspicácia intelectual, afinal de contas.

— Bem, e *eu* vou dormir — declarou Kianthe com petulância. — Nesta manhã acordamos em uma caverna e estou doida por um colchão.

Reyna e Feo foram deixados na silenciosa área de estar da estalagem depois que a Arcandor subiu as escadas pisando duro. Ponder não perdeu tempo e voou atrás dela, beliscando seus calcanhares como se tudo fosse uma brincadeira. Depois que Kianthe e a bebê grifo foram embora, Reyna suspirou.

— Peço desculpas pela sua convocação apressada, Feo. Se eu soubesse, teria escrito um bilhete mais detalhado explicando as contingências.

O diarno esfregou o rosto.

— Kianthe sempre foi assim. Mas, para seu crédito, ela não costuma desperdiçar meu tempo com banalidades. E isto... — Elu ergueu a pasta. — Bem. Certamente é digno de nota.

— Como *está* lorde Wylan? — Reyna manteve seu tom suave e neutro. — E a loja? Matild e Tarly? Gossley?

Feo soltou uma risada.

— Primeiro, já entendi o que você está fazendo, e não vai funcionar. A loja está bem; a cidade inteira está se revezando para administrá-la durante o dia. Todos estão bem. — Houve uma pausa. Feo não era uma pessoa emotiva, então nitidamente foi preciso muita energia mental para admitir: — Sentimos saudade de vocês duas. Tawney não é a mesma sem vocês no Folha Nova.

A saudade de casa tomou conta de Reyna, como uma onda. Ela forçou um sorriso.

— Já, já a gente volta. Só precisamos localizar esse carregamento; espero que essa pasta nos dê algumas respostas. — A pequena área de estar era quente e reconfortante, e Reyna notou uma mesa perto da janela, ao lado da lareira. — Na verdade, vou ficar acordada por mais um tempo; que tal se a gente pegar esta pasta e a segmentar? Tenho alguma experiência com códigos.

Afinal de contas, o espião-mestre da rainha Tilaine adorava uma boa mensagem secreta.

Feo assentiu e entregou metade do conteúdo.

— Você vai subir?

— Só para dar boa-noite a Kianthe. A luz acesa a atrapalha, então vou descer de novo para trabalhar.

Feo deu de ombros, liderando o caminho escadaria acima.

— Boa sorte. Vamos nos falar amanhã; duvido mesmo que demore se trabalharmos em conjunto.

Reyna não tinha certeza de quando se equiparara a um diarno em termos de intelecto, mas ela ficava muito contente com tal camaradagem. Ela desejou boa-noite a Feo, então foi ao quarto para ver Kianthe já na cama. Normalmente, a maga adormecia lendo, mas nesta noite suas pálpebras já estavam fechadas. Ela não devia nem ter trocado de roupa antes de se enfiar sob as cobertas.

Ponder estava encolhida em uma pilha fofa de cobertores aos pés de Kianthe, mas observava Reyna com atenção arrebatada.

— Você vem? — murmurou Kianthe, dando um tapinha no colchão. — Fica frio sem você.

Reyna sentiu-se culpada ao levantar o pergaminho, mas sua mente estava acelerada com as possibilidades de decifrar o que estava escrito naquelas páginas.

— Vou ficar acordada por mais um tempinho. Não me espere, tá bom, amor?

— Argh. Tá bem. — Kianthe rolou, então acenou como uma reflexão tardia. As velas no quarto se apagaram de imediato.

Reyna sorriu ao dar um beijo no cabelo de Kianthe, então voltou ao corredor da estalagem. Um ronco pesado ecoava do quarto de Serina; bem, pelo menos a capitã pirata conseguira achar o caminho da cama. Com sorte, o restante da tripulação também o fizera.

Com sorte, Bobbie botaria a cabeça no lugar antes que Serina deixasse Lathe para sempre. Mas, de alguma forma, Reyna duvidava disso.

Ela se instalou à mesa no saguão e examinou a papelada. Estava escrita no alfabeto comum, então ela reconhecia as letras. Era uma mistureba danada, mas era um começo. Ela se pôs a trabalhar com as cifras mais comuns usadas pela rainha Tilaine, então outras mais obscuras que havia aprendido depois de anos observando os espiões de Sua Excelência — bem como os assassinos que tentavam enganá-los.

Foi um trabalho meticuloso, e ela por pouco não ouviu uma porta se abrindo e se fechando ao longe. A porta da frente da estalagem permanecia trancada, e o estalajadeiro já tinha ido dormir havia muito tempo. Até a lareira estava morrendo agora.

Mas era possível ouvir passos discretos nos fundos. Quem quer que estivesse ali, claramente havia entrado pela porta da cozinha. Uma escada de serviço levava ao lado oposto do corredor superior, Reyna o explorara na primeira noite ali. A pessoa parecia se dirigir aos quartos de hóspedes e claramente não tinha a intenção de ser flagrada perto da entrada principal da pensão.

Que intrigante.

Reyna abriu um sorriso astuto e se afastou da mesa. A papelada de Arlon estava dobrada em uma pilha organizada, que ela logo enfiou no bolso fundo da calça. Silenciosa como um gato perseguindo sua presa, Reyna subiu a escadaria principal, mantendo-se nas sombras.

Se alguém achava que iria assassinar a Arcandor durante o sono, podia esquecer a ideia. Reyna sacou duas de suas facas favoritas das bainhas ocultas, girando-as automaticamente conforme se agachava em uma alcova perto do topo da escada.

Mas os intrusos — dois deles, um corpulento o suficiente para Reyna desejar estar com sua espada, e o outro magricela e gracioso — evidentemente não estavam atrás de Kianthe. Seguiam com confiança, mas não para o quarto da Maga das Eras... e sim para o de Serina.

Bem, que surpresa.

Reyna ficou observando, curiosa, enquanto eles se abaixavam para entrar no quarto da capitã pirata. Reyna espreitava escondida, esperando para ver se iriam machucá-la, mas a única coisa que os dois fizeram foi colocar um pano no rosto de Serina, então enfiar um saco de estopa sobre sua cabeça e jogá-la sobre o ombro.

Reyna provavelmente deveria intervir, mas Serina não estava em perigo imediato, e agora sua curiosidade estava aguçada. Eles não se movimentavam como os patrulheiros de Arlon. Não eram bandidos nem espiões de Sua Excelência. Suas roupas passavam a ideia de que eram marinheiros, mas ali tão perto do Nacean, poderia ser um ardil intencional.

Então quem eram eles?

Bem. Só tinha um jeito de descobrir... e Reyna só esperava que Kianthe não a odiasse totalmente por sua decisão. Ela deu meia-volta, embainhou as facas e desceu as escadas de modo furtivo. Quando os sequestradores entraram na cozinha, já prontos para sair, ela estava examinando os armários como se procurasse um lanchinho da madrugada.

— Oh — disse ela, fingindo choque. Fez questão de olhar diretamente para a mulher inconsciente por cima do ombro do sujeito corpulento, e então encontrar o olhar do outro, o esbelto.

— Pegue ela — ordenou o grandão, o pânico na voz.

O magricela avançou mais rápido do que Reyna esperava. Mas não rápido o suficiente para impedir um contra-ataque... daí, mais uma vez, a intenção não era lutar. Reyna abriu a boca como se fosse gritar, respirou fundo e, quando a pessoa botou um pano em seu nariz e boca, ela exalou.

Então fez exatamente o que eles esperavam: tombou.

— Devemos deixá-la aí? — perguntou o sujeito esbelto. Sua voz era mais grave do que ela esperava, considerando sua estrutura física.

— Não depois do que ela viu. Vamos levar as duas.

Um saco de estopa também foi enfiado sobre sua cabeça, e seus tornozelos e pulsos foram amarrados com uma corda áspera. Ela permaneceu molenga enquanto era posicionada sobre o ombro do grandão, no ombro oposto a Serina, e carregada para fora. Reyna contou os passos, examinou a direção e concluiu que estavam indo para o porto bem antes de pisarem em um barco.

Talvez se tratasse de um comerciante descontente e sua tripulação?

Se ela tivesse se dado conta, teria perguntado a Serina sobre sua lista de inimigos. Agora era tarde demais. Eles a carregaram para baixo do convés, e uma voz severa gritou:

— Levantar âncora.

E então zarparam, navegando rápido para fora de Lathe.

Kianthe não ia ficar *nada* feliz com aquilo.

Reyna, no entanto, estava um tanto satisfeita consigo mesma.

Eles a pousaram no chão, deitaram Serina ao lado dela, e seus passos recuaram. O silêncio tomou conta, embora no convés acima desse para ouvir os passos e comandos berrados à medida que desviavam o navio para o sul. Reyna esperou mais alguns momentos, então pegou a faca costurada em um bolso secreto em sua cintura. Não demorou muito para cortar as amarras em seus pulsos e tornozelos e remover o capuz de estopa.

Os nós eram do mesmo tipo que Pil lhe ensinara a fazer no cordame. Escolha interessante para uma prisioneira.

Elas estavam em uma cela minúscula. Serina permanecia inconsciente, mas Reyna lhe deu um tapinha na bochecha mesmo assim.

— Capitã, com todo o respeito, aconteceu algo que exige sua atenção. — No entanto, suas palavras sussurradas de nada adiantaram; além de Serina ter bebido bastante na véspera, qualquer que tivesse sido a tintura usada para nocauteá-la, por certo, estava surtindo efeito.

— Tudo bem, então. Vamos ver quem são essas pessoas.

Reyna deixou Serina contra a parede da antepara, seguindo com agilidade em direção à porta de metal. O navio balançava agora, de volta ao rio, e indo mais rápido do que Reyna esperava, considerando o vento ali na região. Era totalmente possível que houvesse um mago a bordo.

A ex-guarda da rainha arrancou dois grampos de seu coque. Um estava com a ponta bem dobrada, e o outro tinha uma ponta ligeiramente curva. Rapidamente destravou a fechadura e então abriu a porta da cela. Aí a encostou de leve; para qualquer um que passasse, Serina pareceria a única prisioneira.

Afinal de contas, não era nem para ela estar ali. As probabilidades eram de que ninguém nem fosse notar.

Pelo menos não rápido o suficiente para intervir.

Reyna pegou uma capa de um gancho perto da escada e um chapéu de uma das redes perto da cela de Serina. À primeira vista, pareceria um marujo qualquer, e isso lhe bastava.

O navio era menor que o *Nau estou* à *venda* e nitidamente muito mais veloz. Através das escotilhas no convés inferior, as árvores escuras pareciam passar embaçadas. Definitivamente, havia um mago a bordo, o que significava que ela teria de ter cautela.

Reyna seguiu pelo convés inferior, vasculhando caixas, pertences pessoais, qualquer coisa que pudesse lhe dar pistas sobre seus captores. Infelizmente, foi improdutivo; quem quer que fossem, era evidente que não passavam muito tempo naquele navio… nem tinham qualquer identificação além de "marujos".

Hum. Reyna voltou para a cela, entrando de novo ali.

Marinheiros misteriosos atuando como sequestradores. Um barco que eles claramente não usavam com frequência. E sem insígnias, o que sugeria seu profissionalismo.

Ela deu um sorriso.

Bem. Se seu palpite estivesse correto, Reyna estava prestes a garantir razões incríveis de se gabar.

No dia seguinte, alguém bateu um bastão de madeira contra as barras da cela.

Reyna estava acordada desde que ouvira os passos de bota se aproximando, mas Serina se levantou no susto, como se tivesse se queimado.

— O quê… — Ela fechou os olhos contra a luz do sol do meio da manhã, engolindo um gemido. — Ai, Estrelas do céu, está tão claro. Estamos… nos movendo? — Sua pele empalideceu e ela gemeu por um motivo diferente. — Em um barco. Logo depois de uma noite como aquela. Por que os piratas *bebem* tanto?

— Nós não bebemos. Isso é erro de principiante — falou alguém lentamente.

A pessoa diante delas estava confiante e equilibrada. Seus polegares estavam metidos em um cinto de couro adornado com uma luneta e uma espada bem polida. Usava calça preta e uma camisa branca larga. Empoleirada em seus ombros, havia uma capa carmesim cravejada de botões e enfeites pretos.

E, na cabeça, um chapéu tricórnio com um penacho ridiculamente grande.

Bom saber que os instintos de Reyna estavam aguçados, como sempre.

Dreggs Vigarista esboçou um sorriso sarcástico, quase amigável. Tinha mais idade do que elas, talvez duas décadas a mais que Reyna e Kianthe, mas isso não refreava seu charme em nada. A pele era bronzeada. O cabelo era curto e despenteado, caindo alegremente sobre os olhos azuis — olhos como aço, claros a ponto de ganhar uma tonalidade cinzenta.

Deuses do céu, não era de se admirar tamanha reputação.

— Divertiu-se fazendo sua ronda noturna pelo meu navio? — Dreggs se dirigia a Reyna, sorrindo, achando graça em tudo. O sotaque era indecifrável; talvez de Shepara, mas era tão único quanto sua lendária figura.

Reyna se viu sorrindo de volta, inclinando o quadril.

— Como assim? Sou uma humilde prisioneira aqui.

Dreggs riu, o som vivo e arejado.

— Pela minha experiência, coincidências não existem. Mandei meu intendente e contramestre com instruções muito específicas, e eles retornaram com a prisioneira desejada… e uma extra que simplesmente os pegou no ato "por acaso". — Agora o sorriso de Dreggs se transformava em algo astuto, perigoso. — Além disso, minha capa não estava onde a deixei.

— Que estranho — respondeu Reyna, inclinando a cabeça.

Dreggs riu de novo e acenou para a pessoa corpulenta ao lado.

— Senhoritas, apresento-lhes ao meu estimado intendente, o Senhor Mamãe.

— Seu nome é Mamãe? — indagou Serina, perplexa.

— Neste navio, para você, é *Senhor* Mamãe. — O homem rosnou as palavras, cerrando o maxilar de irritação.

— Ele é um encanto. Sério. — Dreggs não usava seu paletó, estava só pendurado nos ombros como uma capa. Ê pirata soltou um lado, equilibrando-o sobre um ombro só. A imagem da pura confiança. — Você é novata na pirataria, mas, nos Mares do Sul, o capitão é eleito… e todos os outros seguem a hierarquia com base na idade. Eu sou a sedução aqui — e ofereceu uma piscadela provocativa —, mas o Senhor Mamãe é a verdadeira autoridade.

— Não pise no meu calo — resmungou Senhor Mamãe.

Serina, enquanto isso, parecia ter acabado de engolir um limão.

— Puta merda. Merda, porra, *merda*.

— Demorou um tiquinho para ela perceber, não é? — perguntou Dreggs a Reyna.

— Você é Dreggs Vigarista! — Serina enfiou as mãos no cabelo longo, inclinando o rosto em direção ao teto de madeira. — Benditas Estrelas. Devo ser *boa* no meu trabalho para despertar seu interesse.

— Boa o suficiente para justificar uma visita e um bate-papo, sem dúvida. — Dreggs sorria como um tubarão farejando sangue. Serina enrijeceu, mas elu já gesticulava para a porta trancada da cela. — Por que vocês duas não se juntam a mim para uma xícara de chá? Senhor Mamãe, por favor.

O intendente destrancou a cela, gesticulando para Reyna e Serina seguirem Dreggs escadaria acima.

Bem. Pelo menos agora teriam algumas respostas.

29

KIANTHE

Kianthe acordou em uma cama vazia.

Bem, "acordou" era uma definição tranquila demais. O que aconteceu mesmo foi que Ponder cravou suas garrinhas no peito de Kianthe *por cima dos cobertores.* A maga deu um berro, endireitou-se e Ponder voou habilmente para a cadeira no canto. Daí chilreou, irada, abriu as asas e gritou para garantir que estava dado o recado.

No corredor, alguém bateu à porta do quarto.

Kianthe mal ouviu, estava ocupada demais olhando para o espaço vazio ao seu lado.

— Reyna não veio se deitar — murmurou, seu peito apertado.

Ponder chiou de novo, andando ao longo do encosto estreito da cadeira. Ela se balançava e arreganhava as asas para se equilibrar. Sua cauda de leão se debatia.

Não havia razão para pensar que Reyna estava em perigo, mas isso não impediu a mente de Kianthe de visitar lugares sombrios. Ela jogou as cobertas para longe, ainda usando a roupa da noite anterior, e parou de repente quando seus olhos pousaram na espada apoiada na parede perto da porta.

Reyna nunca iria a lugar nenhum sem aquela espada.

Merda.

— Kianthe — berrou alguém. Bobbie, através da madeira grossa da porta. — Pelas Estrelas, droga, por favor, acorde! — Mais batidas, tão intensas que poderiam quebrar a porta se continuassem.

Kianthe a abriu com força, faíscas de magia cintilando ao seu redor. Ponder pousou em seu ombro, cravando as garras para se firmar, e gritou na cara de Bobbie, que por sua vez deu um grito de susto, recuando.

O caos acendeu o humor da maga, aquecendo o corredor de maneira considerável.

— Quieta! — ralhou Kianthe.

O silêncio recaiu. No corredor, algumas portas se abriam. Pil, seus filhos, Esquilo: todos saindo dos respectivos quartos. Farley subia a escada, trazendo duas canecas de chá. Kianthe compartimentou tudo, então tirou Ponder do ombro, colocando-a com um baque no chão de madeira. A maga olhou para além de Bobbie, para a porta aberta atrás dela.

O quarto de Serina.

De onde alguém evidentemente a arrancara da cama.

— Eu poderia ter escolhido uma *noiva* normal — resmungou Kianthe, esfregando o rosto cansado. A maga entrou no quarto de Serina apenas brevemente, reconheceu que não havia ninguém lá, então passou por Bobbie em direção à escada. Farley se espremeu junto ao corrimão, abrindo passagem. Conforme esperado, a área de estar da estalagem estava vazia. Kianthe queria rir... ou chorar. — Eu poderia ter escolhido alguém que se esconderia quando os sequestradores chegassem. Não, eu tinha que escolher a porcaria de uma guarda da rainha, alguém literalmente treinado para pular de cabeça no perigo.

Bobbie seguia logo atrás dela, sem se deixar intimidar pela magia que reluzia ao seu redor. Ponder começou a bicar suas roupas, e Bobbie gentilmente a enxotou, o pânico tingindo sua voz.

— Serina não foi sequestrada. — A ex-patrulheira engoliu um suspiro quando o movimento repuxou os pontos de seu ferimento, costurados de maneira habilidosa pelo médico de Lathe dias antes.

Isso não significava que ela estava melhor. Significava apenas que não estava mais sangrando.

Embora a ansiedade cutucasse a mente de Kianthe, deixasse suas mãos trêmulas e a respiração difícil, ela se forçou a se acalmar. Não funcionou, não de verdade, mas ela já havia passado um tempo com Reyna discutindo contingências. Da última vez que se separaram, Kianthe presumiu que a noiva estivesse a salvo, e então Arlon atacou com cinco embarcações.

Agora Kianthe assumia o controle e batia na pedra da lua em seu peito três vezes, demoradas e resolutas.

Emergência?

Longos e agonizantes momentos se passaram, e então dois toques longos responderam em seu código personalizado: *Tudo ok.*

Então Reyna estava viva e bem. Isso acalmou um pouco o coração acelerado de Kianthe. O que quer que tivesse acontecido, quem quer que a tivesse levado, não houve resistência da parte de Reyna. A capacidade de diálogo através das pedras da lua era limitada, a comunicação era puramente por toques e calor, mas pelo menos ela seria alertada caso Reyna estivesse ferida.

Por ora, Kianthe permanecia focada. Era um trabalho em andamento, mas pelo menos poderia fazer algo ali.

Toda a tripulação de Serina estava presente no momento. Rankor tinha nitidamente acabado de sair da cama e aceitou uma das canecas fumegantes das mãos de sua esposa. Esquilo murmurou algo sobre assar uns pães para aliviar o estresse e foi em direção à cozinha. Pil e as crianças estavam observando de modo solene.

Bobbie ainda estava frenética.

— Serina *não pode* ter sido sequestrada. Ninguém a quer tanto assim. Certo?

— Arlon quer. — Kianthe respirou fundo, agora dando três toques curtos em sua pedra da lua. *Eu te amo.*

E vieram três de volta instantaneamente: *Te amo também.*

Ajudou. Não acalmou seu coração acelerado e seus nervos agitados, mas ajudou.

Feo apareceu no topo da escadaria, sua expressão completamente descontente.

— Arlon não teria orquestrado um sequestro; é algo muito lambão. Um ataque rápido como a batalha do bloqueio é mais fácil de limpar e renegar, mas um sequestro requer a manutenção de um refém, em geral por longos períodos. Nem ele é tão estúpido assim.

— Serina não foi sequestrada — insistiu Bobbie. — Ela estava bêbada; provavelmente só tropeçou na neve. Ela... — A ex-patrulheira parou de falar quando ninguém interveio em concordância. Bobbie examinou a expressão sombria de Kianthe e afundou na cadeira da escrivaninha. — Não. Pelas Estrelas, a última coisa que eu disse a ela... Ela não pode ter ido embora.

— Serina não foi embora — disse Kianthe, a exasperação entrelaçando suas palavras. Afinal, se algo acontecesse a Serina, Reyna estaria lutando para salvá-la. E *isso* colocava Reyna em perigo... Sendo assim, só restava a Kianthe torcer para que nenhuma das duas estivesse encrencada. — Bobbie, estou te dizendo. Ela está bem.

Um grito assustado surgiu da cozinha.

— Pelo amor da Joia. — Kianthe passou por todos, pelo corredor inferior até a cozinha. Esquilo estava lá, os braços carregados com um saco de farinha, e ela apontou para o chão.

Uma única adaga brilhava no chão, a lâmina apontando para a porta.

— É de Reyna. — Kianthe se ajoelhou ao lado da arma. Seus olhos seguiram o caminho porta afora. Ponder sondava ao lado dela, arranhando a adaga, chiando com curiosidade. — Quem as levou saiu por aqui. — A magia a cutucava, circulando em torno de um resíduo persistente de locke azul no ar. Quando extraída da maneira correta, a locke azul era capaz de anestesiar até a maior das criaturas. Matild, a especialista médica residente de Tawney, pedira a Kianthe para lhe arranjar a substância a fim de sedar pacientes durante procedimentos mais desagradáveis.

Agora, a magia dourada da planta rodopiava no ar, agindo como uma trilha que levava Kianthe direto para fora. Ela correu o polegar ao longo do punho da adaga de Reyna enquanto seguia a pista distraidamente, serpenteando pelas ruas até chegar às docas.

A procissão acompanhou *Kianthe*, algo que ela só percebeu quando parou à beira d'água.

— Eles entraram em um navio? — indagou Bobbie.

— Hum. Não no navio de Serina. — Ele ainda estava atracado naquela enseada ao norte, e duas pessoas não conseguiriam tirá-lo dali, não com todo o gelo em volta. O frio já açoitava as roupas da Arcandor; ela havia deixado sua capa em casa, e não se dava ao trabalho de disfarçar seus tremeliques.

Acima, Ponder circulava, gritando com pesar. Um grito mais alto e profundo ecoou, e Visk apareceu no horizonte, convocado pela tristeza da filha.

Kianthe sinalizou para o grifo descer. Ele pousou com um baque pesado no cais, virando a cabeça para observá-la. Mas antes que ela pudesse passar a outra perna sobre Visk a fim de decolar, alguém a deteve.

— Arcandor — chamou Feo, firme e com clareza. — Sei que está preocupada. Mas Reyna é esperta, e você já confirmou que elas estão vivas. — Claro que elu a vira batendo em sua pedra da lua. Traste enxerido. A maga fez uma careta, mas Feo não soltou seu braço. — Precisamos pensar direito. Eu já disse e vou dizer de novo: nada de bom vem quando você se afoba em uma batalha.

— E o que seria "pensar direito" aqui? — quis saber Kianthe. — Elas foram levadas em um navio. Se voarmos para o sul, vamos encontrá-las.

— Eu também vou. — Bobbie cerrou o maxilar. Ela estava oscilando um pouco, mas conseguia ficar de pé, o que era francamente impressionante.

Feo rangeu os dentes, de pura exasperação.

— Você não tem como rastrear um navio no rio. Eles podem estar na metade do caminho para Oslop e você jamais perceberia.

Um sorriso lento inclinou os lábios de Kianthe, e ela saltou de Visk, presunçosa.

— Ah, Feo. Às vezes acho que você se esquece das capacidades de um mago elemental... em especial um com a minha magia. — Ela casualmente mergulhou a mão na água que lambia o cais.

A água estava ávida para agradá-la. O rio traçou um caminho em sua mente, uma identidade amarela do pequeno navio que atracara ali tarde da noite, então levantara âncora e navegara para o sul, a toda velocidade. Rápido demais. Magicamente rápido.

— Interessante — disse ela lentamente, recorrendo à palavra só para alimentar a confusão de Feo. — Um navio pequeno. Mais próximo em tamanho do barco original de Serina do que o *Nau estou à venda*. Eles têm um mago a bordo, então provavelmente já passaram de Oslop agora. Talvez até de Neolow.

— Ou pelas terras de Arlon — murmurou Bobbie.

Kianthe cutucou a água, mas ela congelou sua mão com petulância.

— O rio não as levou para Arlon. Francamente, é até ofensivo você sugerir uma coisa dessas.

— Uau — comentou Pil.

Feo cerrou o maxilar, mas sabia que era melhor não discutir. Elu suspirou, massageando a testa.

— De qualquer forma, eu esperava pegar seu grifo emprestado para chegar a Wellia. Quanto mais cedo reunirmos o conselho, melhor seremos contra Arlon.

Visk eriçou as penas, esticando as asas conforme esperava as ordens de Kianthe.

Ela hesitou. Por mais que odiasse admitir, Feo tinha razão; Kianthe convocara sua presença por um motivo, e seria incrivelmente rude abandonar Feo em Lathe enquanto a Arcandor voava para resgatar Reyna. Além disso, ela duvidava que Bobbie fosse deixá-la ir sozinha, e a ex-patrulheira com certeza não conseguiria lidar com um dia nos céus. Não no estado em que se encontrava.

A última coisa que Kianthe precisava era ter de salvar o salvador.

— Acho que seria mais útil seguir em um barco, com reforços. — Suas palavras saíram relutantes, pronunciadas entredentes. — Posso fazer o navio navegar mais rápido rio abaixo do que a tripulação sozinha.

Bobbie ficou tensa.

— Se Serina estiver com problemas, não podemos perder tempo.

Kianthe soltou um suspiro. Ela já estava odiando esse dia.

— Reyna está com ela; as duas vão ficar bem. Até lá, você deve começar a pensar em quem teria interesse em vulnerabilizar Serina. Porque até onde eu soube, só Arlon era seu inimigo de verdade, além de alguns agricultores descontentes.

— Pai — começou Darlene, calma. Ao lado dela, Joe deu uma cotovelada no pai.

Pil resmungou algo, esfregou a nuca e ergueu a voz para que o grupo ouvisse:

— É Dreggs.

Todos olharam para ele sob graus variados de choque.

Seus filhos se remexeram com desconforto. Pil deu um suspiro que sacudiu seu corpo inteiro.

— Não fui totalmente honesto com Serina quando entramos a bordo. Meus filhos foram criados no navio de Dreggs; elu é como família para os dois. Dreggs ficou sabendo que Serina estava fazendo pirataria no Nacean e nos pediu para investigar as coisas, então fomos contratados. Não foi difícil.

— Mas Serina é muito legal — murmurou Darlene, tocando sua onipresente espada. — E Reyna está me ensinando a lutar. Dreggs nunca faria isso.

— Dreggs não quer você no convés durante uma luta, nem eu — asseverou Pil.

Joe cruzou os braços.

— Eu gosto do navio de Serina. É mais silencioso.

Kianthe desatou a rir e descobriu que não conseguia parar. A risada borbulhava em seu peito, enchia seus pulmões e fazia seu corpo inteiro tremer.

— Vocês... Vocês se infiltraram na tripulação de Serina? Mais alguém? Rankor, você é um dos espiões da rainha Tilaine?

— Não que eu saiba. — Rankor riu.

— A gente não estava planejando nada de mau. A ordem era só vigiá-la. Descobrir as coisas. — Darlene apertou o maxilar, convidando-os a desafiá-la. — E aí descobrimos que gostávamos dela, então foi isso que escrevemos quando Dreggs enviou um pombo-correio pedindo atualizações.

Ao lado de Kianthe, Bobbie tocou as agulhas de crochê em seu quadril. Então sua mão foi até a espada que ela havia conseguido em... algum lugar. Com Viviana, talvez.

— Serina *confiou* em vocês três. — O senso de traição cortava sua voz.

Pil cruzou os braços, colocando-se na frente dos filhos como se Bobbie pudesse atacá-los.

— Olha quem fala. Você vem causando estresse em Serina muito antes da gente a conhecer. Pelo que vi, Dreggs não vai machucá-la, especialmente não do jeito que você machucou.

As palavras fizeram Bobbie esmorecer. A ex-patrulheira se curvou, como se estivesse a dois suspiros de cair.

Feo bufou, impaciente, levantando as mãos.

— Escutem. Só preciso saber se devo ficar aqui ou ir para Wellia.

— Vá para Wellia. Mas decifre o conteúdo daquela pasta antes de ir. — Kianthe massageou a testa, afastando a dor de cabeça que se instalara entre seus olhos. — Visk, você fica com Feo. Faça o que elu precisar, entendeu? Ponder vai ficar comigo; ela vai conseguir encontrar Reyna mais rápido do que a minha magia. Piratas, vamos navegar. Qualquer um que tenha um problema com as pessoas a bordo pode ficar aqui.

Bobbie franziu a testa, mas não se ofereceu para ficar em Lathe.

Pil e seus filhos também não.

— Ótimo — anunciou Kianthe sombriamente. — Isso vai ser divertido. Vamos encontrar Dreggs Vigarista.

30

REYNA

Dreggs Vigarista era um enigma, e Reyna não estava gostando nada daquilo. Aquele era um momento raro em que ela não tinha o controle da situação, e no momento via-se obrigada a admitir que aquelu pirata infame não era bem o que ela esperava. Pura coragem e elegância, por certo, mas havia algo que a intrigava na situação.

Na vasta experiência de Reyna, era raro seu instinto se equivocar.

Então ela ficou ali no seu descontentamento, vasculhando o cérebro em busca de fatos obscuros sobre Dreggs. Dizia-se que elu havia nascido em Shepara, o que significava que provavelmente venerava as Estrelas. Que começara com uma única embarcação e reunira uma tripulação ferozmente leal por meio de honestidade, competência e um pouco de charme. Elu não matava, a menos que fosse necessário... porém, uma vez que alguém era identificado como ameaça, elu não tinha problemas em eliminar a pessoa.

Nada daquilo a estava ajudando naquele momento imediato.

Dreggs liderava casualmente a procissão em direção à escadaria para o convés, com Senhor Mamãe na retaguarda e Reyna e Serina imprensadas no meio. Uma curta caminhada sob um silêncio constrangedor.

Serina o quebrou ao sussurrar para Reyna:

— Estamos prestes a ser mortas? Pelas Estrelas, imaginei que Arlon faria isso, não Dreggs.

— Se Dreggs a quisesse morta, você já estaria morta — respondeu Reyna.

Serina fechou os olhos, suspirando, trêmula.

— Ótimo. Diga-me que há um plano de fuga.

Reyna sorriu, mas não foi um sorriso sincero.

— Sempre tenho um plano de fuga. Mas neste momento estou mais intrigada com o que elu quer de nós.

— Ninguém mais pirateia nesta região, a menos que seja sob a bandeira de Dreggs. Não por muito tempo, de qualquer forma. Talvez esta seja uma oferta de emprego. — Ela não estava falando baixo; Dreggs decerto podia ouvi-la. Mas quando elas subiram no convés, elu não lhes deu atenção.

Serina bufou, caindo num silêncio incômodo quando chegaram ao convés.

E a localização do navio era surpreendente. Reyna sabia que tinham passado um bom tempo descendo o rio, mas não dera crédito suficiente a Dreggs. No intervalo de uma noite, o pequeno navio de algum modo passara por Oslop, pelas terras do diarno Arlon e por Neolow. As montanhas deram lugar a colinas ondulantes, os pinheiros cobertos de neve se tornaram uma mistura passageira em várias cores. O grupo ainda não tinha chegado aos vinhedos perto de Koll, mas estava quase lá.

Piorava. Conforme os olhos de Reyna se adaptavam à luz do sol, ela percebia que se equivocara sobre outro assunto também. Ela achava que Dreggs tinha navegado em um navio menor rumo ao norte para permanecer furtivo, ágil... mas era outro equívoco. Nitidamente, Dreggs Vigarista não era adepto de sutilezas.

Tal como esperado pelos patrulheiros de Arlon, o famoso navio-almirante de Dreggs, *Morte pintada*, estava ancorado à vista de todos ao longo da costa: com enormes velas carmesim, e uma bandeira preta com a caveira e ossos cruzados chacoalhando alegremente na brisa. Era dezenas de vezes maior do que o *Nau estou à venda*, com vários andares, pelo menos vinte canhões e uma tripulação de centenas de pessoas.

Bem, cento e quatro, se a tal biografia picante fosse verdadeira.

Não era de se admirar que ninguém os tivesse impedido até então. De repente, Reyna se perguntou o que haveria acontecido com aquele enorme grupo de patrulheiros marchando para o sul de Neolow.

A preocupação deve ter cintilado em seu rosto, porque Dreggs parou, sorrindo de modo triunfante.

— Ah. Você é *capaz* de se surpreender. Por um momento, temi que você soubesse mais do que eu.

— Você os matou? Os patrulheiros de Arlon? — Reyna quis saber.

Dreggs inclinou a cabeça.

— Por favor. Só mato aqueles que me atacam primeiro. Atraí aquele grupo para um barco e os levei para uma das ilhas. Eles podem ficar com um pouco de fome até que alguém perceba a ausência deles, mas ninguém morreu ali. Provavelmente.

Reyna semicerrou os olhos.

Dreggs riu.

— Acredite ou não, é a verdade. — Com uma saudação encantadora, ê pirata ergueu a voz. — Baixem a prancha, por favor!

Uma prancha enorme disparou da embarcação gigantesca, anormalmente rápida. Então não havia apenas um mago elemental sob seu comando. Havia vários.

Reyna tinha de admitir, era uma operação impressionante.

Enquanto cruzavam a madeira oscilante, deixando o navio menor para trás a fim de embarcar na enorme nau, Serina foi ficando mais irritada.

— Sei que você oferece emprego para toda tripulação que captura, mas talvez possamos poupar tempo aqui. Eu não roubo ouro. Eu roubo comida.

Dreggs a fitou.

— Que modelo de negócio interessante. — E pulou no convés como uma criança saltando em uma pilha de folhas, braços abertos, pousando.

Atrás deles, Senhor Mamãe rugiu monotonamente:

— Capitane no convés.

— Aye — ecoaram vários marinheiros do cordame, do convés, do passadiço. Eram tantos que Reyna torcia seriamente que não fosse precisar lutar para fugir dali; porque, sem Kianthe, a tentativa quase com certeza fracassaria.

Dreggs se endireitou, colocando o casaco sobre o ombro com um dedo. Com a mão livre, gesticulou de maneira extravagante para a cabine do capitão. Uma vez lá dentro, Reyna viu que estava mais para a suíte do capitão. A sala de estar rivalizava com qualquer coisa no palácio de Sua Excelência, e cada peça do mobiliário colocava a decoração de Arlon no chinelo.

— Isto é bem chique para um pirata sanguinário — comentou Reyna.

— Já te disse: é raro eu ter sede de sangue. Basicamente opero por meio de acordos comerciais e cortesia mútua. Por favor, sentem-se. — Dreggs apontou para um conjunto de poltronas ao lado do amplo conjunto de escotilhas. — Amo o mar aberto, mas há algo de espetacular nas cores outonais ao longo do rio Nacean.

Atrás de Dreggs, Senhor Mamãe ia pisando duro até uma mesa longa e ornamentada, a madeira polida até brilhar, e acendia o fogo sob uma chaleira prateada reluzente. Ele remexeu em um pequeno armário de madeira carregado de chás.

Serina tomou um susto, e afundou na poltrona como se tivessem acabado de ordenar sua execução.

— N-Não estamos indo para os Mares do Sul, estamos? Para o oceano?

Agora Dreggs sorria, empoleirando-se na poltrona em frente à jovem.

— Serina de Lathe, agricultora fracassada que virou pirata. Seu pai me disse que você quase se afogou no oceano quando criança, e que agora tem um medo mortal de grandes massas de água... O que torna fascinante sua escolha de carreira atual.

— Você conheceu meu pai?

— Ouvi dizer que você quase se afogou de novo recentemente; é uma surpresa que a experiência não a tenha afastado do rio Nacean também.

Os sentidos de Reyna se aguçaram.

— Como sabe que ela quase se afogou recentemente?

Mas Dreggs apenas sorriu e levantou a mão.

— Quieta, querida. Os piratas estão tendo uma discussão e, se você se envolver, temo que navegaremos por um rio diferente. — Elu parou e a encarou de maneira quase assustadora. — Mas não se preocupe, Reyna. Você já está reservada para hoje mais tarde.

A situação parecia estar saindo do controle. Nenhuma das biografias de Dreggs Vigarista mencionava aquele lado de sua personalidade. Reyna a odiava, e ao mesmo tempo a respeitava. Ela se recostou na poltrona, cruzando as pernas, observando o desenrolar da cena.

Serina cerrou o maxilar. Era teimosa demais para perceber o perigo que corriam.

— Não vou me juntar à sua tripulação. Não vou navegar no oceano e não roubo ouro. Então se é só isso que você queria, é melhor nos deixar ir.

— Mas vocês acabaram de chegar. — Dreggs abriu um sorriso predatório.

— Eu gostaria de ir embora. — Serina o encarou sem rodeios.

— Infelizmente, temos negócios a tratar. — Dreggs se levantou, seus passos abafados por um tapete caro posicionado entre as poltronas. Alisou uma dobrinha na quina antes de parar perto das escotilhas. — O que você está fazendo é admirável, e respeito qualquer um que tente atrapalhar o mundinho impecável do diarno Arlon. Acredite ou não, comecei a piratear no rio Nacean décadas atrás... e ele rapidamente pôs fim à operação.

Dreggs virou-se para oferecer uma piscadela a Reyna.

— Sua biografia não conta essa parte, não é?

Reyna decerto respeitava Dreggs. Ela se recostou na poltrona, a imagem da tranquilidade.

— Serei sincera aqui; minha noiva e eu ficamos mais focadas nas cenas explícitas do que na sua história de pirataria.

— Ah, pelas Estrelas. — Serina enterrou o rosto nas mãos.

Enquanto isso, Dreggs explodiu em gargalhadas. Elu se curvou, batendo nos joelhos e berrou:

— Ouviu isso, Mamãe? A Arcandor andou lendo obscenidades a meu respeito. Você também entregou um exemplar para a rainha Tilaine?

Na verdade, era preocupante o quanto de coisas Dreggs sabia.

Estava ficando mais difícil fingir o sorriso, mesmo depois de Senhor Mamãe lhe entregar uma xícara de porcelana com... chai de baunilha, pelo cheiro.

— Os gostos literários de Sua Excelência são um pouco mais refinados do que os meus, admito. A Arcandor gostou especialmente da cena do bondage com os nós. Foi criativa.

— Um nó de marinheiro é sempre útil. — Dreggs sorriu, mas logo assumiu um tom sério, fitando Serina de novo. — Mas não chamei você aqui para contratá-la, e Reyna estava certa: se eu quisesse você morta, não teria me dado ao trabalho de perder tempo com sequestros.

— Então por que estou aqui? — Serina franziu a testa, recusando a xícara oferecida por Senhor Mamãe.

— Você não quer chá? — Dreggs demonstrou chateação.

Serina bateu as mãos na mesa de centro, chocando a todos da sala.

— Eu quero respostas, cacete.

O silêncio permaneceu em seu rastro. Dreggs aceitou a xícara de chá de Senhor Mamãe e tomou um gole delicado.

— Que sensível. — Elu graciosamente se empoleirou outra vez na ponta do assento, passando um dedo na borda da xícara. — Sem enrolação, já que pediu tão gentilmente. Quero invadir o armazém de Arlon e preciso da sua ajuda para isso.

Serina franziu a testa.

— O quê?

— Ah, *agora* você quer saber a continuidade. Vê com o que estou lidando aqui? Começa o drama... Acaba o drama... Ok, espere, lá vem o drama. — Dreggs deu um suspiro para Senhor Mamãe, que acomodou-se na cadeira ao lado como se fossem todos velhos amigos. Era para ser engraçado o fato de assistir a alguém da estatura do intendente bebericando chá de uma xícara tão pequena.

Mas Reyna não estava vendo graça em nada.

No momento, ela queria muito a presença de Kianthe.

— Tudo bem, vamos recuar um pouquinho na história. — Dreggs tomou outro gole de chá e então ergueu a xícara para Senhor Mamãe. Estoico como sei lá o quê, o sujeito desajeitado bateu a xícara na de Dreggs num brinde. — Arlon tem um armazém onde guarda todas as remessas de produtos antes de enviá-los para o leste. Ele está estocando uma grande carga para o inverno, e acaba de anunciar um aumento de preços.

— Ele vai *o quê*? — Serina parecia pronta para brigar. — Ele não pode aumentar os preços. Se fizer isso, as pessoas não vão sobreviver...

Dreggs levantou a mão.

— Acredite, eu sei. Opero nos Mares do Sul, mas meus pais moram em Neolow e me dou muito bem com eles. — Um sorriso perverso se espalhou por suas feições amigáveis. — Arlon começou uma briga comigo três décadas atrás e presumiu ter vencido. Ele vai descobrir o quão errado está.

— Aquele armazém é fortemente protegido. Minha tripulação não é treinada para combate — ela falou a contragosto, esfregando o ferimento enfaixado na coxa. Havia cicatrizado bem em uma semana, mas Serina ainda mancava um pouco.

— Felizmente, minha tripulação é. E, para nossa maior sorte, sua companheira foi patrulheira. Assim que sua tripulação encontrar você, e tenho certeza de que já estão a caminho, considerando a magia da Arcandor, vamos montar um plano de ataque.

Serina parecia atordoada. Não era difícil se lembrar de que meio dia atrás estava completamente bêbada. Agora beliscava a ponte do nariz, resmungando sozinha. Reyna tomou um gole de chá; era uma mistura incrivelmente boa, com chance de cinquenta por cento de conter veneno. Mas ela havia desenvolvido tolerância à maioria dos venenos ao fazer a proteção da rainha Tilaine, então não estava tão preocupada assim.

Serina fechou a cara.

— Digamos que vamos atacar o armazém e roubar tudo o que pudermos. Isso não vai resolver a raiz do problema.

— Estamos trabalhando nisso. — Reyna interveio, por fim. Esperou para ver se Dreggs a silenciaria de novo, mas elu pareceu levemente entretide por ela ter demorado tanto a falar. Reyna analisou o que parecia seguro revelar em tais circunstâncias e concluiu com: — Arlon atacou seus cidadãos em plena luz do dia, com uma força um tanto desproporcional ao delito. Acreditamos que isso pode ser motivo para destituí-lo do conselho... e de suas terras.

— Eu sabia que podia contar com você. — Dreggs esvaziou a xícara e a entregou a Senhor Mamãe. — Sua reputação vai longe, sabia? A aposentada da Guarda Real que virou noiva da Arcandor. A única coisa que lhe falta é uma rede de informações fora daquela sua cidadezinha.

— Talvez você possa me dar acesso à sua, que parece tão robusta. — O tom de Reyna foi comedido.

Dreggs sorriu.

— Vejo que está descontente, mas botei todas as minhas cartas na mesa. Pense no seu período no rio Nacean. Quem poderia ter revelado as informações que eu sei?

Reyna estava pensando. Na verdade, ela passara toda aquela conversa um tanto pensativa. E agora, a resposta vinha facilmente.

— Judd. O barman em Koll, aquele com o vinho ótimo e o avental melhor ainda. — Ela deu um suspiro. — Suponho que esta seja uma lição sobre bebidas alcoólicas. Se Judd estava espionando minhas conversas, os espiões da rainha poderiam fazer a mesma coisa facilmente.

— Eis uma ideia sóbria.

Silêncio.

Dreggs caiu na gargalhada outra vez.

— Vocês duas não têm senso de humor. Mal posso esperar pela chegada da Arcandor. As piadas dela são lendárias.

Bem, o comentário deixou Reyna um pouco mais à vontade com Dreggs... e com todas as informações que detinha. Mas Serina empalidecera, cerrando os punhos.

— *Judd?* Judd está trabalhando para você? Ele providenciou minha tripulação pirata! Pelas Estrelas, bem que vi que ele conseguiu um pessoal rápido demais. — Ela parecia angustiada, como se tudo ao seu redor estivesse desmoronando. — Eles... Eles ao menos queriam estar no meu navio? Ou estavam só seguindo suas ordens?

Dreggs franziu as sobrancelhas e se inclinou para a frente. Seu tom se tornara suave, quase um incentivo.

— Serina, sinto que é importante parar e reconhecer o que você fez nesta estação. Você se tornou uma pirata em uma área onde a pirataria foi erradicada. Você não mata, mutila nem massacra; você cutuca um gigante e de alguma forma evita o punho dele. — Fez-se uma pausa e um suspiro. — Pil é um dos meus. Os filhos dele são praticamente *meus* filhos. Mas mesmo que eles voltem para o meu navio, amanhã mesmo eu poderia encontrar sete piratas para substituí-los para você.

Era nítido que Serina ficou sem saber o que dizer. Ela se encolheu, tamborilando os dedos na perna, aparentemente dividida entre ficar lisonjeada e processar aquela traição.

No meio-tempo em que Serina tentava administrar seus sentimentos, Reyna redirecionava a conversa com gentileza:

— Já que você sabe tanto, eu seria negligente se não lhe mostrasse ao menos isto. — Ela pescou do bolso os papéis dobrados da escrivaninha de Arlon e os deslizou pela mesinha de centro. — Estamos tentando decifrar este código.

— Oooh. Adoro isso. — Dreggs pegou a papelada, então a analisou, bufando, e a jogou de volta para Reyna. — A escrita de Arlon. Claro. É uma cifra de Leonol; troque as letras para o alfabeto de Leonol, então traduza as novas palavras para a língua comum. Ele usa essa desde que eu aprendi a ler.

Reyna o encarou, de queixo caído.

Dreggs ergueu uma sobrancelha.

— O quê? Escute: se quiser uma cifra melhor, ficarei feliz em ajudar. Senhor Mamãe e eu temos brincado com um código que usa números e multiplicação... É bem complexo.

— E secreto — pontuou Senhor Mamãe, fazendo uma carranca.

— Sim, sim.

Reyna guardou os pergaminhos novamente.

— Existe alguma chance de você ter uma biblioteca a bordo desta embarcação?

Dreggs olhou para ela, impassível.

— Este é um navio pirata, querida.

Ela levantou uma sobrancelha.

Ê capitane suspirou.

— A quem estou enganando? Você se lembra *daquela* cena, não lembra?

— Minha noiva e eu a recriamos na nossa livraria. — Ela sorriu lenta e maliciosamente, o peito se aquecendo com a lembrança. — Foi uma noite maravilhosa. Não preciso ter acesso à coisa toda; só preciso de um dicionário de Leonol. Estou meio desatualizada.

— Para sua sorte, tenho vários tripulantes bilíngues. Vou mandar alguém para ajudar. — Elu fez uma pausa, sorrindo. — Viu? Não sou o epítome da maldade, sou? Se você discorda, por favor, evite me matar enquanto durmo; Senhor Mamãe ficaria desnorteado.

— E então eu me tornaria o capitão — disse o intendente, quase divertido.

— Ou a tripulação votaria e nosso novo faxineiro do porão seria promovido. Ele é bem carismático.

Serina ficou de pé.

— Ainda estamos falando de um possível cerco ao armazém de Arlon ou essa conversa foi completamente largada de lado? — Ela parecia um pouco desesperada, um pouco histérica. — Porque ainda não terminei.

Dreggs tamborilou no queixo.

— Bem, sendo imparcial aqui, você mesma desviou o assunto. E, para ser mais imparcial, estaria menos para um cerco e mais para um assalto. Não vou começar uma guerra na porta dos meus pais. Imagine só como seriam as comemorações familiares. — Elu estremeceu em um horror fingido.

Um assalto. Reyna ergueu uma sobrancelha.

— O que você tem em mente?

E então um sorriso lento e malicioso se espalhou pelo rosto de Dreggs.

31

KIANTHE

Foi um agonizante dia de navegação.

Bobbie passou a maior parte do tempo na proa, contemplando o rio como se ele pudesse trazer Serina a qualquer momento. Infelizmente, Pil e seus filhos *também* estavam no convés manuseando as velas, as quais Kianthe vinha mantendo tão cheias de ar que o navio praticamente derrapava no Nacean. Por várias vezes, ela teve de gritar para Bobbie se afastar da amurada, só, pela Joia, para que ela se livrasse de cair no mar de novo.

Por volta do meio da tarde, o grupo parou para comer. Rankor, que havia assumido como capitão interino, insistiu para todos se sentarem juntos e se unirem — "já que somos uma tripulação", dissera ele com firmeza. Todos protestaram, mas ele levantou a mão, silenciando-os.

— Ouçam. Serina está fazendo um bom trabalho aqui e precisa de uma tripulação na qual possa confiar. Se todos ficarmos criando ranço, não duraremos mais do que o resgate dela… e eu, por exemplo, não quero chateá-la.

Com isso, todos se calaram. Daí entraram, sentaram-se de modo taciturno e devoraram o banquete cuidadosamente preparado por Esquilo.

Farley deu um beijo breve em Rankor e sentou-se ao lado dele.

— Então. Quem quer se desculpar primeiro? — Ela olhou entre Pil e Bobbie.

E, para o choque de todos, Bobbie levantou a mão.

— Eu quero.

Kianthe quase cuspiu suas cenouras. Lá no alto, Ponder tinha encontrado um poleiro na gávea. Ela observava o jantar com atenção, esperando para ver se alguém deixava cair alguma coisa, e abriu as asas quando Kianthe começou a engasgar.

— Desculpem. — A maga tossiu, engoliu em seco e tossiu de novo. Esquilo bateu nas costas dela com uma força surpreendente enquanto Joe lhe entregava um copo d'água. Ela bebeu, lacrimejando. — Desculpem, estou bem. Eu só... pensei ter ouvido mal.

Bobbie suspirou. Até então estava cutucando sua comida, empurrando-a com o garfo pela extensão do prato.

— Acho que... se eu admitisse que Serina estava certa, equivaleria a aceitar que tudo isso não valeu de nada. O treinamento. Minha carreira inteira. Meu sonho de mudança. Era algo difícil de engolir, então continuei procurando razões para transformar vocês em inimigos. Mas não acho que isso seja verdade mais.

— Arlon é o inimigo. É por isso que aproveitamos a oportunidade de nos juntar a esta tripulação. — Rankor abriu um sorriso caloroso. — Pessoalmente, estou muito feliz que você esteja aqui, Bobbie. No momento em que você pisou no convés durante a batalha, ficou óbvio que se importava com Serina e com esta tripulação.

Seguiram-se murmúrios de concordância.

Bobbie abaixou a cabeça, suas bochechas corando. Seus olhos verdes estavam fixos na mesa.

— O-obrigada. Eu arranjei mais lã em Lathe. Se alguém tiver algum pedido de crochê... Bem, acho que vou ficar por aqui. Ficarei feliz em fazer o que for necessário para a tripulação.

— Eu quero um suéter — pediu Joe.

Bobbie fez uma careta.

— Ah. Um suéter. Algo que sem dúvida eu sei fazer.

— Espere, antes que a gente se distraia. Eu também sinto muito — interveio Pil, envergonhado. — Nunca foi nossa intenção fazer mal a Serina, ou eu não teria aceitado o trabalho. Dreggs é uma boa alma.

— Dreggs só estava com curiosidade a respeito de Serina. Ela fez um trabalho *muito dos bons* aqui. — Darlene gesticulou para o navio. — Quero dizer, roubar o navio particular de Arlon? Nem Dreggs teria essa ousadia.

Pil riu, dando uma mordida no pão.

— Elu tentou, uma vez. Dreggs te contou isso?

— Não! — Darlene engasgou.

Todos se deixaram levar pela conversa e a refeição engatou. Quando as pessoas segmentaram as interações, conversando com os companheiros de assento e pegando mais comida, Kianthe lançou um sorriso para Bobbie do outro lado da mesa. *Bom trabalho*, articulou.

Bobbie sorriu, nitidamente satisfeita.

A noite se embrenhou numa conversa casual, que se transformou em determinação crua quando o grupo continuou navegando após o jantar... Mas pelo menos agora toda a tripulação estava sincronizada. O vento de Kianthe impulsionava as velas, mas mesmo isto não anulara as conversas agradáveis que aconteciam no convés.

E, finalmente, eles encontraram a nau de Dreggs Vigarista.

— Um pouco óbvia, não é? — Bobbie olhou em meio à penumbra enquanto contornavam a curva do rio.

Ao lado dela, Pil suspirou.

— Sutileza não é o ponto forte de Dreggs.

O navio era enorme, sem dúvida, mas a parte óbvia era a festa animada acontecendo no convés. Era tarde da noite; a lua, uma lasca nua sobre o navio, e tochas anormalmente cintilantes queimavam no convés. A música zumbia no ar frio noturno, parecia uma orquestra inteira.

Darlene e Joe foram até o gurupés, e quase pendurados ali examinavam o convés da outra embarcação.

— Eles estão se divertindo muito! Sem *a gente*, consegue acreditar? — Darlene arfou, fingindo-se ofendida, e deu um empurrãozinho em Joe. — Dreggs nos disse que a tripulação não ia fazer festa enquanto estivéssemos fora.

— Que balela — comentou Joe de modo solene.

— Ou eles estão dando um show para seus convidados... er, cativos. De volta ao trabalho, crianças — comentou Pil, puxando um conjunto de cordas para direcionar as velas. Sob a orientação deles e a magia delicada de Kianthe, o *Nau estou à venda* logo se aproximou da longa borda do navio de Dreggs.

— *Morte pintada* — Kianthe leu o nome, deixando-o deslizar na língua. — Que sombrio. Gosto mais do nosso.

— É claro que gosta. O nosso é um trocadilho. — Bobbie riu, parando ao lado da maga. Ela havia dormido um pouco depois do jantar e, embora o cochilo não a tivesse curado como num passe de mágica, a ex-patrulheira parecia revigorada. Sua mão pousou na espada em seu quadril enquanto ela olhava o convés. — Acha que vão nos atacar?

Kianthe soltou uma risada.

— Você *viu* os canhões deles? Eles têm pelo menos três magos naquele navio; poderiam ter nos afundado a qualquer momento.

— Magos?

Kianthe gesticulou para o convés, e para Ponder circulando lá no alto.

— Grifos sempre sabem. E a magia dos magos sentiu a minha quando passamos por Neolow. Sabiam que estávamos nos aproximando.

— Prancha baixando — gritou alguém do navio imenso, em uma voz grave. Uma grande prancha bateu no convés deles.

No momento em que a passarela se estabilizou, Reyna passou. Em um dia normal, o desfile seria feito com graciosidade, mas Ponder tinha acabado de identificá-la e mergulhara perigosamente rápido. Com um grito, a bebê grifo se chocou contra a tutora.

Reyna tropicou na prancha conforme lutava para manter o equilíbrio. Ponder se contorceu em seu aperto, aí abriu as asas emplumadas para pegar uma brisa entre os navios. Reyna, que obviamente não tinha asas, estava rumo à queda.

— Rain… — arquejou Kianthe e lançou uma rajada de vento violenta para pegá-la. Por um átimo, os pés de Reyna deixaram a prancha… mas o vento a aprumou quase no mesmo instante.

Reyna se endireitou, alisando o cabelo desgrenhado pelo vento.

— Deuses, isso foi emocionante, hein? — Ela desceu da prancha com cuidado antes de avançar para Kianthe, puxando-a para um abraço muito mais forte do que o normal.

Claro, quando se separaram, suas bochechas estavam rosadas, o sorriso um pouco largo demais.

— Reyna bêbada — comentou Kianthe.

— Olá, querida. Fui sequestrada por acidente pela pessoa mais encantadora. Venha; vou apresentar a você. — Ela deu um beijo nos lábios de Kianthe e a puxou pela prancha. Ponder as acompanhou, nitidamente mal-humorada por Reyna não estar priorizando abraços em animais de estimação em vez de aquela festinha com humanos.

Os magos no navio acenaram quando Kianthe se aproximou — a magia de cada um deles reluziu em um amarelo brilhante, misturando-se à magia das árvores na costa, o vento provocando as velas enroladas. Kianthe acenou de volta de maneira alegre, mais do que satisfeita por enfim se reunir com Reyna e encarar algo novo.

Reyna deu um tapinha no ombro de alguém. A pessoa usava um paletó carmesim e um chapéu tricórnio sobre um cabelo curto e bagunçado. Esse alguém se voltou para Reyna, e depois seus olhos pousaram em Kianthe, e a maga arquejou tão alto que todos por perto se viraram para olhar.

— Santa Joia da Visão e Estrelas no céu, é você. Dreggs Vigarista!

A pessoa pirata em questão tirou o chapéu e fez uma reverência caprichada e charmosa.

— E você deve ser a Arcandor, a estimada Maga das Eras, nossa especialista elemental e extraordinária criadora de trocadilhos. — Dreggs fez uma pausa, sorrindo. — Ouvi dizer que está escrevendo um livro. Talvez me deixe estrelar nele. Meu último livro foi um best-seller, sabia?

— Ah, eu sei. — Kianthe saltitou na ponta dos pés. — Você vai autografar meu exemplar? E talvez meu braço? Posso tornar a tinta permanente por meio de magia... ou isso seria estranho demais?

— Faça no peito — sugeriu Reyna, rindo. Um pirata corpulento lhe entregou uma taça de vinho, e ela a ergueu com uma risada alegre antes de tomar um gole.

Kianthe abaixou um pouco a blusa, levantando a capa para revelar a pele nua.

— Ela está certa... Assine no meu peito.

— Senhoritas, senhoritas. — Dreggs riu, mas estava nitidamente gostando. — Vocês duas vão ganhar cópias autografadas. E por mais que eu adore a ideia de autografar seu peito, temo que arranhar a Arcandor com uma pena possa criar um incidente diplomático.

Kianthe soltou a gola da blusa, bufando.

— Ou talvez isso só lhe dê *mais* razões para se gabar.

— Tentador — falou Dreggs com languidez.

Do outro lado do navio, Bobbie e o restante da tripulação cruzavam a prancha e admiravam as festividades. Darlene e Joe já tinham se juntado a outras duas crianças perto dos aposentos do capitão, e Pil conversava de modo amigável com outros marinheiros na proa. Rankor e Farley se juntaram à dança, animados; Esquilo ficou gravitando pela mesa do bufê, carregada de comida incrível. A cozinheira lançou um olhar para trás e então enfiou alguns pãezinhos nos bolsos.

Bobbie, enquanto isso, cruzava o olhar com Serina.

Kianthe deu uma cotovelada em Reyna, apontando para as duas. Ao lado de Reyna, Dreggs pousou as mãos no quadril.

— Ah, os olhares se encontrando em um local apinhado de gente. Tome nota, Arcandor; é assim que um romance se inicia.

— Certa vez, nossos olhares também se encontraram em uma sala lotada. — Reyna agarrou o braço de Kianthe, dando-lhe um beijo na bochecha. No entanto, continuava concentrada em Serina, que tinha acabado de notar Bobbie caminhando devagar em sua direção.

Os três prenderam a respiração, observando a cena sem qualquer constrangimento.

Bobbie ia até Serina; lentamente no início, depois ganhando velocidade. Serina olhou de soslaio, como se estivesse prestes a ser atacada, como se uma arma pudesse ser necessária. Mas então Bobbie estava lá e, sem aviso, puxou Serina e a beijou com força.

— Isso! — gritou Reyna, tão alto que algumas pessoas próximas derramaram suas bebidas. — Eu sabia. *Eu sabia.* — Ela começou a dar pulinhos, puxando o braço de Kianthe. — Key. Olha. Previ isso no primeiro dia. Diga a Dreggs que minhas habilidades de casamenteira são superiores.

— Considerando que fui *eu* quem ficou tentando convencer Bobbie várias vezes, sou eu quem tem habilidades de casamenteira. — Kianthe sorriu.

Dreggs bufou ante a zombaria de Reyna.

Do outro lado do navio, Bobbie se afastava de Serina com uma careta perceptível, embora ninguém soubesse se era por causa dos ferimentos ou por sua atitude descarada. Os dedos de Serina tremularam contra a bochecha de Bobbie, e ela sorriu. Bobbie correspondeu, inclinando-se para que suas testas se tocassem.

Agora estava tudo íntimo demais. Kianthe desviou o olhar.

Reyna, não. Ela tomou um gole de vinho, um sorriso malicioso nascendo.

— Você não tinha um código para decifrar? — perguntou Dreggs de modo casual.

— Eu gostaria de aproveitar um pouco do brilho do meu sucesso, obrigada.

Kianthe engoliu uma risada, apontando para Ponder, que fugia de duas crianças muito determinadas, as quais a seguiam pela teia de cordas do navio. A bebê grifo parecia encarar a situação como uma brincadeira e saltitava entre as cordas, permitindo que as crianças, talvez de uns sete ou oito anos, quase a agarrassem, e aí decolava em seguida. Elas riam com alegria, amando a perseguição.

Não parecia muito seguro, mas daí, mais uma vez, ali *era* um navio pirata.

— Pode ser que você queira chamar sua grifo antes que ela machuque alguém, Rain. E então me contar sobre o código; você o decifrou mesmo? — Reyna acompanhou o olhar de Kianthe, suspirou e assobiou de maneira brusca. Ponder trinou, chateada, mas se dirigiu com relutância até elas no convés. Reyna lhe jogou uma fatia particularmente grande de carne-seca, e a grifo se esqueceu por completo das crianças e da brincadeira. Dreggs observou tudo, fascinado.

— Ai, não, ela é *tão fofa.*

— Fofa e feroz — arrulhou Kianthe, tirando a carne-seca do alcance da bebê grifo por um breve momento. Ponder, que estava acostumada àquele joguinho, soltou um suspiro frustrado, mas ficou sentada em silêncio até Kianthe jogar-lhe o petisco de volta. Ela foi recompensada com a comida e uns afagos. — Estamos evoluindo no treinamento.

— Deixe-me tentar… — Dreggs se abaixou, e Ponder sibilou para elu, que se virou para trás. — Ah, talvez seja melhor vocês duas lidarem com essas feras míticas.

— Provavelmente é melhor — respondeu Reyna. Ela ainda estava observando Bobbie e Serina, que tinham se recolhido para um canto escondidinho do convés e estavam sentadas em um banco, numa conversa intensa. Parecia tudo bem, no entanto, porque Bobbie passeava os dedos para cima e para baixo da coxa de Serina.

Adorável. Enervante. Kianthe franziu o nariz e disse:

— Os arquivos de Arlon, Rain?

Sua noiva bufou e sacou do bolso da calça uma pilha de papéis cheios de anotações. Em um suspiro, seu foco estava de volta, porque ela apontou para a segunda página e disse:

— São manifestos de carga, com certeza. Espero que Feo não esteja gastando muito tempo decifrando o próprio quinhão, porque as informações de que precisamos estão todas aqui.

— Todas? — Os olhos de Kianthe se arregalaram.

Reyna bebeu outro gole de vinho, e era nítido que estava satisfeita consigo mesma.

— Todas. É provavelmente o único registro de carga que ele manteve, e imaginou que estaria seguro já que… Bem, ninguém ousaria roubar de seu navio, de seu rio.

— Ha, ha — disse Dreggs, seco, e fez uma saudação para Serina.

Do outro lado do navio, ela ignorou o gesto solenemente. Estava muito ocupada com Bobbie, rindo de alguma coisa. Ela acariciava a bochecha da ex-patrulheira, que logo pegou sua mão e lhe deu um beijo.

Não. Não era adorável. Era só uma pieguice danada mesmo.

— Vão para um quarto — berrou Kianthe do outro lado do navio, e então manipulou o vento para assegurar que seria ouvida acima da música alta.

Serina se assustou, enfim percebeu o grupo e mostrou o dedo do meio. Bobbie, nesse meio-tempo, abriu um sorriso.

— Tudo bem, você venceu, Key. — Reyna ficou vendo Ponder levantar voo, então puxou Kianthe para longe das festividades. — Você se lembra de que Dreggs tem uma biblioteca neste navio, certo?

— Por favor. Todos se lembram do capítulo vinte e seis.

Reyna acenou para Dreggs, que começara uma conversa com o pirata enorme ao lado. Dreggs acenou de volta, e Reyna levou Kianthe para o convés inferior, toda presunçosa. À diferença do espaço diminuto no *Nau estou à venda*, ali era um reino totalmente novo: lá embaixo não tinha um mero porão, e sim um corredor cavernoso que levava a uma dúzia de cômodos.

Reyna abriu a porta de um deles, acenando com alegria para dois piratas que saíam. Ambos seguravam livros e pareceram surpresos ao vê-la... A notícia de sua captura obviamente havia se espalhado, mesmo assim, ninguém se dera ao trabalho de detê-la.

— O código de Arlon era baseado na língua de Leonol. Dreggs identificou no mesmo instante; acho que já viu antes... — Reyna estava dizendo, mas quando fechou a porta, percebeu que Kianthe não ouvia. — Não se preocupe. Vou te dar um tempinho para ficar babando nos livros.

E babar ali era um tanto apropriado. Considerando que elas estavam em um navio, aquele acervo era coisa de louco. Prateleiras de livros do chão ao teto cobriam todas as paredes, e cada uma tinha uma longa barra de metal para mantê-los no lugar em águas turbulentas. Estavam altos o suficiente acima da linha d'água para permitir a instalação de janelas, só que em vez de janelas havia várias escotilhas. A sala inteira reluzia com magia para repelir a umidade.

— Eu sabia que Dreggs era bacana — comentou ela, impressionada. — Que bela utilidade para aqueles magos.

— Durante a maior parte da manhã, fiquei indecisa se deveria gostar de Dreggs, mas, conforme esperado, fui conquistada. — Reyna gesticulou em direção a uma mesa no centro da sala, onde ela nitidamente montara um acampamento mais cedo. Livros sobre a língua e a cultura de Leonol estavam espalhados ali, ao lado de um tinteiro já bem usado.

Ela mostrou os frutos de seu trabalho a Kianthe.

— Trinta anos atrás, o diarno Arlon ordenou que vários ovos de dragão fossem roubados da terra dos dragões. Como sabemos, três foram mandados para cá. Viviana salvou um, o que o deixou com dois.

Kianthe deslizou para a cadeira da escrivaninha, folheando o manifesto de remessa apontado por Reyna.

— Entregue no inverno sob guarda armada.

— Isso mesmo. Viviana e sete patrulheiros de Arlon. Tem um outro registro com a folha de pagamento deles, em uma página posterior. Todos foram recompensados com generosidade; não me surpreenderia se aqueles patrulheiros estivessem bem ricos agora.

— Hum. — Kianthe olhou para cima, sorrindo. — Considerando o quanto você já bebeu hoje, até que sua fala está bem coerente.

Reyna lhe deu uma olhada ácida.

— Tenha dó, Key. Sei como ficar sóbria em uma emergência. — Uma pausa, uma carranca. — E recentemente fui lembrada dos possíveis prejuízos quando perco essa habilidade.

Oh-oh. Kianthe ia perguntar, mas Reyna bateu nos papéis outra vez.

— Vamos nos concentrar aqui, querida. Agora, Arlon recebeu os ovos. Transportou-os no barco de Serina, na verdade. Mas não os levou a nenhum lugar público. Em vez disso, a única parada que fez foi na própria biblioteca particular.

A esperança inflou no peito de Kianthe.

— Os ovos estão na biblioteca?

— Você disse que não pôde visitá-la porque estava "em reforma". Eu me pergunto há quanto tempo essa reforma vem acontecendo. — Reyna sorriu. — É totalmente possível que ele use esse disfarce para manter todos, exceto os mais altos dignitários, longe dali.

— Mas as pessoas andaram vendo a biblioteca nas últimas três décadas — disse Kianthe, franzindo a testa. — É por isso que sabemos que é tão espetacular.

Reyna deu de ombros.

— Os detalhes mais sutis permanecem. Não tenho motivos para acreditar que Arlon deslocou os ovos depois de colocá-los na biblioteca. Mais adiante na papelada, ele tem registros de pagamento da construção de um porão na propriedade dele, e acho que esse é o nosso alvo.

— Então agora só precisamos descobrir como acessar a biblioteca ultrassecreta e muito exclusiva. — Kianthe massageou a testa.

Reyna, no entanto, ainda sorria.

— Isso mesmo. E ver o quanto pode ser conveniente que piratas do Nacean estejam se coordenando para roubar do armazém de Arlon em breve. Seria uma pena se os patrulheiros de Arlon fossem desviados de um local de destaque para outro.

Então era isso. Kianthe riu, puxando Reyna para um beijo triunfante.

— Ah, seria uma pena mesmo.

32

BOBBIE

A festa se prolongou tanto que Bobbie começou a ficar sem energia. O problema era que Serina estava se divertindo à beça. Depois que conversaram, depois que se beijaram, as duas ficaram no convés. Era barulho e estímulo de mais para Bobbie; tanta gente preenchia o espaço no convés que ela achou que nunca mais encontraria silêncio. Mas ver Serina à vontade fazia valer a pena. Bobbie se recostou na amurada desgastada do navio, a cabeça latejando, e enquanto isso Serina conversava com piratas, bebia e dançava.

Ela estava maravilhosa. Bobbie nunca a vira tão incrivelmente feliz.

É esperança, percebeu tardiamente.

E depois de tantos anos navegando sozinha, Bobbie sabia em primeira mão como era bom encontrar aquela comunidade. Então mesmo que não fosse do seu grande interesse, Bobbie não conseguia se afastar das festividades.

Infelizmente, Serina percebeu.

Claro que percebeu.

— Bobbie — chamou ela, sem fôlego após a última dança. Ela se aproximou, os olhos brilhando, o rosto corado com a energia do navio. — Você está péssima.

Eu me sinto péssima, ela queria responder. Em vez disso, revirou os olhos.

— Você sempre sabe o que dizer. — Era para ser uma piada, mas a expressão de Serina murchou. Bobbie recuou de imediato, dissecando suas palavras, o que havia acabado de falar. Merda. — Eu não... Não foi minha intenção...

— Não, você está certa. — Serina fez careta, e o álcool pareceu se dissipar quando ela se aprumou. Ela lhe ofereceu uma das mãos e um sorriso gentil. — Vamos. Tenho uma cabine abaixo do convés. Não é grande, mas é um bom lugar para descansar, pelo menos.

— E a festa? — Bobbie gesticulou sem grande entusiasmo para as festividades. Kianthe e Reyna tinham ido embora, e a tripulação de Serina estava espalhada pelo convés, conversando com vários piratas da tripulação de Dreggs, que por sua vez pegara um instrumento e se juntara aos músicos, para a aparente exasperação do intendente.

Tudo desapareceu quando Bobbie olhou de volta para Serina.

Ela deu de ombros, aquele sorriso fácil emplastrado no rosto.

— Você é mais importante do que uma festa. Sinto muito por não ter percebido que você estava se cansando. — E, com um aperto forte, ela ergueu Bobbie do banco, apoiando seu peso e inclinando-se para ela.

O calor se espalhou pelo peito de Bobbie, que não discutiu quando Serina a conduziu a uma grande escadaria perto da popa.

O navio era grande, e a pequena cabine de Serina ficava no lado oposto da escada, bem no fundo da proa. A maioria dos piratas dormia em redes em uma grande área perto dos canhões, mas aqueles aposentos ficavam escondidos, e era nítido que estavam reservados para visitantes ou famílias. Serina destrancou uma porta de madeira com uma chave pesada e ajudou Bobbie a entrar. Era quase metade do tamanho do quarto da estalagem em Lathe, mas a cama estreita parecia *imensa* depois de um dia tão desgastante fisicamente.

E o melhor: a música no andar de cima não penetrava nas paredes. Ali era tranquilo. Relaxante.

A energia de Bobbie se esvaiu em um sopro, e ela afundou no colchão de algodão.

— *Obrigada.*

— Não me agradeça; a gente já devia ter vindo para cá há muito tempo. — Serina afofou um travesseiro, ajudando-a a se situar. O contato físico era feito mais livremente agora, porém cada toque de seus dedos na pele de Bobbie parecia fogo. Era quase o suficiente para amenizar a dor latejante de seu ferimento ainda em cicatrização. Bobbie seguiu as deixas, deitando-se contra o travesseiro, mas com o tronco erguido, semiapoiada.

Seu corpo parecia chorar de gratidão. Precisava de uma boa noite de sono e então estaria pronta para voltar à ativa. Contudo, por ora, tudo parecia distante. Um torpor.

Serina esfregou a testa, e se afastou.

— Desculpe. É que eu... acho que senti sua falta.

— Sei que *eu* senti sua falta — murmurou Bobbie. Talvez estivesse um pouco bêbada também. A exaustão fazia suas palavras fluírem, livres. — Sinto muito por ter perdido tanto tempo. Sinto muito por só ter visitado sua fazenda para levar más notícias. Eu estava com medo do que você ia achar de mim.

— Também não sou inocente nessa história. — O tom de Serina era de frustração. Ela analisou o ferimento no peito de Bobbie e tateou as bandagens através da camisa fina. Mais uma vez, seu toque cortou a névoa que tomava a mente de Bobbie. — Estrelas do céu, você fez o melhor possível para me manter a salvo, e eu só cuspi na sua cara. Como pode me perdoar por isso?

Bobbie soltou uma risadinha fraca.

— E se a gente simplesmente... concordasse em perdoar uma à outra?

— Meio que me parece trapaça — provocou Serina, se acomodando em uma cadeira ao lado da cama, mas inclinada o suficiente para que ficassem com o rosto bem coladinhos. Os olhos de Serina eram do mesmo azul-acinzentado que encantaram Bobbie na adolescência: a cor da névoa do próprio Nacean. Bobbie ficava perdida neles.

Serina parou de rir quando percebeu que Bobbie a encarava.

— Você está bem?

— Estou tentando me lembrar se você sempre foi tão bonita, ou se eu apenas tinha me esquecido. — Ela nem se constrangeu ao dizê-lo. Bobbie estava muito além de fingimentos no momento. Só queria expressar o que pensava e pronto.

Serina corou da cabeça aos pés. Sua pele cor de trigo literalmente migrara para um rubro fofo que lhe manchava as bochechas, e ela cambaleou de leve para trás.

— Pelas Estrelas. Você não pode só *dizer* coisas assim. Temos pendências. Antigas rivalidades. Muitos problemas não resolvidos. Não podemos passar para as coisas boas até chegarmos a um acordo!

— Ah.

— Pois é. — Serina apertou o maxilar, evitando, teimosa, o olhar de Bobbie. As pálpebras da ex-patrulheira estavam se fechando.

— Não sei se isso importa agora.

Serina hesitou.

— Deveria importar.

— Deveria. Só que... não. Não para mim, não mais. — Bobbie respirou fundo, afundando-se mais nas almofadas. — Acho que te amo há muito, muito tempo, e tudo o mais é mero ruído. — Tipo estar num convés durante uma festa, a música tocando, a cabeça latejando; aí, de repente, elas descem as escadas e tudo fica silencioso, privado e tranquilo. Bobbie não tinha energia para dizer tudo aquilo, mas queria.

Em vez disso, viu-se à deriva. Nem percebeu que Serina tinha mudado de posição e se encaixava junto a ela na cama. Serina tomava cuidado com os ferimentos de Bobbie, mas seu corpo era um consolo cálido depois de um longo dia em um rio frio.

Bobbie tentou se deslocar para acomodá-la, mas Serina sussurrou:

— Não faça isso, você pode se machucar mais. Eu me viro aqui. — E aí se ajeitou ao redor de Bobbie como um chapéu muito usado, enrolando-se no espaço disponível. Sua bochecha descansava perto do ombro de Bobbie, não o suficiente para fazer pressão ou causar dor, mas perto o bastante para que seu hálito fizesse cócegas no pescoço dela.

Bobbie sentia os olhos arderem por causa das lágrimas, e ela encostou a cabeça na de Serina.

— Vou recompensar você, Serrie. Serei melhor.

— Eu também. Eu juro. — A convicção ladeava o tom de Serina, assim como em outras áreas de sua vida. E, naquele momento, Bobbie percebeu que tinha se tornado alguém por quem Serina lutaria.

E se havia uma coisa que ela sabia sobre a temida pirata, a capitã Serina do rio Nacean, é que ela jamais desistia quando botava algo na cabeça.

A felicidade se espalhou pelo peito de Bobbie, mesmo ao fechar os olhos. Serina relaxou, sua respiração desacelerando para combinar com a de Bobbie. Enquanto o restante da tripulação de Dreggs festejava a noite toda, elas compartilharam um momento íntimo de amor e compaixão.

Nada mais importava.

33

REYNA

Os dois dias subsequentes foram gastos tramando no navio de Dreggs Vigarista.

Não planejando, veja bem. *Tramando.*

Bobbie, Serina e Dreggs passaram a maior parte do tempo curvados sobre uma mesa com uma bacia hidrográfica da região do Nacean desenhada por eles mesmos, registrando a posição do armazém e a rotatividade dos patrulheiros. Dreggs ofereceu sugestões sobre batalhas pirata, que podiam variar, a depender da situação: às vezes um ataque frontal, às vezes perseguição ao inimigo em águas perigosas, e às vezes uma abordagem furtiva.

— Certa vez me infiltrei no navio particular da rainha Tilaine em uma missão diplomática para Leonol. — Dreggs piscou.

Reyna, tomando seu chá delicioso perto do conjunto de escotilhas, quase cuspiu a bebida.

— Você não fez isso.

— Ninguém percebeu. Nem mesmo sua mãe. — Dreggs se recostou, cruzando os braços em total satisfação. Reyna ficou estupefata, mas Dreggs não se fez de rogado: — A chave é agir como se fôssemos parte do lugar... e conhecer bem os procedimentos para que ninguém questione. É aí que você entra, Barylea.

— Bobbie. Por favor — corrigiu a ex-patrulheira, estremecendo. Era evidente que seus ferimentos não doíam mais do que seu nome verdadeiro. Serina sentou-se perto dela, quase ombro a ombro, e Reyna sabia, por meio de suas competentes fontes (ela mesma), que ambas tinham dividido um quarto nas últimas duas noites.

Felizmente, Bobbie não estava interessada apenas em Serina. No momento, tinha um interesse genuíno em derrubar Arlon; ao que parecia, a lealdade à sua antiga carreira era coisa do passado.

— O armazém fica bem na costa, para fácil acesso dos transportes. No lado leste do rio, porque todos os envios e recebimentos são feitos em Wellia. Há duas torres de guarda com arqueiros, cães patrulhando o perímetro e vários magos alquímicos que, sem dúvida, enfeitiçaram as entradas.

— Felizmente, eu também emprego quatro alquimistas. — Dreggs sorriu.

Kianthe, deitada em uma das poltronas relendo a biografia sexy de Dreggs, agora devidamente autografada, arqueou uma sobrancelha.

— O Magicário sabe que você está recrutando o pessoal dele?

— O que posso dizer? Até os magos são apaixonados pela vida de pirata.

— Oooh. Eis uma nova ideia de título: *Mina de pirata*.

— Encantador, querida — disse Reyna, acrescentando um pouquinho de mel à sua xícara de porcelana. — E o assalto?

Serina bateu no diagrama do rio com o nó dos dedos.

— Vamos mandar Bobbie primeiro, para ela dizer a Arlon que planejamos um ataque ao armazém. Ela vai alegar que se arrepende de sua participação no roubo do navio do diarno, mas que ainda há tempo de nos impedir… se ele agir rápido.

— Aí os patrulheiros serão retirados da biblioteca, nos dando livre acesso. — Reyna assentiu para Kianthe.

— Certo. — Serina estala os dedos, relaxada. — Então minha tripulação entra. Fazemos um grande escarcéu com os canhões que montamos no convés. Enquanto todos os olhos estão na gente, Dreggs assume.

Dreggs saltita em seu assento.

— Que empolgante. Minha tripulação é altamente treinada para combate, e temos magos do nosso lado. Podemos lidar com os lacres alquímicos e invadir o armazém pelos fundos ao mesmo tempo que vocês os mantêm ocupados no rio.

— Só não mate ninguém. — Bobbie cerrou o maxilar. — Conheço aquelas pessoas. Muitas delas têm família, assim como nós.

— Querida, e digo isso da maneira mais gentil: vai ter morte em uma batalha dessa magnitude.

Bobbie semicerrou os olhos. Dreggs atiçara um trauma antigo.

— Jovem e idealista. Tudo bem. Minha tripulação vai *tentar* evitar as mortes. Mas se ficar entre os patrulheiros ou a minha tripulação, já está decidido quem prevalecerá. Justo?

— Justo — concordou Bobbie com relutância.

— Vamos pegar o que pudermos e sair; vou deixar um cartãozinho de visitas para Arlon. Depois vamos usar minha rede para distribuir a comida. Arlon fica sabendo que não é mais o chefão do Nacean, e meus pais ficam felizes. — Dreggs fez uma pausa. — Quero dizer, eu fico feliz.

Kianthe riu.

Com o plano de batalha em andamento, todos se separaram para se preparar. Não havia muito sentido em perder tempo, afinal. Dreggs apenas aguardou a saída delas do *Morte pintada*, descendo a prancha rumo ao *Nau estou à venda*, e então soou um alarme para reunir sua tripulação.

Kianthe e Reyna agora estavam paradas no convés, aproveitando um último momento de paz antes da tempestade. A posição lhes dava visão completa da tripulação de Serina se dispersando, bem como de Senhor Mamãe subindo na terceira embarcação, a mesma usada para sequestrá-las em Lathe dias antes. Bobbie parou perto da prancha, hesitando. O plano imediato era que Senhor Mamãe as deixasse perto o suficiente para ela surrupiar um navio dos patrulheiros em Neolow, de onde Bobbie partiria para o norte a fim de dar o alerta ao diarno Arlon.

No momento, a ex-patrulheira só tinha olhos para Serina.

— Você vai ficar bem? Arlon tem os melhores arqueiros de Shepara. — Ela mordiscou o lábio. — Muita coisa pode dar errado nesse plano.

Serina abriu um sorriso confiante e a puxou para um beijo.

— Não se preocupe. Vou tomar cuidado. — Agora a pirata a encarava com mais afinco. — Você também, ok? Arlon pode acabar desvendando nosso plano. E, se acontecer, você sabe como cessar o ataque.

Bobbie sacou a pedra da lua de Kianthe, relutantemente emprestada para auxiliar na comunicação emergencial de longa distância.

A maga bufou, cruzando os braços.

Reyna deu uma cotovelada nela.

— É só por alguns dias, Key. A gente vai pegar volta. E vou estar com você esse tempo todo.

— Eu sei. É que me sinto nua sem ela.

Os olhos de Reyna percorreram a noiva.

— E você nua não é ótimo?

Kianthe sorriu, e seu mau humor foi esquecido.

Nesse ínterim, Bobbie soltava um suspiro.

— Vocês ficam dizendo que *nós* somos ridículas, mas sempre agem como se já estivessem em lua de mel. — Ela fez uma pausa, se ajeitando. — Mas estou feliz por ter conhecido as duas. As coisas teriam sido diferentes sem a ajuda de vocês. Obrigada.

— Esperamos um convite para o casamento — disse Reyna de maneira resoluta.

Serina empalideceu.

— Está indo um pouco rápido demais, hein? Primeiro vamos ver se sobreviveremos à mudança da estação.

Depois de mais alguns momentos de debate, Bobbie embarcou no navio menor, acenando enquanto Senhor Mamãe ordenava ao pirata esbelto — que, diga-se de passagem, era mestre das velas de Dreggs — que os levasse a Neolow. Só quando já estavam fora de vista, desaparecendo na curva do rio, Serina soltou um suspiro.

— Acho que, no fim das contas, eu a amo mesmo.

— Que surpresa — brincou Reyna de um jeito delicado.

— Um grifo seria muito útil agora — resmungou Kianthe.

Dreggs ficara no porto, e Serina as deixara nos estábulos perto da costa leste de Neolow. Infelizmente, Lilac ainda estava em Koll, então foi preciso alugar cavalos. Normalmente, *alugar* um cavalo era um pedido absurdo ali, mas, considerando que a Arcandor em pessoa fazia a solicitação, ninguém discutiu. Reyna jogou algumas moedas para eles já na saída, e as duas cavalgaram noite adentro.

Claro, isso significava que, horas depois, ainda trotavam pela costa. Recomeçara a chover — não era bem uma nevasca, mas as gotas eram geladas. Mesmo depois que Kianthe criara uma bolha mágica para protegê-las, o ar ainda estava congelante.

Reyna engoliu uma risada. Não estava muito mais feliz do que Kianthe, considerando as condições climáticas.

— A gente tem um grifo.

— Ponder ainda é um *bebê*. Ela não ajuda em nada.

Kianthe olhou por entre as árvores, não viu o grifo em questão e assobiou. Ponder chilreou em resposta, costurando de maneira habilidosa entre os troncos. Um dia seria imbatível nos céus; Reyna já enxergava sua dedicação, o ímpeto que a pequena desenvolveria com a idade. Ela era inteligente. Engenhosa. Reyna morreu de orgulho quando a observou.

Então sua voz foi afetuosa em excesso quando respondeu:

— Ah, ela será útil algum dia. Quanto tempo leva para poder montar um grifo mesmo?

— Lá pelo verão ela vai estar do tamanho adulto. Nessa mesma época do ano que vem, você já vai conseguir montá-la com segurança. — Kianthe balançou a mão. — Mais ou menos.

— Viu? Só um ano até podermos voar. Isso é útil. — Reyna estendeu o braço, sorrindo quando Ponder pousou nele. A bebê grifo não era tão pesada quanto se poderia esperar, graças aos seus ossos ocos, e bicou de leve a orelha de Reyna antes de decolar outra vez.

Kianthe deu um suspiro.

— Mas agora não é de grande ajuda. Você ainda está querendo aventura?

Reyna pensou um pouco.

— Hum. Não exatamente. Depois que encontramos Feo, fiquei com saudades de casa. Esta seria uma noite maravilhosa para nos aconchegarmos perto da lareira juntas e lermos um livro. Adoro o jeito como você narra.

— Com as vozes idiotas e tudo?

— Sem dúvida.

Kianthe até inflou com o elogio.

— Bem, ótimo. Fico feliz que Tawney vá ser um bom alívio para tudo isto. Sei que a mudança na carreira tem sido difícil para você, mas podemos fazer viagens como esta a qualquer momento, Rain. Sério. Entre nós duas, não vai faltar aventura.

Reyna inalou o petricor, sorrindo.

— Acho que enfim estou pronta para acreditar nisso.

Kianthe retribuiu o sorriso, e a noite avançou.

Elas chegaram à biblioteca perto do nascer do sol, mas não se aproximaram muito. Haviam cronometrado direitinho. Neste momento, Bobbie devia estar adentrando a propriedade de Arlon, o que significava que o chamado para os patrulheiros migrarem para o norte aconteceria a qualquer momento.

Reyna explorava a área enquanto Kianthe observava Ponder, que era um pouco imprevisível demais para assumir uma missão tão furtiva. Sinceramente, se tivesse dado para deixá-la com a equipe de Serina, teria sido melhor, mas Ponder só dava ouvidos a Visk, Reyna e, às vezes, Kianthe, então a hipótese estava fora de cogitação.

Sozinha, Reyna rondava as bordas da clareira, espiando de soslaio a grande construção à sua frente. Ao contrário da propriedade de Arlon, aquela biblioteca era pura ostentação. Era circular, com vários andares que faziam lembrar as torres suntuosas em Wellia. Enormes janelas revelavam livros em todos os patamares, tantos que ela chegava a ficar zonza. Que Ponder que nada; *Kianthe* seria a criança indomável ali.

O perímetro era fortemente guardado. Reyna estava empoleirada em um penhasco com vista para a clareira, deitada de bruços na chuva enquanto o sol tingia o horizonte de um cinza opaco. Sob a luz cada vez mais intensa, contou nada menos do que vinte e sete patrulheiros se revezando.

Deuses, Arlon devia ter uma cidade inteira de patrulheiros sob seu comando. Como conseguia treinar um grupo de fiscalização tão grande?

Por outro lado, era cem por cento possível que ele tivesse realocado o pessoal designado para proteger seus bens mais valiosos: os ovos.

Ela havia acabado de mapear a troca de turno quando um chamado soou do outro lado da biblioteca. Os patrulheiros correram em direção ao som, deixando a abertura que Reyna esperava. Instantes depois, sua pedra da lua latejou duas vezes no peito. Foi um toque desajeitado, nem perto dos toques profissionais de Kianthe, mas tudo bem, foi o suficiente.

Dois toques significavam que o plano tinha dado certo. Bobbie havia avisado Arlon e ele estava reagindo conforme o esperado.

Reyna continuou à espreita por mais um tempo, mas a maioria dos patrulheiros não voltou. A janela do grupo estava aberta, e não ficaria assim por muito tempo. Ela se voltou para Kianthe, torcendo a água do cabelo antes de prendê-lo em um coque outra vez.

Kianthe e Ponder estavam curvadas sob uma bolha de ar, a chuva caindo como vidro soprado. Um pequeno fogo tremeluzia, alegre, um que Kianthe apagou assim que avistou Reyna.

— Diga-me que estamos prontas para sair desta tempestade.

— Bobbie mandou o sinal. Os patrulheiros estão indo para o norte.

Kianthe sorriu, se levantando. Aí estourou a bolha e puxou o capuz sobre a cabeça para se proteger da chuva.

— Ótimo. Vamos roubar alguns ovos de dragão.

— Não é roubo se ele nunca foi dono deles, para início de conversa — respondeu Reyna afetadamente, chamando a atenção de Ponder com uma fatia de carne-seca. — Pondie, querida, vou precisar de um pouco de foco da sua parte, ok? Silêncio absoluto dentro da biblioteca. Pode fazer isso por mim? — Ponder olhou para a carne-seca, então assumiu sua posição de "sentido". Era o máximo de aprovação que Reyna teria ali. Reyna então jogou um pedacinho para ela, mostrou o resto da carne e levou um dedo aos lábios. O chilrear de Ponder se aquietou, e ela se sentou sobre as ancas, agora parecendo mais felina do que águia. Quando Reyna levou Kianthe em direção à biblioteca, Ponder as seguiu como um gatinho selvagem.

Cinco patrulheiros permaneciam guardando a biblioteca.

— Plano? — murmurou Kianthe, agachando-se nos arbustos. — Posso tirá-los de lá.

— Acho que não é necessário. Dreggs acrescentou uma nova planta ao meu repertório.

Com uma piscadela, Reyna sacou um pano com o extrato que o pirata usara para manter Serina inconsciente no dia do sequestro.

— Ele chama de locke azul.

— Você está mesmo identificando uma planta para uma maga elemental?

Reyna levantou uma sobrancelha.

— Você quer que eu use isto em *você* a seguir?

Kianthe riu e gesticulou um "deixa para lá", e a outra mão foi às costas de Ponder, a fim de manter a bebê grifo por perto. Reyna então deixou as duas ali, e foi fazer o que fazia de melhor: esgueirar-se, espreitar às sombras, investir contra pessoas desavisadas e incapacitá-las antes que pudessem gritar.

Pelo menos daquela vez não estava cortando gargantas. Era algo que sempre fazia uma bagunça danada.

Quando o sol matinal se escondeu atrás das nuvens de tempestade, iluminando a floresta com uma tonalidade cinzenta opaca, Reyna estava arrombando a fechadura da biblioteca enquanto Kianthe empilhava os corpos inconscientes dos patrulheiros. Por fim, teve uma ideia e gesticulou, fazendo as vinhas serpentearem sobre os braços e pernas deles.

A locke azul *deveria* mantê-los apagados por metade do dia, mas era melhor não facilitar.

Um ruído suave fez Reyna abrir um breve sorriso de satisfação quando o último pino se encaixou. Ela abriu a porta com cuidado.

— Tudo bem. Isso vai ser difícil, mas devo te lembrar, querida, que temos uma livraria. Podemos adquirir qualquer coisa que há dentro desta biblioteca. Por favor, mantenha o foco.

Ela abriu a porta e prendeu a respiração.

— Você age como se eu fosse uma criança que vai... — Kianthe entrou na biblioteca e parou de falar, inclinando a cabeça para o alto, e mais alto, e mais alto. Seu queixo caiu, e ela se esforçou para concluir a frase — ... para... — Era nítido que ela não ia conseguir falar mais.

Reyna fechou a porta, franzindo a testa.

— Temos um objetivo aqui, Key.

— Eu sei. Eu sei. — Kianthe não *soava* como se soubesse; não mais. — Só uma espiadinha?

— Kianthe.

A maga soltou um suspiro longo e sofrido, resmungando baixinho, mas obedientemente seguiu Reyna e Ponder.

— Cuidado com as armadilhas de alquimia. Sabemos que é o estilo favorito de Arlon. — Assim que ela terminou de falar, seus olhos pousaram em um conjunto de caixas de vidro no centro da biblioteca. Livros antigos enfileirados nas prateleiras, preservados com cuidado. Era óbvio, pelas capas e pelas lombadas minuciosamente costuradas, que eram antigos.

— E-Estes são únicos — arfou Kianthe. Ela avançou como se estivesse possuída, estendendo a mão em direção ao vidro. — Com certeza ele não sentiria falta destes...

Reyna colocou-se à frente dela.

— Se você fosse um diarno paranoico que usasse alquimia para proteger suas coisas, onde nesta biblioteca você colocaria feitiços?

Kianthe olhou para trás, para os livros, mas admitiu com pesar:

— Na seção de livros raros.

— Na seção de livros raros. — Reyna a afastou da redoma, assobiando para Ponder segui-las. — Venha, amor. Não estou a fim de ver você levando um choque involuntário hoje.

— Não seria bem um choque; seria magia alquímica bruta...

Reyna lançou um olhar severo para trás, e Kianthe calou-se.

Teria sido mais inteligente se separarem, mas Reyna não confiava que Kianthe deixaria aqueles livros antigos em paz. Em vez disso, examinaram o perímetro juntas. Depois de um tempinho de busca, Reyna notou um arranhão no piso, perto de uma das estantes.

— Que curioso — murmurou, passando os dedos por ele.

Kianthe espiou por cima do ombro dela, forçando a vista. Então seu suspiro ecoou pelo espaço imenso.

— É uma porta secreta! Uma porta escondida na estante... com dobradiças secretas... uma *sala* secreta! — Sua alegria se manifestou em gritos desconexos, seguidos por um animado "espera aí, eu sei o que é! Já li um livro assim", antes de começar a puxar os livros da estante, um por um.

Reyna ficou observando o entusiasmo caótico dela, achando fofo. Enquanto Kianthe estava ocupada, Reyna ficou avaliando a estante, e notou uma caixa perto do topo, e era evidente que fora projetada para se misturar à parede. Engrenagens para deslocar a estante, quase com certeza. Aquilo significava que bastaria puxar alguma coisa em algum lugar, algo maior do que um livro... algo tipo uma estátua falsa.

Confiante, ela deu um passo em direção a uma estátua ali perto, a representação de — que pitoresco — um dragão.

Levou meros segundos para notar as manchas de óleo no braço levantado do bicho. Ela o deslocou, e um som de atrito ecoou quando a estante se abriu.

— Droga, como você sacou isso? — questionou Kianthe, a decepção evidente em suas feições.

— Eu nunca teria pensado em olhar se você não tivesse percebido que tinha uma sala escondida — mentiu Reyna, e entrou.

Atrás dela, Kianthe se eriçou.

— Sei que está mentindo, mas sua mentira me parece uma demonstração de amor verdadeiro. Então vou aceitá-la.

— De fato é amor verdadeiro — concordou Reyna, descendo a escada. O mecanismo provavelmente tinha algum tipo de temporizador, porque logo a porta se fechou atrás de ambas, lançando-as na escuridão. Ponder chiou em sinal de desconforto. Kianthe colocou a mão no ombro de Reyna em busca de detê-la.

— Espere. Deixe que eu lidero. — Sem esforço, ela acendeu as palmas das mãos, então enxotou a chama em uma bola, que levitou, iluminando a escada íngreme, e a seguir lançou um sorriso hesitante para Reyna. — Isso é meio assustador, Rain.

— Não se preocupe. Eu te protejo — provocou Reyna. Apesar da piada, ela pegou uma das adagas às suas costas.

Ponder pousou em seu ombro, as garras cravando com gentileza para se equilibrar. Ah. Aquilo ia dificultar qualquer defesa. Reyna pensou em enxotar o grifo, mas Ponder parecia agitada, afinal, grifos não gostam de subsolos.

— Eu sei, Pondie. Está tudo bem.

Kianthe olhou para trás, sobrancelhas franzidas, e elas prosseguiram em silêncio. Por fim, chegaram ao fundo, onde a escadaria se abria para uma sala apertada com uma única porta na outra extremidade.

Kianthe ainda liderava, focada em iluminar o espaço e verificar se havia patrulheiros nos cantos.

Ela não viu o feitiço gravado no chão, tão sutil que parecia parte do mármore.

Ela não percebeu... mas Reyna, sim.

Três coisas aconteceram em rápida sucessão. Primeiro: Kianthe pisou no feitiço. Segundo: Reyna disse o nome de Kianthe e a empurrou para fora do círculo. Terceiro: um clarão e um choque de dor atingiram Reyna.

Ela nem teve tempo de gritar.

O mundo escureceu.

34

KIANTHE

A defesa alquímica explodiu e o mundo se incendiou com ela.

O tempo pareceu desacelerar, passando lampejos de imagens horríveis. Kianthe caiu no chão, contorcendo-se a tempo de ver a luz atingir Reyna, engolindo-a. Ela arqueou as costas sob dor óbvia; seu grito mudo, preto contra branco. Então o feitiço a jogou para fora do círculo: direto para a escadaria, amontoada feito um trapo.

Ela não se mexeu.

Kianthe ficou ciente de um grito preenchendo o cômodo. Levou uns bons momentos para perceber que era *o próprio* grito.

Ponder tinha voado pouco antes do sacrifício de Reyna, mas não foi poupada da explosão. Agora, trinava como uma sirene, sangue escorria por suas penas escuras, colorindo de vermelho um olho dourado. Ela se enroscou, tremendo com violência, emitindo um ocasional som de estalo dolorido do fundo da garganta.

Estava machucada. Reyna estava...

Kianthe nem sabia dizer o quê.

A maga agiu por instinto. Num segundo, ergueu uma parede de terra entre elas e a defesa alquímica, bloqueando fisicamente a escadaria da sala adiante. Criou outro obstáculo semelhante atrás de Ponder na escada, fechando-as com uma certeza agressiva.

Dentro de sua pequena tumba, elas tinham privacidade. Mas não bastou. O cérebro de Kianthe desligou, e ela ficou de joelhos ao lado da noiva.

— R-Rain. — A Arcandor engasgou na pronúncia do apelido, deslizando as mãos sob a figura amontoada de Reyna, que não se mexia. Por que ela não se mexia? — Não. *Não.*

Ponder limpou o próprio olho, borrando o sangue, e guinchou pateticamente. Era o mais perto de um choro que uma águia conseguiria emitir, e aquilo partiu o coração de Kianthe.

— Eu sei, querida — sussurrou, com a voz embargada, e lágrimas lhe turvando a visão. Estava escuro, mas a magia faiscava ao redor, tomando forma em milhares de pontos faiscantes. Nada que queimasse, mas o suficiente para lançar luz ao rosto pálido de Reyna.

Demorou muito para determinar que ela estava respirando. Kianthe botou uma das mãos no peito dela, mas o próprio corpo tremia tanto que ela não conseguia sentir o coração de Reyna. Então ignorou o jeito convencional e, em vez disso, tocou com magia o ar nos pulmões da noiva.

Estava circulando, e, ao seu comando desesperado, a respiração inundou o corpo de Reyna.

Sua noiva engasgou, sacudindo com violência sob o abraço de Kianthe.

Ela havia exagerado na dose. Porra. Kianthe sugou um pouco e ordenou que o restante do ar continuasse ali, e tentou combater o pânico que crescia em seu peito. Era impossível saber que tipo de magia as atacara; impossível saber a finalidade daquele feitiço alquímico. Não havia feridas superficiais, nada para Kianthe consertar.

A respiração de Reyna se tornava mais fraca. Kianthe sentia a redução em seus pulmões.

A impotência a sufocava.

— Rain, v-você tem que me ajudar. Diga pra mim o que há de errado. — Kianthe se curvou para ela, seus dedos pairando junto às bochechas de Reyna, ao seu peito, às suas costelas. Lágrimas quentes escorriam pelo rosto de Reyna, como gotas de chuva, e toda a cena parecia uma profecia autorrealizável.

Se Kianthe não ajudasse, a vida de Reyna lhe escaparia, e ela nunca mais poderia fazer nada.

Mas sua última tentativa não *consertou* as coisas.

— O que eu faço? — chorou ela, agora perguntando à magia, à Joia da Visão propriamente dita. A Joia não queria saber de assuntos mundanos, todavia, se fosse pela Arcandor, então a magia viria em seu auxílio. Sentindo a angústia de Kianthe, a Joia a inundou, como um abraço caloroso imerecido.

Ainda assim, a maga precisaria redirecioná-la.

Em seus braços, Reyna não reagia.

Entretanto, com a magia da Joia ao seu redor, as coisas de repente ficaram muito nítidas. Seu cérebro estava uma bagunça, seu corpo tremia tanto que seus dentes trincavam, sua magia vibrava junto; mas simplesmente era *inútil*. No momento em que tal pensamento a atingiu, tudo parou.

Tomada pelo instinto, Kianthe cobriu Reyna com a magia como se fosse um cobertor, e então esta penetrou em seu corpo inerte. Impulsos elétricos, uma vez enfraquecidos, ganharam vida. A água em seu sangue, suas veias, puseram-se a circular fortemente. O ar entrou em seus pulmões, e agora auxiliava em vez de machucar.

Afinal, os elementos eram a vida em si. Os humanos não poderiam ser nada além.

Foi fácil, e Kianthe gentilmente estendeu a magia para Ponder também. A bebê grifo se encolheu, então relaxou ao toque da maga. Não curou o ferimento sangrento em sua cabeça, mas pareceu acalmá-la.

Kianthe sentiu-se mais calma também. Ela desfez aquele campo de força, deixando a magia abençoada da Joia esmorecer, observando Reyna com atenção cuidadosa. Seu peito estava apertado, mas ela se concentrava em sua respiração, combinando suas inalações e exalações com as de Reyna.

E então... Reyna abriu os olhos.

Por um momento, nenhuma das duas falou. Kianthe queria abraçá-la mais, mas achou melhor dar espaço para a noiva respirar. Reyna se orientou, erguendo o olhar para os olhos escuros de Kianthe, a luz das chamas-eternas em volta. Seu sorriso foi um pedido de desculpas. Suas palavras, roucas e delicadas.

— Pode me xingar, mas eu faria de novo.

Em resposta, Kianthe a puxou para um abraço esmagador.

Reyna arquejou, mas logo seus braços se enroscaram ao redor do pescoço de Kianthe, sua mão se enredou no cabelo curto e bagunçado da maga. Kianthe não a beijou, não desta vez. Só ficaram ali abraçadas, próximas o suficiente para seus corações baterem praticamente em uníssono.

— Você está bem? — sussurrou Reyna por fim.

— Estou... — Kianthe engasgou já na primeira palavra. — Não me pergunte isso. Não agora.

Reyna riu baixinho. O movimento deve ter doído, porque uma careta tomou conta de suas feições.

— Não curto alquimia. Não consigo nem dizer onde fui atingida. — Ela enrijeceu de repente nos braços de Kianthe, arregalando os olhos. — Ponder... ela está...

— Ela está bem. Atrás de você.

Ao ouvir seu nome, Ponder deu um passo hesitante para a frente. Avançou com cautela, mas nada parecia estar quebrado. Não havia mais sangue em seu olho, embora suas penas pretas ainda estivessem úmidas. Reyna se desvencilhou do aperto de Kianthe, abriu os braços e tomou a bebê grifo em um abraço reconfortante.

— Queridíssima — murmurou contra as plumas, acariciando o pelo aveludado ao longo de suas costas. — Desculpe. Mas você é tão corajosa. Em breve, tudo isto será uma lembrança distante, e você será mais forte por isso.

Kianthe fechou os olhos contra as palavras. O pânico continuava lá, um zumbido profundo no fundo do cérebro, e uma vez que pudesse se dar ao luxo, ela por certo sucumbiria a ele. Mas, para ser justa, até Reyna ainda tinha pesadelos com o dia em que encontrara Kianthe na neve, inconsciente, cercada pelas sombras dos dragões. Esse tipo de horror nunca ia embora de verdade.

Talvez fosse amor: saber que tais emoções negativas persistiriam... e escolher focar nas positivas.

— Por que sinto que você está tendo uma crise existencial? — Reyna quebrou o silêncio, soltando Ponder e dando um sorriso forçado.

Uma risada borbulhou, indesejada, do peito de Kianthe.

— Sempre sou existencialista.

— É isso que me preocupa. — Reyna deu um suspiro, engoliu um sibilo de dor e se levantou. Deu trabalho, e ela teve de se firmar no braço de Kianthe para não cair. — Deuses, que feitiço. Por que parece que quase morri? — Ela riu.

Kianthe não achou graça.

Reyna tateou o próprio rosto, empalidecendo.

— Ah.

— Mais tarde vamos ter uma conversinha sobre suas tendências ao autossacrifício. Não se preocupe. — Kianthe cerrou o maxilar.

Reyna deu risada, então sibilou de dor outra vez, apertando o braço de Kianthe.

— Ai, essa foi forte — ofegou. — Considerando que foi você quem desafiou uma ninhada inteira de dragões enquanto estava montada num grifo, com uma linha de ley que mal dava conta da sua magia em um *dia bom*.

— Eu sou a Arcandor...

— Nem me faça começar a falar sobre isso.

Kianthe arfou, rumando para a pose de falsa indignação.

— Caso tenha se esquecido, os dragões começaram aquela briga. Eu só... — Ela fez uma pausa quando percebeu que Reyna ria, seu corpo inteiro chacoalhava. — É *verdade*. Mal cheguei ao limite!

— Vou me lembrar disso... — Reyna parou, ofegante, rindo, o que só fez Kianthe sorrir também. — Vou me lembrar disso da próxima vez que você vomitar num balde... num balde... — E aí ela se escancarou de rir, incapaz de terminar.

— Ei, você disse...

— Key, por favor, pare. Você vai me matar de novo. — Reyna enterrou o rosto no ombro de Kianthe.

A maga soltou um suspiro exasperado, puxando-a para um abraço forte. Aos pés delas, Ponder cravou de leve suas garras na calça de Reyna. Apesar de toda a risadaria delas, a bebê grifo não estava se divertindo muito... Afinal de contas, ainda estavam no subsolo, e aquela tumba devia estar muito sufocante para qualquer um que não estivesse no controle dos elementos.

Aquilo lembrou Kianthe de que havia um objetivo ali, e elas não deveriam gracejar após um incidente tão traumático. Mas os ovos de dragão dificilmente eram prioridade no momento, não quando Reyna parecia estar a uma brisa de desabar.

— É melhor abortar a missão. Levar você e Ponder para um lugar seguro.

— Querida, sabe que nunca abandono uma missão. — O tom de Reyna era convicto. Ela recolheu sua espada de onde caíra e a reatou à cintura. Seus dedos se atrapalharam com as tiras de couro, mas ela deu um jeito.

Kianthe ficou por perto, o pânico percorrendo seu peito. Reyna estava de pé e se movimentando, e aquilo já era alguma coisa, mas seu coração ainda latejava.

— Vou voltar sozinha. Não vou me distrair com os livros de novo. Prometo.

Reyna lhe lançou um olhar divertido, uma sobrancelha arqueada.

Kianthe queria sacudi-la até a desmazelar.

— Por favor, Reyna. Os ovos estão aqui há décadas; mais algumas noites não farão diferença. — Quando a noiva não cedeu, Kianthe sussurrou: — Preciso de você a salvo.

— Então me mantenha a salvo, tá bom? — Reyna se aproximou e deu um beijo em seus lábios. — Pode ser que Arlon os retire daqui depois desta tentativa, e então voltaremos à estaca zero... e sem novos documentos para nos dar pistas. Simplesmente não podemos nos dar ao luxo de abandonar nosso objetivo. — Ela gesticulou para o muro de pedra que as bloqueava da defesa alquímica. — Quando estiver pronta. Ou o quanto antes, já que não tem ninguém rejuvenescendo aqui.

Kianthe hesitou.

Lamentavelmente, a outra tinha razão. Os dragões esperavam seus ovos, e ela não poderia arriscar perdê-los outra vez.

Depois de um longo momento, Kianthe anulou a parede com relutância, revelando o feitiço do mármore. Ponder pousou em seu ombro, equilibrando-se ali. Reyna ainda parecia instável, respirando com muita dificuldade para uma caminhada tão casual, então Kianthe passou o braço em volta da cintura dela. Foi revelador o fato de Reyna ter se apoiado na noiva com um suspiro de alívio.

Quanto mais cedo terminassem aquilo, mais cedo ela levaria Reyna para uma cama e para atendimento médico.

— Agora precisamos encontrar um jeito de contornar esse feitiço...

Bufando, Kianthe empurrou o piso de mármore para o subsolo, enchendo o pequeno cômodo com o odor de terra recém-revirada. Foi o mesmo movimento que ela fizera na livraria em Tawney, quando estavam reformando, e assim o local engoliu todo o feitiço.

Reyna fez careta, lançando um olhar cúmplice para Kianthe.

— Precisava mesmo disso?

— Funcionou, não é? — O aperto de Kianthe na cintura de Reyna ficou mais forte. Ela então avançou, com Ponder ainda se equilibrando em seu ombro, mas Reyna travou. Kianthe a encarou, franzindo a testa. — O quê? Eu te machuquei?

— Se você preferir, posso esperar aqui. — A voz de Reyna era gentil. — Você isolou a escada; não serei pega de surpresa. Ponder pode me fazer companhia.

Uma oferta de paz. O fato de ela cogitar ceder aos desejos da maga deixou Kianthe profundamente envergonhada da própria postura. Ela fechou os olhos e respirou fundo.

— Não. Tudo bem. Vamos terminar isso logo.

Desta vez, Reyna avançou com ela, e elas cruzaram o pequeno cômodo sem incidentes.

Kianthe inspecionou a porta de madeira, estendendo a mão com sua magia — que não tinha utilidade alguma contra a alquimia —, e então verificou visualmente outros sinais. Mas era provável que Arlon tivesse presumido que qualquer intruso já seria eliminado pelo feitiço no centro da sala, porque a porta se abriu com facilidade. Sequer estava trancada.

Elas entraram em uma sala magnífica, lotada de artefatos caros. Parecia o museu de Wellia ou o salão de registros do Magicário. Os tetos eram bem altos, considerando que eram subterrâneos. Longas tapeçarias cobriam todas as paredes, algumas protegidas por vidros para preservar as bordas franjadas, outras vibrantes e recentes. Armaduras de todo período e país conhecido cobriam as quatro paredes. Havia mais livros emoldurados em vitrines ou em tribunas de madeira.

E bem no centro da sala havia dois ovos de dragão, empoleirados em uma almofada de veludo. Cada um deles era do tamanho de uma saca de farinha: pequenos o suficiente para serem carregados, grandes o suficiente para Kianthe se perguntar como os carregaria *sozinha*, com Reyna naquele estado. Suas cascas coriáceas brilhavam num tom lavanda, como um raminho florido em um dia de primavera. E pulsavam com magia. Era tão óbvio que ela estremeceu, porque se aquele era um ovo de dragão após um feitiço projetado para tirar seu poder, como seria um ovo de dragão normal?

Não era de se admirar que Viviana tivesse sentido pena deles. Os ovos estavam basicamente gritando para serem auxiliados por Kianthe.

Ela parou à porta e firmou Reyna contra a parede.

— Deixe-me verificar a situação.

Reyna apenas assentiu, um gesto incriminatório, então não perdeu tempo e se acomodou no chão. Ela estremeceu, fechando os olhos por um breve instante. Ponder saiu do ombro de Kianthe, cutucando o braço de Reyna, e ela sorriu para a bebê grifo antes de dizer:

— Tenha cuidado, querida. Duvido que eu consiga salvar você duas vezes em um único dia.

— Ha, ha. — A voz de Kianthe foi seca pra caramba.

Foi um processo lento chegar aos ovos, e aquilo fez Kianthe desejar ter pegado emprestado um dos alquimistas de Dreggs, ou pelo menos ter trazido Feo. Ela sentia a magia alquímica, mas era só um eco, mera possibilidade. Dormente até ser acionada, e então liberada numa fúria carmesim e violenta. Foi preciso muita concentração para trocar os tipos de magia, e mesmo assim os elementos ficavam cutucando o fundinho de sua mente, perguntando por que a maga os estava ignorando.

Mas se a Arcandor os tivesse ignorado antes, Reyna não teria se machucado, então Kianthe se concentrou, muito embora fosse cansativo.

Foi tudo em vão. Não havia mais armadilhas, embora ela tivesse circulado ali várias vezes para confirmar. Enquanto ela testava a sala, Reyna ficava ali quietinha de olhos fechados, e Kianthe estava doida para pegá-la no colo e levá-la a algum lugar seguro — *algum lugar* a ser determinado, mas "não aqui" já bastaria. Felizmente, Ponder estava levando muito a sério sua função de guarda de Reyna. Ela se empoleirou ao lado da preparadora de chá como se fosse uma estátua, mantendo um olho em qualquer coisa que se mexesse... que, no caso ali, era só Kianthe mesmo.

Ainda assim, considerando como a bebê grifo também estava ferida, sua dedicação era impressionante.

Pelo menos, um dia, Kianthe não seria a única a proteger Reyna.

Pegue os ovos. Saia.

Kianthe não os pegou. Ela não confiava mais em Arlon, e a última coisa da qual precisava era ficar presa em uma jaula alquímica. Em vez disso, tomou distância e lançou uma tempestade de vento, um tornado, literalmente, que ergueu um ovo do poleiro, depois o outro.

Conforme esperado, o piso de ladrilho ao redor do pedestal começou a rachar e a apodrecer, afundando qualquer coisa que estivesse em volta naquela lama, prendendo-a ali.

Kianthe felizmente estava longe, e revirou os olhos para tamanho teatrinho.

Mais uma dose cuidadosa de magia, e os ovos enfim vieram e tocaram o chão a seus pés.

Aplausos da porta. Um grito de pânico, abafado por um baque de tecido pesado. Kianthe virou-se, percebendo tarde demais que alguém novo havia se juntado a elas, e que alguém havia acabado de puxar Reyna e colocado uma faca em sua garganta.

Arlon.

35

SERINA

— A gente já devia ter botado canhões no convés há muito tempo — gritou Serina por cima do vento. O grupo chamou dois dos quatro magos de Dreggs e, com Pil e seus filhos nas velas, o *Nau estou à venda* subia o rio a uma velocidade assustadora. Os dias se arrastando pela neblina eram passado: agora os magos simplesmente manipulavam a névoa para que não ficasse no caminho. Acima, nuvens pesadas pairavam, ameaçando chuva, o que sinceramente poderia ser de grande ajuda na batalha.

Joe bufou de algum lugar acima, em meio às redes das cordas, como sempre.

— Eles são emprestados. Não se anime.

— Tarde demais — brincou Serina, um sorriso largo. — Nada diz "navio pirata" mais do que alguns canhões.

Joe revirou os olhos, mas Darlene fez um sinal de joinha com o polegar. A garota tinha conseguido permissão para ficar no convés para a batalha, pelo menos enquanto os patrulheiros estivessem mirando neles da costa. Mas se de alguma forma conseguissem subir a bordo, a ordem era ir direto para a cozinha com Esquilo.

— Estamos chegando ao armazém — gritou Rankor. Ele e Farley tinham encarado aquela reviravolta de bom grado. Serina já estava aprendendo que eles simplesmente gostavam de aventura.

Ótimo. Ela lhes daria aventura com prazer.

— Manipule a névoa para nos esconder. Quero uma entrada triunfal — ordenou Serina, só porque podia. Os magos na proa trocaram um olhar divertido e, obedientes, distorceram a névoa em uma exibição digna da própria Kianthe. Enquanto Pil e seus filhos juntavam as velas e o navio diminuía o ritmo, tudo ia assumindo um aspecto sinistro.

Neblina assustadora. Chuva leve. Um navio pirata aparecendo do nada.

Que delícia.

— Temos um músico a bordo? — perguntou Serina a Farley.

A carpinteira, que até então tinha feito de tudo um pouco no navio, exceto carpintaria, se posicionou perto de um dos canhões. Ela acariciou a estrutura de ferro, imersa nos pensamentos.

— Tenho quase certeza de que Rankor sabe tocar flauta.

— Rankor — sussurrou Serina. — Pegue sua flauta.

O navegador deu de ombros, entregando o leme para uma alegre Serina antes de sumir abaixo do convés. Momentos depois, ressurgiu. Ele de fato sabia tocar, e escolheu uma melodia sombria, quase assustadora, que flutuou pela névoa tal qual uma sentença de morte.

Os dois magos caíram na risada.

Eram gêmeos, alguns anos mais novos do que Kianthe, e era nítido que estavam encantados.

— Shhh — sussurrou Serina. — Chegou a nossa hora. Nos seus lugares, pessoal.

A expectativa fez todos prenderem a respiração. Joe correu para o convés inferior, e Darlene se posicionou junto ao pai, segurando sua espada. Farley mantinha os fósforos à mão, pronta para acender o pavio dos canhões. Serina assumiu sua posição entre os dois canhões quando os magos desaceleraram o navio até parar à deriva.

Na costa, uma fileira de patrulheiros já os aguardava. Eles olhavam em choque para o navio pirata, trocando as espadas em suas mãos. Na formação estava o patrulheiro contra quem Serina lutara na batalha do bloqueio; o patrulheiro que quase matara Bobbie.

Tyal.

Independentemente do que acontecesse, *aquele* patrulheiro seria amarrado em seu brigue em breve. Ela jurara.

Serina levantou a mão. Em sua deixa, Rankor tocou algumas notas derradeiras e deixou a flauta silenciar. Um silêncio se espalhou, o coração de Serina batia forte de expectativa. Arqueiros tinham tomado posição nas duas torres de vigia que emolduravam o enorme armazém, uma monstruosidade de madeira que poderia alimentar a maioria das cidades no Nacean durante todo o inverno.

Mas, não. Arlon estava desperdiçando comida para quem desse o maior lance.

Não mais.

A pirata cerrou o maxilar, colocando as mãos junto à boca para projetar a voz.

— Arlon, diarno do rio Nacean. Considere isto um desafio. Nós o declaramos inapto para governar, inapto para controlar nosso suprimento de alimentos, nossa moeda, nossa terra. Repetidas vezes, você agiu sem dignidade ou integridade. Chega. Desça agora, abra as portas do seu armazém e garanta que seu povo seja alimentado.

Foi um bom discurso. Teatral de verdade.

Serina examinou o rosto de cada patrulheiro, à procura de Bobbie… mas, é claro, ela não estava lá. A ex-patrulheira havia chegado à propriedade de Arlon havia um tempinho, e ainda era considerada demitida do cargo. Mesmo que o diarno acreditasse nela — e pelo visto acreditava, com base nas dezenas de patrulheiros alinhados na costa —, Bobbie ficaria longe daquela batalha.

Serina só tinha de torcer para que Bobbie não estivesse numa batalha com seu íntimo.

Um patrulheiro com dragonas prateadas deu um passo à frente.

— Como piratas, vocês estão em desacato à proclamação do diarno Arlon. Vocês ameaçam a paz e a prosperidade desta terra abundante. Retirem-se agora mesmo ou serão punidos.

Carambolas. Ela tentou.

Serina estalou os dedos.

— Acendam.

— Com prazer. — Farley sorria ao riscar o fósforo, acendendo os dois canhões. Ambas recuaram, cobrindo os ouvidos; e na praia, percebendo o que estava por vir, os patrulheiros quebraram a bela formação, lutando para se proteger. Gritos de pânico tomaram o ar, competindo com os chiados dos pavios.

Para efeito dramático, Rankor começou a tocar sua flauta de novo, uma melodia mais rápida que aumentou a expectativa de Serina.

BUM. BUUUM.

Os canhões sacudiram o navio, dando um coice de vários metros. Uma bala de canhão se enterrou na costa rochosa onde os patrulheiros estavam, e outra atingiu uma das torres de vigia. Os arqueiros empoleirados no topo dela gritaram, berraram, lutando para se segurar à medida que a construção desmoronava aos poucos. Dois saltaram para o telhado do armazém, quase caindo, e um deles se agarrou a um galho de árvore próximo.

— Ataquem! — gritou o líder dos patrulheiros, sua voz ecoando acima do tom do rio.

Pil e Farley avançaram com rapidez, levantando mais duas balas de canhão e enchendo a câmara de pólvora. Enfiaram as balas nos tubos, e Rankor e Serina empurraram os canhões de volta para a amurada do navio, grunhindo com o peso.

— Chegando — gritou Darlene, o pânico na voz.

Serina girou para ver uma saraivada de flechas mirando neles. Os arqueiros na torre de guarda restante evidentemente tinham se recuperado do choque.

— Vento — gritou Serina com vigor, e os magos gêmeos obedientemente manipularam o ar, desviando as flechas.

Não havia tempo para comemorar. Duas dezenas de patrulheiros aproveitaram a distração para entrar na água. Serina estava prestes a rir, até perceber que todos tinham ganchos de escalada. O medo atingiu seu peito. Farley e Pil estavam distraídos mirando os canhões na segunda torre, e os patrulheiros perceberam e aproveitaram a deixa.

— Fase dois — gritou Serina, agarrando a espada em seu quadril.

Sua tripulação se deslocava como uma máquina bem lubrificada. Havia apenas nove almas no *Nau estou à venda*, afinal; não teriam como se defender contra um ataque frontal completo. Mas além dos canhões... Serina tinha o elemento surpresa.

Quando duas dezenas de patrulheiros embarcaram no navio, subindo no convés com espadas em riste, o navio estava vazio. Não havia uma vivalma no convés, nem sinal de que alguém tinha estado lá.

Serina sentou-se com os magos gêmeos nos aposentos da capitã, observando tudo através das escotilhas que davam para o convés.

— Têm certeza de que isso não vai danificar o navio? Gosto de verdade desta embarcação.

— Olha, até vai danificá-lo — disse a maga mais alta. Ela sorriu para o irmão, sua expressão tortuosa. — Mas não se preocupe. Vamos recuperá-lo de volta juntos. Preparados?

Serina foi para o lado oposto da cabine, forçando a vista para além das escotilhas a fim de ver sua tripulação ressurgindo por um afloramento de pinheiros baixos. Pil acenou da costa: o sinal. Estavam todos com ele, a salvo em terra firme.

— Preparados — respondeu Serina, prendendo a respiração.

Os dois magos assentiram um para o outro, então tocaram o convés de madeira, que brilhou, amarelo, infundido pela magia do Nacean. Kianthe era capaz de dobrar os elementos ao seu capricho com um mero pensamento, mas aquela dupla carecia de mais concentração: entoavam baixinho, sussurrando um feitiço repetidas vezes até as palavras perderem o sentido, se distorcendo em puro poder.

Os patrulheiros estavam invadindo o navio. Dois começaram a esmurrar a porta do intendente, caçando os tripulantes.

Sob seus pés, o convés ondulou. A madeira sacudiu e se curvou ao comando mágico, fazendo brotar galhos que se enrolaram nos pés dos patrulheiros, as tábuas se partindo ao meio para sugar o corpo deles em um aperto impossível.

Gritos controlados se transformaram em berros apressados enquanto eles lutavam contra os elementos.

Mas ninguém conseguia escapar da força da natureza.

Serina riu quando os dois magos enfim relaxaram. Estavam suando, ainda brilhando, mas já pareciam revigorados. Kianthe tinha dito que o rio Nacean era uma linha de ley, que os magos poderiam brincar com seu poder por anos a fio e nunca serem drenados.

Serina esperava que fosse verdade. Ainda não tinham terminado.

— Vamos — chamou ela, e abriu a porta, entrando no confronto com sua espada a postos.

Todos que ousaram subir a bordo foram capturados. Aquilo facilmente cortou pela metade o número de patrulheiros na briga, e chamou a atenção de todos. No entanto, mais patrulheiros começavam a jogar ganchos de escalada sobre o parapeito, e Serina costurou entre os patrulheiros já presos, pisoteando braços e pernas amarrados, e começou a cortar as cordas dos novos ganchos de escalada.

— Da próxima vez que resolverem lutar contra a temida capitã Serina — disse ela para o sujeito com as dragonas prateadas —, desistam.

— Temida capitã Serina? — disse o mago, lentamente. — Isso me soa familiar.

— Todo mundo conhece minha inspiração — respondeu Serina, e agarrou a corda para sair do navio. — Agora se me dão licença. A dita inspiração vai estar aqui a qualquer momento, e não posso deixar a tripulação de Dreggs ficar com *toda* a diversão.

Como se fosse uma deixa, uma trombeta ecoou pelo campo de batalha. Os patrulheiros tinham sido espalhados pelos ataques de Serina, e no momento se contorciam em pânico enquanto piratas saltavam das árvores. Espadas tilintavam e pessoas gritavam e berravam conforme o caos assolava a praia. Mas agora que Serina havia prendido metade da força-tarefa deles em seu navio, eles estavam em grande desvantagem numérica.

Atrás do *Nau estou à venda*, o *Morte pintada* entrou no campo de visão, aumentando totalmente o visual assustador da cena. Suas velas carmesim eram um aviso claro, seus canhões já a postos para disparar.

Naquele momento, ficou evidente por que Dreggs governava os Mares do Sul com aquela embarcação.

Serina agarrou uma das cordas penduradas na lateral do *Nau estou à venda*.

— Contenham os patrulheiros — gritou ela para os magos. — Eu já volto. — E, com uma risada alegre, se catapultou da amurada.

Por um segundo, ela estava no ar, *voando*.

Então pousou com força no chão, o impacto reverberando em seu corpo. Sua perna havia se curado bem em uma semana, mas agora latejava em protesto. Serina mal notara, o corpo inteiro zumbia de expectativa.

Percebeu, acima de tudo, que Tyal notara sua tripulação espreitando entre os pinheiros ao norte da costa, e que agora caminhava em direção a eles com uma espada perversa na mão. Ninguém da tripulação sabia lutar. Serina não sabia lutar, não de verdade, mas uma raiva irracional surgiu em seu peito, convencendo-a de que era possível. Ela se pôs a segui-lo, mancando um pouco ao gritar:

— Ei!

Tyal parou, virou-se e, no caos do campo de batalha, foi como dois amantes se observando em um salão de baile. O patrulheiro parou, e o mundo pareceu parar também. Serina enrijeceu. O reconhecimento brilhou nos olhos de Tyal, e um sorriso sombrio cruzou seu rosto.

— Ah. A pirata do Nacean. Vamos terminar o que começamos.

Serina desembainhou sua espada.

— Vamos lá. — Ela se colocou na posição que Reyna havia ensinado. Não sentia medo, apenas expectativa.

Atrás de Tyal, Farley assistia à contenda, horrorizada. Rankor estava parado na frente de Esquilo e Joe, e Pil cerrou os punhos. Serina viu duas cenas se desenrolando ao mesmo tempo: Tyal avançando em primeiro plano, e Darlene entregando em silêncio sua nova espada ao pai com um sorriso triunfante.

Hum.

Era tarde demais para pensar. Tyal se aproximou, rondando Serina como um gato selvagem. A pirata acompanhou o ritmo dele, mantendo sua espada inclinada com a de Tyal. O patrulheiro semicerrou os olhos.

— Você anda causando *muitos* problemas para nós nos últimos tempos.

— E, ainda assim, você parece estar levando para o lado pessoal — respondeu Serina.

— Faltava *uma* missão para eu ser promovido. — O rosto de Tyal se contorcia de raiva. — Você era uma pirata de merda, mas de algum modo conseguiu se aliar à *Arcandor*. E também a Dreggs Vigarista, pelo amor das Estrelas. Você está me fazendo parecer um idiota. Claro que isso é pessoal.

Ele atacou, e o instinto assumiu. Sua técnica não era perfeita, mas Serina foi capaz de desviar da investida. Ela dançou para longe, distraindo-o com papo-furado.

— É pessoal para mim também. Arlon sabe que você atacou seu próprio grupo? Você quase *matou* Bobbie.

— Eu não... — Ele fez uma careta. — Eu estava lutando contra *você*. Não tenho culpa se ela se meteu no meio.

— Mentira — sibilou Serina, e dessa vez *ela* investiu. Por Bobbie, por Humalt e sua família, por Garinson e seu povo. Por todos no Nacean, Serina lutou. Ela atacou com tanta ferocidade que, mesmo em sua má forma, foi capaz de mantê-lo na defensiva, empurrando-o de volta para os pinheiros.

Por um momento, ela pareceu estar vencendo.

E então Tyal reverteu, sua lâmina atingido a dela enquanto ele avançava de novo. Serina resistia contra o peso dele, o suor escorrendo pelo rosto, a respiração ofegante. Seus narizes estavam muito próximos, e ele sussurrou:

— Serei para sempre conhecido como o patrulheiro que capturou você. — E com um sorriso cruel, ele...

... congelou.

— Não acho que você vá fazer isso aí, não — resmungou Pil às costas dele.

A pressão na lâmina de Serina diminuiu, e ela aproveitou a oportunidade para escapar da proximidade de Tyal. Depois que ganhou distância, a situação se desenrolou. Pil estava com a nova espada de Darlene posicionada às costas de Tyal, bem atrás do coração dele, e fazia pressão suficiente para tirar uma gotícula de sangue. A ameaça era inconfundível: um movimento, e você termina empalado.

— Seus amigos patrulheiros estão largando as armas. Vou lhe dar um segundo para fazer o mesmo. — A voz de Pil de repente ficou perigosa e implacável. O pirata perfeito. Atrás dele, Joe e Darlene saíram do mato, com expressões de satisfação correspondentes.

— Papai é duro na queda. Esqueci de mencionar — disse Darlene.

Serina riu.

Os olhos de Tyal examinaram a costa, mas Pil estava certo. Todos os patrulheiros reconheciam a derrota. Alguns estavam no chão, sangrando, encolhidos e feridos, mas o restante havia largado as armas.

Um cerco bem-sucedido.

Com uma carranca frustrada, Tyal gentilmente seguiu o exemplo.

Serina tomou a espada dele. Pil deu um passo para trás, e Serina girou a própria lâmina, embainhando-a de maneira resoluta.

— Yo ho ho, desgraçado.

36

REYNA

Reyna ouviu novos passos, no entanto, depois do golpe da alquimia, tudo soava meio turvo, como se ela tivesse caído no mar e tentasse nadar desesperadamente rumo à superfície do Nacean. Seus instintos gritavam *"avance"*, mas o cérebro ia ficando para trás e sussurrava *"por quê? De novo?"*.

Ela se tornara refém de Arlon antes que pudesse compreender o que tinha ocorrido. Quando deu por si, começou a pensar que talvez, só talvez, devesse ter seguido o conselho de Kianthe e deixado os ovos de dragão em paz. Aquilo era simplesmente constrangedor.

A lâmina contra seu pescoço estava cega, a pontada dela contra sua pele não era nada em comparação à agonia da alquimia restante. Tudo em seu corpo reverberava, parecia que Reyna era uma corda de violino vibrando, desafinada. A dor a inundava em ondas maçantes desde que ela acordara, mas tranquilizar Key era sua prioridade no momento.

Agora ela só precisava *não morrer*.

Parecia gritantemente simples, mas, considerando que seu corpo não reagia aos comandos, havia complicações.

Uma era Kianthe, e o horror absoluto drenava a cor de seu rosto. Ela avançou, mas Arlon disse:

— Ah, ah. Mais um passo, um feitiço, e ela estará morta antes de mim. — Sua voz estava ao lado do ouvido de Reyna, baixa e rouca, e a ex-guarda da rainha estremeceu quando o hálito dele atingiu sua pele.

Aos seus pés, Ponder gritava, arranhando o cobertor pesado que a confinava, contorcendo-se em pânico ali dentro.

Reyna tinha que fazer alguma coisa. Uma cotovelada nas costelas, um golpe no pulso, e *ela* seria a pessoa a colocar uma faca no pescoço de Arlon. Em sua mente, tudo acontecia de um jeito tão lindo. Acabaria em dois suspiros, e então ela e Kianthe poderiam ir para casa.

Mas o mundo estava girando. Sentia-se um pouco enjoada e tentava muito se concentrar em um ponto fixo.

Então escolheu fixar-se em Kianthe, que era digna de ser admirada. Quando confrontada com um desafio, sua noiva ficava tão feroz quanto linda. A fúria tingia seu rosto com tons assassinos, e ela nem parecia notar o vento aumentando. Seus olhos escuros brilhavam, sua voz era retumbante.

— Solte-a, Arlon.

Ele só fez apertar mais. Reyna era seu seguro de vida, afinal.

O gesto provocou uma risadinha nervosa em Reyna, o que aumentou a pressão da lâmina contra sua garganta. Ela então ficou quietinha, fechando os olhos contra aquele girar vertiginoso do mundo.

— Você deve estar desesperado de verdade para querer arranjar briga com a Maga das Eras.

Quando Reyna abriu os olhos de novo, Kianthe estava vários passos mais perto, desafiando o blefe dele.

Reyna nem precisaria se contorcer para se libertar. Bastaria alcançar a faca junto à sua coxa. Mantendo-se o mais imóvel possível, tateou em busca da arma, mas um novo estrondo de dor a pisoteou. Agonia. Aquela alquimia persistia, diferente de tudo o que Reyna já vivenciara. Quando ela ficara sentada, perfeitamente imóvel, a alquimia se resumira a um zumbido administrável, mas agora que estava de pé, respirando e se mexendo, a dor rugia de volta à vida.

Tal contingência dificultava muito a concentração nas cercanias.

Difícil fazer qualquer coisa senão tremer de dor, na verdade. O tom de zombaria, que ela compartilhara com Kianthe ao despertar do golpe da armadilha, agora era uma lembrança distante.

— Você não vai embora com estes ovos. — Arlon cuspiu as palavras.

Ah. Então ele não tinha um plano. Reyna ficou mais atenta: durante aquele tempo todo, presumira que o diarno Arlon tivesse vindo com um esquema em mente, algo que ele poderia usar contra Kianthe para se manter vivo. Ao que parecia, esse algo era, literalmente, *Reyna*.

Era um pensamento míope, e o tornava ainda mais perigoso.

Afinal de contas, animais acuados sempre costumam atacar.

— Não dou a mínima para os ovos. — A voz de Kianthe soou alta, reforçada com poder sobrenatural. — Mas se você não soltar minha noiva, *eu vou te matar*.

— Chegue mais perto e eu vou...

Ele não conseguiu terminar a frase.

Naquele ínterim, Reyna vinha planejando como se salvar. Seus dedos já estavam em volta da faca, embora ela mal conseguisse ficar de pé sob a dor pura e atordoante. Afinal, ela conhecia mil e uma técnicas para permanecer viva.

Porém se esquecera da milésima segunda: a maga mais poderosa do Reino.

Uma maga que só perdia as estribeiras quando a segurança de sua amada noiva era ameaçada.

Kianthe contorceu a mão e, de repente, Arlon sufocava, os dedos arranhando a garganta. A faca usada contra Reyna caiu no chão. O diarno cambaleou para trás, batendo na parede, desesperado ao se engasgar pelo ar que não vinha, como um peixe fora d'água.

Reyna tentou se firmar, mas seu equilíbrio tinha ido embora. De imediato, os braços de Kianthe envolveram seus ombros, aparando-a antes que a noiva caísse.

— Você está bem? — Sua voz era baixa.

Reyna começava a admitir que, naquele momento, não, não estava bem. Mas obrigou-se a se concentrar, porque o diarno Arlon estava ficando roxo. Ele revirou os olhos suplicantes e lacrimejantes para elas antes de cair no piso de ladrilhos, asfixiando sob o olhar inerte da própria Arcandor.

Kianthe o deixaria morrer por ter machucado Reyna.

Só que Reyna não podia permitir que aquilo acontecesse. Ela agarrou o braço de Kianthe.

— Assim não, amor. Por favor. Feo está se empenhando para fazer justiça, mas... assim não. — Por um longo momento, Reyna pensou que poderia ser tarde demais, que a deusa-maga já havia decidido o destino daquele humano. Mas assim que os olhos de Arlon se fecharam, Kianthe torceu a mão de novo. Ele então respirou fundo, depois mais uma vez, firmando-se sobre as mãos e joelhos enquanto tossia sem parar.

Perto dali, Ponder havia rasgado o cobertor em pedaços. Ela emergiu, guinchou e pousou nas costas de Arlon, rasgando sua carne sem piedade.

— P-Pondie — arfou Reyna, avançando. — Não!

Suas palavras só foram registradas vagamente. A bebê grifo bicou a cabeça de Arlon para assegurar sua lição, então voou com asas trêmulas em direção a Reyna. Se ela, que não se ferira, estava indisposta daquele jeito, só conseguia imaginar o estado de Ponder.

Claro, com suas garras encharcadas de sangue, ela evidentemente se vingara.

Kianthe colocou Reyna no chão, apoiando-a em uma das tribunas de madeira. Deu um beijo delicado na testa dela e murmurou:

— Não vou matá-lo, tudo bem? Só vou conversar.

— Obrigada — respondeu Reyna, apoiando a cabeça na tribuna, exaurida. Ela não estava preocupada com a vida de Arlon, todavia se importava profundamente com o que Kianthe sentiria mais tarde. Já havia muita coisa para se administrar.

Ponder empoleirou-se ao lado de Reyna, protegendo-a mais uma vez.

Enquanto isso, Kianthe caminhou em direção a Arlon, assomando-se diante dele.

Desta vez, o homem se encolheu sob a ira dela.

— P-para trás — arfou Arlon. — Você não pode me matar.

— Considerando que você estava planejando nos matar para esconder estes ovos, acho que você não percebe do que sou capaz. — Kianthe ajoelhou-se ao lado dele, sua fúria aquecendo o ar, que chegava a ondular, fazendo o suor escorrer pela testa do diarno Arlon. A Arcandor levantou o queixo dele, para que seus olhos se encontrassem. — Vai poder sair daqui se responder a uma pergunta: quem pediu para você roubar os ovos?

— Ninguém — rosnou ele.

— Está mentindo. Pense direitinho, Arlon.

Um lampejo de pânico tomou conta das feições dele — Reyna observava com interesse imparcial. Arlon fechou os olhos com força e disse entredentes:

— Você não é a pessoa mais perigosa do Reino.

— Que grosseria.

— Existem pessoas com mais poder...

Ela gesticulou, prendendo-o em uma tumba de pedra. Uma videira deslizou sobre sua boca, amordaçando-o. Reyna percebeu tarde demais que o caule estava coberto de espinhos. Sangue escorria pelo pescoço de Arlon, que de repente ficou muito quieto e com olhos arregalados.

— Acontece que não me importo. — Kianthe se levantou, espreguiçando-se. Apesar do gesto casual, seu olhar estava gélido agora, um contraste direto com a temperatura do cômodo. Uma brisa impossível ainda despenteava seu cabelo, mas havia diminuído de maneira significativa, posto que o perigo havia passado. — Pela Joia, eu realmente não sei o que te levou a pirar essa sua cabeçona nessa última estação,

Arlon. Um pirata não deveria ser capaz de destruir o seu bom senso, mas... bem. No nosso próximo encontro, vamos solicitar uma petição ao conselho para sua destituição imediata do cargo de diarno. E se essa pessoa poderosa aparecer por causa dos ovos... — Ela fez uma pausa, exibindo um sorriso frio. — Ótimo. Diga que estou em Tawney e que adoraria bater um papo.

Com um movimento da capa, ela se voltou para Reyna.

— Pronta? — Kianthe se ajoelhou ao lado dela. A temível Maga das Eras não estava ali mais; em seu lugar, estava um fidalgo cortês que a auxiliava a se levantar.

— Pode ser que eu me apaixone por você outra vez — disse Reyna a ela. Depois que conseguira senta-se outra vez, a dor ficara mais controlável, mas Reyna não estava exatamente ansiosa para sair dali. Ela fez careta, cambaleando sobre pés instáveis. — Ou simplesmente caia em você. Espero mesmo que esse feitiço não seja permanente. — Kianthe franziu a testa, afastando o cabelo de Reyna do rosto, semicerrando os olhos.

— Você não me parece bem. Consegui manter suas funções vitais, mas esse feitiço foi criado para atacar intrusos. Duvido que ele tenha parado só porque o mandei parar. — Kianthe lançou um olhar maldoso para Arlon, que as observava com veneno nos olhos. — Vamos. Vamos levar você aos alquimistas e ver se podem ajudá-la.

— Combinado.

Ponder se colocou entre as pernas de Reyna enquanto ela se apoiava na tribuna, aguardando Kianthe pegar os ovos de dragão. Segurar os dois era estranho, um em cada braço, e ela resmungou sob o peso.

— Consegue se apoiar em mim? Talvez eu consiga carregá-la nas costas... Realmente não confio em você carregando um destes. — Houve uma pausa e uma risada desprovida de humor. — Não me leve a mal.

— Não levei — respondeu Reyna. — Eu consigo andar.

Kianthe franziu a testa.

— Eu... duvido muito que isso seja verdade.

Reyna cerrou o maxilar, reunindo os resquícios de sua energia. Aquela era a reserva em que ela se apoiava — a determinação que a fizera passar por dias de viagem exaustiva, por batalhas sangrentas e então voltar para o lado da rainha Tilaine. Tal reserva limitava o mundo a instruções passo a passo: passar por Arlon. Subir as escadas, um passo de cada vez. Lutar contra a escuridão opressiva. Sair da biblioteca.

Kianthe a acompanhou bem de perto, perto até demais.

Ela resmungava sob o peso dos ovos, mas manteve uma conversa firme e unilateral.

— Então ele não passou pela minha parede de terra. Deve ter outra entrada aqui em algum lugar; talvez um túnel que vem da propriedade. — Ela gesticulou para a parede que erguera para bloquear a escada, a qual desabou sob seu olhar, virando pó.

Reyna murmurou uma prece de gratidão aos deuses por não ter precisado parar — ela de fato não tinha certeza se conseguiria realizar uma nova largada. Ela tentou responder, mas o fôlego se foi.

Kianthe pareceu notar. Continuou dando apoio, ainda falando.

— Dreggs tem alquimistas; quando chegarmos lá em cima, vou esconder você e Ponder e sair para encontrá-los. Você vai ficar bem, Rain. E então vamos levar os ovos, parar em Wellia para falar com o conselho, e logo estaremos em casa, antes do inverno começar. Uma bela xícara de chá cairia muito bem agora.

Um passo.

Outro.

— Posso deixar os ovos lá em cima e vir te buscar, Rain... — disse Kianthe.

— Não — ofegou ela, parando para respirar. O suor escorria pelo rosto, e a dor ondulava em seu peito outra vez, mas ela forçou um sorriso. — Pode haver patrulheiros lá em cima. E, D-Deuses nos livrem, o alquimista de Arlon. É melhor irmos juntas.

Os dedos de Kianthe apertaram os ovos, como se ela quisesse jogá-los de lado e pegar Reyna no colo.

— Só... vá devagar, ok? Por mim?

— Duvido que eu consiga ir mais rápido. — Reyna riu, o que enviou uma pontada de dor em seu peito. Ela retomou a caminhada, mal notando Ponder voando na frente, em direção ao topo da escadaria. Elas estavam perto, tão perto.

Claro, quando Kianthe deu uma cotovelada na alavanca e a estante se abriu, havia pessoas do outro lado.

Kianthe enrijeceu, postando-se à frente de Reyna, as mãos se acendendo, mas, quase no mesmo instante, as duas reconheceram Dreggs e Bobbie.

Dreggs elevou uma sobrancelha, abaixando uma espada de aparência vil.

— E eu aqui pensando que seria Arlon. Encontrei a pilhagem dele, pelo visto.

— Agradeça à própria Joia da Visão. — Kianthe entregou os ovos, um para Dreggs, um para Bobbie, e de imediato sustentou o peso de Reyna. Foi um grande alívio, e Reyna praticamente desabou de encontro a ela.

— É um prazer ver vocês — disse ela, suas pálpebras tremendo. — Por favor, não se preocupem se eu desmaiar.

Bobbie pareceu alarmada.

— O que aconteceu? Arlon está aí embaixo?

Havia vários corpos espalhados pelo chão da biblioteca: patrulheiros que pareciam ter invadido o lugar como reforço para Arlon, mas que não conseguiram descer para ajudar. Aquela parede provavelmente salvara a vida delas... ou pelo menos impedira que as coisas lá embaixo fugissem do controle.

Relativamente falando, concordou Reyna só para si.

— Arlon está preso. Vamos ter que transportá-lo até o leste para um julgamento. Atacar a Arcandor com a intenção de matar é um crime grave. — Kianthe não parecia chateada. Seu maxilar estava rijo, e ela doida para descer e terminar o serviço. — Como foram as coisas do seu lado?

— Bem, Arlon estava originalmente distraído pelo nosso ardil... mas então o desgraçado escapou quando percebeu onde vocês duas estavam. — Dreggs não demonstrava nem um pouco de satisfação.

— A barreira alquímica deve tê-lo alertado quando foi acionada — murmurou Kianthe.

Dreggs segurou um ovo com uma das mãos e embainhou a espada com a outra.

— Bem, não importa como ele ficou sabendo, isso interrompeu minha vingança triunfante. Eu tinha um monólogo inteiro planejado.

— Seu papel nesta missão dependia de discrição — disse Bobbie, exasperada. — Era *Serina* quem estava se concentrando na costa. Por que você preparou um discurso?

— Lição número um, querida: sempre tenha um monólogo pronto. Você nunca sabe quando a oportunidade pode surgir. — Dreggs piscou. — Na verdade, você chegou a encurralar Arlon em uma salinha. Eis uma oportunidade perdida bem ali.

Bobbie gemeu.

— Não vou fazer um monólogo para o meu antigo chefe. E, aliás, ele saiu correndo pela porta quando eu disse que Serina estava atacando.

Reyna ouviu sem entusiasmo, desconcentrada em meio ao rugido repentino em seus ouvidos.

Ah... Então ela não iria conseguir dar mais nenhum passo além. Era mesmo uma pena.

Ela se afundou mais contra Kianthe, chamando a atenção de todos.

— Precisamos de um alquimista... — Kianthe parecia estar debaixo d'água.

A resposta de Dreggs foi inaudível.

A inconsciência a envolveu, e tudo escureceu pela segunda vez naquele dia.

37

KIANTHE

Reyna piscou ao acordar, e Kianthe lhe disse:

— Da próxima vez que você quiser viver uma aventura, vou lhe dar um peteleco, isso sim.

Reyna deu um sorrisinho e sentou-se. Estavam no navio de Serina. Kianthe reivindicara os aposentos do capitão depois de eles tirarem os patrulheiros amarrados do navio e de ela restaurar o convés ao seu estado pré-ataque. A tripulação de Serina estava a salvo; o pessoal de Dreggs tinha alguns ferimentos, mas nada grave.

Assim que Arlon fugiu do armazém no meio da luta, seus patrulheiros se renderam aos piratas sem demora.

Até mesmo Tyal, o que foi agradável. Ele estava amarrado na praia, com curativos feitos e amordaçado, aguardando o transporte para julgamento.

Ao que parecia, Keets, o amigo de Tyal, foi o primeiro a se render.

Reyna examinou os arredores, a expressão aliviada de Kianthe, e logo viu os ovos de dragão empoleirados no canto do cômodo. Ela se levantou com facilidade, se espreguiçando.

— Então devo concluir que a missão foi um sucesso?

— Bem, nós pegamos os ovos. Já é alguma coisa.

Já era tarde da noite, tão tarde que elas quase chegaram ao nascer do sol. O cômodo tinha um brilho aconchegante, cálido com a chama-eterna de Kianthe, e estava abençoadamente vazio. Aquilo deu a Reyna todo o tempo necessário para se orientar.

Kianthe ficou observando a noiva com cuidado, mas Reyna não parecia mais estar desorientada. O alívio se espalhou pelo seu peito.

— Acho que os alquimistas resolveram. Dois deles passaram metade do dia aqui ajudando, eliminando qualquer vestígio daquele feitiço. Aparentemente, a alquimia não teria permanecido se eu não tivesse intervindo, mas... bem, *na verdade,* você teria morrido, então mantenho minhas ações.

Reyna riu, flexionando um punho, testando sua destreza.

— Também apoio suas ações. — Ela fez uma pausa, oferecendo um sorriso encantador. — Devo dizer que, para a pessoa inconsciente, é melhor assim. Eu acordo e está tudo resolvido. Me poupa de muito estresse.

Kianthe poderia matá-la de novo.

— Não invente, Rain. Combinamos de evitar esses perigos mortais no futuro, lembra?

— Hum. Vou levar isso em consideração. — Reyna botou as pernas para fora da cama e se levantou. Agora se movimentava com a graciosidade de sempre, embora Kianthe ainda estivesse por perto para ajudá-la a se firmar. Ambas deram as mãos, seus olhos se encontraram, e o olhar de Reyna se suavizou.

— Obrigada por me salvar.

As bochechas de Kianthe arderam sob a atenção.

— Bem, se ele tivesse tentado te capturar em qualquer outro dia, decerto teria ganhado uma facada na barriga. Nem tenho certeza se o evento de hoje contou como salvamento.

— Eu não estava em condições físicas de intervir, por mais que esperasse ser possível. — Ela fez uma pausa, suas bochechas corando. — Mas é bom saber que nem sempre preciso me salvar sozinha.

— Se outra pessoa botar uma faca na sua garganta, eu me reservo ao direito de matá-la devagar. — Kianthe não estava brincando, e sua magia reagiu à promessa, formando pequenos redemoinhos de faísca. — Acontece que os cidadãos do Reino não são os únicos com propensão ao assassinato.

Os dedos de Reyna roçaram no braço de Kianthe.

— Qualquer um pode matar nas circunstâncias certas. Estou feliz por ter encontrado algo além com você. Agora, por favor, me diga que estamos finalmente prontas para ir para casa.

— Estamos prontas para ir para casa. — Kianthe fez uma pausa, estremecendo. — Quase. Feo voltou enquanto você estava desacordada.

— Já? — Reyna piscou, surpresa, indo em direção à porta. Era um alívio vê-la se movimentando como de costume; desta vez, quando amarrou a espada no quadril, foi com dedos ágeis e movimentos treinados.

Kianthe prosseguiu, como sempre:

— Bem, Visk é veloz. E você conhece Feo. Não deu para discutir com ele, não depois que apresentou as evidências.

As duas surgiram no convés, se deparando com uma festa.

Reyna fez uma pausa, arqueando uma sobrancelha.

— Piratas não perdem tempo quando o assunto é comemorar, não é? — Seu tom foi irônico.

O convés do *Nau estou à venda* havia sido transformado: longas mesas de bufê enfileiravam-se junto à balaustrada, e Esquilo passava às pressas por elas, empilhando mais e mais comida. À distância, folia semelhante acontecia no convés do *Morte pintada*.

O enorme navio se assomava, as velas carmesim mais uma vez amarradas com firmeza, ancorado atrás de árvores que cintilavam em dourado e vermelho à luz do fogo. Vários piratas também estavam na costa, circulando entre os patrulheiros capturados.

Qualquer patrulheiro que não estivesse furioso era liberado para aproveitar a festa. Kianthe não tinha certeza de quem supervisionara *tal* decisão, mas conforme a noite avançava, ninguém poderia duvidar de que estavam mesmo se divertindo. Sem Arlon tomando decisões terríveis, os patrulheiros eram apenas pessoas normais desempenhando um trabalho.

Apesar de Tyal. Este, sim, era um sanguinário, e ninguém iria soltar suas amarras tão cedo.

Ao longe, Ponder levava seu pai para um passeio pelo *Morte pintada*. Visk era grande demais para voar entre as cordas, tal como ela fazia, então ele preferiu se empoleirar na gávea, as asas abertas para se equilibrar enquanto ela voava entre os mastros.

Serina se aproximou, puxando Reyna para um grande abraço. A pirata ainda mancava um pouco, mas isso não parecia atrasá-la.

— Você está acordada! Ah, você me parece muito melhor. Estou feliz que os alquimistas puderam ajudar.

— Eu também — respondeu Reyna, abraçando o próprio corpo quando as duas se separaram. — Suponho que isso signifique que o reinado de Arlon acabou. Agora que derrubou o rei de Shepara, qual é o seu plano? — Seus olhos percorreram Dreggs e Senhor Mamãe, que no momento estavam no convés competindo para ver quem bebia mais. Senhor Mamãe estava ganhando, e Dreggs parecia cada vez mais irritado com isso. — Tenho certeza de que Dreggs a deixaria continuar navegando, se você assim quisesse.

— Dreggs não conseguiria me deter, nem se tentasse. — Ela levantou a voz quando falou, acenando para chamar a atenção delu.

Dreggs, por sua vez, parou a meio caminho de um gole e mostrou o dedo do meio para ela.

Serina gargalhou.

— Eles são legais. Ainda não sei bem qual é o meu plano... Seria estranho piratear o mesmo rio que minha namorada supervisiona.

Kianthe esfregou a nuca, envergonhada por não ter mencionado o fato antes. Claro, o olhar de choque no rosto de Reyna não teve preço, então a maga não ficou *tão* mal assim.

— Ah, tem esse outro detalhe. O conselho pediu recomendações a Feo para um substituto para Arlon. Alguém local, com amplo conhecimento das cidades daqui. Sugeriram o nome de Bobbie, com o "apoio total" da Arcandor. — Kianthe resmungou: — Não que eu tenha dado permissão explícita para isso, mas...

Reyna a interrompeu com um gritinho feliz.

— Bobbie é o novo diarno do rio Nacean?

— Um deles. — Bobbie se aproximou de Serina, passando o braço em volta da cintura da pirata. Embora seus ferimentos estivessem bem melhores, era um processo lento; ela ainda se movimentava com cuidado. Apesar disso, seus olhos estavam brilhantes; seu tom, satisfeito. — O conselho concordou que o poder do diarno deve ser limitado. A algumas cidades, não regiões inteiras. Feo os aconselhou a seccionar as terras de Arlon, então haverá três novos diarnos. Ficarei responsável por Lathe, Oslop e sua antiga propriedade.

Serina bufou.

— Viviana vai adorar essa supervisão.

— Você não pegou os vinhedos — disse Reyna com pesar.

Bobbie a fitou, a exasperação impregnando seu tom.

— *Este* é o seu foco?

— Por acaso Koll está disponível? Porque acho que poderíamos... ver melhor o que dá para fazer. — Kianthe fez uma pausa. — Sacou? Ver melhor. Vermelho. Porque tem vinho branco, vinho vermelho.

— Tinto, querida.

— Ah. Bem, que inoportuno.

Bobbie franziu a testa e enfiou a mão no bolso. O bichinho de crochê que ela tirou desta vez era marrom e preto, a representação perfeita de um grifo. Ela passou um tempo meticulosamente longo acertando cada ponto, e o esmero ficou evidente.

— É Ponder. Ela foi meu modelo.

"Modelo" era um exagero; a bebê grifo só conseguia posar por uns três segundos apenas e então se distraía. Mas ela ficou por perto enquanto

Bobbie fazia crochê no convés ao longo da metade do dia. Ela bem que tentou ensinar Kianthe — um alívio para o estresse enquanto os alquimistas curavam Reyna, insistira ela —, mas a Arcandor *também* teve problemas para se concentrar. Por fim, Bobbie desistiu.

Ainda assim, quando ela o entregou, foi Reyna quem deu gritinhos de alegria.

Ela agarrou a pelúcia junto ao peito, com adoração no olhar. Kianthe não conseguia desviar os olhos dela, seu coração inflando ante tamanha felicidade.

— É igualzinha a ela!

Bobbie se remexeu, e era nítido que estava envergonhada.

— Obrigada. Imaginei que fossem gostar.

Reyna o colocou amorosamente no bolso, dando um sorrisão, e se virou para Serina:

— Então qual é o seu plano, se não for a pirataria?

Serina sorriu.

— Pode ser que eu migre para os negócios da família. Não agricultura... As Estrelas sabem que sou péssima nisso... Mas meu pai já tem todos os manuais para o trabalho de comerciante. Transportar comida rio acima e rio abaixo me parece relaxante.

— Você pronunciou *entediante* errado — berrou Dreggs. Era um mistério como elu conseguiu captar a conversa em meio à barulheira.

Agora foi a vez de Serina mandar um dedinho do meio para Dreggs.

— A tripulação vai continuar, de qualquer forma — disse Kianthe a Reyna. — Sabem como é. Muitas lágrimas.

Serina saltitou na ponta dos pés.

— Até Pil e seus filhos! Embora Dreggs tenha feito eu prometer deixá-los visitar de vez em quando. — Atrás delas, a música começou, uma dança animada que competia com a música ecoando no *Morte pintada*. Serina arquejou e, sem aviso, rebocou Bobbie em direção à área liberada para a dança.

Bobbie se deixou arrastar, mas gritou para Kianthe:

— Vou levar os patrulheiros problemáticos para Wellia, para o julgamento, e colocar o restante para trabalhar na distribuição da comida que Arlon tem estocada. Não se preocupe com a gente. Vão para casa e relaxem.

— Você quer mesmo que a gente vá embora, né? — falou Kianthe com lentidão, cruzando os braços.

Bobbie apenas riu.

— Eu jamais insinuaria isso. — Mas o brilho em seus olhos contava uma história diferente.

— Não vá embora sem se despedir — gritou Serina, e então elas foram dançar. Bem, Bobbie estava mais sacolejando ao som da música, por causa dos ferimentos, mas Serina compensava pelas duas.

Era fofo de se ver.

Kianthe já estava entediada.

— Vamos lá. Feo está rondando a propriedade de Arlon, roubando o que pode. Se formos rápidas, aposto que podemos pegar aqueles livros raros.

— Você quer mesmo testar o feitiço naquela biblioteca de novo? — Reyna seguiu Kianthe pela prancha que alguém montara ao longo do cais.

A maga estremeceu.

— Deixa pra lá.

— Espere aí. Eu valho mais do que um conjunto de livros raros? Que gentil. — Agora Reyna sorria. — Falando nisso, como está seu livro, querida? Você teve tempo de escrever enquanto eu estava inconsciente.

— Eu estava *atordoada* — bufou Kianthe, enfiando as mãos nos bolsos forrados de pele de sua capa. — Não tenho como criar nessas condições. Bobbie aprendeu isso em primeira mão.

— Hum. Que conveniente.

Kianthe começou a protestar, mas naquele momento Feo saiu do armazém e Reyna correu para uma saudação. Ê diarno de Tawney tinha olheiras, usava um casaco pesado sobre os ombros e trazia uma pilha de livros debaixo de um braço.

Livros raros.

Livros únicos.

— Espere aí. Estes são meus! — exclamou Kianthe.

Feo lançou-lhe um olhar presunçoso.

— Tecnicamente, eles pertencem ao Estado. Mas, como agradecimento por ajudar na ocupação, Bobbie concordou em me deixar reivindicá-los. Uma cortesia profissional entre diarnos. Por certo você compreende.

Kianthe acendeu a palma da mão.

— Feo, eu vou queimar você.

— E incendiar os livros? Pelo visto, mal posso confiar nestes artefatos inestimáveis perto desse seu humorzinho.

Reyna se colocou entre eles, erguendo as mãos para impedir Kianthe de fazer algo estúpido, como manipular o solo para agarrar os tornozelos de Feo, roubar os livros e fugir.

A preparadora de chá dirigiu-se a Feo.

— Estamos com os ovos de dragão, mas preciso resgatar minha égua em Koll.

Merda. Kianthe tinha se esquecido por completo de Lilac.

A égua sem dúvida estava se refestelando nos cuidados luxuosos dos estábulos.

Ela também percebeu o brilho nos olhos de Reyna; que só iria para casa depois de tomar uma última taça de vinho na taberna de Judd. Kianthe acreditava que elas poderiam fazer uma parada. Serina com certeza as levaria para o sul, se pedissem.

— Eu me sentiria mais segura com os ovos em nossa posse. Tudo bem para você levar Visk e Ponder para casa, ou isso é pedir demais? — Reyna sorriu. — Kianthe e eu pretendemos viajar em um ritmo mais tranquilo.

— Quanto mais cedo eu voltar para Tawney, melhor. — Feo fez uma pausa. — Embora o conselho esteja debatendo sobre uma substituição para a cadeira de Arlon. Se você puder passar por Wellia, bem, o apoio da Arcandor teria um peso considerável na discussão.

— Você quer ser membro do conselho? — balbuciou Kianthe.

Feo fungou.

— Bem, se tiver vaga... Todos sabemos que sou capaz.

Os olhos de Kianthe pousaram nos livros sob o braço dele, e um sorriso malicioso surgiu.

— Então você deve saber que minha recomendação não sai barata.

Um impasse. Eles se encararam, digladiando-se em silêncio. A batalha por trás dos olhos de Feo era absolutamente impagável, e o triunfo se espalhou quando elu ofereceu com relutância a pilha de livros.

— Acho que ainda serei capaz de apreciá-los no Folha Nova Livros e Chás. — Mas Feo não pareceu feliz de verdade.

Kianthe agarrou os livros, grunhindo sob seu peso.

— Que bom que conseguimos chegar a um consenso.

— Para deixar claro, ela teria dado o apoio de todo jeito — disse Reyna, seca, lançando um olhar severo para Kianthe. — Não manipule as pessoas, querida.

Eram livros pesados, e ela os agarrou contra o peito tal qual uma criança faria com um brinquedo precioso.

— Mas... Mas tem *livros* em jogo. — Diante da reprovação óbvia de Reyna, Kianthe resmungou algo inaudível e ofereceu a pilha a Feo outra vez. — Ah, tá bom, tá bom!

Reyna soltou um suspiro.

Feo pegou os livros de volta, a expressão presunçosa.

— Foi um prazer fazer negócios com vocês. Da próxima vez, quando seu grifo vier me sequestrar, enviem um bilhete melhorzinho. — E, assim, Feo caminhou em direção à embarcação, assobiando para chamar a atenção de Visk. O fato de o grifo ter largado o *Morte pintada* no mesmo instante e ter deixado Feo montá-lo sem alarde foi uma revelação e tanto.

— Traição — resmungou Kianthe, embora sem saber se estava falando aquilo para Reyna ou Visk.

Reyna pegou a mão da noiva.

— Vamos buscar Lilac e nos despedir de Judd. Estou pronta para ir para casa.

38

REYNA

Se elas estavam achando o rio Nacean frio, é porque não faziam ideia de como ficava Tawney no inverno.

Uma tempestade de neve se alastrou. E, à diferença do Nacean, uma das linhas de ley mais poderosas do Reino, ali o poder de Kianthe era mínimo. Não havia proteção mágica contra o gelo que atingia seus rostos. Lilac estava infeliz, caminhando penosamente pela neve só porque Reyna estava no controle de suas rédeas. A carroça que ela puxava ficava atolando na neve, e Kianthe parecia lutar para manter livre o caminho adiante.

— Talvez devêssemos invocar os dragões, em vez de caminhar até a terra deles — gritou Reyna por cima do vento.

Kianthe afastou outra pilha de neve do caminho.

— Pode ser que precisemos chamá-los mesmo. Isto aqui é ridículo.

Reyna apertou os olhos contra a tempestade, mas, mesmo ao meio-dia, estava escuro e sombrio. Elas não estavam longe de Tawney, mas tinham gastado boa parte da manhã só para chegar até ali. Reyna estava morrendo de frio e já ansiosa pela reuniãozinha que fariam no Folha Nova hoje à noite.

Lilac, nesse ínterim, estava nitidamente ansiosa pelos estábulos silenciosos e quentes da estalagem de Tawney. Ela sacudiu a cabeça, resistindo à pressão constante que Reyna colocava em suas rédeas.

— Eu sei, menina — disse Reyna, dando um tapinha em seu pescoço. — Só mais um pouco, ok?

Os ovos estavam embalados em engradados cuidadosamente acolchoados para a viagem de volta para casa, a qual consumira o restante do outono. Quando elas chegaram a Wellia, o solstício de inverno já tinha vindo e ido embora, e agora elas estavam na estação mais escura do ano. Era uma época terrível para se entregar os ovos de dragão, mas Reyna não estava disposta a esperar até a primavera.

Não quando elas estavam tão perto da verdadeira liberdade.

Na vanguarda, Kianthe gemeu.

— Argh. Entre esta linha de ley ridícula de Tawney e aquelas coisas pulsando com magia de dragão... — ela apontou o polegar para o engradado com os ovos, presos na carrocinha — ... eu não aguento mais.

Ela parecia pálida e um pouco enjoada. As duas haviam passado tanto tempo no rio Nacean que Reyna quase se esquecera de que o dreno de magia era um problema ali. Ela parou, passando a mão pelo cabelo encharcado de neve.

— Então vamos invocar os dragões e acabar logo com isso. Pode chamá-los?

— Se eles conseguirem me ver. Talvez. — Kianthe cerrou o maxilar, andando um pouco na neve a fim de se distanciar de Reyna. Ela juntou as mãos e ficou em silêncio por um bom tempo, nitidamente evocando uma magia além de seu comando natural.

Reyna esperava que aquilo não a envenenasse de novo; ela, sinceramente, não queria cancelar os planos noturnos.

Bem, o que quer que Kianthe fizera, deve ter funcionado, porque um rugido avassalador ecoou sobre as planícies geladas. Kianthe baixou os braços, ofegante, exausta.

— Bem, acho que dá para dizer que estão vindo.

— Bem a tempo — comentou Reyna, oferecendo um braço para firmar Kianthe

Ambas permaneceram juntas perto de Lilac, que parecia cada vez mais nervosa. Reyna segurou as rédeas com força, sussurrando para acalmá-la enquanto a égua arregalava os olhos, as orelhas se virando em direção ao bater de asas cada vez mais próximo.

Um dragão pousou com um baque ao lado delas, e não parecia se incomodar com a neve.

Mais dois seguiram o exemplo, literalmente sacudindo o chão ao recolherem as asas.

Reyna reconheceria o líder em qualquer lugar: era o mesmo dragão que dera sua magia a Kianthe na primavera anterior. O mesmo que oferecera o acordo: os ovos em troca da segurança de Tawney.

Agora Kianthe abandonava o apoio físico de Reyna, dirigindo-se a eles.

— Encontramos os ovos. Dois deles, pelo menos. — Ela ficou em silêncio por um momento. Certa vez, Kianthe dissera a Reyna que conseguia se comunicar com os dragões por meio de lampejos de magia, imagens que corriam entre um elo invisível. Reyna conjecturava se ela agora estaria mostrando aos dragões a localização do terceiro ovo, aquele perdido no tempo.

O dragão abaixou a cabeça. Seu crânio era enorme, maior do que Lilac inteira, maior do que a carroça. Seus olhos astutos foram de Kianthe para Reyna, e ela jurou ter visto reconhecimento ali. A fera inclinou a cabeça, endireitou-se e esculpiu um círculo na neve com uma garra intimidadora.

— Graças à Joia — murmurou Kianthe baixinho, e entrou no círculo.

Reyna agarrou as tiras de couro gastas das rédeas, observando com interesse à medida que o círculo brilhava em azul, e depois em amarelo. Quando o vento cessou, Kianthe parecia exatamente igual, mas soltou um suspiro como se um peso enorme tivesse sido retirado de seus ombros.

— O acordo está completo — disse ela. — Eu não sabia se eles iriam aceitar, considerando o ovo perdido. Mas estão felizes em receber dois de volta.

— Eles vão chocar? — perguntou Reyna, entregando as rédeas para abrir o engradado, revelando os ovos para a inspeção dos dragões. No momento em que chegaram a Tawney, levaram-no ao depósito sob a igreja queimada, e Feo desfez o feitiço que encerrava a magia de dragão. Agora essa energia até transbordava dos ovos, com tal poder que até Reyna conseguia perceber a diferença.

Ao botar a mão nas cascas coriáceas, sentia a vida pulsando deles.

Kianthe continuou a segurar as rédeas de Lilac, já que a égua estava de olhos arregalados com a aproximação dos dragões.

— Eles vão chocar. Não sei quando, mas tenho certeza de que os dragões vão ficar felizes. Arlon poderia ter feito muito pior do que armazená-los em um porão por décadas.

Reyna pegou um ovo, entregou ao dragão líder, e repetiu o processo com o outro. Antes de acolhê-los com uma ternura surpreendente, o dragão avaliou cada um deles, um resmungo satisfeito ecoando do fundo de sua garganta. Embalando os ovos nas garras, o bicho de asas enormes acenou de novo para Kianthe e decolou.

Os outros dois dragões seguiram seu exemplo, e assim eles se foram.

— Eu esperava que fosse ser mais complicado — comentou Reyna, fechando o engradado vazio.

Kianthe parecia pronta para um cochilo. Ela engoliu um bocejo, mas estava muito menos indisposta agora que os dragões tinham ido embora.

— E por acaso não é complicada a fusão entre a magia dos dragões e a magia elemental para fazer a ponte de comunicação entre duas nações?

Reyna bufou.

— Quando você coloca dessa forma, imagino que seja um milagre ter levado só alguns minutinhos. — A preparadora de chá pegou as rédeas das mãos de Kianthe, guiando Lilac de volta para Tawney. — Vamos. Nós seremos as anfitriãs hoje à noite.

***

Parecia que a cidade inteira de Tawney tinha vindo para o retorno das duas.

O Folha Nova Livros e Chás estava absolutamente lotado. Todas as mesas estavam ocupadas, todas as prateleiras sendo examinadas, todas as poltronas tinham alguém.

Uma conversa animada preenchia o espaço iluminado, ainda que a tempestade de neve rugisse lá fora.

Reyna voava de cliente a cliente, oferecendo canecas de cerâmica com chá quente e pratos com bolinhos. Ela sorriu para Sasua e seu filho, seus vizinhos, e fez um cafuné no cabelo de Gossley ao passar. O adolescente se encolheu, enxotando-a.

— Senhorita Reyna, por favor. — Ele lançou um olhar furtivo para sua nova namorada, a filha do carpinteiro. — Não sou mais criança. Gerenciei a loja por mais dias do que qualquer um aqui. Sou basicamente um empresário. — Gossley estufou o peito, tão abobado quanto no dia em que entrara na loja pedindo para completar uma missão de bandido.

Reyna teve de engolir o riso, mas falhou porque seus ombros tremelicaram.

— Claro, Gossley. Obrigada por sua ajuda enquanto estávamos fora.

O garoto sorriu, satisfeito, e ela seguiu em frente.

Logo parou na mesa de Feo, que relaxava em frente a lorde Wylan. O lorde estava absolutamente pasmo, afastando o cabelo denso dos olhos.

— *Membro do conselho*? Como diabos você conseguiu esse cargo?

— Eu te disse, Wylan — falou Feo, examinando as unhas com indiferença casual. — Você não explora oportunidades fora de Tawney. Quando o grifo da Arcandor apareceu à minha porta, eu soube que Kianthe tinha descoberto algo importante. Fiquei feliz em dispor de um pouco do meu tempo, e recebi uma recompensa muito boa por isso.

Reyna riu.

Lorde e diarno a encararam. Os olhos de Feo cintilaram.

Ela então se ocupou limpando a mesa ao lado deles e sorrindo para os informantes da cidade, Sigmund e Nurt, que a ajudavam a empilhar os pratos. Espertos que eram, logo deram um jeito de sentar-se pertinho dos líderes da cidade, considerando sua linha de trabalho.

— Sinto muito — disse ela a lorde Wylan. — Não era minha intenção bisbilhotar.

Wylan passou um braço sobre o encosto de sua cadeira de madeira.

— Feo está mentindo, não está?

— O conselho ainda está decidindo sobre a candidatura de Feo — informou ela, neutra. — Ouvi dizer que o primeiro ato dele será doar vários livros muito raros para o Folha Nova Livros e Chás. Ajudar Tawney a se tornar mais um destino turístico.

Agora ela lançava um olhar irônico para Feo. Ela queria que Kianthe estivesse disposta a fazer esse tipo de coisa, mas isso era bem a cara de Reyna.

Afinal de contas, não fora à toa que tinha passado a vida negociando na corte da rainha Tilaine.

Feo cerrou o maxilar.

— Achei que Kianthe não quisesse os livros. — As palavras saíram entredentes.

Reyna abriu um lindo sorriso.

— Ela pode não querer, mas eu veria isso como uma generosidade incrível. Principalmente considerando nosso valor para você nos últimos tempos. Membro do conselho. — Reyna piscou e foi embora, mas não sem antes captar o sorriso malicioso de Wylan.

— Que generoso, Feo. Bom para você.

Feo resmungou algo inaudível.

Reyna passou pelo balcão ao levar os pratos sujos, sorrindo para Kianthe ao se abaixar para entrar no depósito.

Quando saiu, limpando as mãos no tecido do avental, percebeu que Matild e Tarly tinham chegado. A parteira caminhou até o balcão com toda a confiança de um proprietário do lugar e botou duas moedas de bronze na madeira.

— Quero um chá e *todos os detalhes*. Ouvi dizer que vocês encontraram piratas.

— Ouvi dizer que você derrubou um diarno — falou Tarly com vagarosidade, caindo no balcão.

— Você não ouviu a melhor parte. — Kianthe se inclinou para a frente, gesticulando para que se aproximassem. — Nós conhecemos Dreggs Vigarista.

O rosto de Matild foi de alegria absoluta.

— Mentira!

— Dreggs sequestrou Reyna.

— Foi um acidente estranho — começou Reyna devagar, beijando a bochecha de Kianthe antes de despejar uma jarra de água em sua fiel chaleira de cobre. Matild aplaudiu, dando uma cotovelada no marido.

— É isso. Da próxima vez que elas saírem da cidade, vou junto. — Tarly arqueou uma sobrancelha, e ela rapidamente recuou: — Ah, quero dizer, *nós*. Vamos, Tarls. Seria bom tirar umas férias, certo? Já passou da hora.

Tarly deu um suspiro.

— Umas férias para nos reconectarmos, só nós dois? Ou umas férias para me convencer a ter um casinho de uma noite com uma pessoa pirata notoriamente promíscua?

— Quem *não* gostaria de um *ménage à trois* com Dreggs?

De maneira solene, Tarly levantou a mão.

A esposa o enxotou.

— Ah, pare com isso. Você nem sabe o que quer.

Ele lançou a Kianthe e Reyna um olhar exasperado, embora divertido.

— Diga-me que você conseguiu um autógrafo na biografia de Dreggs, pelo menos. Caso contrário, ela vai roubar seu exemplar quando vier aqui, e não quero nenhuma de vocês se infiltrando em nossas lojas para pegá-lo de volta.

Reyna enfiou-se debaixo do balcão e entregou a Matild um livro embrulhado em papel grosso, amarrado com um laço de tecido.

Matild deu um gritinho e rasgou o embrulho, chamando a atenção de vários convidados presentes.

Quem ainda não tinha olhado para o grupo, sem dúvida olhara naquele momento:

— É a versão sexy, Tarly! E Dreggs ainda fez um coraçãozinho! — E então Matild fez um gesto de que ia desmaiar.

— Seu bem mais precioso, até dois segundos atrás — falou Tarly lentamente.

— E o livro vai dormir na cama comigo esta noite. Você pode ficar no sofá — disse Matild, meio falando sério, meio brincando. Tardiamente, acrescentou: — Bem-vindas de volta, vocês duas. Sentimos saudades. — Sem mais, correu para um canto da aconchegante livraria, onde se acomodou em uma poltrona de veludo e abriu a biografia.

Tarly pegou sua xícara de chá e perguntou:

— Vocês duas vão ficar por aqui, considerando que o negócio dos dragões está resolvido? Ouvi dizer que Tawney foi listada como a "cidade promissora" de Shepara no jornal *Wellia Times*. Na primavera, vamos receber muitos turistas, em especial porque acabou o risco de, vocês sabem, sermos queimados vivos.

Reyna fez careta, enfim servindo-se de uma xícara também. Elas surrupiaram várias caixas de chá importado do diarno Arlon, e o aroma preencheu o ar quando ela abriu uma das caixas.

— Estamos muito felizes em ajudar a evitar que as pessoas morram por ataques de dragão.

— E depois dos piratas, da magia alquímica e de todo aquele drama amoroso, estou feliz por passar um tempinho aqui. — Kianthe soltou um suspiro satisfeito, observando as pessoas animadas em cada canto da loja. — É bom estar em casa.

Enquanto a lareira ardia e risadas calorosas preenchiam a livraria e uma tempestade de neve rugia lá fora, Reyna sorriu, despejando água fumegante em sua caneca. Sua alma foi tomada de satisfação.

— É mesmo.

Talvez a aventura estivesse muito mais perto de casa.

EPÍLOGO

As abelhas estavam aflitas.

Tessalyn olhou de soslaio para o favo de mel, contando mentalmente os ovos, observando o movimento das abelhas sobre a futura ninhada. Muitas células já estavam seladas, e outras já tinham larvas visíveis a olho nu: pequenos risquinhos brancos — *o termo técnico*, pensou Tessalyn —, que ainda estavam se desenvolvendo dentro de suas células.

Mas não havia tantas larvas quanto Tessa esperava. E isso poderia significar que a rainha estava dando uma pausa na reprodução... ou algo mais sinistro.

Talvez a rainha da colmeia tivesse morrido.

— Notou alguma coisa? — perguntou seu professor, um homem de temperamento tranquilo, olhos castanhos penetrantes e pele bronzeada. Ele trajava uma camisa fina como equipamento de proteção, uma escolha ousada para os padrões dela; embora, até onde Tessa se lembrasse, ele nunca tivesse sido picado.

Ao redor deles, Natilau, a capital de Leonol, estava um agito só. A cidade fora construída perto do oceano, perto o suficiente para enxergar vislumbres dele através da densa floresta tropical em volta, com seus edifícios construídos diretamente nos troncos de árvores ridiculamente grossos. Afinal de contas, a floresta tropical inundava em algumas épocas do ano, então fazia total sentido erguer as casas do chão. As moradias se espalhavam pelo espaço entre os galhos, conectadas a passarelas de cordas e sacadas ao ar livre. Estava úmido, como sempre acontecia no verão, e nem a brisa do oceano amenizava a sensação de pele melada.

Tessalyn suava em seu equipamento de proteção, mas não ousava tirá-lo. Não com as abelhas tão agitadas. Não quando não a reconheciam da mesma forma que reconheciam o professor Leen. Dentro do capacete de malha, Tessa tentou soprar uma mecha de cabelo loiro do rosto, mas foi uma tentativa inútil.

— Ou uma quebra de ninhada ou... estão sem rainha. — Ela franziu a testa, encarando de novo o favo de mel. Fazia pouco tempo desde que começara na apicultura, mas era um assunto fascinante. Depois de arqueologia, sociologia, hidrologia e uma viagem profunda pela ética, era bom explorar um ofício em vez de ficar só na teoria.

Por ora, pelo menos.

O professor Leen inclinou a cabeça.

— De fato. Olhe aqui. — Ele a guiou pela colmeia, levantando outra tampa da caixa de madeira. As abelhas zumbiam ao redor, porém, como sempre, nenhuma o via como ameaça. O professor apontou para as manchas marrom-escuras de um novo favo de mel. — Células reais não seladas. Percebi esse problema há vários dias, mas acredito haver uma rainha virgem dentro da colmeia. Todavia, até que eu tenha certeza, não posso parear uma nova rainha com esta colmeia.

— Então elas vão entrar em pânico até a rainha começar a botar ovos outra vez?

— Uma colmeia sem rainha é uma colmeia morta. As operárias estão fazendo o possível para evitar isso. — Leen recolocou o favo de mel na colmeia, abaixando a tampa a seguir. — É um processo delicado... mas *podemos* intervir, se necessário. É muitíssimo complicado decidir a hora certa.

Tessa abriu a boca para responder, mas alguém pigarreou atrás dela. Ela enrijeceu, fazendo uma careta. O professor Leen, enquanto isso, abriu um sorriso largo.

— Ah, James. Eu estava pensando em quando você voltaria às aulas.

— Infelizmente, só estou aqui hoje por causa de Tessa.

— Claro que está — resmungou Tessa.

James tinha uma bela constituição física e se movimentava com graciosidade, então, quando ele cruzou os braços, sua intenção foi óbvia. *Agora não, Tess.*

Ela lhe mostrou a língua. Já estava velha demais para aquele tipo de coisa, mas lhe pareceu adequado no momento. Quando James sorriu com deboche, Tessa ignorou a onda de irritação e olhou para o professor Leen de novo.

— Agradeço pelas observações. Volto amanhã.

— Continuaremos a partir daí, então. — O professor aquiesceu, acenou e caminhou pela sacada de madeira até outro grupo de alunos.

Tessa tirou as camadas de proteção, seguindo James até a escada em espiral construída ao redor de cada tronco de árvore. A árvore da apicultura era um dos vários pilares educacionais daquela região da cidade, e alunos de todas as idades circulavam pelas outras construções. Até aquele momento, Tess já havia visitado quase todas.

E James visitara... exatamente uma. A árvore da esgrima. Porque era um chato que só via valor na única habilidade que já conhecia.

Na sociedade de Leonol, ele não seria grande coisa. Não que James se importasse com isso, considerando suas raízes.

As raízes deles.

Eles emergiram no nível do solo, e James a conduziu em silêncio em direção à cabana que os dois dividiam nos arredores da cidade. Antigamente, Tess a dividia com a mãe e a tia, mas ambas já tinham partido há muito tempo; uma morrera em uma enchente, e a outra... bem. Lutara até a morte.

James abriu a porta do casebre.

Era perigoso construir no nível do solo, mas os dois escolheram uma colina que raras vezes inundava, e a privacidade ali era imbatível. Mesmo assim, ele só falou com ela depois de fechar a porta, quando estavam de fato a sós.

— Chegou uma carta para você. De um tal lorde Wylan. — Ele a sacou do casaco e lhe jogou o envelope. Estava selado com cera carmesim com tons de dourado, um presente para todos os lordes da rainha Tilaine.

Ela saltitou na ponta dos pés.

— Pelas Estrelas, ele escreveu de volta? — Ela correu para arrancar a carta de James, mas ele a tirou do alcance dela. Sua expressão mudou para algo tempestuoso, então ela o interrompeu na hora. — Ah, vamos lá, James. Você sabe que a Arcandor é a única que pode nos ajudar.

— A Arcandor está namorando uma ex-guarda da rainha. — As palavras saíram entre dentes cerrados.

— Ela vai *se casar* com aquela guarda da rainha em breve. Não seja desrespeitoso.

James parecia pronto para estrangulá-la, o que era um tanto quanto divertido.

— Tess, estamos tentando ficar escondidos. Eles já sabem que estamos em algum lugar de Leonol. Depois que a minha tia... — Ele engasgou ao dizer a última palavra, fechando os olhos com força.

— Ela resolveu esse problema, não resolveu? Estão todos mortos. — Tessa brincava com a bainha da blusa agora, tensa. Era um tecido de cânhamo mais leve, respirável no calor pegajoso da floresta tropical.

Contudo, não impedira o suor de escorrer pelo pescoço de Tessa.

James inalou lentamente.

— Pois é, e quer alerta maior do que quatro espiões desaparecidos ao mesmo tempo?

— Por que acha que escrevi para lorde Wylan? — Tessa cerrou o maxilar, enfim arrancando a carta das mãos dele. Ela se afastou, meio que dançando; ah, a dança, mais uma coisa que estudara antes de o aprendizado acadêmico entrar em cena. Tessa abriu a carta. Seus olhos percorreram o roteiro meticuloso, e ela sorriu de leve. — Ele pode nos abrigar. Pode nos esconder.

— Estaremos mais seguros em Shepara...

— Achei que estivéssemos seguros aqui. — Tessa afundou em uma poltrona perto da janela, desejando poder abri-la para deixar entrar um pouco de ar... mas eles tinham uma regra contra isso também. Só uma vez, ela adoraria simplesmente viver.

Não era pedir demais.

Ela já tinha ouvido o boato de que uma guarda real fugira do palácio. Fugira de Tilaine. E que abrira uma livraria, uma casa de chá e se estabelecera perto da terra dos dragões, um lugar que até Tilaine hesitaria em atacar.

Tess precisava saber se o boato era verdade. Se Tawney era mesmo um lugar seguro para refugiados do Reino.

O silêncio se estendeu entre ambos.

James andava de um lado a outro, cravando os dedos no cabelo curto quase raspado.

Seus olhos se voltaram para a espada apoiada na porta: uma espada da Guarda Real, escondida em uma bainha de couro.

— Se alguém por aí descobrir quem você de fato é... — sussurrou ele.

— Não vão descobrir. — Tessalyn falou tão rápido que quase tropeçou nas palavras.

Mais silêncio.

Por fim, James olhou pela janela, para as duas lápides apoiadas entre as raízes curvas de uma imponente mangueira. No fim da tarde, elas ficavam quase totalmente envoltas em sombras. Tessa acompanhou o olhar dele e engoliu em seco.

Não eram parentes dela, mas eram família mesmo assim.

— Vamos viajar do *meu* jeito...

Tessa sacudiu o pergaminho.

— Na verdade, lorde Wylan pediu um favor. Bem, diarno Feo pediu. Bem, a Arcandor pediu. Um navio vai atracar no solstício de verão para nos levar rumo ao norte. Ao que parecia, elu já estava vindo para o casamento.

James hesitou.

— *Quem* já está vindo?

Agora Tessa sorria.

— Dreggs Vigarista, é claro.

AGRADECIMENTOS

VERSÃO ATUALIZADA

Leia os agradecimentos originais a seguir — todos eles ainda estão de pé! Mas, obviamente, as coisas mudaram desde que este livro foi publicado como obra independente, então vamos expandir para fazer jus.

Para o pessoal sensacional da Bramble, da Tor US e da Tor UK: vocês são absolutamente incríveis. Nunca me senti tão apoiada, estimada e vista como quando trabalhei com vocês. O mercado livreiro é um ramo difícil, mas sua paixão e seu empoderamento fazem tudo parecer muito mais fácil.

Para os livreiros e bibliotecários que promovem incansavelmente livros diversos: não estaríamos em lugar nenhum sem vocês. Em uma época de censura implacável de obras, vocês são os campeões que nos mantêm no prumo.

Finalmente, para minha agente literária, Taryn Fagerness: não sei nem se sou capaz de agradecer adequadamente pelo esforço e tempo que você concedeu aos meus livros. Você é incrível, e tenho muita sorte por nossos caminhos terem se cruzado! Que venham muitos anos e muitos lançamentos mais!

VERSÃO ORIGINAL (2023)

Descobri recentemente que sinto um leve pânico quando sou obrigada a fazer alguma lista, pois fico totalmente convencida de que vou me esquecer de alguém importante e que essa pessoa vai ficar péssima com isso, e aí vou morrer de vergonha pelo esquecimento porque essa pessoa é uma das minhas favoritas no mundo, e como é que pude me esquecer dela e…

Então.

Vou ser breve e vaga, em prol da minha própria sanidade.

A Travis Baldree e a outros autores de *cozy fantasy*, que lentamente estão transformando este nicho em um retiro tranquilo — obrigada! Escrevi alguns livros, mas alguns livros não fazem um gênero. Fico muito feliz por fazer parte desta revolução rumo a uma literatura mais aconchegante, e mal posso esperar para ler todos os lançamentos vindouros!

Para minha família: meus pais sempre solidários e amantes dos livros, minha irmã, mestre do crochê, meus avós (obrigada por ter ensinado Paige a fazer crochê, Gaga!), aos meus tios e tias e primos incríveis. Vocês fazem meu mundo girar. Eu nunca teria conseguido sem vocês!

Para minhas amigas mais queridas, o grupo de mulheres que me acompanha nos bons e maus momentos… obrigada por sempre me apoiarem, se unirem em torno das minhas realizações e me darem coragem para tentar coisas novas. E um agradecimento especial, como sempre, para minha leitora alfa, Audrey: nada disso existiria sem você, querida!

E, finalmente, para a galera do TikTok. Os influenciadores, os leitores, os outros autores independentes. Eu não estaria em lugar nenhum sem vocês. Obrigada por darem um lar à *cozy fantasy* antes que o restante do mundo lhe desse a devida atenção.

Obrigada por ajudarem a tornar meu sonho realidade. Espero proporcionar a vocês muitas outras aventuras sáficas no futuro!

Primeira edição (outubro/2025)
Papel de miolo Creamy bulk 50g
Tipografias Lucida Bright, Crimson e Demonius
Gráfica Ricargraf